보이지 않는 인간 2

Invisible Man

INVISIBLE MAN
by Ralph Ellison

세계문학전집 191

보이지 않는 인간 2

Invisible Man

랠프 엘리슨

조영환 옮김

민음사

차례

1권 차례

15장

나는 비몽사몽간에 침대에서 벌떡 일어나 앉아 귀에 거슬리고 신경을 건드리는 소리가 무엇인지 확인하려고 창백한 회색 불빛 주변을 자세히 살폈다. 담요를 옆으로 치우고 손으로 귀를 꽉 눌렀다. 누군가 스팀 파이프를 쾅쾅 쳐 대고 있었다. 나는 대략 몇 분 정도를 무기력하게 노려보고만 있었다. 귀가 진동했다. 양 옆구리가 엄청나게 가려워서 긁어 보려고 잠옷을 열어젖혔다. 그 순간 갑자기 통증이 귀에서 옆구리로 훌쩍 넘어간 듯했다. 손톱으로 긁다 보니 굳은 피부가 벗겨져 나가고 거뭇거뭇한 생채기가 생겼다. 살펴보니 긁힌 자리에서 피가 가늘게 새어 나오고 있었고 통증이 느껴졌다. 그리고 시간과 장소를 다시 한 번 상기시켜 주었다. 메리 아주머니 집에서의 마지막 밤에 난방이 끊기다니, 그런 생각이 들자 갑자기 마음이 아팠다.

시계의 알람 소리가 다른 큰 소리에 묻힌 채 7시 30분을 가리켰고 나는 침대에서 일어났다. 서둘러야 했다. 잭 동지에게 전화해서 지시를 받기 전에 사야 할 것들이 조금 있었다. 그리고 메리 아주머니에게도 돈을 주어야 했다. 그런데 왜 저 소리는 멈추지 않는 걸까? 나는 신발을 신으려고 손을 뻗는 순간 쿵쿵거리는 소리가 바로 머리 위에서 들리는 듯해서 주춤했다. 왜 멈추지 않는 거지? 그리고 왜 이렇게 맥이 없을까? 버번 때문인가? 내 신경 어디가 잘못된 건가?

갑자기 나는 방 건너편으로 펄쩍 뛰어가서 구두 굽으로 파이프를 맹렬하게 두들겨 댔다.

"그만 좀 해, 이 무식한 녀석아!"

머리가 쪼개지는 것 같았다. 정신없이 파이프를 쳐 댔더니 은색 칠 조각들이 떨어져 나가서 검게 녹슨 쇠가 드러났다. 그자는 이제 쇳조각을 이용하는지 칠 때마다 귀에 거슬리는 날카로운 소리가 들려왔다.

저놈이 누구인지 알 수 있으면 좋으련만. 나는 더 무거운 걸로 내리치려고 두리번거리면서 생각했다. 어떤 자식인지 알 수만 있다면!

그때 문 근처에서 전에 한 번도 눈에 들어오지 않았던 물건이 눈에 띄었다. 그것은 빨간 입술과 커다란 입을 가진, 주철로 된 새까만 흑인 인형이었다. 인형의 하얀 눈은 바닥에서 나를 노려보고 있었고 얼굴은 이를 드러내고 히죽거리며 웃고 있었다. 또 하나뿐인 커다란 손은 손바닥을 위로 한 채 가슴 위에 올려져 있었다. 그것은 초기 미국인들이 만든 저금통이었다. 동전을 손바닥에 올려놓고 손잡이를 뒤로 밀면 팔이 올라가 벌어진 입으로 동전이 들어가는 인형이었다. 나는 안에서 치밀어 오르는 분노를 느끼며 잠깐 멈췄다가 갑자기 달려가서 그것을 집어 들었다. 나는 두들기는 소리 때문이기도 했지만, 메리 아주머니가 스스로 그런 모욕적인 형상을 주위에 놓아두었다는 사실만으로 갑자기 분노가 치밀었다. 그것을 둔 이유가 그녀의 관대함에서 비롯된 것인지 아니면 분별력이 없는 데서 비롯된 것인지, 그 무엇이든지 간에 말이다.

내 손 안에서 그 인형의 표정은 웃는다기보다는 질식하기 직전처럼 보였다. 목까지 동전이 차올라서 숨이 넘어가고 있었다.

이게 어떻게 여기 있을까? 나는 의아해하면서도 달려가서 쇠로 된 그 곱슬곱슬한 머리로 파이프를 내리쳤다. "조용히 해!" 나는 소리를 질렀으며 그것 때문에 오히려 상대방은 더욱 화가 난 듯했다. 소음 때문에 귀가 먹을 지경이었다. 그 건물의 위아래 층 사람들이 모두 합세했다. 내가 쇠머리로 되받아치자 은색 페인트가 튀어 올라서 마치 바람에 날리는 모래처럼 내 얼굴에 와서 부딪혔다. 파이프는 내리칠 때마다 꽤 요란한 소리를 냈다. 창문들이 올려졌다. 통풍구를 통해 욕설들이 들려왔다.

누가 이런 짓을 시작했을까? 나는 궁금해졌다. 누구의 책임인가?

"20세기를 사는 책임 있는 인간답게 행동하지 못하겠어?" 나는 파이프 소리가 나는 쪽을 향해 고함을 질렀다. "야만스러운 행동 좀 집어치우지 못해! 문명인답게 행동해!"

그때 퍽 하고 부서지는 소리가 났다. 쇠머리가 산산조각이 나면서 내 손에서 떨어져 나갔다. 동전들이 귀뚜라미처럼 방 전체로 튀어서 바닥에 쨍그렁 소리를 내며 굴러갔다. 나는 꼼짝 않고 서 있었다.

"저 소리 좀 들어 봐! 저 소리 좀!" 메리 아주머니가 복도에서 소리쳤다. "시끄러워서 송장이라도 깨겠어! 원래 난방이 안 들어오면 관리인이 술에 취했거나 일손을 놓고 자기 여자를 찾아갔거나, 뭐 그렇게들 알고 있잖아. 왜 평소 아는 대로 행동하지 않는 거야?"

그녀는 이제 내 문 앞에 와서 파이프를 치는 소리에 맞추어 방문을 두드리며 불렀다. "이봐! 두드리는 소리가 거기서 나는 것 아니야?"

나는 어쩔 줄을 몰라서 이쪽저쪽 두리번거렸는데 부서진 인형 머리 조각과 갖가지 작은 동전들이 바닥에 흩어져 있었다.

"내 말 들리나, 젊은 친구?" 그녀가 불렀다.

"왜 그러세요?" 나는 마루에 구부리고 앉아 부서진 조각들을 황급하게 주우면서 대답했다. 만약 아주머니가 문을 열면 나는 끝장인데…….

"이 시끄러운 소리가 그 안에서 나는 거냐고 했잖아."

"네, 그래요, 메리 아주머니." 나는 말했다. "그래도 전 괜찮아요……. 이미 깨어 있었어요."

나는 손잡이가 움직이는 것을 보고 몸이 얼어붙은 채 그녀의 목소리를 들었다. "그 소리가 그 방 안에서 많이 들리는 것 같던데. 자네 옷은 입었나?"

"아뇨." 나는 외쳤다. "지금 옷을 입는 중이에요. 잠깐이면 돼요."

"그러면 부엌으로 나와." 그녀가 말했다. "거기는 따듯하거든. 스토브 위에 따듯한 물도 있으니 세수도 하고…… 커피도 마셔. 맙소사, 저 소리 좀 들어 봐!"

나는 그녀가 문 앞에서 사라질 때까지 얼어붙은 듯이 서 있었다. 서둘러야 했다. 나는 무릎을 꿇고 앉아서 저금통 조각을 주웠다. 빨간 셔츠가 칠해진 가슴 부분에는 마치 운동선수의 스웨터 가슴에 팀 이름이 새겨져 있듯 '먹을 걸 주세요'라는 전통적인 어구가 하얀 금속체로 곡선을 그리며 쓰여 있었다. 저금통 인형은 수류탄처럼 산산조각이 나서 떨어진 동전들 사이에 들쭉날쭉한 색색의 쇳조각들이 되어 흩어져 있었다. 나는 내 손을 바라보았다. 작은 핏방울들이 보였다. 나는 피를 닦아 내며 생각했다. 이 난장판을 숨겨야 해! 나는 그녀에게 이 난장판과 떠난다는 소식을 동시에 전할 수 없어. 나는 의자에 놓인 신문지를 가져다가 빳빳하게 접어서 동전들과 깨진 조각들을 한쪽으로 쓸어 모았다. 이걸 어디다 감춰야 하지? 나는 걱정하면서 쇠로 된 곱슬머리와 히죽이는 빨갛고 두꺼운 입술 조각을 더없이 혐오스럽게 바라보았다. 그리고 괴로운 마음으로 생각했다. 왜 메리 아주머니는 이런 물건을 주위에 놔둔 걸까? 도대체 왜? 나는 침대 아래를 들여다보았다. 먼지 하나 없이 깨끗했고 무언가를 감출 만한 장소가 아니었다. 그녀는 너무나도 완벽한 살림꾼이었다. 게다가 동전들은 어쩌지? 빌어먹을! 어쩌면 전에 살던 사람이 남긴 건지도 모른다. 어쨌든 그게 누구 것이든 지금은 숨겨야만 한다. 방에는 옷장이 있지만 그곳은 너무 쉽게 발견될 것이다. 내가 떠나고 며칠 지나면 그녀가 청소를 할 것이고 그러면 바로 눈에 띌 것이다. 두드리는 소리가 이제는 단순한 난방 문제에 대한 항의를 넘어서 거친 룸바 리듬으로 바뀌었다.

둥!
둥 — 둥
둥 — 둥!

둥!
둥 — 둥
둥 — 둥!

바닥을 울리는 소리였다.

"난 몇 분 후면 여길 떠나고 없을 몸이다, 이놈들아." 나는 큰 소리로 외쳤다. "남을 존중할 줄 모르는 놈들. 자고 싶어 하는 사람도 있다는 걸 왜 몰라? 누가 미치기라도 하면 어쩔려고……?"

그러나 신문지 꾸러미가 아직 남아 있다. 시내로 들어가는 길에 버리는 것 말고는 달리 방법이 없었다. 꾸러미를 단단하게 묶어서 외투 주머니 속에 넣었다. 나는 이제 메리 아주머니에게 그 동전에 해당하는 충분한 돈만 주면 된다. 나는 그녀에게 내가 떼어 줄 수 있는 최대한의 액수, 필요하다면 내가 가진 것의 반이라도 주리라. 그 정도라면 메리 아주머니도 좋아하겠지. 그렇지만 그녀의 얼굴을 봐야 한다는 생각을 하니 다시 두려운 마음이 들었다. 빠져나갈 길은 없다. 왜 그냥 떠난다고 말하고 돈을 주고 나와 버리지 못하나? 그녀는 집주인이고 나는 세든 사람일 뿐인데. 아니다. 거기에는 그 이상의 무엇이 있다. 나는 그녀에게 그냥 떠난다고 말할 만큼 냉정하거나 원칙적인 사람이 아니다. 일자리를 얻었다고 말해야지. 무슨 말이든 해야지. 그렇지만 지금 바로 말해야 한다.

부엌에 들어가 보니 그녀는 식탁에 앉아서 커피를 마시고 있었다. 스토브 위의 주전자에서는 쉬익 하는 소리와 함께 김이 뿜어져 나왔다.

"이런, 오늘 아침은 늦게 시작하는군." 그녀가 말했다. "주전자에 있는 물을 가져다가 세수 좀 하게. 졸려 보이니 찬물로 씻는 것도 좋을 것 같네만."

"이거면 됩니다." 나는 덤덤하게 대답했다. 김이 올라와 얼굴을 순식간에 축축하게 만들었다가 곧 차가워졌다. 스토브 위의 시계는 내 시계보다 늦었다.

욕실로 가서 나는 세면대를 마개로 막고 뜨거운 물을 조금 붓고는 수도꼭지를 틀어 미지근하게 만들었다. 나는 눈물처럼 미지근한 물을 얼굴에 한참 동안 갖다 대었다. 그러고는 수건으로 닦고 부엌으로 돌아왔다.

"다시 가득 채워 놓게." 그녀는 내가 돌아오자 말했다. "좀 어떤가?"

"그저 그래요." 나는 대답했다.

그녀는 에나멜을 칠한 테이블 위에 팔꿈치를 대고 양손으로 컵을 잡은 채 앉아 있었다. 고된 일로 거칠어진 작은 손가락 하나가 약간 구부러져 있었다. 나는 싱크대로 가서 수도꼭지를 틀었다. 손에 차가운 물이 쏟아지는 걸 느끼며 내가 해야 할 일을 생각했다.

"이봐, 그 정도면 충분해." 메리 아주머니의 말에 나는 깜짝 놀랐다. "잠 깨!"

"정신이 다른 데 가 있나 봐요." 나는 말했다. "오락가락하네요."

"그럼 정신 좀 차리고 이리 와 커피나 마셔. 내가 커피 마시고 바로 아침 식사 만들 만한 게 뭐 있는지 볼게. 어제 저녁 안 먹었으니 오늘 아침은 먹을 수 있을 걸세. 저녁 먹으러 안 돌아왔잖아."

"죄송해요." 내가 대답했다. "커피면 충분해요."

"이봐, 다시 뭔가 좀 먹기 시작해야 해." 그녀는 커피를 가득 따라 주며 충고했다.

나는 컵을 받아 들고는 설탕도 넣지 않고 홀짝홀짝 마셨다. 맛이 썼다. 그녀는 나를 힐끔 보고는 설탕 통으로 시선을 옮겼다가 다시 나를 보았지만 아무 말도 하지 않았다. 그러고 나서 컵을 흔들면서 안쪽을 들여다보았다.

"필터를 좋은 걸로 바꿔야 할 것 같아." 그녀는 생각에 잠겨 말했다. "지금 쓰는 것은 커피하고 찌꺼기가 같이 내려오거든. 좋은 게 나쁜 것과 같이 나온단 말이야. 잘 모르겠어, 제일 비싼 필터를 써도 컵 바닥에 찌꺼기가 한두 개는 남거든."

나는 메리 아주머니의 시선을 피하며 김이 나는 커피를 입으로 불었다. 두드리는 소리가 다시 참기 힘들 정도로 커졌다. 나는 떠나야 했다. 나는 뜨거운 커피의 검은 표면을 바라보았다. 기름기 있는 우윳빛 소용돌이가 보였다.

"있잖아요, 메리 아주머니." 나는 말을 시작했다. "말씀드릴 게 있어요."

"이것 보게." 그녀는 걸걸하게 말했다. "아침부터 자네가 방세 걱정하는 꼴을 보고 싶지 않네. 나는 걱정 안 해. 자네가 돈을 구하면 줄 테니까 말이지. 그때까지는 잊고 지내게. 이 집에서는 아무도 배고프면 안 돼. 일자리를 알아보는 데 무슨 좋은 소식이라도 있나?"

"아뇨, 그런 건 아니에요." 나는 기회를 포착하여 더듬거리며 말하기 시작했다. "그런데 오늘 아침 일자리에 대해 알아볼 약속이 있어요……."

그녀의 얼굴이 밝아졌다. "그거 잘됐네. 곧 좋은 자리를 찾을 거야. 내가 알아."

"그런데 제가 갚아야 할 돈은……." 나는 다시 말을 이었다.

"그건 걱정 마. 핫케이크 좀 줄까?" 그녀는 일어서서 찬장 안을 살펴보며 물었다. "이렇게 추운 날씨에는 그런 걸 좀 먹어야 든든해."

"시간이 없어요." 나는 말했다. "그렇지만 드릴 게 있어요……."

"뭔데?" 그녀가 찬장 안을 들여다보고 있어서 목소리가 둔탁하게 들려왔다.

"여기 있어요." 나는 주머니에서 돈을 꺼내며 서둘러 말했다.

"뭐라고? 시럽이 어디 있는지 좀 보고……."

"이것 좀 보세요." 나는 100달러짜리 지폐를 꺼내며 간절하게 말했다.

"더 높은 선반에 있는 게 틀림없어." 그녀는 여전히 등을 돌린 채 말했다.

나는 한숨이 났다. 그녀는 사다리를 찬장 옆으로 끌고 가서 올라가더니 문을 붙잡고 위쪽 선반을 들여다보았다. 이러다간 절대 말을 못하겠군…….

"그런데 이걸 좀 드리려고 그래요." 내가 말했다.

"이봐, 그만 좀 귀찮게 굴면 안 돼? 나한테 뭘 주려고?" 그녀는 어깨 너머로 돌아다보며 말했다.

나는 지폐를 들어 보였다. "이거요." 나는 대답했다.

그녀는 고개를 길게 빼며 돌아보았다. "이봐, 그게 뭐야?"

"돈이요."

"돈? 세상에!" 그녀는 뒤로 완전히 돌아서려다 균형을 잃고 넘어질 뻔했다. "그 많은 돈을 어디서 구했어? 숫자 맞추기 복권이라도 한 거야?"

"그거예요. 제 번호가 떴어요." 나는 고마운 듯 말하면서 생각했다. 그녀가 내 번호를 물어보면 뭐라고 말하지? 나는 당연히 몰랐다. 한 번도 그런 복권을 사 본 적이 없으니까.

"그런데 왜 나한테 말 안 했어? 나도 못해도 5센트는 걸었을 텐데."

"저도 그게 정말 될 줄은 몰랐죠." 나는 대답했다.

"정말 놀랐는걸! 이번에 처음 해 본 것이 맞지?"

"맞아요."

"그것 보게. 나는 자네가 운 좋은 사람인 줄 알고 있었어. 나는 몇 년이나 여기서 그걸 했는데 자네는 단번에 그 많은 돈을 맞히다니. 정말 기쁘네. 정말이야. 그런데 자네 돈은 필요 없네. 일자리를 찾거든 그때 주게나."

"이 돈을 몽땅 드리는 것도 아닌데요, 뭘." 나는 얼른 말했다. "갚아야 할 방세만이에요."

"그래도 그것은 100달러짜리 지폐잖아. 내가 그걸 가지고 나가서 교환하려고 하면 백인들이 내 과거를 전부 캐내려고 할걸." 그녀는 코웃음 치며 말했다. "그놈들은 내가 어디서 태어나고, 어디서 일하고, 지난 여섯 달 동안 어디에 있었는지 알고 싫어 할 거야. 그리고 내가 다 말해 줘도 여전히 이 돈을 훔친 것으로 생각할 거야. 더 작은 돈은 없나?"

"이게 제일 작은 거예요. 받으세요." 나는 사정을 했다. "제게는 충분히 남아 있어요."

그녀는 예리한 눈으로 나를 바라보았다. "정말 그래도 되겠나?"

"그럼요." 나는 대답했다.

"정말 놀랐는걸. 아무튼 떨어져 목이 부러지기 전에 여기서 내려가야겠군!" 그녀는 사다리에서 내려오며 말했다. "정말 고맙게 생각하네. 그렇지만 들어 보게. 일부만 내가 갖고 나머지는 자네를 위해 남겨 두겠네. 돈 떨어지면 메리를 찾아오게."

"이제는 문제가 없을 것 같아요." 나는 그녀가 조심스럽게 돈을 접어서, 항상 자기 의자 뒤에 걸어 놓는 가죽 가방 속에 넣는 모습을 지켜보며 말했다.

"정말 기쁘네. 왜냐하면 그동안 나를 괴롭혀 오던 청구서들을 다 처리할 수 있으니까 말이야. 안으로 들어가서 돈을 턱 꺼내 놓고 이제 그만 좀 괴롭히라고 말하고 나면 기분이 아주 좋아질 거야. 이봐, 자네의 행운은 계속 될 거야. 그 숫자들을 꿈에서 보았나?"

나는 그녀의 진지한 얼굴을 힐끔 쳐다보았다. "네. 그런데 워낙 잡다한 꿈이라서요." 나는 대답했다.

"오, 주여. 이게 다 뭐야! 이게 뭐야!" 그녀는 일어서서 스팀 파이프 주변의 장판을 가리키며 소리 질렀다.

바퀴벌레 한 떼가 위층에서 스팀 파이프를 타고 미친 듯이 내려오다가 파이프가 울릴 때마다 바닥으로 뚝뚝 떨어졌다.

"빗자루 좀 가져와." 메리 아주머니가 고함을 질렀다. "거기 벽장 속에서, 거기!"

나는 의자 뒤로 돌아가 빗자루를 꺼내 들고 그녀를 도왔다. 흩어지는 바퀴벌레들을 빗자루와 발로 마구 때렸는데 발로 세게 밟을 때 툭툭 터지는 소리가 들렸다.

"더럽고 냄새나는 것들." 메리 아주머니가 외쳤다. "저기 테이블 밑에 있는 놈을 잡아! 저쪽으로 간다. 놓치지 마! 더러운 놈들!"

나는 빗자루를 휘두르며 내리쳤고 으깨진 벌레들을 쓸어 모았다. 메리 아주머니는 숨을 헐떡이며 쓰레받기를 내게 갖다 주었다.

"아주 불결하게 사는 사람들도 있어." 그녀는 역겹다는 듯 말했다. "그냥 몇 번 두들겨 대니까 이렇게들 기어 나오잖아. 그냥 이렇게 흔들기만 하면 돼."

나는 장판의 축축한 부분을 바라보았다. 그런 후 쓰레받기와 빗자루를 갖다 놓고는 방을 나가려고 했다.

"아침 안 먹을 거야?" 그녀가 물었다. "이거 치우는 대로 준비해 줄게."

"이제 시간이 없어요." 나는 손으로 문고리를 잡으며 말했다. "약속이 일찍 있거든요. 그리고 그 전에 몇 가지 해야 할 일도 있고요."

"그러면 시간 나는 대로 어디 가서 따듯한 걸 좀 먹도록 해. 뱃속에 아무것도 없이 추운 데 돌아다니지 말고. 그리고 돈 좀 생겼다고 나가서 사 먹을 생각만 하지 말고."

"안 그럴게요. 제가 알아서 할게요." 나는 손을 씻는 그녀의 등 뒤에 대고 대답했다.

"그럼 행운을 비네." 그녀가 말했다. "오늘 아침에 자네가 정말이지 기분 좋은 뜻밖의 선물을 해 줬어. 암, 내 말이 거짓이라면 괴물에게 잡아먹힐 일이지!"

그녀는 기분 좋게 웃었고 나는 복도를 지나 내 방으로 가서 문을 닫았다. 나는 외투를 걸치고 옷장에서 귀중한 서류 가방을 꺼냈다. 가방은 그 난투극이 있던 날 밤처럼 여전히 새것이었으나 그 안에 부서진 저금통과 동전들을 넣고 뚜껑을 닫으니 가운데가 불룩해졌다. 나는 옷장을 닫고 방에서 나왔다.

두드리는 소리도 이젠 그다지 거슬리지 않았다. 복도로 나가 보니 메리 아주머니는 무언가 슬프고 잔잔한 노래를 부르고 있었다. 내가 문을 열고 복도로 나간 뒤에도 여전히 그녀의 노랫소리가 들렸다. 그때 나는 복도의 희미한 불빛 아래서 어렴풋이 향기가 나는 종이쪽지를 지갑에서 꺼내 조심스럽게 펼쳐 보았다. 한순간 온몸이 떨렸다. 복도는 추웠다. 전율이 멈추자 나는 동지회가 지어 준 나의 새로운 이름을 눈을 가늘게 뜨고 한참이나 보았다.

지난 밤 내린 눈은 어느새 지나다니는 차들 때문에 더러워져 있었다. 날씨가 포근했다. 인도를 따라 행인들 틈에 끼어서 걷다 보니 꾸러미의 무게 때문에 서류 가방이 다리에 부딪히며 흔들리는 것이 느껴졌다. 나는 동전들과 깨진 쇠붙이들을 쓰레기통이 보이는 대로 버리기로 마음먹었다. 메리 아주머니 집에서의 마지막 아침을 떠올리게 하는 물건은 이제 필요 없었다.

나는 낡은 개인 주택들 앞에 줄줄이 있는 찌그러진 쓰레기통들을 향해 걸어갔다. 가까이 지나가며 한 쓰레기통에 꾸러미를 자연스럽게 던져 넣고 걸어가는데 뒤에서 문이 열리고 고함 소리가 들렸다.

"안 돼요, 안 돼! 돌아와서 다시 꺼내 가!"

돌아서 보니 키 작은 여자가 초록 코트를 머리와 어깨에 뒤집어쓰고 현관에 서 있었다. 코트 소매는 마치 퇴화된 팔처럼 흐느적거리며 매달려 있었다.

"당신 말이에요." 그 여자가 불렀다. "돌아와서 당신 쓰레기 가져가라니까. 그리고 다시는 여기에 쓰레기 버리지 말아요!"

그녀는 줄 달린 코안경을 쓰고 머리는 핀을 꽂아 틀어 올린, 키 작은 황인종 여자였다.

"우리는 동네를 깨끗하고 품위 있게 가꾸고 있어요. 당신네 같은 흑인 농사꾼들이 남부에서 올라와 망가뜨리는 걸 바라지 않아요." 그녀는 증오가 불타오르는 목소리로 외쳤다. 사람들이 멈추고 바라보았다. 아래 블록의 건물에서 관리인 하나가 나오더니 인도 한가운데 서서 주먹으로 손바닥을 치며 탁탁거리는 메마른 소리를 냈다. 나는 잠시 머뭇거렸다. 당혹스럽고 화가 났다. 이 여자 미쳤나?

"정말이라니까! 이봐, 당신! 내 말 들으란 말이야! 어서 꺼내 가란 말이야! 로잘리!" 그녀는 집 안에 대고 누군가를 불렀다. "경찰에 신고해, 로잘리!"

어쩔 수 없는 노릇이군. 나는 쓰레기통으로 되돌아갔다. "이게 무슨 상관이에요, 아주머니?" 나는 그녀에게 물었다. "쓰레기 치우는 사람들이 오면 쓰레기는 다 쓰레기일 뿐입니다. 저는 그걸 길바닥에 버리지 않고 싶었던 것뿐인데요. 쓰레기에도 좋고 나쁜 것이 있는지 몰랐어요."

"쓸데없는 말 말아요." 그녀가 말했다. "나는 당신 같은 남부의 검둥이들이 우리 사는 데 와서 어지럽히는 것에 역겹고 진절머리가 나."

"알았어요." 나는 대답했다. "꺼내 갈게요."

나는 반쯤 채워진 쓰레기통에 손을 넣어 꾸러미를 찾았다. 썩어가는 음식찌꺼기 냄새가 코를 찔렀다. 손에 병균이라도 옮을 것 같았다. 무거운 꾸러미는 밑바닥 쪽으로 빠져 있었다. 나는 혼자 욕설을 퍼부으며 깨끗한 손으로 다른 쪽 소매를 걷어 올리고 뒤적거리다 꾸러미를 찾았다. 그런 후 손수건으로 팔을 닦고는 그 자리에서 벗어났다. 가던 길을 멈추고 나를 보며 히죽거리는 사람들을 의식하면서.

"딱 어울리는군." 작은 여자가 현관에서 소리쳤다.

그러자 나는 돌아서서 그녀를 향해 올라갔다. "이제 그만 하시지, 이 쓰레기 같은 누렁이야. 경찰을 부르려면 몰라도." 내 목소리에 처음으로 날카로운 고음이 실렸다. "당신이 원하는 대로 해 줬잖아. 한마디만 더 하면 내가 원하는 걸 해 줄 테다……."

그녀는 눈이 휘둥그레져서 나를 바라보았다. "네놈이면 그럴 수 있지." 그녀는 문을 열며 말했다. "네놈이면 그럴 수 있어."

"난 그럴 수 있는 정도가 아니라 그렇게 하고 싶어." 내가 말했다.

"네놈이 신사가 아닌 건 나도 알아봤어." 그녀는 문을 쾅 닫으며 말했다.

나는 다른 쓰레기통 앞에서 신문지 조각으로 손목과 손을 닦았다. 그런 후 나머지로 꾸러미를 감쌌다. 다음에는 길에다 던져 버려야지.

두 블록쯤 가다 보니 분노는 가라앉았지만 이상하게도 외로운 생각이 들었다. 심지어 내 주변의 사거리에 서 있는 사람들도 모두 자신의 생각 속에 깊이 빠져서 소외된 듯 보였다. 바로 그때 신호가 바뀌는 순간 나는 그 꾸러미를 뭉개진 눈 위에 떨어뜨리고는 서둘러 길을 건너갔다. 이제 끝났군. 나는 속으로 중얼거렸다.

두 블록쯤 걸어갔을 때 누군가 뒤에서 나를 불렀다. "이봐요, 친구! 헤이, 이봐요. 거기, 선생님……. 잠깐만요!" 나는 황급히 자박자박 눈을 밟으며 걸어오는 소리를 들었다. 그 사람은 내 옆에까지 왔으며 낡은 옷을 입은 작달막한 사내였다. 그가 헐떡거리면서 웃는 사이 그의 입김이 차가운 공기 속에 하얗게 퍼져 나왔다.

"댁이 어찌나 빨리 걷는지 못 따라잡는 줄 알았소이다." 그는 말했다. "저기 뒤에서 무언가를 잃어버리지 않았소?"

오, 맙소사. 궁할 때 친구라더니. 나는 거부하기로 결심했다. "뭘 잃어버렸다고요?" 나는 되물었다. "아뇨."

"확실해요?" 그는 얼굴을 찌푸리며 물었다.

"그럼요." 나는 그의 이마에 의심스럽다는 투의 주름살이 접히는 걸 보면서 대답했다. 내 얼굴을 살펴보던 그의 눈에 두려움이 불쑥 솟는 것이 보였다.

"그렇지만 내가 봤소이다. 말해 보시오, 친구." 그는 자기가 급히 걸어온 거리를 뒤돌아보면서 말했다. "당신, 무슨 짓을 하려는 거요?"

"네? 무슨 말이시죠?"

"아무것도 잃어버리지 않았다는 것 말이오. 당신 지금 사기 치려는 거요?" 그는 자기가 걸어온 거리에 있는 사람들을 황급히 둘러보며 뒤로 물러섰다.

"지금 도대체 무슨 말을 하는 거예요?" 나는 말했다. "나는 잃어버린 게 없다고 했잖아요."

"이봐요, 그런 말 마시오! 내가 봤소. 도대체 무슨 뜻이오?" 그는 자기 주머니에서 꾸러미를 슬쩍 꺼내며 말했다. "여기 이 안에 돈이나 총 같은 것이 든 거 아니오? 당신이 떨어뜨리는 걸 내가 두 눈으로 확실히 봤소."

"아, 그거요." 나는 말했다. "그건 아무것도 아닙니다. 저는 다른 걸 말하는 줄 알았어요……."

"맞소. 그럼 이제 기억하는 것이오? 그렇소? 나는 댁에게 도움을 주려는 것이었는데 마치 바보 취급을 했잖소. 무슨 사기꾼이나 마약 밀매꾼 같은 것이오? 나한테 사기를 칠 생각이었소?"

"사기요?" 내가 말했다. "무언가 잘못 아신 것 같습니다……."

"잘못이라고, 염병할! 이 빌어먹을 물건이나 받으시오." 그는 내 꾸러미를 마치 도화선에 불이 붙은 폭탄이나 되듯이 내 손에 던져 주었다. "나는 가족이 있소. 당신에게 좋은 일을 해주고 싶었을 뿐인데 나를 곤경에 빠트리려고 하다니……. 지금 형사나 혹은 그런 사람에게 쫓기는 중이오?"

"잠시만요." 내가 말했다. "상상력이 너무 지나치네요. 이건 아무것도 아닌 쓰레기에 불과한데……."

"내게 이 똥 같은 것을 넘기려고 하지 마시오." 그는 씩씩거리며 말했다. "이게 무슨 쓰레기인지 나도 알아. 당신같이 뉴욕에 사는 흑인 젊은이들, 모두 범죄자들이야! 당신도 틀림없어! 경찰이 당신을 잡아다가 감방에 처넣어야 할 텐데!"

그는 내가 천연두라도 걸린 듯 내게서 총알같이 사라졌다. 나는 꾸러미를 바라보았다. 저 사람은 이게 총이나 장물인지 알았나 보군. 나는 그가 사라지는 모습을 보며 생각했다. 몇 발자국쯤 가다가 대담하게 그것을 버리려고 하면서 뒤를 돌아보았다. 그 순간 그 사람이 다른 사내와 함께 있는 모습이 보였고 나를 가리키며 분개한 듯 손짓을 하고 있었다. 나는 서둘러 걸어갔다. 시간을 지체하면 저 바보가 경찰에 신고할 것이다. 나는 꾸러미를 다시 서류 가방에 넣었다. 시내에 도착할 때까지는 가지고 있어야겠다.

지하철에 탄 사람들은 불쾌한 얼굴을 앞으로 드밀고 아침 신문을 읽고 있었다. 나는 눈을 감고 메리 아주머니에 대한 생각을 떨쳐 버리려고 애썼다. 그러다 돌아보니 "할렘 강제 퇴거 시행에 대한 격렬한 항의"라는 기사가 눈에 들어왔다. 그 순간 문이 열리자 그 사람은 신문을 내려놓고 나가 버렸다. 나는 42번가까지 가는 동안 조바심이 났다. 내리자마자 나는 타블로이드판 신문의 첫 장에 나온 그 기사를 발견하고는 정신없이 읽었다. 나는 단지 혼란 상태에서 사라져 버린, 이름 모를 '민중 선동가'로 표현되어 있었다. 그것은 나를 지칭하는 것이 분명했다. 그 사건은 두 시간 동안 계속되었으며 군중은 그 지역에서 해산하기를 거부했다고 쓰여 있었다. 나는 왠지 중요한 인물이 된 것 같은 기분을 새삼 느끼며 옷가게로 들어갔다.

작정했던 것보다 더 비싼 양복을 골랐다. 그리고 옷을 수선하는 동안 모자, 셔츠, 신발, 속옷 그리고 양말을 샀다. 그런

*

후 서둘러 잭 동지에게 전화했고 그는 마치 장군인 양 지시를 내렸다. 나는 먼저 이스트사이드 거리의 한 주소지로 가서 숙소를 찾아야 한다. 그리고 전에 받은 동지회의 책자들을 읽으며 그날 저녁에 열릴 할렘의 집회에서 연설할 내용을 구상해야 한다.

주소지는 스페인과 아일랜드계 사람들이 모여 사는 지역의 평범한 건물이었다. 관리인을 호출하는 벨을 누르며 거리를 보니 어린아이들이 눈싸움을 하고 있었다. 작고 유쾌한 얼굴의 여자가 문을 열고 미소를 지었다.

"좋은 아침입니다, 동지." 그녀가 말을 건넸다. "아파트는 준비돼 있어요. 지금쯤 오실 거라고 그분이 말했거든요. 그래서 막 내려오던 참이에요. 세상에, 저 눈 좀 보세요."

나는 그녀를 따라 3층까지 계단을 오르면서 도대체 아파트 하나를 통째로 가지고 내가 뭘 해야 하는 것인지 궁금한 생각이 들었다.

"여기입니다." 그녀가 주머니에서 열쇠 꾸러미를 꺼내서 복도 정면의 문을 열며 말했다. 나는 겨울 햇빛이 환하게 드는, 작고 편안하게 꾸민 방으로 들어갔다. "여기는 거실이에요." 그녀는 자랑스럽게 말했다. "그리고 여기 이쪽은 침실이고요."

아파트는 필요 이상으로 넓었다. 서랍장 하나, 장식이 달린 의자 둘, 옷장 둘, 책꽂이와 책상이 하나씩 있었으며 거기에는 잭 동지가 말했던 책자들이 가득 쌓여 있었다. 침실에서 조금 떨어진 곳에 욕실이 있었으며 작은 부엌도 있었다.

"마음에 들면 좋겠어요, 동지." 그녀는 나가면서 말했다. "필요한 게 있으면 벨을 눌러 주세요."

아파트는 깨끗하게 정돈되어 있었고 마음에 들었다. 무엇보다 욕조와 샤워기가 있는 욕실이 좋았다. 나는 바로 욕조에 들어가 몸을 담갔다. 그러고 나서 개운하고 가벼운 마음으로 동지회 책들과 팸플릿을 자세히 읽어 보았다. 내 서류 가방은 부서진 인형을 담은 채 테이블 위에 놓여 있었다. 저 꾸러미는 나중에 버리면 되겠지. 지금은 오늘 밤 집회만 생각해야 한다.

16장

7시 30분이 되자 잭 동지와 몇 사람이 나를 데리러 와서 택시를 타고 할렘으로 달렸다. 이전과 마찬가지로 모두들 한마디도 없었다. 그저 한 사내가 구석에 앉아 럼 향기가 나는 파이프 담배를 뻑뻑 빨아 대는 소리만 날 뿐이었다. 담배는 어둠 속에서 붉은 원반 모양으로 타올랐다가 내려앉곤 했다. 나는 가는 동안 점점 긴장이 되었다. 택시 안이 이상하게 후덥지근했다. 우리는 한 샛길에서 내려 어둡고 좁은 골목길을 내려가 창고같이 커다란 건물의 뒤편으로 갔다. 다른 회원들이 먼저 와서 기다리고 있었다.

"자, 다 왔소." 잭 동지는 말하면서 어두운 뒷문을 열고 대기실로 안내했다. 그곳에는 전구가 갓도 없이 낮게 매달려 불을 밝히고 있었다. 그리고 나무 의자와 철재 로커들이 나란히 놓여 있었으며 로커마다 이름을 긁어서 표시해 놓았다. 축구 선수들의 로커처럼 오래된 땀 냄새와 소독약, 피 그리고 소독용 알코올 냄새가 뒤섞여 있었다. 추억이 밀려드는 것 같았다.

"건물에 사람들이 채워질 때까지 우리는 여기서 대기한다." 잭 동지가 말했다. "그러고 나서 우리의 모습을 드러내는 것이오. 그들의 인내심이 극에 달했을 때 말이오." 그는 내게 미소를 보냈다. "그러는 동안 동지는 무슨 연설을 할지 생각해 보시오. 자료들은 훑어보았소?"

"하루 종일이요." 내가 대답했다.

"좋소. 그렇지만 다른 사람들이 하는 말도 잘 들어 두길 바라오. 우리가 당신보다 먼저 연설을 할 것이니 당신은 거기서 연설의 아이디어를 얻도록 하시오. 당신이 마지막 연사요."

나는 고개를 끄덕였다. 그는 다른 두 사내의 팔을 잡고 구석으로 갔다. 나는 혼자 남았고 다른 사람들은 자신들의 메모를 들여다보면서 중얼거렸다. 나는 방을 가로질러 가서 빛바랜 벽에 압정으로 붙여 놓은 찢어진 사진들을 보았다. 그것은 전 복싱 챔피언이 복싱하는 자세로 찍은 사진이었다. 그는 링에서 실명하게 된 인기 있던 선수였다. 여기 바로 이 체육관에서 있었던 일이리라. 오래 전 일이었다. 사진 속의 그는 너무나 검고 두들겨 맞은 모습이어서 어느 나라 사람인지 알아볼 수 없을 정도였다. 그는 거대한 덩치에 늘어진 근육을 가졌으나 좋은 사람처럼 보였다. 그가 부정한 경기에서 실명하도록 얻어맞은 것, 억압됐던 소문에 관한 것, 그리고 맹인 수용소에서 죽게 된 경위에 대하여 아버지가 들려주었던 이야기가 생각났다. 내가 여기에 오리라고 누가 생각이나 했겠는가? 얼마나 요지경 세상인가. 이상하게도 서글픈 생각이 들었다. 나는 벤치로 가서 몸을 수그린 자세로 앉았다. 다른 사람들은 낮은 목소리로 계속 중얼거리고 있었다. 나는 그들을 바라보며 갑자기 화가 났다. 왜 내가 마지막에 해야 하는 거지? 만약 내가 나서기도 전에 저들이 청중을 죽도록 지겹게 만들어 버리면 어떡하나? 어쩌면 시작하기도 전에 사람들의 고함 소리를 들으며 내려와야 할지도 모를 텐데……. 그렇지 않을 수도 있어. 나는 그렇게 생각하면서 의구심을 떨쳐 버리려고 했다. 어쩌면 저 사람들과 나의 차이를 부각시켜 효과를 얻을 수도 있어. 그게 전략일지도 몰라……. 어쨌든 나는 저들을 믿어야 해. 그래야만 해.

여전히 불안감이 사라지지 않았다. 나는 있어서는 안 될 곳에 있는 기분이었다. 출입문 너머 멀리서 의자를 끄는 소리와 사람들의 목소리가 들려왔다. 마음속에 작은 걱정들이 소용돌이쳤다. 새 이름을 잊어버릴지도 모르고, 누군가 나를 알아볼지도 모른다는 걱정이 들었다. 나는 몸을 앞으로 숙였는데 푸른색 새 바지를 입은 내 다리가 갑자기 눈에 들어왔다. 그런데 이게 내 다리라는 걸 어떻게 알지? 네 이름이 뭐야? 나는 혼자 씁쓸한 농담을 하며 생각했다. 어리석은 짓이었지만 그것이 불안감을 완화시켜 주었다. 마치 내 다리를 처음 보는 느낌이었기 때문이다. 그것은 독립된 객체로서 자기 의지대로 나를 안전한 곳이나 위험 곳으로 끌고 다닐 수 있다. 나는 먼지가 쌓인 바닥을 유심히 내려다보았다. 그 순간 터널 양 끝에 동시에 서 있는 것 같은 느낌이 들었다. 나는 그 오래된 체육관에 앉아 있었지만 마치 저 멀리 캠퍼스에서 나 자신을 보는 듯했다. 새로 산 푸른 양복을 입은 나의 모습을. 쉭쉭거리는 날카로운 목소리로 중얼거리고 있는 한 덩어리의 열성적인 사람들의 건너편에 앉아 있는 모습을. 그러나 여전히 멀리서 의자를 덜커

덩거리는 소리와 더 늘어난 사람들의 목소리, 그리고 기침 소리가 들려왔다. 그 모든 것들이 내 마음속 깊은 곳에서 감지되는 느낌이었다. 그러나 내가 본 것, 산란하고 형상이 없는 모습에는 분별할 수 없는 모호함이 남아 있었다. 마치 어린 시절에 찍은 사진 속의 자신을 바라볼 때처럼 말이다. 텅 빈 표정에 특징 없는 미소, 너무 커다란 귀, 그리고 너무나 또렷이 돋아난 '용기의 표시'인 여드름. 지금이 새로운 국면이고 새로운 시작임을 나는 알고 있었다. 그리고 나는 남의 일인 양 방관하는 나 자신의 그런 부분을 받아들여야 한다. 그리고 캠퍼스나 병원의 기계, 그리고 배틀로열로부터 언제나 멀리 거리를 두어야 한다. 이미 멀리 지나간 것들이지만.

어쩌면 무관심하게 지켜보면서도 하나도 빼놓지 않고 모든 걸 보는 나의 그런 부분은 여전히 악의적이고 억지를 부리려는 부분인지도 모른다. 이의를 제기하는 목소리는 할아버지를 닮은 부분이다. 그것은 냉소적이고 의심을 담당하는 부분인데 항상 내적 불협화음을 일으키려는 반역적 자아이다. 무엇이 됐든 나는 이제 그런 것을 억제해야만 한다는 사실을 알고 있었다. 무조건 그래야 했다. 오늘 밤 성공한다면 나는 무언가 거대한 길로 들어서는 셈이니까 말이다. 더 이상 상처 앞에서 흔들릴 필요도 없고 잊었던 고통을 기억해 내려 할 필요도 없겠지……. 아니다. 다리 위치를 바꾸면서 나는 생각했다. 이 다리가 바로 멀리 고향에서 여기까지 나를 데려다 준 그 다리잖아. 하지만 어쩐지 새로웠다. 새 양복이 그 새로움을 내게 더해 주었다. 그것은 옷과, 새 이름과, 상황 때문이었다. 깊이 생각해 보기에는 미묘한 새로움이었지만 아무튼 새로움이 느껴졌다.

나는 누군가 다른 사람이 되어 가고 있었다.

나는 연단에 걸어 올라가 입을 여는 순간 다른 사람이 될 것이라는 생각이 어렴풋이 들자 덜컥 공포감이 몰려왔다. 새로 만들어진 이름을 가진, 아무나 될 수 있고 동시에 아무도 아닐 수도 있는 그런 사람이 되기 때문이다. 그뿐만 아니라 다른 인격체가 될 수도 있다. 지금 나를 아는 사람은 거의 없다. 그렇지만 오늘 밤 이후에는……. 어떻게 될까? 아마도 많은 사람들에게 알려지고 존경을 받게 되겠지. 수많은 시선이 집중될 것이고, 그것만으로도 다른 사람을 만들기에는 충분할지 모른다. 즉 다른 사람이나 혹은 다른 무엇으로 변하게 만들기에 충분할지 모른다. 아이가 점점 커져서 언젠가 굵은 목소리를 가진 성인이 되는 것처럼 말이다. 비록 나는 열두 살 때부터 이미 목소리가 굵어졌지만. 그런데 만약 청중들 중에 우리 학교에서 온 사람이 끼어 있으면 어떡하지? 아니면 메리 아주머니 집에 사는 사람이라도. 아니, 바로 메리 아주머니가 있다면? "아니, 그렇다 해도 아무것도 바꿀 순 없지." 나는 낮은 목소리로 중얼거렸다. "그건 모두 과거야." 내 이름은 바뀌었다. 그리고 나는 지시를 받는 몸이었다. 심지어 거리에서 메리 아주머니를 만난다 하더라도 모른 척하고 지나쳐야 할지도 모른다. 나는 우울한 생각을 하다가 불쑥 일어서서 대기실을 나와 복도로 갔다.

외투를 벗었더니 추웠다. 출입구 위에는 희미한 전등이 켜져 있었으며 바깥에 내리는 눈이 불빛에 빛났다. 나는 골목을 가로질러 어두운 쪽으로 가서, 페놀 냄새가 나는 담장 근처에 멈추어 섰다. 골목 쪽을 뒤돌아보자니 그 냄새는 내가 태어나

기도 전에 불타 버린 경기장 부지에 있던, 방치된 거대한 구덩이를 생각나게 했다. 남아 있는 것이라곤 열기 때문에 구부러진 보도 밑으로 생긴 10여 미터쯤 되는 낭떠러지에, 괴상하게 구부러지고 녹슨 철근이 드러난 콘크리트 뼈대뿐이었다. 그곳은 경기장의 지하실이었다. 그 구덩이는 쓰레기를 갖다 버리는 곳으로 쓰였으며 비가 오면 물이 고여 악취가 진동했다. 나는 마음속으로 그 보도에 서서 구덩이 너머로 포장 박스로 지은 후버빌*의 판잣집과 찌그러진 양철 간판을 보았다. 그리고 그 뒤에 놓인 기찻길을 바라보았다. 깊이를 알 수 없는 검은 물이 구덩이 속에 미동도 없이 고여 있었다. 그리고 후버빌 너머에는 유도용 기관차가 반짝이는 철로 위를 느릿느릿 굴러가고 있었다. 하얗게 솟아오르는 증기가 화통에서 유유히 굽이쳐 오를 때 나는 판잣집에서 나와 위쪽 보도로 이어지는 길을 걸어오던 한 남자를 보았다. 그는 굽은 허리에 검은 피부였으며, 신발과 모자 그리고 소매는 누더기처럼 해져 있었다. 그는 발을 질질 끌며 천천히 나를 향해 걸어왔다. 그는 유독한 페놀 냄새를 잔뜩 풍기고 있었다. 그는 구덩이와 기찻길 사이의 판잣집에 살고 있는 매독 환자였으며, 음식이나 누더기 옷을 담가 놓는 데 쓸 소독약을 마련할 돈을 구걸할 때만 거리로 올라왔다. 내 마음속에서, 그는 손가락이 이미 문드러져 사라진 손을 내게 내밀었다. 나는 달아났다. 어둡고 추운 곳, 바로 현재로 되돌아왔다.

나는 몸을 떨며 거리 쪽을 바라보았다. 터널 같은 어둠 속

---

* 1930년대 초기 대공황 시절의 실업자 수용 부락.

으로 둥그런 가로등 불빛과 반짝이는 눈이 보였으며 그 밑에 말을 탄 세 명의 경관이 말고삐를 붙잡고 서 있는 모습이 어렴풋이 눈에 들어왔다. 사람과 말 모두 마치 모의라도 하듯 머리를 조아리고 있었다. 그들의 가죽 안장과 정강이 보호대에서 빛이 났다. 세 명의 백인과 세 마리의 검은 말. 마침 자동차 한 대가 지나쳐 가자 그들의 모습이 선명하게 드러났다. 그들의 그림자가 번쩍이는 눈과 어둠을 가르며 마치 꿈처럼 날아올랐다. 내가 자리를 떠나려고 돌아서는 순간 말 하나가 격렬하게 머리를 치켜들었으며 장갑을 낀 손이 고삐를 아래로 획 잡아당기는 모습이 보였다. 그러자 거친 울음소리와 함께 말이 어둠 속으로 뛰어 올랐다. 금속성의 날카롭고 거칠게 철커덩거리는 소리와 말발굽 소리가 출입구까지 나를 따라왔다. 어쩌면 이 사실을 잭 동지도 알아야 할 것 같았다.

하지만 그들은 여전히 안에 모여 있었다. 나는 되돌아가 벤치에 앉았다.

나는 그들을 바라보면서 아주 어리고 미숙한 느낌이 들었다. 그렇지만 동시에 이상하게도 나이 든 느낌도 들었으며 그것은 마치 내 안에서 조용히 지켜보며 기다리고 있던 노련함과 같았다. 바깥에서는 청중이 이미 웅성거리고 있었다. 멀리서 동요하는 듯 들리는 그 소리는 강제 퇴거 당시의 공포감을 불러왔다. 내 마음은 흐르듯이 움직였다. 육각형으로 된 철망 밖에서 어린아이 하나가 유아복을 입고 커다란 점박이 개를 들여다보고 있었다. 그것은 매스터라는 불도그였다. 무서워서 개를 못 만지는 그 어린아이가 바로 나였다. 비록 개는 더위에 헐떡거리며 턱으로 투명한 침을 끈적끈적하게 흘리면서 마음씨 좋은 뚱보 아저씨처럼 내게 미소를 보내는 것 같았지만 말이다. 군중의 목소리가 웅성거리며 커져 갔고 마침내 참을 수 없다는 듯 박수 소리가 터져 나오자 나는 매스터의 낮고 그르렁거리는 쉰 소리를 생각했다. 그놈이 이런 소리를 내는 것은 화가 났을 때나 밥을 갖다 주었을 때, 한가롭게 파리를 잡을 때, 혹은 침입자를 갈기갈기 찢어 놓을 때였다. 나는 그 늙은 매스터를 좋아했지만 신뢰하지는 않았다. 그때 나는 잭 동지를 쳐다보고 미소를 보냈다. 바로 이것이다. 어떻게 보면 그는 장난감 불테리어와 같다.

그러나 이제 고함 소리와 박수 소리는 하나의 곡조를 이루었다. 나는 잭 동지가 일어서서 문 쪽으로 뛰어가는 모습을 보았다. "좋소, 동지들." 그는 말했다. "저것이 신호요."

우리는 한 덩어리가 되어 대기실을 빠져나가 멀리 고함 소리가 울려오는 어둑어둑한 통로로 함께 걸어갔다. 통로는 다시 밝아졌으며 스포트라이트 하나가 자욱하게 낀 연기 속을 비추는 것이 보였다. 우리는 말없이 움직였다. 잭 동지는 행렬을 이끌어 가는 새까만 흑인 두 사람과 백인 두 사람의 뒤를 따라갔다. 이제 군중의 함성은 우리를 뒤덮으며 더욱 크게 울리는 듯했다. 나는 다른 사람들이 4열로 걸어가고 있다는 사실을 눈치챘다. 나는 마치 사열부대의 기준병처럼 후미에서 혼자 걸었다. 앞에는 밝게 빛나는 비스듬한 기둥이 경기장으로 가는 출입구를 표시해 주고 있었다. 우리가 출입구를 통과하자 군중들은 함성을 질렀다. 그런 후 곧장 어둠 속으로 다시 들어가 계단을 올랐다. 군중의 함성은 우리들 밑으로 가라앉는 듯했으며 우리는 푸른 불빛이 밝게 빛나는 곳으로 갔다가 경사

면으로 내려갔다. 둥그렇게 뻗은 경사면 양측으로는 수많은 얼굴들이 나란히 보였다. 그 순간 나는 갑자기 앞을 볼 수가 없었으며 내 앞에 선 사내와 부딪히고 말았다.

"처음에는 항상 그렇지." 그는 멈추어서 내가 균형을 잡도록 도와주며 소리쳤다. 그의 목소리는 함성 소리에 묻혀서 작게 들렸다. "저건 스포트라이트요."

스포트라이트가 이제 우리를 비추었다. 그리고 바로 앞을 비추면서 우리를 경기장으로 이끌었고 우리 모두를 둥그렇게 비추었다. 군중은 떠나갈 듯 함성을 질렀다. 행진 박자의 박수 소리에 맞추어 노래가 로켓처럼 발사되었다.

> 존 브라운의 몸은 무덤 속에서
> 썩어 가는데
> 존 브라운의 몸은 무덤 속에서
> 썩어 가는데
> 존 브라운의 몸은 무덤 속에서
> 썩어 가는데
> …… 그의 영혼은 끝없이 행진하네!

저 노래 좀 들어 봐. 나는 마음 속으로 외쳤다. 저들은 옛날 노래를 요즘 노래처럼 부르잖아. 처음에 나는 가장 높은 발코니에서 내려다보는 것처럼 멀리 떨어진 듯했다. 그러나 나는 진동하는 함성 속에서 상기되어 걸었으며 등줄기를 따라 오싹한 전율이 느껴졌다. 우리는 경기장 정면 근처의 깃발들이 드리워진 무대를 향해 행진해 갔다. 접이식 의자에 일렬로 앉아 있는 사람들 사이로 만들어진 통로를 따라갔으며, 우리가 가까이 이르자 일어서서 답례하는 수많은 여성들을 지나 무대로 올라갔다. 잭 동지가 고개를 끄덕이며 앉을 의자를 지정해 주는 사이 우리는 서서 환호를 받고 있었다.

우리 위아래로 청중이 있었다. 사람들의 얼굴들이 줄줄이 늘어앉아 있는 경기장은 사발 모양의 인간 집합체였다. 그때 경찰관들이 보이자 나는 마음이 불편해졌다. 저들이 나를 알아보면 어쩌지? 그들은 모두 벽을 따라 서 있었다. 나는 앞에 있는 사내의 팔을 툭 쳤다. 그러자 그가 노래를 멈추고 입을 다문 채 돌아섰다.

"왜 경찰들이 있죠?" 나는 그의 의자 뒤로 몸을 숙이며 물었다.

"경찰들? 걱정 마시오. 오늘 밤 저들은 우리를 보호하라는 지시를 받은 것이오. 이 집회는 엄청난 정치적 중요성을 가지고 있소!" 그는 몸을 되돌리며 말했다.

누가 저들을 보내 우리를 보호하도록 시켰을까? 그런데 그때 노래가 끝나고 실내는 박수와 함성으로 진동했다. 곧이어 뒷좌석의 성가대에서 노래가 시작되어 퍼져 나갔다.

빼앗긴 자들에게서 더 이상 빼앗지 마라!
빼앗긴 자들에게서 더 이상 빼앗지 마라!

청중은 마치 하나가 된 듯, 호흡과 발성이 정확히 일치했다. 나는 잭 동지를 바라보았다. 그는 정면의 마이크 옆에 서 있었다. 지저분한 캔버스 천이 깔린 연단에 굳게 발을 딛고 좌우를 살펴보는 모습은 위엄 있고 온화해 보였다. 마치 사랑하는 자식들의 노래를 들으며 즐거워하는 아버지의 모습처럼. 나는 답례하기 위해 그의 손이 올라가는 것을 보았으며 청중은 떠나갈 듯 함성을 질렀다. 그리고 나는 마치 카메라의 렌즈처럼 가까이 다가가 그 장면에 초점이 맞추어지는 듯했다. 나는 열기와 흥분을 느꼈으며 목소리와 환호의 울림이 내 가슴을 두드렸다. 나의 시선은 이 얼굴에서 저 얼굴로 재빠르게 옮겨 다니며 나를 알아볼 만한 사람, 나의 지나간 과거의 사람을 찾아보려고 애썼다. 하지만 얼굴이 무대로부터 멀어질수록 더 희미하게 보일 뿐이었다.

연설이 시작되었다. 먼저 흑인 목사의 기도가 있었다. 그러고 나서 한 여성이 어린아이들에게 일어난 일들에 관해 연설을 했다. 그 후 경제나 정치적 상황에 관한 여러 가지 연설이 이어졌다. 나는 주의 깊게 귀를 기울이며 견고하고 정확한 용어의 창고로부터, 여기서는 적당한 어구를, 저기서는 적당한 단어를 찾아내려고 애썼다. 서서히 흥분되는 저녁이었다. 연설들 사이마다 노래가 울려 나왔으며 남부의 부흥회에서나 들을 수 있는 외침소리처럼 자발적으로 성가가 터져 나왔다. 나는 어쩐지 그 모든 것들에 동화되는 것 같았으며 그것을 몸으로 느낄 수 있었다. 지저분한 캔버스에 발을 대고 앉은 채 나는 교향악단의 타악기 연주자들 속으로 들어가 있는 느낌이 들었다. 너무나 철저하게 그 느낌에 사로잡혀서 나는 구절들을 암기하는 것도 포기하고 단순히 흥분에 이끌려 다녔다.

누군가가 내 외투의 소매를 잡아당겼다. 내 차례가 온 것이다. 나는 잭 동지가 기다리고 있는 마이크 쪽으로 걸어가서 조명이 마치 녹슬지 않는 철로 만든 틈새 없는 새장처럼 나를 감싸는 지점으로 들어갔다. 나는 잠시 멈추었다. 조명이 너무나 강해서 더 이상 청중들, 그 사발 모양의 얼굴들을 볼 수 없었다. 그것은 마치 나와 청중 사이에 반투명한 커튼이 드리워진 느낌이었다. 그렇지만 청중은 커튼을 통해 나를 바라볼 수 있었고 — 그들이 환호하고 있었으므로 — 나는 그들을 볼 수 없었다. 나는 병원의 기계의 속에서 경험했던 무자비하고 기계적인 고립감을 느꼈다. 나는 그것이 싫었다. 나는 서 있었으나 잭 동지의 소개를 거의 들을 수 없었다. 그의 소개가 끝나자 격려의 박수가 터져 나왔다. 그리고 나는 생각했다. 저들이 기억하는구나. 그 사람들 중 일부가 저기 있다!

나는 마이크가 익숙하지 않아서 기가 죽었다. 제대로 사용하지 못해서 그랬는지 긁는 듯하고 바람이 잔뜩 들어간 목소리가 났다. 그래서 결국 몇 마디 말하고는 당황해서 멈추었다. 시작이 좋지 못했다. 무언가 조치를 취해야 했다. 나는 연단에 가장 가까이 앉아 어렴풋이 보이는 청중에게 몸을 기울이고 말했다. "미안합니다, 여러분. 지금까지 저는 이런 반짝이는 전기 장치와는 멀리 지냈기 때문에 아직 사용법을 다 터득하지 못했습니다……. 그리고 솔직히 말하면 이놈은 저를 확 물어뜯을 것처럼 보입니다. 한번 보세요. 마치 무쇠로 된 해골처럼 보인다니까요! 이 사람도 재산을 박탈당해 죽었을까요?"

그 말은 효과가 있었다. 사람들이 웃는 동안 누군가 올라와서 조정해 주었다. "너무 가까이 대지 마세요." 그가 충고했다.

"이젠 어때요?" 나는 내 목소리가 깊은 소리를 내며 경기장에 울려 퍼지는 것을 들으며 말했다. "좀 나아졌습니까?"

박수가 잔잔히 일었다.

"아시다시피 제가 필요한 건 한 번의 기회였습니다. 그런 기회를 주셨으니 이제 그것은 제게 달렸습니다!"

박수가 커졌으며 아래쪽 앞자리의 남자가 큰 소리로 외쳤다.

"우리가 함께 있소, 동지. 동지가 그걸 던지면 우리가 받겠소!"

내게 필요한 것은 그것이 전부였다. 나는 그들과 접촉했다. 그의 목소리는 저들 전체의 목소리와 같았다. 나는 긴장되고 예민해져 있었다. 나는 내가 아닌 다른 사람이었을 수도 있고 다른 언어로 말하려고 애쓰고 있었는지도 모른다. 왜냐하면 팸플릿에서 보았던 바른 말이나 구절들이 전혀 생각나지 않았기 때문이다. 나는 전통적인 방법에 의존해야 했다. 그것이 정치적 집회였으므로 고향에서 수없이 들었던 정치적인 기술을 이용하기로 선택했다. 예전에 실용적으로 쓰였던, '그들이-우리를-취급해온-방식에-진절머리가-난다'는 식의 접근이었다. 나는 청중이 보이지 않았으므로 마이크와 앞에 앉은 협조적인 목소리를 향해 연설했다.

"아시다시피, 여기 모인 우리들을 바보라고 생각하는 사람들이 있습니다." 나는 소리를 질렀다. "제 말이 맞으면 대답해 주세요."

"스트라이크요, 동지." 이전의 목소리가 다시 크게 들려왔다. "동지는 스트라이크를 던졌소."

"그렇습니다. 그들은 우리를 바보로 생각했습니다. 그들은 우리를 '평범한 사람들'이라고 부릅니다. 그렇지만 저는 여기 앉아서 우리에게 '평범'의 의미가 무엇인지 듣고, 보고, 이해해 보려고 했습니다. 그들은 사실을 진술하는 데 있어서 총체적인 오류를 범했습니다. 우리는 평범한 사람들이 아니기 때문입니다."

"또 한 번 스트라이크." 우레와 같은 소리 속에서 그 목소리가 들려왔다. 그리고 나는 소리를 멈추게 하려고 손을 들었다.

"그렇습니다. 우리는 특별한 사람들입니다. 제가 그 이유를 말해 드리죠. 그들은 우리를 바보라고 부르며 바보 취급을 합니다. 그들이 바보들을 어떻게 대합니까? 생각해 보세요. 주위를 둘러보세요! 그들은 하나의 구호와 하나의 정책을 가지고 있습니다. 그들은 잭 동지가 말하듯 '이론과 실제'를 가지고 있습니다. 그것은 '바보에게는 기회를 주지 말라!'라는 것입니다. 그 뜻은 이렇습니다. 바보에게서 박탈하라! 퇴거시켜라! 텅 빈 머리를 침 뱉는 통으로 쓰고 등짝은 현관의 매트로 써라! 바보를 박살 내라! 임금을 빼앗아라! 바보의 항의를 요란한 나팔로 사용하여 겁나서 입을 다물게 하라! 바보의 생각과 희망과 소박한 꿈을 두들겨서 쨍그랑거리는 심벌즈가 되게 하라! 7월 4일에 울릴 작고 금이 간 심벌즈로! 소리를 덮어라! 너무 큰 소리가 나지 않게 하라! 쉬어 가며 때리고 멍청이 녀석들에게 맨발의 탭댄스를 추게 하라! '벌레 먹은 커다란 사과', '시카고 탈출', '훠이 파리야 저리 가라!' 이런 것들입니다. 우리를 특별하게 해 주는 것이 무엇인지 아십니까?" 나는 쉰 목소리로 나직이 속삭였다. "우리가 그렇게 하라고 내버려 두는 것입니다!"

깊은 침묵이 흘렀다. 스포트라이트 속으로 연기가 피어올랐다.

"또 한 번 스트라이크." 이전의 목소리가 슬프게 들려왔다. "결정 난 일에 대해 항의해 봐야 소용없소!" 이 사람이 나에게 동조하는 거야, 아니면 반대하는 거야?

"재산 박탈! 재산 박탈이 바로 그것입니다!" 나는 계속 이어갔다. "그들은 우리의 남성다움과 여성다움을 모두 박탈해 왔습니다! 우리의 유아기와 청년기도 박탈하려 해 왔습니다. 여러분은 앞서 나온 동지의 유아기 사망률에 대한 통계를 들었을 것입니다. 여러분은 평범하지 않게 태어나서 행운이라는 것을 모르십니까? 그들은 심지어 재산 박탈을 우리가 싫어한다는 사실을 다시 박탈하려고 합니다! 다른 것도 말씀드리죠. 만약 저항하지 않으면 아주 빠른 시일 내에 그들은 성공하고 말 것입니다! 재산 박탈의 시절이요, 집 없는 계절이요, 퇴거의 시기입니다. 우리는 머릿속의 두뇌를 박탈당할 것입니다. 그런데 우리는 너무나도 비범해서 그것을 볼 수도 없습니다! 아마도 우리가 너무 점잖은지도 모릅니다. 아마도 우리는 불쾌한 것을 보는 걸 원하지 않는지도 모릅니다. 그들은 우리가 눈이 멀었다고 생각합니다. 비범하게도 눈이 멀었다는 것이죠. 그런데 나는 그 이유가 궁금하지 않습니다. 생각해 보세요. 그들은 우리가 태어나는 순간부터 우리의 한쪽 눈을 박탈했습니다. 그래서 우리는 이제 오직 똑바로 그어진 흰 선만 볼 수 있습니다. 우리는 바로 애꾸눈 쥐새끼 민족이죠. 평생 동안 그런 장면을 본 적이 있나요? 그토록 비범한 광경을!"

"당연한 소리요." 쿡쿡거리는 쓴웃음이 들리는 가운데 또 다시 그의 목소리가 들려왔다. "다시 한 번 스트라이크!"

나는 몸을 앞으로 구부렸다. "아시다시피, 우리가 조심하지 않으면 그들이 우리의 눈먼 쪽으로 몰래 다가올 것입니다. 그리고 쑤욱! 우리의 마지막 남은 성한 눈까지 빼낼 것입니다. 그러면 우리는 박쥐같이 장님이 됩니다. 우리가 뭔가를 볼까 봐 두려워하는 사람들이 있습니다. 아마도 그것 때문에 우리의 훌륭한 친구들이 오늘 밤 많이 모인 것 같습니다. 모두들 파르스름한 무쇠 권총과 푸른색 제복을 입고 말입니다! 하지만 저는 특별한 저항 없이 한쪽 눈만 잃은 것으로 충분하다고 믿습니다. 여러분 생각도 마찬가지라고 생각합니다. 그러니 우리 함께 뭉칩시다! 우리의 멍청한 외눈박이 동지 여러분! 앞을 못 보는 두 소경이 어떻게 하나로 뭉쳐서 서로 돕는지 본 적이 있습니까? 그들은 넘어질 듯 걷고 부딪히기도 합니다. 그렇지만 위험 역시 피해 갑니다. 그들은 그럭저럭 살아 나갑니다. 우리도 함께 뭉칩시다. 비범한 사람끼리 말입니다. 우리의 눈을 통해 우리를 그토록 남다르게 만드는 것이 무엇인지 볼 수 있을지도 모릅니다. 또 누가 우리를 그토록 비범하게 만드는지 보게 될 것입니다. 지금까지 우리는 반대편에서 서로 마주 보며 걸어오던 두 사람의 외눈박이였습니다. 누군가 먼저 벽돌을 던지기 시작했고 우리는 서로 상대방을 욕하기 시작하며 우리들끼리 싸웠습니다. 그러나 우리는 실수를 저질렀습니다! 거기에는 제3자가 있었으니까요. 넓은 회색빛 거리의 한복판을 달리며 돌을 던지는, 번지르르하고 기름기가 흐르는 악당이 있었던 거죠. 바로 그자입니다. 그자가 상처를 주고 있었습니다! 그자는 자기의 공간이 필요하다고 주장합니다. 그자는 그 공간을 바로 자유라고 합니다. 그리고 그자는 자기가 우리의 눈 먼 쪽으로 와서 우리가 바보가 될 때까지 — 비범한 바보가 될 때까지! — 계속 괴롭혀 왔다는 사실을 알고 있습니다. 사실 그자의 자유가 우리의 시력을 거의 잃게 만들어 왔습니다! 조용,

아무 이름도 대지 마세요!" 나는 손바닥을 들며 외쳤다. "이렇게 말하겠습니다. 지옥에나 가라! 그런 후 이렇게 말하죠. 자, 이쪽으로 넘어오시오! 동맹을 맺읍시다. 나는 당신을 지킬 것이니 당신은 나를 지키시오! 저는 던지는 데 일가견이 있습니다. 엄청나게 튼튼한 팔을 가졌거든요!"

"동지는 공을 하나도 안 던지고 있잖소! 단 한 개도 말이오!"

"기적을 만듭시다." 나는 소리쳤다. "우리의 약탈당한 눈을 찾아옵시다! 우리의 시력을 되찾읍시다. 눈을 합쳐서 우리의 시야를 넓힙시다. 저쪽 모퉁이를 한번 보세요. 폭풍이 몰려오고 있습니다. 저 길의 끝을 보세요. 적은 단 하나입니다. 그의 얼굴이 보이지 않으세요?"

자연스럽게 말을 잠시 멈추자 박수가 터져 나왔다. 그런데 박수가 울리는 바람에 나는 말의 흐름이 끊긴 것을 깨달았다. 사람들이 다시 귀를 기울이기 시작하면 어쩌지? 나는 몸을 앞으로 구부리며 빛의 장막 너머를 보려고 애썼다. 저기 있는 사람들은 내 것이었다. 그들을 놓칠 수 없다. 하지만 갑자기 벌거벗은 느낌이 들었으며 해야 할 말이 내게로 돌아오는 걸 느꼈다. 그리고 내가 누설해서는 안 될 어떤 것이 입으로 튀어나오려는 걸 감지했다.

"저를 보십시오!" 말이 명치에서 튀어나왔다. "저는 이곳에 산 지 오래되지 않았습니다. 어려운 시간이었습니다. 저는 절망을 알았습니다. 저는 남부 출신입니다. 그리고 여기 와서야 강제 퇴거라는 걸 알게 되었습니다. 저는 세상을 믿지 못하게 되었습니다……. 그렇지만 지금 저를 보십시오. 무언가 이상한 일이 일어나고 있습니다. 저는 여기 여러분 앞에 섰습니다. 저는 고백컨대……."

그때 갑자기 잭 동지가 내 옆으로 와서 마이크를 조정하는 척했다. "조심하시오. 시작도 하기 전에 망치면 안 되오." 그는 낮은 목소리로 속삭였다.

"괜찮습니다." 나는 마이크 쪽으로 몸을 기울이며 말했다.

"고백해도 되겠습니까?" 나는 외쳤다. "여러분은 제 친구입니다. 우리는 모두 상속권을 박탈당했습니다. 그리고 고백은 정신 건강에 좋다고 하더군요. 허락해 주신 겁니까?"

"5할의 타율이오, 동지." 이전의 목소리가 들려왔다.

내 뒤로 웅성거리는 소리가 났다. 나는 그 소리가 잠잠해질 때까지 기다렸다가 서둘러 시작했다.

"침묵은 동의요." 나는 말했다. "그러니 이제 말하겠습니다. 고백하겠습니다!" 나는 어깨를 펴고 턱을 앞으로 내밀고는 시선은 불빛 너머를 똑바로 응시했다. "지금 제 마음속에서는 무언가 이상하고 기적적인 변화가 일어나고 있습니다……. 바로 이 자리에 서 있는 동안 말입니다!"

어휘들이 스스로 형성되어 가며 천천히 자리를 잡는 것이 느껴졌다. 불빛은 마치 가볍게 흔들리는 병 속의 비눗방울처럼 영롱한 색을 띠었다.

"그것을 설명해 보겠습니다. 그것은 무언가 괴상한 것입니다. 그것은 제가 세상 어디에서도 경험해 보지 못한 어떤 것입니다. 여러분의 시선이 제게 모인 걸 느낍니다. 여러분의 심장 박동소리도 들립니다. 그리고 지금, 바로 이 순간, 제게 모인 여러분의 검고 하얀 눈동자들을 보며 저는 느끼기를…… 저는 느끼기를……."

나는 정적 속에서 더듬거렸다. 너무나도 고요한 정적이어서 발코니 어딘가에 설치된, 시간을 갉아먹는 거대한 시계의 톱니바퀴 소리가 들릴 정도였다.

"그게 뭐요? 뭘 느낀 거요?" 날카로운 목소리가 날아들었다.

내 목소리는 이제 낮고 쉰 소리로 변했다. "저는, 저는 갑자기 자신이 더 인간적으로 변해 버린 걸 느꼈습니다. 이해하시겠어요? 더 인간적이란 말입니다. 제가 인간이 되었다는 말이 아닙니다. 저는 인간으로 태어났으니까요. 제 말은, 더 인간적으로 되었다는 것입니다. 강한 힘이 느껴지고 무엇이든 해낼 수 있을 것 같은 느낌입니다. 마치 역사의 희미한 통로 속을 날카롭고, 명료하게, 그리고 더 깊은 곳까지 볼 수 있을 것 같은 느낌입니다. 그리고 그 속에서 투지가 넘치는 형제들의 발소리를 들을 수 있습니다! 아니요, 잠깐만. 고백하건대…… 저의 느낌을 확언해야 한다는 충동을 느낍니다……. 바로 여기, 길고 절망적이었으며 비교할 수 없이 맹목적인 여정을 거쳐서, 저는 비로소 고향에 온 것 같습니다……. 고향! 여러분의 시선을 받으며 저는 저의 진정한 가족을 찾은 느낌입니다. 저의 진정한 민족! 저의 진정한 나라! 저는 여러분들이 원하는 이상적인 나라의 새로운 시민이 되었습니다. 여러분의 우애의 땅에 들어온 원주민이 되었습니다. 저는 오늘 밤 여기, 이 오래된 경기장에서 새로운 것이 탄생하고, 없어서는 안 될 과거가 되살아나는 것을 느낍니다. 여러분 모두에게서, 저에게서, 그리고 우리 모두에게서 말입니다."

"자매 여러분! 형제 여러분!"

"우리는 진정한 애국자입니다! 내일의 세계의 시민입니다!"

"우리는 더 이상 빼앗기지 않을 것입니다!"

우레와 같은 박수가 쏟아졌다. 나는 꼼짝없이 서 있었고 앞을 볼 수가 없었다. 함성에 몸이 떨렸다. 나는 어정쩡한 자세를 취했다. 어떻게 해야 하나? 손을 흔들어 줘야 하나? 나는 요란한 갈채와 환호성, 그리고 날카로운 휘파람 소리를 향해 정면으로 서 있었으며 두 눈은 불빛에 타들어 가고 있었다. 얼굴에 굵은 눈물이 흐르는 것이 느껴지자 나는 당혹스러워 곧바로 닦아 내었다. 계속해서 눈물이 흘러내리기 시작했다. 이러다가 모든 걸 다 망칠 것 같은데 왜 아무도 나를 여기서 빼 주지 않는 걸까? 하지만 눈물이 나오자 환호성은 더욱 커졌다. 나는 놀라 고개를 들었고 눈물이 계속 흘러내리고 있었다. 함성 소리는 물결치듯 크게 울려 퍼졌다. 청중은 발로 바닥을 구르기 시작했고 나는 미소를 지으며 이제 부끄럼 없이 고개를 숙여 인사했다. 청중의 소리는 점점 더 커졌고 나무 쪼개는 소리가 뒤에서 들려왔다. 나는 피곤해졌다. 청중이 계속 환호하자 나는 마침내 포기하고는 의자를 향해 되돌아갔다. 붉은 점들이 눈앞을 오갔다. 누군가 내 손을 잡더니 내 귀에 몸을 기울였다.

"제기랄, 드디어 해냈소! 해냈단 말이오!" 나는 그의 말에 증오와 감탄이 격렬하게 섞여 있어서 어리둥절했다. 나는 그에게 고맙다고 하면서 그의 꽉 쥔 손에서 손을 빼냈다.

"감사합니다." 나는 말했다. "하지만 다른 분들이 청중을 충분히 고조시켜 놓았던 덕분입니다."

나는 온몸이 떨렸다. 그 사람의 말이 마치 내 목을 조르고 싶다는 투로 들렸기 때문이다. 나는 앞을 볼 수가 없었으며 매우 혼돈스러웠다. 그때 갑자기 누군가 나를 잡고 홱 돌아 세우는 바람에 몸의 균형을 잃었다. 나는 내 몸이 따듯하고 부드러운 여성의 몸에 닿는 것이 느껴지자 똑바로 섰다.

"아, 동지, 동지!" 한 여성의 감탄 소리가 내 귀를 파고들었다. "귀여운 동지!" 그리고 나는 그녀의 뜨겁고 촉촉한 입술이 내 볼에 와 닿는 걸 느꼈다.

흐릿하게 보이는 사람들이 내게 이리저리 부딪혔다. 나는 마치 눈가리개 놀이를 하는 사람처럼 비틀거렸다. 내 손은 흔들어졌고 등은 마구 두들겨졌다. 내 얼굴에는 열광의 침이 튀었다. 나는 다음에 스포트라이트 앞에 설 때는 현명하게 검은 안경을 써야겠다고 결심했다.

귀가 먹을 정도로 요란한 데모였다. 우리는 청중이 환호하며 의자를 넘어뜨리고 바닥을 구르는 사이 그곳을 빠져나왔다. 잭 동지는 나를 연단 아래로 안내했다. "떠날 시간이오." 그가 소리쳤다. "이제 정말 일이 시작된 것이오. 저 모든 에너지를 조직화해야 해!"

그는 소리쳐 대는 청중 사이로 나를 이끌어 갔다. 청중들이 끊임없이 나를 만지는 바람에 나는 비틀거리며 걸어갔다. 마침내 우리는 어두운 복도로 들어갔다. 복도의 끝에 이르러서야 내 눈의 붉은 점들이 사라졌고 다시 시력을 되찾았다. 잭 동지가 출입문 앞에서 멈추어 섰다.

"사람들 소리 좀 들어 보시오." 그가 말했다. "지시가 있을 때까지 잠깐 기다리시오!" 나는 여전히 뒤에서 울리는 박수 소리를 들을 수 있었다. 다른 몇 사람이 대화를 중단하고는 우리와 마주 섰다. 문이 닫히자 박수 소리는 작게 들렸다.

"자, 어떻소?" 잭 동지는 고무된 목소리로 물었다. "이 정도면 시작으로 어떤 것 같소?"

긴장된 침묵이 흘렀다. 나는 이 얼굴에서 저 얼굴로, 검은 얼굴에서 흰 얼굴로 시선을 옮기며 갑자기 두려움을 느꼈다. 그들이 퉁명스럽게 보였기 때문이다.

"어떻소?" 잭 동지는 갑자기 딱딱한 어조로 물었다.

누군가의 신발에서 삐걱거리는 소리가 들렸다.

"어떻소?" 그가 반복해서 물었다.

이윽고 파이프를 문 사내가 말을 꺼냈다. 그가 말을 꺼내자 갑작스러운 긴장감이 돌았다.

"아주 불만족스러운 시작이었소." 그는 파이프로 허공을 쑤시며 '불만족'이란 말을 강조하면서 나지막이 말했다. 그는 나를 똑바로 바라보고 있었다. 나는 어리둥절했다. 나는 다른 사람들을 바라보았다. 그들의 얼굴은 아무런 의견이 없다는 듯 무감각해 보였다.

"불만족이라!" 잭 동지가 버럭 소리를 질렀다. "도대체 어떤 식으로 생각을 했기에 그런 훌륭한 판단을 내릴 수 있었소?"

"값싸게 빈정거릴 때가 아니오, 동지." 파이프를 문 동지가 말했다.

"빈정거린다고? 동지야말로 빈정거리고 있소이다. 아니, 지금은 빈정거리거나 어리석은 짓을 할 때가 아니오. 지금은 우리의 투쟁에 있어서 아주 중요한 순간이오. 이제 우리의 일이 시작됐단 말이오. 그런데 갑자기 동지는 불만족스럽다는 것이오. 성공하는 것이 두렵소? 왜 그러시오? 이것이야말로 우리가 준비해 온 일 아니오?"

"다시 스스로에게 한번 물어보시오. 동지는 위대한 지도자요. 동지의 맑은 유리구슬을 들여다보시오."

잭 동지는 욕설을 퍼부었다.

"동지들!" 누군가가 외쳤다.

잭 동지는 욕설을 퍼붓다가 다른 동지를 돌아보았다. "동지." 그는 쉰 목소리로 말했다. "지금 여기 일이 어떻게 돌아가는지 내게 말해 줄 용기가 있소? 우리가 뒷골목 패거리가 돼버린 거요?"

침묵이 흘렀다. 누군가 발을 바닥에 비볐다. 파이프를 문 사내는 이제 나를 바라보고 있었다.

"제가 무얼 잘못했나요?" 내가 물었다.

"최악의 잘못을 저질렀소." 그는 차갑게 대답했다.

나는 망연자실하여 말없이 그를 바라보았다.

"신경 쓰지 마시오." 잭 동지가 갑자기 낮은 소리로 말했다. "왜 그러시오, 동지? 여기서 다 털어놓고 이야기합시다. 동지의 불만은 무엇이오?"

"불만이 아니라 의견이란 말이오. 우리가 의견을 표현해도 된다면 말이오." 파이프를 문 사내가 말했다.

"그러면 동지의 의견을 말해 보시오." 잭 동지가 말했다.

"내 생각에는 연설이 거칠고 이성적이지 못했소. 또 정치적으로 무책임하고 위험했소." 그는 날카롭게 말했다. "그리고 그보다 더 나쁜 것은, 연설이 부정확했다는 말이오!" 그는 '부정확'이란 단어를 마치 가장 극악한 범죄를 묘사하듯 발음했다. 나는 입을 다물지 못하고 그를 노려보면서 막연한 죄의식을 느꼈다.

"그래서……." 잭 동지는 여러 얼굴들을 번갈아 보며 말했다. "간부회의를 통해 결정을 내렸군. 잠깐 시간 좀 있소, 회장 동지? 동지들의 현명한 논쟁을 기록해 놓았겠죠?"

"간부회의는 없었고 의견을 말하는 것은 여전히 진행 중이오." 파이프를 문 동지가 말했다.

"모임은 없었지만 비공식 간부회의가 있었고, 행사가 끝나기도 전에 결정은 내려졌소."

"하지만 동지." 누군가 끼어들었다.

"가장 훌륭한 작전이오." 잭 동지는 이제 미소를 지으며 계속해서 말했다. "이론가로서 역사를 뛰어넘는 니진스키* 류의 완벽한 표본인 것 같소. 그렇지만 동지들, 이제 그만 하시오. 그만 하지 않으면 여러분은 모순에 귀착하게 될 것이오. 역사의 무대가 그 정도까지 세워지지는 않았소. 다음 달 이후에 그렇게 될지도 모르겠지만, 아무튼 아직은 아닌 것 같소. 레스트럼 동지는 어떻게 생각하시오?" 그는 수퍼카고만큼이나 덩치가 큰 사내를 향해 물었다.

"나는 저 동지의 연설이 퇴보적이고 반동적이었다고 생각하오." 그가 대답했다.

나는 뭐라고 대답하고 싶었으나 그럴 수 없었다. 나에게 축하한다고 말할 때 그의 말투가 애매했던 것은 놀라운 일이 아니었다. 나는 두 눈이 증오로 불타는 그의 넓은 얼굴을 노려볼 뿐, 어쩔 수 없었다.

"동지는?" 잭 동지가 물었다.

---

* 폴란드 태생의 러시아 무용가.

"나는 그 연설이 좋았소." 그 사내는 대답했다. "아주 효과적이었다고 생각하오."

"동지는?" 잭 동지는 다른 사내에게도 물었다.

"나는 실수였다는 의견 쪽이오."

"그 이유는?"

"우리는 사람들의 지성을 통해 다가가도록 노력해야 하기 때문이오……."

"바로 그것이오." 파이프를 문 동지가 말했다. "과학적 접근과는 정반대의 연설이었소. 우리의 관점이 합리적이오. 우리는 사회에 대한 과학적 접근의 대가들이오. 오늘 밤 우리 자신의 입장과 동일한 것이라고 내세운 그런 연설은 우리가 앞서 말한 것들을 다 망쳐 버리는 것이었소. 청중은 생각하지 않소. 그들은 큰 소리로 외칠 뿐이오."

"맞소, 청중은 폭도처럼 행동합니다." 거대한 흑인 동지가 말했다.

잭 동지가 웃음을 터뜨렸다. "그러면 그 폭도라는 것이……." 그는 말했다. "우리에게 저항하는 폭도요, 아니면 우리 편을 드는 폭도요? 우리의 융통성 없는 과학자님들이 무엇이라고 대답하겠소?"

그렇지만 그들이 대답을 꺼내기도 전에 그가 계속 이었다. "어쩌면 여러분이 맞을 수도 있소. 청중은 폭도일지도 모르오. 만약 그렇더라도 우리에게 동참하기 위하여 끓어오르는 것이오. 과학이란 실험을 통한 판단에 근거를 둔다는 사실은 이론가 여러분들에게 굳이 말할 필요도 없을 것이오! 여러분은 실험이 시작되기도 전에 결론으로 넘어온 것이오. 사실 오늘 밤 여기서 일어난 일은 실험의 첫 걸음에 불과하오. 최초의 단계, 즉 에너지를 방출하는 단계란 말이오. 그 에너지를 조직화하는 것은 바로 여러분에게 달렸기 때문에 여러분은 지금 주저하고 있소. 다음 단계로 넘어가길 두려워하면서 말이오. 어쨌든 에너지는 조직화될 것이오. 그것은 진공 상태에서 논쟁만 하며 뒷전에서 머뭇거리는 한 덩어리의 이론가들에 의해서가 아니라 바깥으로 나가 사람들을 이끌어 나가는 사람에 의해 이루어진단 말이오!"

그는 몹시 흥분하여 사람들의 얼굴을 번갈아 가며 바라보았다. 그의 붉은 머리는 잔뜩 성이 나 있었으나 아무도 그의 말에 대꾸하지 않았다.

"정말 역겹소." 그는 나를 가리키며 말했다. "우리의 새 동지는 여러분의 과학이 이 년 동안이나 실패해 온 일을 본능을 통해 성공시켰소. 그런데 지금 여러분이 하는 것이라곤 그저 파괴적인 비판뿐이오."

"미안하지만 내 생각은 다르오." 파이프를 문 동지가 말했다. "그의 연설 속에 담긴 위험한 면을 지적한다고 해서 그것을 파괴적인 비판이라고는 말할 수 없소. 오히려 그 반대요. 다른 사람들처럼 새로 온 동지도 과학적으로 말하는 법을 배워야 하오. 훈련을 받아야만 한단 말이오!"

"이제야 그런 생각이 들었나 보군요." 잭 동지는 입의 양 끝을 낮추며 말했다. "훈련이라, 모두 잃어버리진 않았군. 적어도 우리의 거칠지만, 효과적인 연사가 길들여질 희망은 있단 말이네. 과학자님들이 가능성을 인지했다 이거군! 아주 좋소. 훈련은 이미 계획되어 있소. 과학적이지는 않을지 몰라도 아무튼 준비는 되어 있소. 앞으로 몇 달간 햄브로 동지의 지도 아래 우리의 새 동지는 집중적인 연구와 세뇌교육을 받게 될 것이오. 좋소." 내가 말하려는 순간 그가 말했다. "동지에게는 나중에 말하려고 했소."

"그렇지만 너무 긴 시간인데요." 내가 말했다. "그동안 저는 어떻게 살죠?"

"월급은 계속 지급될 것이오." 그가 대답했다. "그사이 동지는 우리 동지들의 과학적 평정심을 깨뜨릴 비과학적인 연설을 안 해도 되오. 사실 동지는 할렘에서 완전히 벗어난 지역에 머무르게 될 것이오. 그러면 여러분들은 비판하는 일만큼 조직화하는 데도 신속할 수 있을지 두고 보게 될 것이오. 이제 여러분들이 움직여야 하오, 동지들."

"잭 동지가 옳은 것 같소." 대머리의 작은 사내가 말했다. "그리고 민중을 대변하는 우리는 민중의 열정에 대하여 두려워할 필요가 없소. 우리가 할 일은 그 열정을 가장 좋은 결과를 얻을 수 있는 방향으로 이끄는 것이오."

나머지 사람들은 말이 없었으며 파이프를 문 동지는 단호한 표정으로 나를 바라보고 있었다.

"갑시다." 잭 동지가 말했다. "여기서 나갑시다. 우리가 진정한 목표를 주시하고 있는 한 기회는 그 어느 때보다 더 많소. 과학은 체스 게임이 아니라는 걸 기억하시오. 물론 체스도 과학적으로 해야 하지만 말이오. 또 하나 기억해 둘 것이 있소. 만약 우리가 민중을 조직화해야 한다면 우선 우리부터 조직화해야 할 것이오. 우리의 새로운 동지 덕분에 상황이 바뀌었소. 우리는 이런 기회를 잘 활용하지 못하면 안 됩니다. 이제부턴 모든 것이 여러분들에게 달려 있소."

"두고 봅시다." 파이프를 문 동지가 말했다. "새 동지의 문제는 햄브로 동지와 몇 마디 이야기를 나누면 문제될 것이 없소."

햄브로……. 나는 나가면서 생각했다. 도대체 어떤 작자야? 어쨌든 나는 해고당하지 않은 걸 다행으로 생각했다. 그리고 이제 다시 배우러 가게 됐다.

바깥의 밤거리로 나와서 우리는 해산했다. 잭 동지는 나를 옆으로 잡아당겼다. "걱정 마시오." 그는 말했다. "햄브로 동지를 좋아하게 될 것이오. 일정 기간의 훈련은 꼭 필요하오. 오늘 밤 연설은 다양한 평가를 받은 하나의 시험이었소. 그러니 이제 실전을 대비해서 준비해야 될 것이오. 여기 주소가 있소. 내일 아침 일어나자마자 햄브로 동지를 찾아가시오. 그에게는 이미 통보해 놓았소."

나는 집에 도착하자 피곤해서 쓰러질 것 같았다. 샤워를 하고 침대에 드러누운 후에도 여전히 신경은 긴장돼 있었다. 실망에 빠진 나는 잠이 들길 바랄 뿐이었지만 마음은 아직도 집회에서 어슬렁거리고 있었다. 그건 실제로 일어난 일이다. 나는 운이 좋았고 적시에 적절한 말을 해서 청중의 호감을 샀다. 아니, 어쩌면 중요한 장소에서 적절치 못한 말을 했는지도 모른다. 어쨌든 동지들이 뭐라 하든 상관없이 사람들은 내 연설을 좋아했다. 그리고 이제부터 내 삶은 다른 모습이 될 것이다. 아니 이미 다른 모습이다. 내가 청중에게 말한 내용이 모두 진정이었음을 스스로 깨닫게 됐기 때문이다. 비록 내가 그런 말을 하게 될지는 나 자신도 몰랐었지만 말이다. 나는 단지 잘 보이려고 했을 뿐이고 동지회의 관심을 계속 끌려고 했던 것뿐이다. 그런데 전혀 예상치 못한 결과가 나왔다. 마치 내 안의 또 다른 내가 등장해서 연설을 이끌어 간 듯했다. 운이 없었다면 나는 해고됐을지도 모른다.

나의 연설 방법 역시 달라져 있었다. 대학 시절에 나를 알았던 사람이라면 아무도 나의 연설이었다는 사실을 눈치채지 못했을 것이다. 그러나 그것은 당연히 그래야 했다. 비록 구식으로 연설을 하긴 했지만 나는 이제 새로운 사람이니까 말이다. 나는 변했다. 그리고 지금 어둠 속의 침대 위에서 잠 못 들고 누운 채 나는 한 번도 선명하게 보지 못한 청중의 희미한 얼굴들을 생각하며 애정이 생겨났다. 그 사람들은 첫 마디부터 나의 말에 귀를 기울였다. 그들은 내가 성공하길 바랐다. 나는 운 좋게도 그들에게 맞는 말을 해 주었고 그들은 내 말을 이해했다. 나는 그들의 일부였다. 그런 생각이 불쑥 들자 어둠 속에서 벌떡 일어나 무릎을 감싸고 앉았다. 어쩌면 이것이 바로 "헌신하고 나서 배척 당한다."라는 말의 의미인지도 모르겠다. 좋다. 만약 그렇다면 받아들이겠다. 나의 가능성이 갑자기 확장되었다. 나는 동지회의 대변인 중 한 사람으로서 나의 집단뿐만 아니라 더 큰 집단을 대표하게 되리라. 청중 속에는 여러 종류의 사람들이 뒤섞여 있으며 그들의 주장은 인종 문제보다 더 넓은 영역을 담고 있다. 나는 그들을 위해 필요한 일이면 무엇이든 하리라. 만약 그들과 함께 기회를 얻는다면 나는 최선을 다할 테다. 나 자신의 붕괴를 막기 위해 할 수 있는 일이 또 무엇이 있을까?

나는 어둠 속에 앉아서 연설했던 내용의 순서를 되짚어 보았다. 이미 내게는 다른 사람이 했던 연설처럼 느껴졌다. 그렇지만 그것은 나의 연설, 그것도 나 혼자만의 연설이었음을 알고 있다. 만약 속기사가 기록을 해 놓았더라면 내일이라도 한 번 볼 수 있으련만.

내가 했던 말들이 머릿속을 스쳐 지나갔다. 그리고 푸른 안개가 다시 보였다. 내가 "더 인간적으로" 된다고 말한 건 무슨 뜻이었을까? 앞서 연설한 사람들의 내용에서 발췌한 말이었나? 아니면 우연히 나온 말인가? 잠시 나는 할아버지가 생각났지만 이내 지워 버렸다. 늙은 노예가 인간성과 무슨 관계가 있단 말인가? 어쩌면 대학 시절, 문학 수업 시간에 우드리지 선생이 말했던 것일지도 모른다. 나는 그의 모습을 생생하게 떠올릴 수 있다. 그는 자신의 말에 반쯤 취해서, 경멸과 흥분으로 가득 찬 상태로 칠판 앞을 왔다 갔다 하며 조이스, 예이츠 그리고 션 오케이시*의 말들을 칠판에 적었다. 마르고 예민하며 깔끔했던 그는 마치 우리 중 누구도 감히 도전할 수 없을, 높게 걸린 의미의 외줄을 타듯 왔다 갔다 했다. 그의 목소리가 들려왔다. "우리와 마찬가지로 스티븐의 문제는 창조되지 못한 자기 민족의 양심을 실제로 창조하고자 했던 것이 아니라 자신의 얼굴에서 사라진 부분을 만들어 내려고 했던 것이야. 우리가 할 일은 우리 스스로를 독립된 인간으로 만드는 것일세. 한 민족의 양심이란 보고, 평가하고, 기록하는 그 구성원들의 재능이라네……. 우리는 우리 스스로를 창조함으로써 민족을 창조하는 것이며, 그런 후에는 놀랍게도, 훨씬 더 중요

* 아일랜드의 극작가.

한 무언가를 창조하게 될 거야. 우리는 문화를 창조하게 될 것이란 말이지. 왜 존재하지도 않는 무언가의 양심을 창조하겠다고 시간을 낭비해? 알다시피, 피와 피부 색깔은 생각을 못하는데 말이야!"

그러나 아니었다. 우드리지의 말이 아니었다. "더 인간적인"……과거의 나로부터 멀어졌다는, 흑인다운 면모로부터 멀어졌다는, 혹은 고립으로부터 멀어졌다는 말이었을까? 아니면 고향인 남부에서 추방당한 존재에서 멀어졌다는 말인가? 그러나 이 말은 전부 부정적이다. 더 가까워지기 위해 더 멀어진다? 어쩌면 그럴지도 모르지만, 어떤 식으로 더 인간적이란 말인가? 우드리지조차 그런 말을 한 적이 없다. 또다시 수수께끼였다. 마치 강제 퇴거 현장에서 나 자신을 사로잡았던 말들을 내뱉었듯 말이다.

나는 블레드소와 노턴, 그리고 그들이 이루어 놓은 일들을 생각해 보았다. 그들은 나를 어둠 속으로 차 넣었으나, 오히려 나에게 상상했던 것보다 더 크고 중요한 무언가를 실현시킬 수 있는 가능성을 보게 해 주었다. 여기에 뒷문으로 통하지 않는 길이 하나 있다. 그 길은 흑인이나 백인에 대한 차별이 없으며, 누구나 오래 살고 열심히 일하면 최고의 보상을 받는 곳으로 통하는 길이다. 여기에, 거대한 결정을 내리는 데 참여할 수 있는 길이 있으며 국가와 세계가 실제로 어떻게 돌아가는지, 그 수수께끼를 들여다볼 수 있는 길이 있다. 어둠 속에 누워 나는 처음으로 한 인종의 구성원, 그 이상의 존재가 될 수 있다는 가능성을 어렴풋이 보았다. 그것은 꿈이 아니었다. 가능성은 존재했다. 나는 최고가 되기 위해 일하고, 배우고, 생존하기만 하면 되었다. 햄브로에게서 배울 작정이다. 그가 가르치는 내용은 물론이고 그 이상을 배워야지. 내일이여, 오라. 햄브로와의 학습을 빨리 끝낼수록 나는 더 빨리 일을 시작할 수 있으리라.

17장

그로부터 넉 달 후 어느 날 자정 무렵에 잭 동지가 내게 전화해서 차를 타고 나갈 준비를 하라고 했다. 나는 몹시 흥분이 됐다. 운 좋게도 잠자리에 들기 전이라 옷을 입고 있었다. 나는 몇 분 후 그가 도착할 때까지 기대에 부푼 채 길가에 서서 그를 기다렸다. 어쩌면 나는 그동안 바로 이 순간을 기다려 왔는지도 몰라! 나는 가벼운 외투를 걸친 그가 핸들 위로 몸을 구부리고 앉아 있는 모습을 보며 생각했다.

"그동안 어떻게 지냈습니까, 동지?" 나는 차에 타면서 물었다.

"조금 피곤했소." 그는 대답했다. "문제가 너무 많다 보니 잠을 충분히 못 잤소."

그는 차를 몰고 가는 동안 아무 말도 하지 않았다. 나도 더 이상 아무 질문도 하지 않기로 작정했다. 그 점도 내가 충분히 배운 것 중의 하나였다. '지하 세계'에 무슨 일이 있는 게 틀림없어. 생각에 잠긴 채 도로를 응시하는 그를 바라보며 나는 생각했다. 어쩌면 동지들이 나의 능력을 철저하게 시험해 보기 위해 기다리고 있을지도 모른다. 그렇다면 좋다. 나는 시험을 기다려 왔지 않은가…….

그런데 바깥을 내다보니 '지하 세계'가 아니라 할렘으로 나를 데리고 온 것을 알았다. 그는 차를 세웠다.

"한잔합시다." 그는 차에서 내려 황소 머리 모양의 네온 불빛에 '엘 토로 바'라고 쓰인 곳을 향해 가며 말했다.

나는 실망스러웠다. 술을 마실 생각은 없었다. 나와 임무 사이에 놓여 있는 다음 단계로 어서 넘어가고 싶었다. 짜증이 났지만 그를 따라 안으로 들어갔다.

바는 조용하고 훈훈했다. 어디나 그렇듯 이국적인 이름의 술병들이 선반에 나란히 진열되어 있었다. 그리고 뒤편에는 맥주잔을 사이에 두고 사내들 넷이 스페인어로 떠드는 모습이 보였다. 녹색과 파란색의 불빛이 번쩍이는 주크박스에서는 「메디아 루스」라는 곡이 흘러나오고 있었다. 바텐더를 기다리며 나는 오늘 여기 온 목적이 무엇인지 파악해 보려고 애썼다.

햄브로 동지와 학습을 시작한 이후로 나는 잭 동지를 아주 가끔씩밖에 볼 수 없었다. 내 생활은 너무나도 빈틈없이 짜여 있었다. 하지만 나는 무슨 일이든 생기면 햄브로 동지가 알려 준다는 사실을 알고 있어야 했다. 대신 나는 그를 항상 아침에 만나야 했다. 햄브로는 그야말로 광신적인 선생이었다! 그는 변호사였는데 키가 크고 친절한 사람이었다. 그리고 동지회의 주요 이론가로서, 겪어 보니 매우 엄한 지도자였다. 날마다 하는 그와의 토론과 혹독한 독서량 속에서 나는 대학에서 했던 것보다 훨씬 많은 공부를 해야 했다. 심지어 밤 시간에도 계획이 잡혀 있었다. 매일 밤 나는 여러 지역에서 개최되는 집회나 모임에 가서 — 비록 연설했던 날 이후로 할렘에 나온 것은 오늘이 처음이지만 — 연단 위의 연사들 옆에 앉아 다음 날 햄브로와 토론할 만한 것들을 메모하곤 했다. 모든 경우들이 다 학습 모델로서 이용되었고 심지어 집회가 끝나고 이어진 파티에서도 종종 나는 필요한 것들을 찾았다. 나는 파티에서 시간을 보내며 손님들의 대화에서 드러나는 이념적 태도에 대해 마음속에 기록해 놓아야 했다. 그러나 곧 그 속에서 방법을 터득했다. 나는 동지회의 정책이나 다양한 사회적 계층에 대한 접근 방식만을 배운 것이 아니라 전역의 모임에 나가 나를 알릴 수 있는 기회도 얻었다. 강제 퇴거 시의 나의 역할이 사람들 기억에 매우 생생하게 살아 있었다. 비록 나는 아무런 연설도 하지 말라는 지시를 받았지만 일종의 영웅으로 대접받는 것에 점차 익숙해졌다.

그렇지만 그때는 주로 들어야 하는 입장이었던 기간이었으므로 이야기꾼인 나로서는 점점 초조해질 수밖에 없었다. 나는 이제 동지회의 주장의 대부분을 꿰뚫고 있어서 — 신뢰할 만한 것들은 물론 미심쩍은 것들까지도 — 잠자면서도 지껄일 수 있을 정도였다. 하지만 내 임무에 대해서는 전혀 말이 없었다. 그래서 한밤중에 걸려 온 전화에 대하여 모종의 임무가 시작되는 것일지도 모른다는 희망을 가졌던 것인데…….

내 옆의 잭 동지는 여전히 생각에 빠져 있었다. 그는 서둘러 어디론가 가야 하거나 이야기해야 한다는 기색이 없었다. 바텐더가 느린 동작으로 칵테일을 만드는 동안 나는 왜 나를 여기로 데리고 왔는지 곰곰이 생각했으나 알 수가 없었다. 내 앞에는, 대개 거울이 걸려 있기 마련인 장식용 패널에 투우의 장면이 걸려 있었다. 황소는 투우사에게 가까이 달려들고 투우사는 조각된 듯 접혀 있는 붉은 망토를 휘돌린다. 투우사는 망토를 몸에 아주 바짝 붙이고 움직여서 마치 고요하게 소용돌이치는 완벽한 움직임 속에서 황소와 하나가 된 듯 보였다. 완전한 기품이라고 나는 생각했다. 바 위쪽으로는 사진 속에서 실제보다 크게 핑크와 흰색으로 그려진 처녀가 시원한 맥주 광고를 내려다보고 있었다. 사진 위의 달력은 4월 1일을 나타내고 있었다. 술잔이 앞에 놓이자 잭 동지는 활기를 찾았다. 그는 마치 자신을 괴롭혀 온 일을 그 순간 해결하고 갑자기 마음이 가벼워지기라도 한 듯 기분이 바뀌었다.

"여기, 나 좀 봐요." 그는 장난스럽게 팔꿈치로 살짝 찌르며 말했다. "그 여자는 단지 차가운 기계 문명의 종이 사진일 뿐이오."

나는 그의 농담을 듣고 반가워서 웃음을 터뜨렸다. "그러면 저것은요?" 나는 투우 사진을 가리키며 말했다.

"저건 순전히 야만적인 것이오." 그는 바텐더를 쳐다보고는 목소리를 낮추어 속삭이듯 말했다. "그런데 말 좀 해 보시오. 햄브로 동지와의 학습은 어땠소?"

"아, 좋았습니다." 나는 대답했다. "엄격한 분이었지만 대학에서 그런 분에게 교육을 받았더라면 더 많은 걸 배웠을 겁니다. 그분이 많은 걸 가르쳐 주었습니다만 경기장에서의 제 연설을 싫어했던 동지들을 만족시킬 만큼 배웠는지는 잘 모르겠습니다. 과학적으로 대화를 해 볼까요?"

그는 소리 내어 웃었고 한쪽 눈동자가 유난히 더 반짝거렸다. "동지들은 신경 쓰지 마시오." 그는 말했다. "동지는 잘 해낼 것이오. 햄브로 동지의 보고서에 따르면 동지는 우수하오."

"아, 그건 반가운 소리네요." 나는 말했다. 바 건너편 쪽으로 또 다른 투우 사진이 눈에 띄었는데, 투우사가 검은 황소의 뿔에 받혀 하늘로 솟아오르는 장면이었다. "저는 이념을 터득하려고 많이 노력했습니다."

"그걸 터득하시오." 잭 동지가 말했다. "그렇지만 무리하지는 마시오. 이념에 사로잡혀서는 안 되오. 메마른 이념만큼 민중들을 잠재우는 것도 없소. 이상적인 것은 이념과 영감 사이의 중용을 지키는 일이오. 사람들이 듣고 싶어 하는 걸 말해줘야 하오. 그러면서도 우리가 원하는 방향으로 그들을 이끌 수 있게 말해야 하오." 그는 웃음을 터뜨렸다. "이론보다 항상 실행이 선행한다는 점도 기억하시오. 먼저 행동으로 옮기고 나중에 이론화시켜야 한단 말이지. 이것 역시 공식이오. 엄청나게 효과적인 공식이지!"

그는 마치 내가 보이지 않는 듯 나를 바라보았다. 나는 그가 나를 보고 웃는 것인지, 아니면 나를 따라 웃는 것인지 알 수가 없었다. 단지 그가 웃고 있다는 사실만 확실했다.

"네." 나는 대답했다. "제게 필요한 건 모두 터득하도록 하겠습니다."

"그렇게 하시오." 그가 말했다. "그러니 이제 동지들의 비판은 신경 쓰지 마시오. 그들에게 이념으로 반박하면 동지에 대해 여러 말 못할 것이오. 물론 동지가 정당한 지지를 받고 필요한 결과를 만들어 낼 수 있다면 말이오. 한 잔 더 하겠소?"

"고맙지만 충분히 마셨습니다."

"진심이오?"

"진심입니다."

"좋소. 그러면 동지의 임무에 대해 말합시다. 내일 동지는 할렘 구역에서 핵심 연사가 될 터인데……."

"정말이요?"

"그렇소. 위원회에서 어제 결정했소."

"저는 그런 일이 있을 줄 몰랐는데요."

"동지는 잘할 수 있소. 들어 보시오. 동지가 강제 퇴거 당시 시작했던 내용을 이어가면 될 것이오. 청중을 흔들어 놓으시오. 그들을 움직이게 만들어야 하오. 가능한 한 많은 사람이 동참하게 만드시오. 몇몇 선배 동지들로부터 지시를 받겠지만 당분간 동지가 할 수 있는 일이 무엇인지 찾아보도록 하시오. 동지는 행동의 자유를 가지게 될 것이오. 그러나 위원회의 엄격한 규율은 따라야 할 것이오."

"알겠습니다." 나는 대답했다.

"아니, 확실히 이해하지 못할 것이오." 그는 말했다. "그렇지만 앞으로 알게 될 것이오. 절대로 규율을 과소평가하지 마시오, 동지. 규율에 따르면 동지는 조직 전체에게 자신의 활동에 대한 책임을 지게 되어 있소. 규율을 과소평가하지 마시오. 그것은 매우 엄격하지만 그 테두리 안에서 동지는 자신의 일에 대해 충분한 자유를 누릴 수 있소. 동지의 일은 매우 중요하오. 이해하시오?" 내가 알았다는 표현으로 고개를 끄덕이는 사이 그의 두 눈은 내 얼굴에 고정된 것처럼 보였다. "동지가 잠을 좀 자도록 이제 가야 할 것 같소." 그는 잔을 비우면서 말했다. "동지는 이제 전투병이오. 동지의 건강은 우리 조직의 문제요."

"준비해 놓겠습니다." 내가 말했다.

"그럴 줄 알고 있소. 그럼 내일 봅시다. 오전 9시에 할렘 구역의 임원으로 구성된 위원회를 만나게 될 것이오. 장소는 물론 알고 있죠?"

"아니오, 동지. 모릅니다."

"그래요? 알겠소. 그러면 잠깐 나와 함께 가 보는 것이 좋겠소. 나는 거기서 누굴 만나야 하니 동지는 일할 장소를 봐 두도록 하시오. 그리고 돌아가는 길에 동지를 내려주겠소." 그가 말했다.

구역 사무실은 개조한 교회 건물 안에 있었다. 건물 1층에는 전당포가 자리 잡고 있었는데 가득 쌓인 물건들 때문에 전당포 창문으로 새어나오는 불빛이 어두운 거리에 희미하게 비쳤다. 우리는 계단을 통해 3층으로 올라가 높은 고딕 천장이 있는 커다란 방으로 들어갔다.

"여기요." 잭 동지가 커다란 방 끝으로 걸어가며 말했다. 그쪽 편으로는 작은 방들이 일렬로 늘어서 있었는데 한 방에만 불이 켜져 있었다. 그때 한 사내가 절뚝거리며 나왔다.

"안녕하세요, 잭 동지." 그가 말했다.

"아, 타프 동지. 나는 토빗 동지가 있을 줄 알았소."

"맞소이다. 여기 있었는데 일이 있어서 먼저 갔죠." 사내가 말했다. "그가 나가면서 동지에게 이 봉투를 남겼소. 그리고 오늘 밤 늦게 동지한테 전화하겠다고 했소."

"좋소, 좋소." 잭 동지는 말했다. "자, 여기 우리 새 동지와 인사하시오……."

"만나서 반갑소." 그는 웃으며 내게 인사했다. "동지가 경기장에서 연설한 것을 들었소. 사람들에게 정말 필요한 걸 말해주었소."

"고맙습니다." 내가 답례했다.

"동지도 그 연설이 마음에 들었나 보군. 그렇지 않소, 타프 동지?" 잭 동지가 물었다.

"저는 이 청년을 괜찮다고 생각했소." 사내가 말했다.

"글쎄, 이제 동지는 그에 대해서 더 많을 것을 보게 될 것이오. 그가 동지 구역의 새 대변인이란 말이오."

"그거 좋군." 사내가 말했다. "이제 우리에게도 변화가 올 것 같군요."

"맞소." 잭 동지가 말했다. "자, 이제 이 동지의 사무실을 보고 가야겠소."

"그렇게 하세요, 동지." 타프는 절뚝거리며 내 앞을 지나 어두운 방으로 들어가서 불을 켰다. "이 방입니다."

나는 작은 사무실을 들여다보았다. 그 안에는 전화가 놓인 널찍한 책상이 있었으며 그 옆의 탁자 위에는 타자기가 놓여 있었다. 선반에 책과 팸플릿이 쌓여 있는 책꽂이가 서 있었으며, 고대의 항로 표시와 콜럼버스의 영웅적 얼굴이 새겨진 커다란 세계지도가 걸려 있었다.

"필요한 게 있으면 타프 동지에게 말하시오." 잭 동지가 말했다. "그는 항상 여기에 근무하오."

"고맙습니다. 그렇게 하도록 하죠." 내가 말했다. "아침에 설명을 듣도록 하겠습니다."

"그러시오. 자, 동지도 좀 자야 하니 이만 가는 것이 좋겠소. 잘 자시오, 타프 동지. 내일 아침 이 동지를 위해 모든 것이 준비될 수 있도록 챙겨 주시오."

"걱정할 필요가 없을 것이오, 동지. 잘 가시오."

"우리는 타프 동지와 같은 사람들을 끌어들였기 때문에 성공하게 될 것이오." 그는 차에 올라타면서 말했다. "그는 몸은 늙었지만 이념적으로는 아직도 혈기왕성한 젊은이라오. 가장 위험한 상황에서 우리가 의지할 수 있는 사람이지."

"함께 일하기에 훌륭한 분 같습니다." 내가 덧붙였다.

"그럴 거요." 그는 그렇게 말하고는 나의 집 앞에 도착할 때까지 다시 침묵 속에 빠졌다.

도착해 보니 위원들은 고딕식의 천장이 있는 방에 모여서, 작은 테이블 두 개를 붙여 놓고 그 주위에 접이식 의자를 놓고 앉아 있었다.

"좋습니다." 잭 동지가 말했다. "제시간에 도착했소. 아주 좋소. 우리는 지도자들의 정확성을 높이 평가하오."

"항상 시간을 지키도록 노력하겠습니다, 동지." 내가 말했다.

"여기 새 동지가 왔습니다, 동지 여러분." 그가 말했다. "동지들의 새 대변인이오. 자, 이제 시작해야겠소. 모두들 나오셨습니까?"

"토드 클리프톤 동지를 제외하고는 모두 모였습니다." 누군가 말했다.

그의 붉은 머리가 놀란 듯 움찔했다. "그래요?"

"곧 올 겁니다." 한 젊은 동지가 말했다. "저희는 새벽 3시까지 일했거든요."

"그래도 제시간에 와야 하오." 잭 동지는 시계를 보며 말했다. "좋소, 시작합시다. 저는 여기 있을 시간이 별로 없습니다. 그렇지만 잠깐이면 충분하오. 여러분은 모두 최근에 일어난 일련의 사건과 그와 관련된 우리 새 동지의 역할에 대해 알고 있을 겁니다. 간단히 말해, 동지들은 그것이 헛된 일이 되지 않도록 만들기 위해 여기에 모였습니다. 우리는 두 가지를 달성해야 합니다. 먼저 우리 활동의 효과를 증대시킬 방안을 강구해야 할 것입니다. 그리고 이미 방출되기 시작한 에너지를 조직화해야 합니다. 그러기 위해서는 회원을 급속히 늘려야 합니다. 민중은 완전히 깨어났습니다. 우리가 그들을 행동으로 옮기도록 이끌지 못한다면 그들은 모두 수동적이거나 냉소적으로 변할 것입니다. 따라서 우리는 즉시 나서서 강력하게 밀고 가야 합니다!"

"이런 목적을 가지고." 잭 동지는 나를 향해 고개를 끄덕이며 계속 이어갔다. "우리의 동지가 지역의 대변인으로 임명되었습니다. 여러분은 충성스럽게 그를 지원해 주시고 위원회의의 권위를 내세우는 새로운 수단으로 생각해 주시기 바랍니다……."

잠시 박수 소리가 터져 나왔지만 문이 열리자 이내 멈추었다. 나는 일렬로 늘어선 의자들 너머를 바라보았다. 내 나이 또래의 젊은 사내가 모자를 벗은 채 방 안으로 들어오고 있었다. 그는 두툼한 스웨터와 바지를 입고 있었다. 모두들 시선을 들어 그를 쳐다보는 순간 어디선가 한 여자가 반가운 듯 급히 숨을 들이마시는 소리를 냈다. 젊은 사내는 흑인 특유의 느긋한 걸음걸이로 어두운 곳에서 밝은 곳으로 걸어 나왔다. 그는 새까만 흑인이었으며 잘생긴 얼굴이었다. 그가 방 가운데까지 걸어오자 윤곽이 또렷하고 검은 대리석상 같은 용모가 눈에 들어왔다. 북부의 박물관에 있는 동상들에서나 가끔씩 볼 수 있는 모습이었고, 집 안에서 자라는 백인 아이들과 마당에서 자라는 흑인 아이들이 마치 하나의 총구에서 발사된 총알처럼 동일한 이름과 용모 그리고 성격을 가진, 남부의 마을에서나 볼 수 있는 그런 모습이었다. 이제 가까이 다가온 그는 커다란 몸을 느긋하게 기울이며 팔을 테이블로 꼿꼿이 내밀었다. 나는 테이블의 어두운 나뭇결 위로 넓고 탄탄하게 돋은 그의 손마디를 보았다. 스웨터에 싸인 근육질의 팔, 천천히 맥박치는 목과 매끄러운 사각형의 턱까지 이어진 가슴의 곡선, 그리고 돌을 감싼 벨벳처럼 뼈를 감싼 화강암처럼 미묘하게 뒤섞인, 아프리카와 앵글로색슨의 윤곽을 가진 볼에 붙은 십자 모양의 작은 반창고도 보았다.

그는 몸을 수그리고 덤덤하게 우리 모두를 둘러보았다. 나는 그의 태도를 보며 친근한 매력 뒤에 숨은, 말없이 묻는 표정을 감지했다. 미래의 라이벌로 인식하면서 나는 그를 주의 깊게 바라보았다. 이 사람은 누구일까?

"아, 토드 클리프톤 동지가 늦었군." 잭 동지가 말했다. "우리의 젊은 지도자가 늦었소. 무슨 일이오?"

젊은 사내는 자신의 볼을 가리키며 미소를 지었다. "병원에 다녀왔습니다." 그가 대답했다.

"어쩌다 그랬소?" 잭 동지는 검은 피부에 붙은 십자 모양의 반창고를 보며 물었다.

"민족주의자 녀석들과 약간 마찰이 있었어요. 설교자 라스의 애들과 말입니다." 클리프톤 동지가 대답했다. 그때 정답고 반짝이는 눈으로 그를 응시하던 여자들 중 하나가 놀란 숨소리를 냈다.

잭 동지는 힐끔 나를 쳐다보았다. "동지도 라스에 대해 들어보았소? 자칭 흑인 민족주의자라고 부르는 마구잡이 사내이지."

"기억나지 않는데요." 내가 대답했다.

"조만간 그에 대해서 듣게 될 거요. 앉으시오, 클리프톤 동지. 앉으시오. 조심하시오. 동지는 우리 조직에 중요한 사람이란 말이오. 위험을 무릅쓰면 절대 안 되오."

"이번 경우는 피할 수 없었습니다." 젊은 사내가 말했다.

"그래도 마찬가지요." 잭 동지는 아이디어를 말해 보라며 다시 토론을 시작했다.

"동지, 우리는 아직도 강제 퇴거에 저항해서 싸워야 합니까?" 내가 물었다.

"그것이 요즘 가장 중요한 문제가 되었소. 동지 덕분에 말이오."

"그럼 저항의 수위를 높이면 어떨까요?"

그는 내 얼굴을 유심히 살폈다. "무슨 뜻이오?"

"그러니까…… 그것이 요즘 많은 관심을 끌고 있으니 모든 지역으로 그 문제를 확대시키면 어떨까요?"

"그러면 우리가 어떻게 그것을 추진하면 좋겠소?"

"지역의 지도자들에게 우리를 지지하는 공식적인 입장을 표명하게 하면 될 것 같아요."

"그 문제에 대해서는 몇 가지 어려운 점이 있소." 잭 동지가 말했다. "지도자들 대부분이 우리와 맞서고 있기 때문이오."

"그렇지만 제 생각에는 저 동지의 말에 일리가 있습니다." 클리프톤 동지가 말했다. "만약 그들이 우리를 좋아하든 싫어하든 관계없이 우리의 문제를 지지하게 만들 수 있다면 어떨까요? 우리의 문제는 곧 지역 전체의 문제이지 분리된 것이 아니잖아요."

"맞아요." 내가 맞장구쳤다. "저도 그렇게 봅니다. 강제 퇴거를 놓고 온통 흥분한 상태이니 우리에게 반대하고 나설 수 없을 겁니다. 사회 전체의 최선의 이익에 대해 반대하는 모습으로 보일 테니까……."

"그래서 그들은 우리의 총구 앞에 서게 되는 것이지요." 클리프톤이 이었다.

"예리한 지적이오." 잭 동지가 말했다.

다른 사람들도 동의했다.

"아시다시피 우리는 그런 지도자들을 배척해 왔소." 잭 동지는 빙그레 웃으며 말했다. "그렇지만 넓은 전선으로 나가기 시작하는 순간 파벌주의는 버려야 할 짐이 되는 것이오. 다른 의견은 없습니까?" 그는 둘러보았다.

"동지." 나는 기억을 떠올리며 말했다. "제가 할렘에 처음 왔을 때 가장 인상 깊었던 것 중 하나는 사다리 위에서 연설을 하던 한 사내의 모습이었습니다. 그 사람은 아주 거칠고 심한 억양을 섞어서 말했지만 청중들을 열광시키더군요……. 우리도 그와 같이 거리에서 일을 진행하면 어떨까요?"

"그러고 보니 동지도 그 사람을 본 적이 있군." 그는 갑자기 미소를 띠며 말했다. "설교자 라스는 할렘을 독점해 왔소. 그런데 지금은 우리 조직이 더 크니 시도해 볼 만하오. 우리 위원회가 원하는 것은 결과요!"

그러면 그 사람이 설교자 라스였단 말이군. 나는 혼자 생각했다.

"그러면 그 강탈자와 마찰이 있을 겁니다. 아니, 그 설교자 말이에요." 덩치 큰 여자가 말했다. "그자의 망나니들은 닭고기 요리의 흰 살만 봐도 공격하고 비난할 테니까 말이에요."

우리는 웃음을 터뜨렸다.

"그는 흑인과 백인이 함께 있는 모습을 보면 거칠어져요." 그녀는 내게 말했다.

"그건 우리가 알아서 하지요." 클리프톤 동지가 자신의 볼을 만지며 말했다.

"아주 좋소. 그렇지만 폭력은 안 되오." 잭 동지가 말했다. "동지회는 폭력과 테러, 그리고 어떤 종류의 공격적인 도발도 반대하오. 이해하겠소, 클리프톤 동지?"

"네, 알고 있습니다." 그는 대답했다.

"우리는 어떠한 폭력적인 공격도 수용할 수 없소. 이해하겠소? 또한 우리를 공격하지 않는 한 경찰이나 다른 사람들을 공격해서도 안 되오. 우리는 모든 형태의 폭력을 반대합니다. 아시겠소?"

"네, 동지." 나는 대답했다.

"좋소. 그 점 명심하길 바라면서 이제 난 가 봐야겠소." 그가 말했다. "할 수 있는 일이 무엇인지 찾아보시오. 동지는 다른 지역으로부터도 충분한 지원을 받을 것이고 필요한 모든 조언도 얻을 것이오. 하지만 우리 모두 규율을 지켜야 한다는 점을 명심하시오."

그가 방을 나가자 우리는 일을 분담했다. 나는 각자 자신이 가장 잘 아는 지역에서 활동할 것을 제안했다. 동지회와 지역의 지도자들과 연결점이 없으므로 나는 스스로 그것을 만들어 가는 역할을 담당하기로 했다. 거리 모임은 즉시 시작하고 토드 클리프톤 동지는 돌아와서 나와 세부적인 사항을 검토하기로 했다.

토론이 진행되는 사이 나는 사람들의 얼굴을 유심히 살펴보았다. 그들은 흑인이고 백인이고 모두 대의에 몰두하고 동조하는 듯 보였다. 그렇지만 그들을 유형별로 나누어 보려 하니 갈피를 잡을 수 없었다. 남부의 '맥주통' 같아 보이는 커다란 여자는 여성 문제 담당인데 추상적이고 관념적인 용어를 많이 썼다. 목에 갈색 반점들이 있는, 수줍은 듯 보이는 사내는 행동으로 옮기는 문제에 대해 말할 때 대담하게 직설적이고 열정적이었다. 그리고 이 젊은 지도자, 토드 클리프톤 동지는 유행을 따르는 신세대인 듯했으나 빈틈없어 보였다. 페르시아 양털 같은 그의 머리카락은 한 번도 펴 본 적이 없는 것 같아 보였지만 말이다. 아무도 특정한 유형에 포함시킬 수 없었다. 그들은 익숙하게 보이기도 했지만, 잭 동지나 그곳의 백인들이 내가 전에 알았던 백인들과 전혀 다른 만큼이나 다른 흑인들과 달랐다. 그들은 모두 마치 꿈속에 나타난 친숙한 사람들의 모습처럼 변형되어 있었다. 하긴, 나 역시 예전과 다르지. 토론이 끝나고 행동이 시작되면 그들도 그걸 보게 되리라. 나는 누구의 반감도 사지 않도록 조심하기만 하면 된다. 내가 책임자 자리에 앉게 된 것에 불쾌감을 갖는 사람도 있겠지.

그렇지만 토드 클리프톤 동지가 거리 집회에 대해 의논하려고 내 사무실로 찾아왔을 때 불쾌감의 흔적은 전혀 찾아볼 수 없었다. 그는 집회 전략에만 완전히 몰두했다. 그는 괴롭히는 사람들을 다루는 법, 공격당했을 때 대처하는 법, 그리고 군중 속에서 우리 회원을 알아볼 수 있는 방법 등에 대해 아주 조심스럽게 내게 알려 주었다. 가벼운 신세대처럼 보였지만 그의 말은 정확했고 자신의 일을 분명히 알고 있는 듯했다.

"우리가 할 일에 대해 어떻게 생각합니까?" 그의 설명이 끝나자 내가 물었다.

"일이 크게 벌어질 것 같소." 그가 대답했다. "가비 이후 최대의 운동이 될 것이오."

"나도 그렇게 확신이 서면 좋을 텐데." 내가 말했다. "나는 가비를 본 적이 없소."

"나도 보지 못했소." 그가 말했다. "그렇지만 할렘에서 그의 존재가 대단하다는 것은 알고 있소."

"글쎄, 아무튼 우리는 가비가 아닙니다. 그리고 그는 오래가지 못했잖소."

"그랬죠. 그래도 그에게 무언가 있었던 게 분명하오." 그는 갑자기 열을 올리며 말했다. "그는 민중을 움직이는 무언가를 가지고 있었던 게 분명하단 말이오. 우리네 사람들을 움직이게 하기란 정말 어렵잖소. 그는 무언가 많은 걸 가지고 있었던 거요!"

나는 그를 바라보았다. 그의 두 눈은 생각에 잠겼다. 그리고 미소를 지었다. "걱정 마시오." 그가 말했다. "우리는 과학적인 계획을 가지고 있으니 동지가 그들을 움직일 수 있을 것이오. 요즘 사정이 아주 나쁘니 그들이 귀를 기울일 겁니다. 그리고 듣다 보면 함께 움직일 것이오."

"그랬으면 좋겠습니다." 내가 말했다.

"그럴 것이오. 아직 동지는 나만큼 오랫동안 운동에 참여해 보지 못했잖소. 난 이제 삼 년이 됐소. 나는 변화를 느낄 수 있소. 민중은 움직일 준비가 됐소."

"동지의 느낌이 맞기를 바라오." 나는 대답했다.

"내 느낌이 맞소." 그는 말했다. "우리는 민중을 끌어들이기만 하면 되오."

그날 저녁은 마치 겨울처럼 추웠다. 길모퉁이에는 불이 밝게 켜져 있었으며 흑인들로만 가득한 군중이 빽빽하게 모여 있었다. 나는 사다리 위에 올라서서 클리프톤 구역의 젊은 회원들에게 둘러싸여 있었다. 나는 옷깃을 세운 그들의 등 너머로 의심과 호기심으로 가득한, 그러나 확신에 찬 군중의 얼굴을 볼 수 있었다. 이른 시간이라 지나다니는 자동차 소리보다 크게 외쳐야 했다. 감정이 고조되어 내 목소리가 달아오르자 볼과 양 손에 축축하고 차가운 공기가 느껴졌다. 짧은 박수 소리와 공감하는 반응 소리를 들으며 나와 군중 사이에 연결된 맥박이 느껴지기 시작했다. 그때 토드 클리프톤이 손짓하며 내 시선을 끌었다. 군중의 머리 너머 어두운 상점 진열대와 깜빡이는 네온사인 앞으로 재빠르게 다가오는 스무 명 정도의 성난 집단이 눈에 들어왔다. 나는 아래를 내려다보았다.

"문제가 생겼소. 계속 연설하시오." 클리프톤이 말했다. "우리 회원들에게 신호를 주시오."

"동지들, 행동으로 보여 줄 때가 됐소." 나는 고함을 질렀다.

젊은 회원과 다소 나이 든 사내들이 군중들 뒤편으로 걸어 나가 다가오는 집단과 맞서는 모습이 보였다. 그때 무언가 어둠 속에서 날아와 내 이마에 세게 부딪혔다. 그리고 군중이 갑자기 밀려들며 사다리가 뒤로 넘어지는 것이 느껴졌다. 나는 죽마를 탄 사람처럼 군중들 위에서 비틀거리다가 뒤로 넘어가 길바닥에 떨어졌다. 사다리가 덜커덩 하고 쓰러지는 소리가 들렸다. 사람들은 공포에 질려 이리저리 밀려다니고 있었다. 내 곁에 클리프톤이 보였다. "설교자 라스요!" 그가 소리쳤다. "손 좀 쓸 줄 아시오?"

"주먹을 쓸 줄은 알아요!" 나는 화가 났다.

"좋소, 그럼. 자, 기회가 왔으니 실력을 한번 보여 주시오!"

그는 앞으로 걸어 나가더니 소용돌이치는 군중 속으로 뛰어드는 것 같았다. 나는 그의 옆에서 문 쪽으로 흩어져 사라지는 군중의 모습을 보았다.

"저게 라스요. 바로 저쪽." 클리프톤이 소리쳤다. 그때 유리 깨지는 소리가 들렸으며 거리는 어둠으로 뒤덮였다. 누군가 전구를 깨트렸다. 어둠 속에서 나는, 클리프톤이 깜깜한 창문 속에서 빨갛게 네온사인이 빛나는 쪽을 향해 달려가는 모습을 보았다. 그때 무언가 내 머리를 스치고 지나갔다. 그 순간 긴 파이프를 든 사내가 달려들었으나 클리프톤이 그에게 달려들어, 몸을 수그리며 바짝 붙어서 그의 손목을 잡아 비틀었고 마치 병사가 180도로 몸을 돌리듯 나를 향해 몸을 돌렸다. 그 사내의 팔 뒤꿈치는 그의 어깨 위에 빳빳하게 뻗어 있었는데 클리프톤이 자연스럽게 몸을 들면서 그의 팔을 끌어내리자 그 사내는 발끝으로 일어서며 비명을 질렀다.

퍽 하고 둔탁하게 끊어지는 소리가 들리더니 그 사내가 축 처지는 모습이 보였다. 파이프는 바닥으로 땡그랑 소리를 내며 떨어졌다. 그때 누군가 내 배를 강하게 쳤으며 그제야 비로소 내가 싸우는 중이라는 사실을 깨달았다. 나는 무릎을 꿇고 굴렀으나 다시 일어서서 그자를 바라보았다. "일어나, 백인 앞잡이 놈아." 그가 말했다. 나는 그를 꽉 쥐었다. 그에게도 손이 있고 나도 손이 있었다. 싸움은 공정했지만 그는 그다지 운이 없었다. 그는 나가떨어지지는 않았으나 내게 두 번을 세게 맞자 다른 사람과 싸우기로 작정한 듯했다. 그가 돌아서자 나는 발을 걸어 넘어뜨리고는 다른 곳으로 갔다.

싸움은 가로등이 부서져 어두워진 길모퉁이 쪽으로 이동해 갔다. 끙끙대는 소리와 잡아채는 소리, 그리고 발로 밟고 때리는 소리만 날 뿐 조용했다. 어둠 속의 혼돈스러운 상태에서 나는 누가 우리 편이고 누가 적인지 구별할 수 없었다. 그래서 조심스럽게 움직이며 앞을 보려고 했다. 거리 저쪽 어두운 곳에서 누군가 고함을 질렀다. "떨어져! 떨어져!" 그 순간 경찰이란 생각이 들었다. 나는 클리프톤을 찾기 위해 둘러보았다. 네온사인은 신비스럽게 빛나고 있었고, 사람들이 여기저기서 뛰어다니며 욕설하는 소리가 들렸다. 클리프톤이 "수표를 현금으로 교환해 줍니다."라는 붉은 간판 앞의 상점 로비로 재빠르게 걸어가는 모습이 보였다. 나는 서둘러 달려갔는데 무언가 내 머리를 스쳐 지나가더니 유리 깨지는 소리가 들렸다.

클리프톤은 설교자 라스의 머리와 배를 향해 짧고 정확한 잽을 날렸다. 그의 펀치는 빠르고 자로 잰 듯했으며 라스를 창문 쪽으로 넘어뜨리면서도 자신의 주먹으로 유리를 치지 않도록 조심했다. 왼쪽 오른쪽 번갈아 가며 어찌나 빠르게 펀치를 날리는지 라스는 마치 술 취한 황소 모양으로 이리저리 비틀거렸다. 내가 가까이 가자 라스는 빠져나오려고 안간힘을 썼다. 그러나 클리프톤이 다시 그를 붙잡고 내리누르자 그는 마치 출발선의 육상선수처럼 로비의 어두운 바닥에 손을 짚고 뒤꿈치를 문에 댄 채 웅크렸다. 그러다 갑자기 앞으로 뛰쳐 나와 다가오는 클리프톤을 붙잡고 머리로 들이받았다. 헉하는 짧은 숨소리가 들렸다. 클리프톤은 완전히 드러누웠으며 라스의 손에서 무언가 번쩍거리는 것이 보였다. 땅달막하고 로비를 채울 만큼 육중해 보이는 라스는 칼을 든 채 조심스러운 동작으로 정면을 향해 걸어왔다. 나는 몸을 홱 돌려서 파이프를 찾았다. 그리고 그것을 잡으려고 몸을 던져 손발로 엉금엉금 기어갔다. 잡아, 잡아라……. 그리고 돌아보니 라스가 한 손으로 클리프톤의 멱살을 쥐고 다른 손에는 칼을 들고 서서 노려보며 성난 황소처럼 씩씩거리고 있었다. 그가 허공으로 칼을 들어 멈추자 나는 그 자리에 얼어붙고 말았다. 그는 들어 올린 칼을 멈추고 욕설을 퍼붓더니, 다시 매우 빠른 속도로 칼을 들었다 멈추었다. 그러고는 울음을 터뜨리며 재빨리 뭐라고 지껄였다. 나는 천천히 앞으로 다가갔다.

"이봐." 라스가 버럭 소리쳤다. "널 죽여야겠어. 염병할, 세상이 좋아지려면 널 죽여야만 한다고. 그런데 넌 흑인이잖아. 왜 흑인이냔 말이야. 맹세코 너를 죽여야겠어. 아무도 설교자에게 손을 댈 수 없단 말이야, 빌어먹을, 아무도!"

나는 그가 칼을 다시 높이 치켜드는 모습을 보았다. 그러나 다시 칼을 내리더니 클리프톤을 땅바닥으로 밀쳐 내고 그 위에 서서 흐느꼈다.

"왜 너는 백인 녀석들하고 놀아나는 거지? 왜? 난 널 오랫동안 지켜봐 왔어. 그리고 이렇게 생각했어. '곧 정신 차리고 싫증을 내겠지. 그럼 거기서 벗어날 거야.' 너같이 괜찮은 녀석이 왜 아직도 그런 놈들과 놀아나는 거냐고!"

나는 앞으로 다가가면서 그의 얼굴이 붉은 분노의 눈물로 번득이는 걸 보았다. 그는 여전히 그 애꿎은 칼을 들고 클리프톤 위에 서 있었으며 눈물은 창문의 네온사인 불빛을 받아 붉게 빛나고 있었다.

"너는 내 형제란 말이야. 형제는 같은 피부색이야. 도대체 어떻게 염병할 백인들을 형제라고 부르냔 말이야. 엿 같으니라고. 그건 엿 같은 짓이라니까! 형제는 같은 피부색이야. 우리는 아프리카 어머니의 아들들이야. 잊었냐? 너는 흑인이라고, 흑인! 너는 말이야, 빌어먹을!" 그는 강조하듯 칼을 휘둘러 대며 말했다. "못생긴 머리를 가졌잖아! 두꺼운 입술에! 그놈들은 네게서 악취가 난다고 해! 그놈들은 널 싫어한다니까. 넌 아프리카 사람이야. 아프리카 사람이라고! 왜 그놈들 편에 선 거야? 그 똥 같은 데서 빠져나와. 그놈들이 널 팔아먹을 거야. 그 똥 같은 것들은 옛날 수작이야. 그놈들은 우리를 노예로 만들잖아. 그걸 잊었어? 그놈들이 어떻게 흑인들을 좋게 생각하겠어? 어떻게 그놈들이 네 형제가 되겠어?"

나는 마침내 그에게 다가가서 파이프로 힘껏 내리쳤다. 칼은 어둠 속으로 날아갔고 그는 손목을 쥐었다. 나는 파이프를 다시 들어 올렸지만 그가 그 자리에 서서 작고 가는 눈으로 나를 노려보자 갑자기 두려움과 증오감으로 얼굴이 달아올랐다.

"그리고 너 말이야." 설교자가 말했다. "이 조그만 흑인 악동 녀석아! 이 약아빠진 족제비 같은 녀석! 네 녀석이 어디서 왔다고 백인들과 어울리는 거냐? 나는 다 알아, 빌어먹을. 내가 모를 줄 알고! 넌 남부 출신이야! 넌 트리니다드 출신이야! 넌 바바도스 출신이야! 자메이카, 남아프리카 출신이라고. 그리고 백인 놈들의 발에 엉덩이를 차였지. 흑인을 배신해서 무얼 얻으려는 거야? 왜 우리와 싸우는 거야? 너 같은 젊은 녀석이 말이야. 너희 젊은 놈들은 교육도 많이 받았잖아. 네가 민중을 선동하는 걸 들어 봤어. 왜 노예꾼들 밑으로 들어간 거야? 어떤 교육을 받아서 그래? 어떤 흑인이어서 자기 엄마를 배신하는 거야?"

"닥쳐." 클리프톤이 일어서며 말했다. "닥쳐!"

"염병할, 어림도 없어." 라스는 주먹으로 눈을 닦으며 말했다. "내가 말하지! 그 파이프로 나를 쳐라. 그렇지만 제발 설교자의 말을 들어라! 우리와 함께하자. 우리 흑인의 영예로운 운동을 전개하자. 흑인의! 그들이 뭘 해 주지? 돈을 주냐? 누가 그 빌어먹을 걸 원해? 그놈들의 돈이 흑인의 피를 보게 한다. 그건 더러운 돈이야! 그들의 돈을 받는 건 엿 같은 거야. 존엄성 없는 돈? 그건 정말 엿 같은 것이야!"

클리프톤은 그를 향해 주먹을 휘둘렀다. 나는 그를 붙잡고 고개를 저었다. "그만 하시오, 저놈은 미쳤소." 나는 그의 팔을 잡으며 말했다.

라스는 두 주먹으로 자신의 허벅지를 때렸다. "내가 미쳤다고? 미쳤다고 했어? 네 자신들이나 먼저 보고, 나를 봐. 제정신이냐? 여기 세 개의 검은 그림자 속에 서 있는데! 흑인 셋이서 백인 노예꾼들 때문에 거리에서 싸우고 있는데? 이게 제정신이냐? 이게 도대체 의식이 있는 것이고 과학적으로 이해가 되느냔 말이다. 이게 20세기 현대 흑인이란 말인가? 염병할! 이게 스스로 존중하는 것인가. 흑인과 흑인이 맞서는 게 말이다. 배신의 대가로 그놈들이 뭘 주던가? 그들의 여자라도 주던가? 그래서 넘어간 거냐?"

"갑시다." 그의 말을 듣다 보니 갑자기 어둠 속에서 벌였던 배틀로열의 공포가 생생하게 떠올라 나는 그렇게 말했다. 하지만 클리프톤은 나를 밀어내며 단단하게 굳은 채 매혹된 표정으로 라스를 바라보았다.

"갑시다." 내가 재촉했다. 그러나 그는 여전히 선 채로 바라보고만 있었다.

"그래, 가라." 라스가 말했다. "너만 꺼져. 넌 오염됐지만 이 친구는 진정한 흑인이야. 아프리카 같았으면 이 친구는 우두머리가 됐을 거야. 검은 황제! 놈들이 말하길, 이 친구가 핏줄에 피도 없는 염병할 자기네 여자들을 강간했다지 뭐야. 이 친구는 야구 방망이로 그놈들을 쫓아 버리지 못할 게 분명해. 제길. 그게 얼마나 바보 같은 짓이야. 태어나서 죽을 때까지 이 친구를 걷어차면서 형제라고 불러? 그게 수학이야? 그게 논리야? 이 친구를 봐. 눈을 크게 뜨고 말이야." 그는 나를 향해 말했다. "내가 저렇게 생겼으면 이 벼락 맞을 세상을 뒤흔들어 놓겠다. 사람들이 모두 날 알아볼 거야. 일본, 인도, 모든 유색인종들이 말이야. 젊음! 지성! 이 친구는 타고난 왕자야! 자네는 눈도 없나? 자긍심도 없나? 그 빌어먹을 족속들을 위해 일하는 건가? 그들의 세상은 이제 끝에 왔어. 때가 거의 온 거야. 네가 이렇게 바보처럼 돌아다니는 건 19세기식이야. 널 이해할 수 없어. 내가 무지한 건가? 대답해 봐!"

"맞아." 클리프톤이 불쑥 말했다. "제기랄, 맞다고!"

"넌 내가 미쳤다고 생각하지. 내 영어가 형편없어서 그래? 염병할, 모국어가 아닌 걸 어떡해. 난 아프리카인이야! 정말 내가 미쳤다고 생각하나?"

"그럼. 그렇다니까!"

"정말 그걸 믿어?" 라스가 물었다. "그놈들이 뭘 해 주던가? 냄새나는 여자라도 줬어?"

클리프톤이 다시 덤벼들었고 나는 그를 다시 잡았다. 라스는 버티고 있었으며 머리는 점점 붉게 변했다.

"여자? 염병할! 그게 평등이냐? 그게 흑인의 자유야? 등 한 번 두드려 주고 열정도 없이 다리 한 번 벌려 준다고? 짐승 같으니라고! 그놈들이 그렇게 빌어먹게 싼값으로 널 산 거냐? 그놈들이 우리 민족에게 한 짓을 봐라! 너는 머리도 없어? 여자들은 쓰레기들이야! 썩은 물이야! 상류 백인들이 흑인을 싫어하는 걸 알지. 그건 간단해. 그들은 쓰레기들을 이용해서 너희 젊은 흑인들에게 더러운 일을 시키는 거야. 그놈들은 너흴 배신하고 너희는 흑인들을 배신하는 거야. 그놈들이 너희를 속이고 있다니까. 그놈들은 그놈들끼리 싸우라고 해. 자기들끼리 서로 죽이라고 해. 우리는 조직화해야 해. 조직은 좋은 것이야. 우리는 흑인들을 조직화하는 거야. 흑인들을! 그 개새끼들은 엿이나 먹으라고 해. 그놈들은 창녀를 데리고 와서 흑인들에게 자유란 그녀의 마른 다리 사이에 있다고 말하지. 그러는 사이 그놈들은 모든 권력과 자본을 다 차지하고 흑인들에게는 아무것도 남겨 주지 않아. 훌륭한 백인 여성들에게는 흑인들은 강간범이라고 말하면서 멀리하게 하지. 그리고 흑인들을 짐승 같은 족속으로 만들어 가면서 아무것도 모르게 만들지.

흑인들이 언제 이 유치한 배신 행위를 멈출까? 그놈들이 너희를 사로잡아서 너희는 스스로 흑인의 지성을 신뢰하지 못하는 거야. 젊은 친구들, 제발 값싸게 놀지 마. 스스로를 거부하지 말라고! 너희를 만들기 위해 엄청난 양의 검은 피를 흘렸어. 자기 속에 존재하는 자신을 알아내도록 해. 그러면 우리들 사이에서 황제가 될 거야! 사람은 아무것도 가진 것이 없을 때, 발가벗은 상태가 되었을 때 자신을 알게 되지. 이건 누구나 아는 사실이야. 이봐, 너는 키가 180센티미터나 되잖아. 젊고 영리하고. 게다가 검고 아름답잖아. 그놈들이 다른 소리를 하게 내버려 두지 마! 너는 쉽게 죽일 수 있는 그런 존재가 아니야. 죽이다니! 나는 널 죽일 뻔했어. 설교자 라스가 칼을 치켜들고 죽이려고 했단 말이야. 그런데 그럴 수 없었지. 왜 못하는 거야? 나는 스스로에게 물었지. 지금 할 거야. 그렇게 말했지. 그렇지만 무언가가 나를 막았어. '아냐, 아냐! 너는 어쩌면 너희 흑인 황제를 죽이는 것인지도 몰라!' 그래서 내가 그랬지. 맞아, 맞아! 그래서 나는 너의 굴욕적인 행동도 받아들였어. 라스는 흑인으로서의 너의 가능성을 깨달은 거야. 라스는 백인 노예꾼들을 위해 자신의 검은 형제를 희생시키지 않는다. 대신 눈물을 흘린다. 라스는 사내다. 백인 그 누구도 그건 부정할 수 없지. 그리고 라스는 눈물을 흘린다. 그러니 흑인으로서의 의무를 깨닫고 우리에게 합류하는 게 어떤가?"

그의 가슴이 부풀어 올랐으며 그의 쉰 목소리에는 애원하는 기색이 들어 있었다. 그는 확실히 훌륭한 설교자였다. 내가 거칠고 제정신이 아닌 호소에 사로잡히다니. 그는 그 자리에 서서 대답을 기다리고 있었다. 그 순간 갑자기 거대한 수송기 한 대가 건물들 위를 낮게 날아갔다. 하늘을 올려다보니 엔진에서 뿜어져 나오는 불꽃이 보였다. 우리 셋은 모두 말없이 그것을 쳐다보았다.

그때 설교자가 갑자기 비행기를 향해 주먹을 휘두르며 고함을 질렀다. "빌어먹을 것 같으니. 언젠가는 우리도 저것쯤은 가질 수 있어! 빌어먹을 것 같으니!"

비행기는 건물들을 덜컹거리게 흔들며 힘차게 날아갔고 그는 주먹을 흔들어 대며 그 자리에 서 있었다. 비행기가 사라지자 나는 그 꿈속 같은 거리를 돌아보았다. 이제 사람들은 멀리 떨어진 저쪽 어두운 곳에서 싸우고 있었고 이곳엔 우리만이 남아 있었다. 나는 설교자를 바라보았다. 나는 내가 화가 난 것인지 감동한 것인지 분간할 수 없었다.

"이봐." 나는 머리를 가로저으며 말했다. "우리 상식적으로 이야기해 보자. 이제부터 우리는 매일 밤마다 거리의 구석을 돌아다닐 테고 이런 충돌에 대비하고 다닐 것이다. 우리는 그런 걸 원하지 않아. 특히 당신하고는 말이야. 그렇다고 도망가지도 않을 거야……."

"염병할, 이봐." 그가 앞으로 성큼 나서며 말했다. "여기는 할렘이야. 여기는 내 구역이자 흑인들의 구역이야. 백인들이 들어와서 독약을 뿌려 대도록 우리가 가만 놔둘 것 같아? 그놈들이 와서 갈취하도록 내버려 두라고? 마치 모든 상점들을 차지한 것처럼? 이봐, 말이 되는 소리를 해. 라스와 말할 땐 말이 되는 소리를 하라고!"

"이건 말이 되는 소리야." 내가 말했다. "우리가 들어 주었듯이 너도 들어 봐라. 우리는 여기 매일 밤 나올 거야. 이해하겠어? 여기 나올 것이고, 다음에도 칼을 들고 우리 동지들을 — 백인이든 흑인이든 관계없이 — 따라온다면 가만두지 않겠어."

그는 머리를 가로저었다. "나도 가만두지 않겠어."

"좋아. 나도 그러길 바란다. 만약 가만두면 불상사가 일어날 거야. 너는 실수하는 거야. 그쪽이 수적으로 열세인 걸 몰라? 이기려면 동맹이 필요해……."

"그건 말이 되는 소리네. 흑인 동맹이 있어야 해. 황인종과의 동맹도!"

"모두가 형제가 되는 세상을 바라는 사람이면 누구나 와도 가능하지."

"이봐, 바보 같은 소리 말아. 그놈들은 백인이야. 그놈들은 흑인과는 형제가 될 필요가 없어. 그놈들은 원하는 걸 얻고 등을 돌릴 놈들이야. 네 흑인의 지성은 어디로 간 거야?"

"그런 식으로 생각하면 너는 역사를 거꾸로 가며 헤매는 거야." 내가 말했다. "감정적으로 생각하지 말고 이성적으로 생각해 보도록 해."

그는 격렬하게 머리를 가로저으며 클리프톤을 바라보았다.

"이 검둥이 녀석이 내게 두뇌와 생각하는 것에 대해 지껄이고 있네. 두 사람에게 묻겠는데, 지금 자고 있는 거야, 아니면 깨어 있는 거야? 너희 과거는 무엇이었고, 지금 어디로 가고 있는 거지? 됐어. 신경 쓰지 마. 가서 너네 썩은 이념을 붙들고 히죽이는 하이에나처럼 자기 내장이나 파먹도록 해. 너희는 아무것도 아니야! 라스는 무지하지도 않고, 겁내지도 않아. 그래! 라스, 그는 여기 흑인으로 존재하며 흑인의 자유를 위해 투쟁한다. 백인들이 자기들이 원하는 걸 챙기고 너희들 앞에서 비웃으며 떠나 버리고 너흰 냄새를 풍기며 백인 쓰레기 때문에 숨이 막힌 상태로 있을 때 말이다."

그는 화난 듯 어두운 길바닥에 침을 뱉었다. 침은 허공에서 빨간 불빛을 받아 분홍빛으로 보였다.

"그래도 나는 괜찮아." 내가 대꾸했다. "내가 말한 것이나 똑똑히 기억해라. 갑시다, 클리프톤 동지. 이자는 고름 덩어리요. 검은 고름 덩어리."

우리는 그 자리를 떠났으며 유리 조각이 발밑에 와자작 밟혔다.

"그럴지도 몰라." 라스가 말했다. "그렇지만 바보는 아니야! 백인들이 쓴 형편없는 책 속에 나오는 더러운 거짓말을 믿고 흑인과 백인 사이의 모든 것이 해결되리라 생각하는, 배웠다는 흑인 바보는 아니란 말이다. 이 백인들의 문명을 세우기 위해 300년간이나 흑인들이 피를 흘렸어. 그건 한순간에 씻겨질 수 없는 거야. 피는 피를 부른다! 그걸 기억해야 해. 그리고 나는 너희들과 다르다는 사실도 기억해라. 라스는 진정한 문제가 무엇인지 파악하고 있으며 흑인인 것을 두려워하지 않는다. 또한 라스는 백인 놈들을 위한 배신자도 아니야. 이걸 기억해라. 나는 백인을 위해 흑인을 배신하는 그런 흑인이 아니다."

내가 미처 대꾸를 하기도 전에 클리프톤이 어둠속에서 몸을 홱 돌렸다. 그는 강한 일격을 가했고 라스가 쓰러지는 것이 보였다. 클리프톤은 숨을 헐떡였고 라스는 바닥에 쓰러져 있었다. 두툼한 체격의 흑인 사내의 얼굴에는 "수표를 현금으로 교환해 줍니다."라는 네온사인에 반사된 붉은 눈물 줄기가 흘러내리고 있었다.

클리프톤은 무거운 표정으로 내려다보면서 마치 다시 한번 침묵의 질문을 하는 듯 보였다.

"갑시다." 내가 재촉했다. "갑시다!"

우리가 그곳을 빠져나가는 사이, 사이렌 소리가 들려왔다. 클리프톤은 혼잣말로 나직이 욕설을 지껄였다.

우리는 어둠 속을 벗어나 분주한 거리로 나왔다. 그가 나를 돌아보았는데 그의 두 눈에 눈물이 흐르고 있었다.

"불쌍한 놈. 길을 잘못 들어선 새끼." 그가 말했다.

"그놈은 동지 생각을 많이 하던데." 내가 말했다. 나는 캄캄한 어둠과 그 훈계하는 목소리로부터 벗어나 기분이 좋았다.

"그놈은 미쳤어." 클리프톤이 말했다. "그대로 뒀으면 동지도 미치게 만들었을 것이오."

"그놈의 이름은 누가 지어 준 거요?"

"자기 스스로 지었을 것이오. 라스는 동양에서는 존칭이오. 그놈이 '이디오피아가 날개를 펼친다.'라는 말을 안 한 게 이상하오." 그는 라스의 흉내를 내며 말했다. "그놈은 마치 코브라의 목이 떨릴 때 내는 것 같은 소리를 내었소……. 나도 모르겠소……. 뭐가 뭔지……."

"이제 그를 조심해야 할 것이오." 내가 말했다.

"그게 좋겠소." 그가 맞장구쳤다. "그는 싸움을 멈추지 않을 테니까……. 그의 칼을 빼앗아 줘서 고맙소."

“사실 걱정할 필요는 없었소.” 내가 말했다. “그에게는 자기네 황제를 죽일 의도가 없었소.”

그는 마치 내 말을 진심으로 받아들인 듯 돌아서서 나를 바라보았다. 그러더니 웃음을 터뜨렸다.

“아까는 거기서 죽는 줄 알았소.” 그가 말했다.

지역 사무실로 가는 동안 나는 잭 동지가 이 싸움에 대해 뭐라 할지 생각해 보았다.

“우리는 조직을 통해 그자를 압도해야만 하오.” 내가 말했다.

“좋소, 그렇게 합시다. 라스는 우리 영역 속에서 강한 힘을 발휘할 것이오.” 클리프톤이 말했다. “그가 우리 영역으로 들어오면 위험한 존재가 될 것이오.”

“그가 우리 영역으로 들어오진 못할 것이오.” 내가 말했다. “그러면 자신을 배신자라고 생각할 테니까 말이오.”

“맞소.” 클리프톤이 말했다. “그는 내부로 들어오지 않을 것이오. 그가 어떻게 말하는지 들었소? 그가 말하는 걸 들었소?”

“들었소. 확실히.” 나는 대답했다.

“난 모르겠소.” 그는 말했다. “때때로 사람은 역사 바깥으로 뛰쳐나가야 한다는 생각도 드는데…….”

“뭐라고요?”

“바깥으로 뛰쳐나간다, 등을 돌리고……. 그렇지 않으면 미쳐서 누군가를 죽일지도 모르오.”

나는 대답하지 않았다. 어쩌면 이 친구가 맞을지도 모른다는 생각이 들었다. 그리고 동지회를 알게 된 것이 새삼스럽게 더없이 기뻤다.

다음 날 아침에는 비가 내렸다. 나는 다른 사람들보다 먼저 구역 사무실에 도착해 내 방 창문에서 밖을 내다보며 서 있었다. 한 건물의 튀어나온 벽 너머로, 그리고 벽돌과 페인트의 단조로운 패턴 너머로 빗속에 일렬로 늘어선, 높고 우아하게 솟은 나무들을 쳐다보았다. 나무 하나가 근처에 자라고 있었으며 빗물이 껍질과 끈끈한 새싹 위로 흘러내리는 것이 보였다. 나무들은 저 너머 긴 블록을 따라 늘어서 있으며 지저분한 뒷마당에 물을 뚝뚝 떨어뜨리며 높게 솟아 있었다. 다 쓰러져 가는 담장을 허물고 꽃과 잔디를 심으면 아주 훌륭한 공원이 되겠다는 생각이 문득 들었다. 바로 그때 종이봉투 하나가 내 왼편 창문에서 날아가 소리 없는 수류탄처럼 터졌다. 쓰레기들이 나무들 속으로 흩어졌다. 그리고 물에 젖고 껍데기만 남은 채 털썩 땅바닥으로 떨어졌다. 나는 역겨워하며 생각했다. 언젠가는 저 뒷마당에도 햇빛이 들겠지. 한가한 시기에 지역 청소 캠페인을 벌이는 것도 가치가 있겠어. 어젯밤만큼 흥미로운 일은 없겠지만.

책상으로 돌아가 지도를 향해 앉았는데 타프 동지가 들어왔다.

"잘 잤나? 벌써 일을 시작했나 보군." 그가 말했다.

"나오셨어요? 할 일이 너무 많아서 아침 일찍 시작하는 게 좋을 것 같아서요." 내가 대답했다.

"자넨 잘해 낼 걸세." 그가 말했다. "자네 시간을 빼앗으러 온 게 아니네. 뭘 좀 벽에다 붙였으면 좋겠어."

"그러세요. 도와드릴까요?"

"아니, 내가 혼자 할 수 있네." 그는 절뚝거리는 다리로 지도 아래에 놓인 의자에 힘겹게 올라섰다. 그리고 천장 모서리에 액자를 달고 조심스럽게 맞춘 다음 내려와 내 옆으로 왔다.

"여보게, 저분이 누구인지 아나?"

"아, 그럼요." 나는 대답했다. "프레드릭 더글러스*잖아요."

"맞았어! 바로 그분이시지. 저분에 대해서 많이 아나?"

"많이는 몰라요. 할아버지가 저분에 대해 말씀해 주시긴 했지만요."

"그거면 충분하지. 저분은 위대한 위인일세. 그냥 가끔 저분의 얼굴을 한 번씩 쳐다보기만 하게. 필요한 건 없나? 종이나 뭐 그런 것?"

"네, 다 있습니다, 타프 동지. 그리고 더글러스 초상화 고맙습니다."

"내게 고마워하지 말게." 그가 문을 나서다 말고 말했다. "그분은 우리 모두의 재산일세."

나는 이제 프레드릭 더글러스의 초상화 정면에 앉아 있었다. 갑자기 경건한 마음이 밀려들며 할아버지의 목소리가 메아리쳐 왔으나 듣지 않으려고 애를 썼다. 그런 후 나는 전화기를 들고 지역의 지도자들에게 전화를 걸기 시작했다.

지도자들은 죄수들처럼 줄지어 있었다. 목사, 정치인, 그리고 다양한 전문가들이 있었는데 그들이 클리프톤의 말이 옳다는 걸 입증해 주었다. 강제 퇴거 반대 투쟁은 아주 극적인 문제여서 대부분의 지도자들은 자신의 추종자들이 자신을 버리고 우리에게로 몰려올까 봐 두려워하고 있었다. 나는 아무

---

* 미국의 흑인 노예 해방 운동가.

도 무시하지 않았다. 아무리 비중이 없는 사람이라도 말이다. 유명인, 의사, 부동산 중개인, 가두 설교자들도 있었다. 그리고 일 처리는 너무나도 신속하고 매끄럽게 진행되어서 실제 내가 아닌, 나의 새 이름을 가진 누군가가 하고 있는 것 같았다. 나는 노동자 숙소의 원장이 내게 깊은 존경을 표하는 걸 듣는 순간 수화기에 대고 거의 웃음을 터뜨릴 뻔했다. 나의 새 이름이 여기저기 알려졌다. 참 이상하게도. 사람들은 무언가를 어떤 이름으로 부르면 그것은 바로 그 이름처럼 되어 버린다고 믿나 보다. 그러고 보니 나도 그들이 생각하는 대로 되어 버린 것 같은데…….

우리의 작업은 너무나 순조롭게 진행되었고 몇 주 후에는 시가 행진을 벌여 할렘 전 구역에서 우리 세력을 장악할 수 있었다. 우리는 맹렬히 일에 전념했다. 메리 아주머니 집을 나올 무렵 겪은 충돌과 갈등은 할렘에서의 투쟁 속으로 흡수된 듯 이젠 마음이 편안하고 안정되었다. 심지어 시위를 하거나 연설을 하는 부산스러운 상황도 나를 더욱 발전적인 방향으로 밀어 주는 듯했다. 나의 가장 무모한 계획들조차도 결실을 맺었다.

고용직이 아닌 동지 중 한 사람이 캔자스 위치타에서 전직 훈련 교관이었다는 말을 들은 나는 육 척 장신들을 모아 훈련 팀을 구성했다. 그들의 역할은 징 박은 구두를 신고 거기에 불꽃이 일 만큼 열심히 거리를 행진하는 것이었다. 시가 행진 날에는 시골길의 개싸움보다도 더 빨리 군중을 끌어 모았다. 우리는 그들을 "민중의 열렬한 행진 부대"라고 불렀다. 봄날 저녁 어스름한 시간에 그들이 멋진 대열을 만들어 7번가를 행진하면 거리가 온통 달아올랐다. 할렘 사람들은 웃음을 터뜨리고 환호성을 질렀으며 경찰관들은 기가 질려 했다. 그들은 날카로운 도열에 넋이 빠졌으며 열렬한 행진 부대는 세차게 바닥을 밟으며 걸어갔다. 깃발과 현수막이 그 뒤를 따랐으며 카드에는 구호들이 적혀 있었다. 그리고 가장 예쁜 여자들로만 구성한 고수 대가 뒤따랐다. 그들은 동지회의 열광적인 관심 속에서 껑충껑충 뛰거나 몸을 빙빙 돌리기도 하고, 그냥 평범한 여자애들처럼 움직이기도 했다. 우리는 일만오천 명의 할렘 주민을 우리의 구호로 가득한 거리로 끌어내었으며 브로드웨이를 지나 시청까지 행진을 벌였다. 그야말로 우리는 그 도시의 화젯거리였다.

그 성공으로 나는 현기증이 날 정도로 빠른 속도로 앞으로 뻗어 나갔다. 내 이름은 바람이 전혀 없는 방 안의 연기처럼 넓게 퍼져 나갔다. 나는 여기저기에서 연설을 했으며 신문에 글도 실었다. 그리고 시가 행진과 구제위원회를 이끄는 등 다양한 활동을 했다. 동지회에서도 내 이름을 부각시키기 위해 여러 가지 일을 했다. 기사, 전보 그리고 많은 우편물들이 내 서명으로 보내졌다. 그중 일부는 내가 쓴 것도 있지만 대부분은 다른 사람이 써 주었다. 나는 언론에도 공개됐으며 내 이름과 모습은 동지회의 상징이었다. 어느 늦은 봄 아침, 직장으로 가는 동안 알지도 못하는 사람들로부터 오십 번이 넘게 인사를 받으며 두 개의 다른 내가 존재하는 걸 깨닫게 되었다. 예전의 나는 밤에 몇 시간밖에 잠을 못 이루며 할아버지와 블레드소, 브로크웨이 그리고 메리의 꿈을 꾼다. 그리고 날개도 없이 뛰어올라서 높은 절벽에서 추락한다. 그렇지만 새로운 공인으로서의 나는 동지회를 대변하고 다른 나보다 훨씬 더 중요한 인물이 되어서 마치 나 스스로를 상대로 경주를 하는 듯 보일 정도이다.

하지만 나는 모든 것이 확실하게 보이던 시절에 하던 일이 좋았다. 나는 눈을 크게 뜨고 귀는 넓게 열어 놓았다. 동지회는 세계 속의 세계였으며, 나는 모든 비밀을 알아내고, 할 수 있는 한 끝까지 가 보려고 마음먹었다. 내겐 한계가 보이지 않았다. 그것은 나라 전체에서 내가 최고의 자리에 오를 수 있는 단 하나의 조직이다. 나는 그 자리에 오를 것이다. 비록 그것이 언어의 산을 오르는 것일지라도 말이다. 왜냐하면 주변에서 과학적인 말에 대해 떠들어 대지만 나는 입으로 전하는 말 속에는 어떤 신비한 마법이 있다는 걸 믿게 되었기 때문이다. 때로는 더글러스의 초상에 빛이 물방울처럼 구르는 모습을 보며 그가 말로써 노예에서 정부의 각료까지, 자신의 길을 그렇게 빠르게 만들어 간 것이 얼마나 신비스러운 일인가 하는 생각에 빠지기도 했다. 어쩌면 그런 일이 내게도 일어나고 있는 건지도 모른다는 생각이 들었다. 더글러스는 북부로 탈출해서 조선소에 취직했다. 선원의 옷을 입은 거구의 그는 나처럼 다른 이름을 썼다. 그의 본명은 뭐였을까? 그게 무엇이었든 관계없이 그는 더글러스라는 이름으로 성장하고 알려졌다. 그것도 자신이 기대했던 조선공이 아닌 연설가로서. 어쩌면 마법은 예상치 못한 변화에 있나 보다. "너는 사울로 시작해서 바울이 되는 것이지." 할아버지는 종종 말하곤 했다. "네가 젊었을 때는 사울이지만 인생의 고난을 겪으면서 바울이 되려고 애쓰기 시작하지. 한쪽에는 여전히 사울과 같은 면이 남아 있기야 하겠지만 말이야."

아니, 우리는 아무도 우리가 가는 곳을 알 수 없다. 그것만은 확실한 진리이다. 그리고 어떻게 종점에 도착하는지도 미리 알 수 없다. 비록 도착해서는 어느 정도는 잘했다고 할 수도 있겠지만 말이다. 내가 연설로 시작하지 않았던가. 그리고 대학에 갈 장학금을 마련할 수 있었던 것도 연설 덕분이 아니었나. 대학에서도 연설로 블레드소의 지위에 오르고 최종적으로는 국가적 지도자가 될 자신을 만들어 가려고 기대하지 않았던가. 어쨌든 연설을 했고 그것이 나를 지도자로 만들어 주었다. 단지 내가 예상했던 종류의 지도자가 아닐 뿐이다. 아무튼 그것이 세상의 이치이다. 불만은 없어. 나는 지도를 보며 생각했다. 당신은 붉은 얼굴의 사람들을 찾아 나서서 그들을 발견했지. 비록 다른 종족을 찾았지만 밝고 새로운 세상이었지. 잠시 생각을 멈추어 보면 세상은 이상한 것이었다. 여전히 그 세상은 과학에 의해 지배될 수 있는 곳이었다. 그리고 동지회는 과학과 역사 모두를 다스리고 있다.

그처럼 한동안의 혼자 보낸 시기에도 나는, 세세한 순간과 하찮은 현상 속에서도 행운의 실마리를 찾으려는 상습적인 도박꾼들에게서나 볼 수 있는 강렬한 욕망을 가지고 살았다. 그들은 흘러가는 구름에서, 지나가는 트럭에서, 지하철에서, 꿈에서, 연재만화에서, 도로 위에 떨어진 개똥의 모양에서조차도 행운의 실마리를 찾지 않던가! 나는 동지회의 포괄적인 이상에 빠져 지냈다. 조직은 세상에 대한 새로운 형상을 제공했고 나에게는 활력 있는 역할을 주었다. 우리는 느슨한 결말을 받아들이지 않았으며 모든 것은 우리의 과학으로 통제될 수 있었다. 삶이란 모두 양식이자 규율이다. 규율은 기능을 발휘할 때 아름다운 법이다. 그런데 그것은 그 기능을 아주 잘 발휘했다.

18장

나는 블레드소와 이사들 때문에 생긴 강박 관념, 즉 손에 들어온 서류는 모조리 읽어야 한다는 강박 관념 때문에 그 봉투를 버리지 못했다. 봉투에는 도장도 찍혀 있지 않았으며 그날 아침 우편물 중 가장 하찮아 보였다.

동지에게.

이것은 동지를 가까이서 지켜보아 온 친구의 충고요. 너무 빨리 앞서 가지 마시오. 민중을 위해 일하되 동지도 우리 집단의 일원이라는 점을 잊지 마시오. 동지가 너무 거대해지면 그들이 동지를 제거한다는 점을 잊지 마시오. 동지도 남부 출신이니 백인들의 세계를 알 것이오. 그러니 친절한 충고를 받아들이고 천천히 나아가서 계속해서 흑인들을 도와줄 수 있길 바라오. 그들은 동지가 너무 빨리 앞서 가는 걸 원하지 않고 그럴 경우 동지를 제거할 것이란 말이오. 현명하게 행동하시오…….

나는 벌떡 일어섰으며 종이는 내 손에서 독약이라도 먹은 듯 파르르 떨렸다. 이게 무슨 뜻인가? 누가 이런 걸 보냈을까?

"타프 동지!" 나는 어쩐지 익숙해 보이는, 손으로 휘갈겨 쓴 글자들을 다시 읽어 보면서 소리쳐 불렀다. "타프 동지!"

"무슨 일인가?"

그를 올려다보며 다시 한 번 충격을 받았다. 문틈으로 들어온 이른 아침의 잿빛 햇살 속에서 나의 할아버지가 타프의 눈을 통해 나를 바라보는 것 같았기 때문이다. 나는 순간적으로 숨을 들이마셨고 잠시 침묵이 흘렀다. 나를 찬찬히 바라보는 그의 색색거리는 숨소리만이 들렸다.

"왜 그러나?" 그가 절뚝거리며 방으로 들어오면서 물었다.

나는 봉투를 집어 들었다. "이게 어디서 온 것이죠?" 내가 물었다.

"그게 무언가?" 그는 살며시 내 손에서 받아 들며 물었다.

"도장이 안 찍혔네요."

"아, 그렇군. 나도 봤다네." 그가 말했다. "내 생각에 누군가 어젯밤 늦게 우편함에 넣어 둔 것 같아. 그걸 다른 우편물하고 한꺼번에 꺼냈네. 자네에게 온 게 아니었나?"

"아뇨." 나는 그의 시선을 피하며 대답했다. "여기 날짜가 없어서 언제 도착한 것인지 궁금했던 겁니다. 왜 저를 쳐다보시죠?"

"자네가 귀신이라도 본 사람처럼 보여서 그래. 어디 아픈가?"

"아무것도 아니에요." 내가 대답했다. "조금 우울할 뿐입니다."

잠시 어색한 침묵이 흘렀다. 그는 제자리에 서 있었고 나는 억지로 그의 두 눈을 다시 바라보았다. 할아버지의 시선은 사라지고 주의 깊은 잔잔한 시선만이 남았다. 내가 말했다. "잠깐 앉으시지요, 타프 동지. 이왕 오셨으니 한 가지 묻고 싶은 게 있습니다."

"그러게." 그는 의자에 앉으며 말했다. "말해 보게."

"타프 동지, 동지는 발이 넓어서 회원들을 많이 아시겠죠. 솔직히 말해서 회원들이 저를 어떻게 생각하고 있습니까?"

그는 머리를 번쩍 들었다. "물론 모두들 자네가 훌륭한 지도자가 되리라고 생각하지……."

"그런데?"

"그런데라니? 다들 그렇게 생각한다니까. 난 전혀 거리낌 없다네."

"그렇지만 다른 사람들은 어떨까요?"

"다른 누구들?"

"저를 탐탁지 않게 생각하는 사람들은요?"

"그런 사람들에 대해 들어 본 적이 없네."

"그렇지만 제게도 적이 있을 텐데요." 내가 말했다.

"물론이지. 사람들은 모두 적이 있는 법이야. 그렇지만 여기 동지회에서 자네를 좋아하지 않는 사람이 있다는 말은 들은 적이 없네. 적어도 여기 동지들은 자네가 바로 적임자라고 생각하네. 무슨 다른 소리라도 들었나?"

"아뇨, 그냥 궁금해서요. 그들에 대해 너무 당연하게 생각하며 일을 추진해 왔는데 계속 그들의 지원을 받으려면 확인을 해 보는 것이 좋겠다 싶었어요."

"글쎄, 걱정하지 말게. 지금까지는 자네가 관여한 거의 모든 일들이 여기 사람들이 좋아하는 방향으로 이루어졌으니. 심지어 그들이 저항했던 일조차도 말일세. 저것도 생각해 보게." 그는 내 책상 옆의 벽을 가리키며 말했다.

그것은 영웅적 인물들을 모아 놓은 상징적 포스터였다. 미국 인디언 부부는 박탈당한 과거를 나타내며 금발의 동지(작업복 차림)와 선봉에 선 아일랜드 출신 여자 동지는 박탈당한 현재를 나타낸다. 그리고 여러 인종의 어린아이들 속에 둘러싸인 토드 클리프톤 동지와 젊은 백인 부부는(단순히 클리프톤과 여자만 보여 주었다면 적절치 못한 것으로 여겨졌을 것이다.) 미래를 나타낸다. 그것은 밝은 피부결과 자연스러운 대조가 돋보이는 컬러 사진이었다.

"그래서요?" 나는 물어보며 제목을 들여다보았다.

투쟁이 끝난 후 : 미국의 미래의 무지개

"음, 자네가 처음 저 일을 제안했을 때 일부 회원들은 반대를 했지."

"그건 그랬죠."

"그렇지. 그리고 그들은 젊은 회원들이 지하철에 들어가 변비약 광고나 붙는 자리에 이 포스터를 붙이고 다니자 심하게 반발했었네. 그렇지만 지금은 어떤지 아나?"

"몇몇 친구들이 잡혀 들어갔으니 제게 불만을 가지고 있겠죠." 내가 말했다.

"자네에게 불만을 갖는다고? 천만에, 오히려 돌아다니며 그걸 자랑하고 다니네. 내가 하려는 말은, 그들이 그 무지개 포스터를 집으로 가져가서 '우리 가정에 축복을'이라고 쓰인 액자

나 주기도문 옆에 나란히 붙여 놓는다는 거야. 그들은 그 포스터에 열광한다니까. '열렬한 행진 부대' 같은 것들에도 마찬가지야. 걱정할 필요 없네. 자네 아이디어의 일부에 대해서는 반대도 있을 수 있지만, 일단 일이 시작되면 모두들 철저하게 자네를 따른다네. 적이 있다면, 혜성같이 나타난 자네가 자기들이 못했던 일들을 해 나가기 시작하니까 질투심을 갖는 외부 사람들일 거야. 일부 사람들이 자네를 헐뜯는다고 신경을 쓸 필요가 뭐가 있어? 그건 자네가 유명해졌다는 증거네."

"저도 그렇게 믿고 싶습니다, 타프 동지." 나는 말했다. "제 편을 들어 주는 사람이 있는 한 신념을 가지고 제 일을 밀고 나가렵니다."

"그래야지." 그가 말했다. "일이 어렵게 몰릴 때도 자기가 누군가의 지지를 받는다는 걸 알면 도움이 될 수 있지……." 그는 갑자기 말을 멈추고 나를 유심히 내려다보는 듯했다. 비록 책상 너머의 그의 얼굴은 내 눈과 같은 높이에 있었지만 말이다.

"왜 그러세요, 타프 동지?"

"자네도 남부 출신이지, 그렇지?"

"네." 내가 대답했다.

그는 의자에 앉은 채 돌아앉으며 한 손은 주머니에 넣고 다른 손으로는 턱을 괴었다. "머릿속에 떠오르는 걸 어떻게 말로 표현해야 할지 모르겠네. 자네도 알다시피, 나도 이곳으로 올라오기 전에 오랫동안 남부에 있었네. 내가 이리로 왔을 때도 놈들이 나를 쫓고 있었지. 말하자면 나는 탈출을 해야만 했던 것이고 도망을 다녀야 했단 말이야."

"저도 그랬던 것 같아요. 어떤 면에선." 내가 말했다.

"자네 역시 쫓겨 다녔단 말인가?"

"그런 건 아니지만 그런 느낌이었단 거죠."

"그렇다면 완전히 같은 것은 아니군." 그는 말했다. "내가 다리를 절룩거리는 걸 알고 있지?"

"네."

"음, 원래부터 내가 다리를 절룩거린 건 아니네. 그리고 지금도 진짜 절름발이는 아니야. 의사들은 내 다리에 아무 이상이 없다고 하니까 말이야. 그들 말이, 강철만큼 강하다는 거야. 그러니까 내 말은, 내가 절름거리는 건 쇠사슬을 끌고 다니면서 생긴 버릇이란 거야."

나는 그의 표정이나 말 속에서 뭔가를 찾을 수는 없었지만 적어도 거짓말을 하거나 나를 놀래 주려는 건 아니라는 생각이 들었다. 나는 머리를 가로저었다.

"그렇다니까." 그가 말했다. "아무도 그런 나에 대해서 몰라. 사람들은 그저 내가 류머티즘을 앓는 줄로만 알아. 그렇지만 문제는 그 쇠사슬이었어. 십구 년이나 그렇게 지냈더니 다리를 끌며 걷는 습관을 버릴 수가 없게 된 걸세."

"십구 년이요!"

"십구 년 육 개월하고도 이틀이지. 내가 저지른 일은 별건 아니었어. 다시 말해 내가 그 일을 저지를 땐 별게 아니었지. 그런데 세월이 흐르면서 그게 다른 무언가로 변해 버려서 그들이 말하는 만큼 나쁜 일로 보여지더란 말이야. 그 세월이 내가 저지른 일을 나쁜 짓으로 만들어 버린 거야. 나는 내 목숨만 부지했을 뿐 모든 걸 바쳐 그 대가를 치렀어. 나는 아내와 자식을 잃었고 내 땅도 빼앗겼어. 두 사내 사이의 말다툼으로 시작된 일이 내 인생의 십구 년에 해당되는 죄가 된 걸세."

"도대체 무슨 일을 저지른 겁니까, 타프 동지?"

"내게서 뭘 빼앗아 가려는 놈한테 안 된다고 했지. 안 된다는 말 한마디에 나는 그런 대가를 치러야 했어. 심지어 아직도 그 빚을 다 못 갚았고 그놈들 말대로 하면 영원히 못 갚을 걸세."

나는 갑자기 목에 통증을 느꼈고 일종의 몽롱한 절망감에 빠졌다. 십구 년이라니! 그리고 그는 내게 조용히 말하고 있다. 그가 누군가에게 이런 말을 하는 건 틀림없이 이번이 처음일 것이다. 그런데 왜 나에게? 왜 나를 선택했지?

"나는 안 된다고 했어." 그는 말했다. "나는 절대 안 된다고 했어. 그리고 나는 그 쇠사슬을 부수고 탈출하는 순간까지도 안 된다고 반복했지."

"그렇지만 어떻게?"

"그놈들이 가끔 나를 개들 옆에다 놔두더군. 바로 그 방법이었네. 그 빌어먹을 개들과 친구가 됐지. 그런 곳에 있으면 기다리는 법을 제대로 배우게 마련이지. 나는 십구 년을 기다렸어. 그러던 어느 날 아침, 강물이 범람한 틈을 타서 탈출했지. 그놈들은 강둑이 무너졌을 때 나도 다른 사람들처럼 물에 빠져 죽었다고 생각했지. 하지만 나는 사슬을 부수고 도망쳤던 거야. 나는 손잡이가 긴 삽을 들고 진흙탕 속에 서 있었어. 그리고 자신에게 물었지. 타프, 해낼 수 있겠어? 그리고 나는 속으로 대답했지. 그래, 할 수 있다. 강물과 진흙과 비, 모두가 그랬어. 그래, 할 수 있다. 그래서 탈출한 거야."

갑자기 그가 아주 유쾌하게 웃음을 터뜨리는 바람에 나는 깜짝 놀랐다.

"내가 생각했던 것보다 훨씬 정확하게 설명이 됐네." 그는 말하면서 주머니 속을 뒤지다가 기름종이로 만든 담배 주머니 같은 걸 꺼냈다. 그리고 그 안에서 손수건으로 감싼 물건을 하나 꺼내 들었다.

"그때 이후로 나는 자유를 찾아다녔네. 때로는 일이 잘 풀렸지. 여기서 힘들게 지내기 전까지는 아주 잘 지냈지. 건강이 그다지 좋지 않은 사람이란 걸 감안하면 말이지. 그렇지만 형편이 아주 좋을 때도 나는 잊지 않았네. 왜냐하면 나는 그 십구 년을 잊고 싶지 않았던 거야. 마치 하나의 유품이나 기념품처럼 그걸 간직하고 살아온 거지."

나는 그가 손수건을 푸는 사이 그의 늙은 손을 바라보았다.

"자네가 한번 보는 게 좋겠네. 여기 있네." 그는 물건을 넘겨주며 말했다. "누구에게 주긴 우스운 물건이지만 그 안에 싸인 것은 많은 의미를 담고 있네. 그 물건은 우리가 정말 무엇에 대항해서 싸우고 있는지 자네에게 상기시켜 줄 것 같아. 나는 그것을, 그렇다 혹은 아니다라고 하는 이분법적인 방식으로 보지 않네. 거기에는 훨씬 더 많은 것이 담겨 있기 때문에……."

그는 손을 책상 위에 올려놓았다. "동지." 그는 처음으로 나를 "동지."라고 불렀다. "자네가 그걸 보관하기 바라네. 그건 일종의 행운의 부적 같아. 어쨌든 그건 내가 도망치기 위해 줄칼로 잘라 낸 것이야."

나는 그것을 손에 들었다. 질고 두껍고 기름기가 묻은 잘린 쇳조각이었다. 그것은 비틀어져 열렸다가 억지로 부분적으로 제자리로 끼워진 모양이었으며, 도끼날에 찍힌 자국이 남아 있었다. 그것은 내가 블레드소의 책상에서 본 적이 있는 족쇄였다. 블레드소에게 있던 것은 매끄러웠던 반면 타프의 것은 성급하고 난폭하게 다룬 흔적이 보여서 마치 완강하게 버티다가 굴복할 때까지 심한 공격을 받은 것 같았다.

나는 그를 바라보았다. 그리고 내 눈치를 살피는 그를 향해 머리를 가로저었다. 무슨 말을 해야 할지 몰랐던 나는 그 족쇄를 주먹에 끼고는 책상에 쿵 하고 내리쳐 보았다.

타프 동지가 낄낄거리며 웃었다. "그렇게 사용하는 방법도 있었군 그래." 그는 말했다. "아주 좋아. 아주 좋다고."

"그런데 타프 동지, 왜 이걸 제게 주시는 거죠?"

"줘야만 할 것 같아서 그래. 나도 모르는 걸 자꾸 물어보려고 하지 말게. 말하는 것은 자네 역할이지 내 역할이 아니라고." 그는 자리에서 일어나 문 쪽으로 절뚝절뚝 걸어가며 말했다. "내게 행운을 주었던 것이니 자네에게도 행운을 줄 걸세. 잘 보관하다가 가끔 한 번씩 꺼내 보게. 물론 싫증 나면 그냥 내게 돌려줘도 좋아."

"아뇨." 나는 큰 소리로 말했다. "갖고 싶습니다. 무슨 뜻인지 알 것 같아요. 제게 이걸 주셔서 고맙습니다."

나는 주먹에 낀 어두운 족쇄를 유심히 보다가 이름 모를 편지 위에 떨어뜨렸다. 실은 그걸 갖고 싶지 않았으며 어떻게 해야 할지도 몰랐다. 하지만 그걸 내게 준 타프의 행동 속에는 내가 존경할 수밖에 없는 매우 중요한 의미가 있는 것 같았고 그것만으로도 그걸 간직할 이유는 충분했다. 어쩌면 아버지로부터 물려받은 시계를 자신의 아들에게 전해 주는 것과 같은 것이다. 아들은 구식 시계 자체가 필요해서라기보다는 아버지의 행동이 보여 주는 무언의 진지함과 엄숙함 속에 담긴 숨은 의미 때문에 받아들이는 것이다. 그 행동은 곧 아들과 그의 조상을 연결시켜 주는 동시에 현재의 정점을 표시하는 것이고, 불확실하고 혼란스러운 미래에 대하여 무언가 명확한 것을 약속해 주는 것이기도 하다. 내가 북부로 오지 않고 고향으로 돌아갔다면 우리 아버지도 태엽 감는 꼭지가 길게 돌출된, 할아버지의 구식 해밀턴 시계를 내게 주었을 것이다. 이젠 내 동생이 그걸 받았겠군. 어쨌든 나는 그걸 원했던 적이 없었지. 지금 모두들 어떻게 지낼까? 나는 곰곰이 생각하다가 갑자기 고향이 그리워졌다.

창문을 통해 들어온 공기가 목에 뜨겁게 닿는 걸 느낄 수 있었다. 그리고 아침 커피 향기와 함께 쉰 목소리로 즐거움과 엄숙함이 뒤섞인 노래를 부르는 소리가 들렸다.

이른 아침에 오지 마시고
뜨거운 낮에도 오지 마시고
기분 좋게 서늘한 저녁에 오셔서
내 죄를 깨끗이 씻어 주소서.

옛날 기억들이 모조리 부풀어 올랐지만 억지로 떨쳐 버렸다. 추억에 잠길 시간은 없다. 그건 모두 지나간 시간의 영상들이다.

내가 편지에 대해 묻기 위해 타프 동지를 불러들이고 그가 나갈 때까지의 시간은 불과 몇 분에 지나지 않았지만 마치 수년이나 되는 시간의 우물 속으로 빠져든 기분이었다. 나는 확신에 대한 나의 전반적인 믿음을 송두리째 흔들어 버린 그 편지를 잠시 말없이 바라보았다. 타프 동지가 곁에 있었던 것이 다행이었다. 클리프톤이나 다른 사람들 앞에서 나의 두려움을 드러냈다면 수치스러웠을 테니 말이다. 그는 내게 오히려 이성적인 자신감을 남겨 주었다. 타프의 눈동자를 통해 할아버지가 나를 보는 것 같은 충격을 받아서 그런지, 그의 나직한 목소리 때문인지, 아니면 그의 내력과 족쇄 때문인지는 모르지만 그 사람 덕분에 나의 세상을 보는 눈이 되살아났다.

그가 옳아. 내게 메시지를 보낸 사람은 나를 혼돈스럽게 만들려고 했던 거야. 일부 적들은 백인들의 배신에 대한 나의 불신이나 두려움을 자극하여 나의 신념을 파괴함으로써 우리 활동의 진전을 멈추게 하려고 하는 게 사실이다. 마치 이 녀석은 블레드소의 편지와 관련한 나의 쓰라린 경험을 알고 있는 것 같다. 그리고 그걸 이용하여 나 혼자만이 아니라 동지회 전체를 파괴하려는 것 같다. 그렇지만 그건 불가능하다. 지금 나를 아는 사람은 아무도 그 이야기를 모르기 때문이다. 이건 단지 불쾌한 우연에 불과하다. 바보 같은 그놈의 목을 잡을 수 있다면 좋으련만. 여기 동지회는 우리가 자유롭게 능력을 발휘할 수 있도록 최대한 지원해 주는, 이 나라에서 유일한 장소인데 그걸 파괴하려 들다니! 아니, 그놈은 내가 아니라 동지회가 거대해지는 걸 걱정하는 거야. 거대해지는 건 바로 동지회가 바라는 바가 아니던가! 더 많은 사람들을 조직의 일원으로 모집할 아이디어를 내라고 주문받지 않았던가. 동지회가 반대하는 것은 바로 '백인만의 세상'이다. 우리는 모두가 형제가 되는 세상을 이루기 위해 헌신하는 것이다.

그런데 이걸 누가 보냈을까? 설교자 라스인가? 아니, 그 사람 같지는 않아. 그는 더 직설적이고 흑인과 백인의 협조에 대해 절대적으로 반대하잖아. 다른 사람이다. 라스보다 더 교활한 자이다. 그렇다면 누굴까? 나는 곰곰이 생각해 보았다. 그러나 그 생각을 의식 밑으로 억누르며 당장 해야 할 일로 눈을 돌렸다.

그날 오전은 부채 탕감을 받으려는 사람들에게 충고를 해주는 일로 시작했다. 큰 방의 한쪽 구석에서 개최될 소위원회 때문에 회원들이 지시를 받으러 들어왔다. 자기를 때린 죄로 감옥에 간 남편을 석방시킬 방법을 찾으러 왔던 여자를 막 내보내던 참에 레스트럼 동지가 방으로 들어왔다. 나는 그의 인사에 답례하고는 그가 의자에 앉으며 내 책상을 휙 훑어보는 모습을 껄끄럽게 지켜보았다. 그는 동지회 내부에서 어떤 권한을 갖은 듯 보였지만 그의 직무가 무엇인지는 분명하지 않았다. 내겐 쓸데없이 참견을 많이 하는 사람 정도로 보였다.

그는 자리에 앉자마자 내 책상을 바라보며 물었다. "그게 뭐요, 동지?" 그러면서 그는 내 서류 더미를 가리켰다. 나는 천천히 뒤로 물러나 앉으며 그의 눈을 바라보았다. "제가 할 일들입니다." 나는 차갑게 대답하면서 처음부터 어떤 참견도 차단할 작정이었다.

"아니, 저것 말이오." 그는 손가락으로 가리키며 다시 물었다. "저기 저것 말이오." 그의 두 눈이 반짝이기 시작했다.

"저것도 일입니다." 나는 대답했다. "전부 제 일이지요."

"저것도 그렇소?" 그는 타프 동지의 족쇄를 가리키며 물었다.

"저건 그냥 개인적으로 받은 선물입니다, 동지." 나는 대답했다. "무슨 일로 오셨는지요?"

"내가 물은 건 그게 아니오, 동지. 그게 무엇이냐는 것이오."

나는 그에게 족쇄를 들어 보여 주었다. 그 쇳조각은 창문을 통해 비스듬히 들어오는 햇살을 받아서 이상하게 번들거리는 피부처럼 보였다. "자세히 보고 싶으세요? 우리 회원 중 한 사람이 이걸 십구 년이나 발목에 차고 다녔답니다."

"세상에, 그럴 리가!" 그는 몸을 움찔했다. "내 말은, 고맙지만 사양하겠다는 거요. 동지, 사실 내 생각에는 주변에 저런 걸 둘 필요가 없는 것 같소만."

"동지는 그렇게 생각하십니까?" 내가 말했다. "왜 그렇죠?"

"우리의 차이를 그렇게 과장할 필요가 없다고 생각하오."

"저는 아무것도 과장하지 않습니다. 저건 그냥 우연히 제 책상에 놓인 개인 물건에 불과해요."

"그래도 사람들 눈에 띄잖소!"

"그렇긴 하죠." 나는 대답했다. "하지만 우리의 투쟁 대상이 무엇인지 상기시켜 주는 좋은 물건 같은데요."

"아니오!" 그는 머리를 가로저으며 말했다. "아니란 말이오! 저건 우리 동지회에게 최악의 물건이오. 우리는 사람들에게 그들이 갖은 공통점을 일깨워 주려고 하기 때문이오. 동지회를 이루는 근간이 바로 그것이오. 우리가 얼마나 서로 다른가를 구별하는 방식은 버려야 하오. 동지회 안에서 우리는 모두 형제란 말이오."

나는 재미있었다. 그는 차이를 잊어야 할 필요가 있다는 것보다 더 깊은 의미의 어떤 것 때문에 불안해하고 있었다. 그의 눈에서 두려움이 보였다. "저는 그런 식으로 생각해 보지 않았는데요, 동지." 나는 족쇄를 엄지와 다른 손가락 사이에 끼고 흔들면서 말했다.

"그렇지만 동지도 그 문제를 생각해 봐야 하오." 그가 말했다. "우리 스스로 단련이 되어야 하오. 동지회를 이루는 데 방해가 되는 것은 제거되어야만 하오. 알다시피 우리에겐 적이 있소. 나는 내 행동 하나하나를 유심히 관찰하고 있소. 동지회에 위배되는 일을 하지 않으려고 말이오. 이건 정말 근사한 운동이오, 동지. 그리고 그렇게 유지해 가야 한단 말이오. 우리는 우리 스스로를 돌아봐야 하오, 동지. 무슨 말인지 알겠소? 어딘가에 소속되었다는 특권을 우리는 너무 쉽게 잊어버린단 말이오. 우리는 아무것도 없이 오해만 불러일으키는 것들을 말하는 경향이 있소."

무엇이 이 사람을 흥분하게 하는 걸까? 이게 모두 나와 무슨 상관이란 말인가? 이 사람이 나에게 편지를 보냈을 수도 있을까? 나는 그런 생각을 하며 쇳덩이를 내려놓고 서류 밑에서 무기명 편지를 꺼냈다. 손으로 모퉁이를 잡아서 들어 올려 보았다. 비스듬한 햇살이 종이를 통과하여 손으로 갈겨쓴 글자의 윤곽을 드러냈다. 나는 그를 유심히 바라보았다. 그는 책상에 몸을 기울인 채 그 편지를 바라보았지만 그의 두 눈에는 알아보는 기색이 보이지 않았다. 나는 편지를 쇠사슬 위에 떨어뜨렸으며 안심보다는 실망감이 더 컸다.

"우리끼리 이야기인데 말이오." 그가 말했다. "동지회를 믿지 못하는 자들이 우리들 사이에 있소."

"네?"

"못 믿는 자들이 있는 게 맞소! 그들은 자기들 이익을 위해서 동지회를 이용해 먹으려고 들어온 자들이오. 동지 앞에서는 동지라고 부르지만 등을 돌리는 순간 흑인 개새끼로 부른단 말이오! 그런 놈들을 조심하시오."

"아직 그런 사람은 보지 못했습니다, 동지." 나는 말했다.

"곧 보게 될 것이오. 주변에 독이 널려 있소. 동지와 악수하는 것을 싫어하는 놈이 있는가 하면 자주 보는 것조차 싫어하는 놈도 있소. 염병할 것들, 동지회에 들어왔으면 해야 할 도리 아닌가!"

나는 그를 바라보았다. 동지회가 누구에게든 나와 잘 지내라고 강요할 수 있다는 생각은 들지 않았다. 그런데 이 사람은 동지회에서 그럴 수 있다고 생각하며 그걸 만족스럽게 여기고 있으니 충격적이고 불쾌했다.

갑자기 그가 웃음을 터뜨렸다. "맞소, 염병할. 그놈들도 도리는 해야 한다니까! 나라면 그냥 내버려 두지 않을 것이오. 동지가 되려면 동지다워야지! 나는 물론 공정하오." 그는 갑자기 스스로 옳다는 표정을 지으며 말했다. "나는 공정하오. 나는 매일 나 자신에게 이렇게 묻곤 하오. '너는 동지회에 위배되는 일을 하지 않는가?' 그리고 그런 사실이 있다면 즉시 뿌리째 뽑아 버리지. 마치 미친개한테 물린 자리를 인두로 지지듯 그걸 태워 버린단 말이오. 동지회의 일원이 되는 건 하루 일과를 다 투자해야 하는 일이오. 마음은 순수해야 하고 몸도 단련시켜야 하오. 내 말을 이해하겠소, 동지?"

"네, 이해할 것 같습니다." 내가 대답했다. "일부 사람들은 종교에 대해서도 그런 식으로 생각하죠."

"종교?" 그는 눈을 껌벅였다. "동지나 나 같은 사람들은 불신으로 가득하지." 그가 말했다. "우리 중 일부는 너무 타락해서 동지회를 믿지 못하는 사람도 있소. 어떤 놈들은 심지어 복수를 원한다니까! 내 말은 바로 그 말이오. 그런 걸 제거해야 한다는 거요! 우리는 다른 동지들을 믿는 법을 배워야 하오. 어쨌든 그들이 우리 동지회를 처음 시작했던 것 아니오? 그들이 다가와서 우리 흑인들에게 손을 내밀며 이렇게 말하지 않았소? '우리는 여러분과 동지가 되길 원합니다.' 안 그렇소? 지금도 그렇지 않소? 그들이 우리를 조직화하고 우리의 투쟁을 도와주며 접근하지 않았소? 확실히 그랬소. 우린 그걸 스물네 시간 내내 기억하고 있어야만 하오. 동지회. 이 말은 우리가 한시도 잊지 않고 마음에 품고 다녀야 할 것이오. 내가 동지를 찾아온 것도 바로 그 때문이오, 동지."

그는 뒤로 물러나 앉으며 커다란 손으로 무릎을 쥐었다. "동지와 의논해 보고 싶은 계획이 있단 말이오."

"그게 뭔데요, 동지?"

"음, 말하자면 이렇소. 내 생각에는 우리가 누구인지 보여 줄 방법을 찾아야 할 것 같소. 그러니까 현수막이나, 뭐 그런 걸 준비해야 한단 말이오. 특히 우리 흑인 동지들을 위해서 말이오."

"알겠습니다." 나는 흥미를 느끼며 대답했다. "그런데 왜 그것이 중요하다고 생각하시는 거죠?"

"동지회에 도움이 되니까 그렇소. 그게 이유요. 기억할지 모르지만 우리 민족은 시가 행진이나 장례식을 할 때, 아니면 무용 같은 것을 할 때면 항상 현수막이나 깃발들을 내걸지 않소? 그것들이 별 의미는 없다 하더라도 말이오. 그런 게 있으면 그 행사가 더 중요한 것처럼 보이니까. 그러면 사람들이 가던 길을 멈추고 보고 듣게 되오. '저기 무슨 일이 있지?' 하고 궁금해하죠. 그렇지만 동지나 내가 알고 있듯이 그들에게 진정한 기는 하나도 없소. 설교자 라스라면 몰라도. 그는 자신을 이디오피아인이라고도 하고 아프리카인이라고도 하오. 그런데 우리에겐 우리만의 기가 없소. 저기 있는 기는 사실 우리의 기는 아니니까 말이오. 그들은 진정한 기를 원하고 있소. 다른 사람들처럼 그들만의 기 말이오. 내 말이 무슨 뜻인지 알겠소?"

"네, 알 것 같습니다." 나는 국기가 지나갈 때마다 언제나 소외감을 느꼈던 사실을 떠올리며 대답했다. 내가 동지회에 들어오기 전까지 국기는, 그 안에 내 별은 아직 존재하지 않는다는 걸 상기시켜 주는 물건일 뿐이었다.

"분명히 알 것이오." 레스트럼 동지가 말했다. "모두들 기를 원하오. 우리 동지회를 상징하는 기가 필요해요. 달고 다닐 수 있는 상징물도 필요하고."

"상징물이요?"

"말하자면 핀이나 단추 같은 것들 말이오."

"배지 같은 것 말이에요?"

"바로 그거요. 달고 다니는 핀이나 그런 종류의 물건들 말이오. 그러면 동지들끼리 만났을 때 서로 알아볼 수 있을 것 아니오. 그러면 토드 클리프톤이 저질렀던 것과 같은 사고도 일어나지 않았을 텐데……."

"무슨 일이 있었는데요?"

그는 뒤로 물러나 앉았다. "그 일을 모르고 있었소?"

"무슨 말인지 잘 모르겠는데요."

"사실 그건 잊어버리는 게 좋소." 그는 몸을 숙이더니 커다란 두 손을 움켜쥔 채 앞으로 뻗었다. "아무튼 알다시피 집회가 열렸던 날, 폭력배들이 동원돼 우리를 해산시키려 했던 적이 있소. 싸움이 벌어진 사이 토드 클리프톤 동지가 실수로 백인 동지 하나를 붙잡아서 두들겨 팼소. 그의 말에 따르면 백인 동지를 폭력배로 알았다는 것이오. 그런 건 있어서는 안 될 일이오, 동지. 정말 있어서는 안 될 일이지. 그런데 배지를 달고 있으면 그런 일이 없을 것 아니오."

"정말 그런 일이 있었군요." 내가 말했다.

"그렇소. 클리프톤 동지는 화가 나면 거칠어져서……. 아무튼 내 아이디어가 어떻소?"

"제 생각에는 위원회에 의제로 올려야 할 것 같습니다." 나는 다소 방어적인 태도로 대답했다. 그때 전화벨이 울렸다. "잠깐만요, 동지." 나는 말했다.

새로 출간된 사진잡지사의 편집장이 '우리 시대 가장 성공한 젊은이'라는 제목의 인터뷰를 요청하는 전화였다.

"정말 영광입니다." 내가 말했다. "그렇지만 죄송하게도 제가 너무 바빠서 인터뷰할 시간이 없습니다. 우리의 젊은 지도자인 토드 클리프톤 동지를 인터뷰하시면 어떻겠습니까? 그 사람에게서 훨씬 더 흥미로운 점을 발견하실 수 있을 겁니다."

"아니, 아니야!" 레스트럼이 머리를 세차게 흔들며 반대했다. "그래도 우리는 선생님을 원합니다. 선생님께선……." 편집자의 목소리가 들려왔다.

"그리고 아시다시피." 나는 그의 말을 가로막았다. "저희가

하는 일은 논란의 여지가 매우 많습니다. 특히 일부 사람들에게는 말이죠."

"그래서 바로 선생님을 원하는 것입니다. 선생님은 바로 그 논란의 핵심이니까요. 그런 주제를 독자들의 눈앞으로 가져다주는 것이 바로 저희들의 일입니다."

"그렇지만 그건 클리프톤 동지도 마찬가지입니다." 나는 말했다.

"아닙니다, 선생님. 선생님이어야만 합니다. 선생님은 젊은이들에게 선생님의 이야기를 전해 줘야 할 의무가 있습니다." 그가 말하는 사이 레스트럼 동지가 몸을 앞으로 숙이는 것이 보였다. "젊은이들이 성공을 향해 싸워 나갈 수 있도록 용기를 주어야 한다고 생각합니다. 선생님은 가장 최근에 그런 과정을 거쳐 정상에 오르신 분입니다. 우리는 우리가 만날 수 있는 영웅, 모두를 원합니다."

"그렇지만 이해해 주세요." 나는 전화에 대고 웃음을 터뜨렸다. "저는 영웅도 아니고 정상과는 거리가 먼 사람입니다. 저는 기계 속의 작은 톱니바퀴 하나에 불과합니다. 여기 동지회에서 우리는 하나의 단위로 일합니다." 나는 레스트럼 동지가 동의하듯 머리를 끄덕이는 모습을 보며 말했다.

"그렇지만 선생님께서 바로 그 점을 처음으로 사람들에게 인식시켜 준 인물이란 사실은 부인할 수 없죠, 그렇죠?"

"클리프톤 동지는 저보다 최소한 삼 년은 더 활동했습니다. 게다가 그게 그렇게 단순한 문제가 아닙니다. 개인은 그다지 중요하지 않습니다. 그것이 바로 동지회가 원하는 바이자 동지회가 하는 일이기도 합니다. 여기서는 모두가 공동의 목표를 위해 자신의 야망을 억누릅니다."

"좋습니다. 아주 좋습니다. 사람들은 그걸 듣고 싶어 합니다. 우리 독자들은 자신들에게 그런 말을 해 줄 사람을 원합니다. 인터뷰할 사람을 보내면 안 되겠습니까? 이십 분 내에 그곳에 도착하도록 보내겠습니다."

"정말 끈질기시군요. 하지만 지금 아주 바쁘거든요." 내가 말했다.

만약 레스트럼 동지가 어떻게 말하라고 내게 손짓만 하지 않았더라면 나는 거절하고 말았을 것이다. 결국 나는 인터뷰에 동의했다. 약간은 친근하게 보이는 것도 나쁘진 않겠다는 생각이 들었다. 게다가 이런 잡지는 우리 목소리에 귀를 기울이지 않고 살아가는 다수의 수동적인 사람들에도 다가갈 수 있게 해 줄지 모른다. 내 과거에 대해서 입을 다무는 것만 잊지 않으면 된다.

"대화가 끊겨서 미안합니다, 동지." 나는 전화기를 내려놓고 호기심에 찬 그의 두 눈을 바라보며 말했다. "가능한 한 빨리 동지의 아이디어를 위원회의 의제로 올리겠습니다."

나는 말이 더 길어지지 못하게 일어섰으며 그도 자리에서 일어났지만 더 말하고 싶어서 안달하는 눈치였다.

"이제 다른 동지들을 만나 봐야 할 것 같소." 그가 말했다. "조만간 또 봅시다."

"언제든지 오세요." 나는 서류를 들어서 그와의 악수를 피하며 말했다.

사무실을 나가다가 그는 손을 문가에 올려놓은 채 이마를 찌푸리며 돌아섰다. "아, 그리고 동지. 책상 위에 있는 그 물건에 대해 내가 한 말도 잊지 마시오. 그런 물건은 혼란만 일으키지 아무짝에도 도움이 안 되오. 그런 것들은 보이지 않는 곳에 둬야 하오."

그가 나가는 걸 보니 기뻤다. 전화 대화의 일부만을 듣고도 끼어들어 내게 어떻게 말하라고 참견하다니! 그가 클리프톤을 싫어하는 건 분명했다. 나는 그가 싫었다. 이 족쇄에 대해 보인 어리석은 태도나 겁내는 꼴이란! 타프는 이걸 십구 년이나 차고 살았어도 웃음을 보였는데 이 몸집만 큰 작자는…….

나는 약 이 주 후 시내의 본부에서 전략 논의를 위한 회의가 소집이 될 때까지는 레스트럼 동지를 잊고 지냈다.

모두들 나보다 먼저 도착해 있었다. 회의실에는 긴 의자가 한 쪽 면을 따라 배치되어 있었고 실내는 후덥지근하고 담배 연기로 가득했다. 그런 회의는 프로 권투 시합이나 흡연가의 사교 모임처럼 어수선한 게 보통인데 이번에는 모두들 잠잠했다. 백인 동지들은 불쾌한 표정이었고 할렘 동지들은 싸울 기세로 보였다. 그들은 내게 상황을 살펴볼 시간도 주지 않았다. 내가 늦은 것에 대한 사과를 끝마치기도 전에 잭 동지는 의사봉으로 테이블을 두드리며 나를 향해 첫 발언을 시작했다.

"동지, 동지의 활동과 최근의 처신에 대해 우리 동지들 사이에 심각한 오해가 있는 것 같소." 그가 말했다.

나는 그를 멀거니 바라보며 어떻게 된 연유인지 마음속으로 헤아려 보았다. "죄송하지만 저는 무슨 영문인지 잘 모르겠습니다, 동지." 내가 말했다. "제 활동에 문제가 있다는 말씀이십니까?"

"그런 것 같다는 말이오." 극히 중립적인 표정을 지으며 그가 말했다. "몇 건의 고발이 들어왔소만……."

"고발이요? 제가 지시 사항을 준수하지 못했나요?"

"거기에 대해서는 의심의 여지가 있는 듯하오. 그렇지만 먼저 레스트럼 동지에게 그 점에 관해 발언할 기회를 주는 것이 좋겠소." 그가 말했다.

"레스트럼 동지!"

나는 충격을 받았다. 그는 지난번 면담 이후로 한 번도 나타나지 않았었다. 나는 테이블 너머로 내 시선을 피하려는 그의 얼굴을 바라보았다. 그는 몸을 구부린 채 어정쩡한 자세로 일어섰으며 주머니에는 둘둘 만 서류 뭉치가 삐져나와 있었다.

"그렇습니다, 동지들." 그가 말했다. "제가 고발했습니다. 그래야 하는 상황이 너무도 싫었지만 말입니다. 그렇지만 일이 돌아가는 상황을 지켜보고는 곧 중단시키지 않으면 이 동지가 우리 전체 동지회를 바보로 만들 것 같아서 고발을 결심하게 되었습니다!"

약간의 항변 소리들이 들렸다.

"그렇습니다. 제 말은 진심입니다. 이 동지는 우리 운동이 직면해 보지 못한 가장 큰 위험을 조성하고 있습니다."

나는 잭 동지를 쳐다보았다. 그의 두 눈이 빛나고 있었다. 메모지에 뭔가를 휘갈겨 쓰는 그의 얼굴에 언뜻 미소의 흔적이 보이는 듯했다. 나는 매우 흥분되기 시작했다.

"조금 더 구체적으로 말하시오, 동지." 백인 회원인 가넷 동지가 말했다. "이건 중대한 고발이오. 우리는 모두 이 동지가 매우 훌륭하게 활동하고 있다고 알고 있었소. 그러니 구체적으로 말해 보시오."

"물론입니다. 구체적으로 말씀드리지요." 레스트럼은 큰 소리로 대답하고는 갑자기 주머니에서 서류를 확 꺼내서 테이블 위에 펼쳐 놓았다. "제가 말하려는 것이 바로 여기에 있습니다."

나는 한 발자국 앞으로 걸어 나갔다. 그것은 잡지책 속에 담긴 내 사진이었다.

"이게 어디서 난 겁니까?" 내가 물었다.

"그것이오." 그가 큰 소리로 말했다. "처음 본 것처럼 행동하다니."

"그렇지만 사실인걸요. 전 정말 본 적이 없습니다."

"여기 백인 동지들에게 거짓말하지 마시오. 거짓말하지 말라고!"

"거짓말하는 게 아닙니다. 저는 정말 이 사진을 본 적이 없습니다. 그렇지만 봤다 한들 그것이 무슨 문제입니까?"

"무엇이 문제인지 알잖소!" 레스트럼이 말했다.

"이것 보세요. 나는 정말 아무것도 모릅니다. 도대체 무슨 말을 하려는 겁니까? 여기 동지들이 모두 모여 있으니 할 말이 있으면 털어놔 보세요."

"동지들, 이 사람은…… 바로…… 바로 기회주의자입니다! 여기 이 기사를 읽어 보시면 알게 될 것입니다. 저는 이자를 우리 동지회의 활동을 자신의 사욕을 채우기 위해 이용한 죄로 고발합니다."

"기사?" 그러자 나는 잊고 있었던 인터뷰 생각이 났다. 나는 나와 레스트럼을 번갈아 바라보는 사람들의 시선과 마주쳤다.

"우리에 대해 거기에 뭐라고 쓰여 있소?" 잭 동지가 잡지를 가리키며 물었다.

"뭐라고 쓰여 있냐고요?" 레스트럼이 말했다. "아무것도 쓰여 있지 않습니다. 모두 이자에 대한 것뿐입니다. 이 사람이 무슨 생각을 하고, 무엇을 하며, 앞으로 무엇을 할 것인지 말입니다. 이자가 알려지기 전부터 동지회의 운동을 이끌어 온 우리들에 대해서는 단 한 마디 언급도 없습니다. 한번 보세요. 내 말이 거짓이라고 생각하면 한번 보시라니까요."

잭 동지가 나를 향해 몸을 돌렸다. "이게 사실이오?"

"그걸 읽어 보진 못했습니다." 나는 대답했다. "인터뷰했던 일을 잊고 있었습니다."

"그렇지만 이제 기억이 나오?" 잭 동지가 물었다.

"네, 이제 기억납니다. 약속을 잡을 때 레스트럼 동지도 우연히 옆에 함께 있었죠."

모두들 입을 다물었다.

"이봐요, 잭 동지." 레스트럼이 말했다. "모든 게 여기에 똑똑히 적혀 있소. 이자는 마치 동지회 운동을 자기가 혼자 다 하는 것처럼 사람들에게 보이려고 한단 말이오."

"저는 절대 그렇게 말한 적이 없습니다. 저는 편집자에게 토드 클리프톤 동지를 인터뷰하라고 권했습니다, 동지도 알다시피. 동지는 제 일에 대해 거의 아는 바가 없을 테니 그냥 마음에 품은 의도나 말해 보지 그래요?"

"나는 말과 행동이 다른 자를 폭로하는 것이오. 지금 나는 바로 그걸 말하고 있소. 동지들, 이자는 철저한 기회주의자입니다!"

"좋아요." 내가 말했다. "폭로할 수 있다면 해 보세요. 그렇지만 모략은 안 됩니다."

"충분히 당신을 폭로할 수 있어." 그는 턱을 내밀며 말했다. "말해 보겠소. 동지들, 이자는 내가 말한 대로 행동하고 있습니다. 그리고 또 한 가지 말하자면, 이자는 자신의 지시가 없으면 회원들이 꼼짝도 하지 않도록 계략을 꾸미고 있습니다. 몇 주 전 이자가 필라델피아에 갔을 때를 기억해 보세요. 우리가 집회를 진행시키려고 애쓸 때 무슨 일이 있었습니까? 겨우 200명의 사람밖에 안 모였습니다. 이자는 자기 말만 듣도록 사람들을 훈련시키려 하고 있단 말입니다."

"그렇지만 동지, 그것에 대한 항의는 부적절한 것이라고 결정내리지 않았던가요?" 한 동지가 끼어들었다.

"네, 압니다. 그렇지만 그게 그렇지 않거든요……."

"그래도 위원회에서 그 항의를 분석했고……."

"저도 압니다, 동지들. 그리고 위원회에 이의를 제기하려는 것이 아닙니다. 그렇지만 여러분께서 이 사람에 대해 잘 모르는 것 같아서 말입니다. 이자는 어두운 곳에서 일종의 음모를 꾸미고 있습니다……."

"어떤 음모 말이오?" 동지들 중 누군가 테이블 너머로 몸을 내밀며 물었다.

"그냥 음모 말입니다." 레스트럼이 대답했다. "이자는 시내 북부 지역에서의 우리 운동을 자기 마음대로 조종하려고 합니다. 독재자가 되려고 한단 말입니다!"

실내는 조용했으며 선풍기 돌아가는 소리만 들렸다. 사람들은 새로운 관심을 보이며 그를 바라보았다.

"이건 정말 심각한 고발이오, 동지." 두 사람이 동시에 말했다.

"심각하다고요? 얼마나 심각한지 저도 알고 있습니다. 바로 그래서 오늘 문제 제기를 하는 것입니다. 이 기회주의자는 자신이 교육을 더 받았으므로 다른 누구보다도 똑똑하다고 생각합니다. 이자는 바로 잭 동지가 비열하다고 규정하는 그런 사람입니다. 비열한 개인주의자!"

그는 주먹으로 회의 테이블을 때렸으며 그의 두 눈은 팽팽한 얼굴 안에서 작고 둥글게 보였다. 나는 그 얼굴에 주먹을 날리고 싶었다. 그의 얼굴은 진짜 얼굴이 아닌 가면처럼 보였으며 그 뒤에 감춰진 진짜 얼굴은 어쩌면 나와 다른 사람 모두를 비웃고 있을지도 몰랐다. 그 자신도 자신이 한 말을 믿지 못할 테니까 말이다. 그건 한마디로 터무니없는 말이었다. 그 사람이야말로 음모꾼이었으나 위원들의 심각한 표정을 보면 현재 그는 의도대로 잘해 나가고 있었다. 여러 동지들이 저마다 떠들어 대기 시작하자 잭 동지가 조용히 하라고 의사봉을 두들겼다.

"동지들, 제발 조용히 하시오." 잭 동지가 말했다. "한 번에 한 사람씩 발언하시오. 이 기사에 대해 뭘 알고 있소?" 그가 내게 물었다.

"잘 모릅니다." 나는 대답했다. "잡지사 편집자가 전화해서 인터뷰할 리포터를 보낸다고 했습니다. 리포터는 몇 가지 질문을 하고 작은 카메라로 사진을 몇 장 찍었습니다. 제가 아는 건 그게 전부입니다."

"리포터에게 미리 준비한 유인물이라도 줬소?"

"그 여자에게 우리 동지회의 공식적인 자료 몇 장만 주었을 뿐입니다. 저는 어떻게 물어보거나 어떻게 써 달라고 요청한 바 없이 그냥 자연스럽게 협조했을 뿐입니다. 만약 기사가 우리의 운동에 동참하려는 사람들을 끌어들일 수만 있다면 그것도 저의 의무라고 생각했습니다."

"동지들, 이 말은 전부 날조된 것입니다." 레스트럼이 말했다. "제 말은, 이 기회주의자가 리포터를 보내 달라고 했단 것입니다. 이자가 그녀를 오게 했으며 무슨 내용을 써 달라고 요청했단 말입니다."

"그건 비열한 거짓말입니다." 내가 말했다. "당신도 거기 있었잖아요. 그리고 내가 클리프톤 동지를 추천하려고 했던 사실도 알고 있고!"

"누가 거짓말이라고?"

"당신은 거짓말쟁이고 말로만 떠들어 대는 악당이오. 당신은 거짓말쟁이니 이제 나의 동지가 아니오."

"이제 저자는 내게 욕을 하고 있소. 다들 들었죠, 동지들?"

"이성을 잃지 맙시다." 잭 동지가 조용히 말했다. "레스트럼 동지, 동지는 심각한 고발을 했소. 그것을 증명할 수 있겠소?"

"증명할 수 있습니다. 저 잡지만 읽어 보시면 증명이 될 것입니다."

"읽어 보겠소. 다른 것도 있소?"

"할렘 사람들이 뭐라고 하는지 들어 보세요. 그들은 모두 저자에 대해서만 말합니다. 나머지 우리가 하는 일에 대해서는 일언반구도 없습니다. 동지들, 이자는 할렘 사람들에게 위험을 초래하고 있습니다. 추방되어야만 합니다!"

"그것은 위원회에서 결정할 일이오." 잭 동지가 말하고는 나를 바라보았다. "자신을 변호할 말이 있소?"

"변호할 말이요?" 내가 되물었다. "없습니다. 아무것도 변호할 말이 없습니다. 저는 할 일을 했을 뿐입니다. 만약 동지들이 그걸 모르신다면 이야기해 봐야 이미 늦었죠. 이 고발 이면에 무슨 저의가 있는지 모르겠습니다만 저는 잡지사 사람들을 이용하려고 돌아다닌 적이 절대로 없습니다. 제가 이렇게 심판을 받으리라고는 생각조차 못했습니다."

"이건 심판을 위한 모임이 아니오." 잭 동지가 말했다. "만약 심판을 받게 된다면, 그럴 일이 없길 바라지만, 미리 알려 줄 것이오. 아무튼 위급한 사안이니 위원회의 요청대로 우리가 기사를 읽어 보고 문제가 된 인터뷰에 대해 토론할 동안 동지는 나가 있도록 하시오."

나는 방을 나와서 분노와 역겨움을 느끼며 빈 사무실로 들어갔다. 레스트럼이 동지회의 최고위원회 자리에서 나를 갑자기 남부로 쫓아낸 꼴이었다. 벌거벗겨진 기분이었다. 저놈의 목을 졸라 버릴 수도 있었는데. 나를 사람들 앞에서 유치한 논란거리로 만들다니! 하지만 저자가 알아들을 만한 말로 최대한 싸워야 한다. 마치 우스운 촌극에 등장해서 서로 독설이나 퍼부어 대는 광대들처럼 보이겠지만 말이다. 어쩌면 그 무기명 편지를 언급해야 할지도 모르겠다. 그러면 내가 지역의 지지를 전적으로 못 받는다는 뜻으로 받아들이는 사람도 있을지 모른다. 이럴 때 클리프톤이 있으면 이 광대를 어떻게 다루어야 할지 알 수 있으련만. 저자가 단지 흑인이기 때문에 사람들이 저자의 말을 진지하게 받아들이는 걸까? 그런데 도대체 저 사람들은 또 뭐람. 자기들이 광대 녀석을 상대하고 있다는 사실을 모르는 걸까? 하지만 그들이 웃거나 미소만 지었더라도 나는 자제력을 잃었을 것이다. 그들이 그를 보고 웃었으면 마찬가지로 나를 보고도 웃을 수밖에 없었을 테니까……. 그렇지만 만약 그들이 웃었더라면 비현실감은 덜했을 것이다. 도대체 난 어디에 있는 것인가.

"이제 들어오시오." 한 동지가 나를 불렀다. 나는 그들의 결정을 듣기 위해 방을 나섰다.

"음." 잭 동지가 말했다. "우리 모두 기사를 읽었소, 동지. 그 기사에 별문제가 없다는 결론을 알려 주게 돼서 우리 모두 기쁘게 생각하오. 할렘 지역의 다른 회원들에 대해서도 좀 더 언급이 있었더라면 좋았을 것이오. 그건 맞소. 그렇지만 동지가 그것과 관련 있다는 증거는 없었소. 레스트럼 동지가 오해한 것이오."

레스트럼에 대한 그의 부드러운 태도와, 진실을 밝히기 위해 모두들 시간을 허비했다는 생각에 화가 치밀어 올랐다.

"그가 악의적으로 오해를 한 것이라고 말하고 싶군요."

"악의적인 것이 아니라 지나치게 열성적이었던 거요."

"악의적이고도 지나치게 열성적이다, 그 두 가지 모두라고 생각합니다."

"아니오, 동지. 악의적인 것은 아니오."

"그렇지만 저 사람은 제 평판을 나쁘게 만들었습니다……."

잭 동지는 미소를 지었다. "그가 진지했기 때문이라오, 동지. 그는 동지회의 이익을 생각했던 것이오."

"그런데 왜 저를 비방합니까? 저는 이해할 수 없습니다, 잭 동지. 저는 적이 아닙니다. 저 사람도 그걸 잘 알고 있습니다. 저 역시 동지입니다." 나는 그의 미소를 보며 말했다.

"동지회에는 많은 적들이 있소. 우리는 동지의 실수에 대해 너무 가혹해서는 안 되오."

그때 나는 레스트럼의 얼굴에 나타난 어리석고 당혹해하는 표정을 보며 마음을 누그러뜨렸다.

"좋습니다, 잭 동지." 나는 말했다. "제가 결백하다는 걸 밝혀 주셨으니 기뻐해야 할 것 같군요……."

"잡지 기사와 관련해서는 그렇소." 그는 손가락으로 허공을 찌르며 말했다.

뒤통수를 맞은 기분이 들었다. 나는 벌떡 일어섰다.

"기사와 관련해서는 그렇다니요! 그럼 다른 환상은 믿는다는 말씀이십니까? 모두들 요즘 딕 트레이시*를 읽고 계십니까?"

"이건 딕 트레이시와는 관계없소." 그가 날카롭게 말했다. "우리 운동에는 적들이 많이 있소."

"그럼 이제 저도 적이 됐네요." 내가 말했다. "도대체 모두들 왜 그러십니까? 모두들 마치 저와 전혀 접촉이 없었던 것처럼 행동하시네요."

잭은 테이블을 바라보았다. "우리 결정에 대해 관심 있으시오, 동지?"

"아, 그럼요." 내가 대답했다. "관심 있습니다. 이 이상한 행동이 무엇인지 알고 싶습니다. 이 나라의 최고 지성인이라고 믿었던 사람들이 미친 사람 하나의 말을 그대로 받아들이는데 어떻게 관심이 없겠습니까? 당연히 관심 있습니다. 그렇지 않

* 미국 만화가 체스터 굴드의 만화. 동명의 주인공 형사가 정의를 위해 악당과 비타협적으로 싸우는 내용으로 만화다운 환상적인 인물과 액션을 가득 담고 있다.

으면 분별력 있는 사람답게 당장 여기서 나가 버려야죠!"

웅성거리며 반발하는 소리가 들리자 잭 동지는 얼굴이 벌게져서는 조용히 하라고 테이블을 쿵쿵 두들겼다.

"내가 동지에게 몇 마디 말해야 할 것 같소." 매카피 동지가 말했다.

"말해 보시오." 잭 동지가 탁한 목소리로 말했다.

"동지, 우리는 동지가 어떤 기분인지 이해하오." 매카피 동지가 말했다. "하지만 우리의 운동에는 적이 많다는 걸 이해해야만 하오. 이건 분명한 사실이오. 그래서 우리는 개인적인 감정을 희생하고 조직을 생각해야만 하오. 동지회는 우리 모두보다도 더 커다란 존재요. 동지회의 안전이 문제시될 때면 개인으로서의 우리 누구도 중요하지 않소. 우리는 모두 개인적으로 동지에게 좋은 감정을 가지고 있다는 걸 명심하시오. 동지의 활동은 눈부실 정도였소. 지금의 문제는 단순히 조직의 안전과 관련된 것이오. 그리고 그런 것과 관련된 고발은 철저하게 조사하는 게 우리의 책임이오."

나는 갑자기 공허한 기분이 들었다. 그의 말은 논리적이어서 받아들이지 않을 수 없다는 생각이 들었다. 그들은 잘못하고 있지만 잘못을 깨달을 의무가 있다. 할 대로 하라고 내버려 두자. 결국 어떤 고발도 사실이 아님을 알게 될 것이고, 나는 정당성을 입증하게 되겠지. 그런데 어째서 모두들 이 적이라는 것에 집착하는 걸까? 나는 담배 연기에 덮인 그들의 얼굴을 자세히 들여다보았다. 이렇게 심각한 의심을 받아 보긴 처음이다. 지금까지 나는 나의 일과 방향에 대하여 일체감을 느껴 왔다. 그것은 전에는 물론 심지어 실수를 저지른 대학 생활에서도 느껴 보지 못했던 것이다. 동지회는 사람이 자신을 완전히 바칠 수 있는 그 어떤 것이었다. 그것이 바로 동지회의 힘이자 나의 힘이었다. 그리고 동지회가 역사를 바꿀 수 있다는 확신을 갖게 만든 것도 바로 그 일체감이었다. 나는 그것을 전적으로 믿었다. 그런데 지금, 마음으로는 아직 그 믿음에 대한 확신을 가지고 있지만, 나는 심한 고통을 느꼈으며 그로 인하여 더 이상 자신을 변호할 필요를 못 느끼게 됐다. 나는 말없이 그 자리에 서서 그들의 결정을 기다렸다. 누군가 테이블 위를 손가락으로 두드렸다. 얇은 종이들이 마른 잎처럼 바스락거리는 소리가 들렸다.

"우선 위원회의 공정성과 전문성을 믿어도 좋다는 걸 명심하시오." 토빗 동지의 목소리가 테이블 끄트머리에서 흘러나왔다. 하지만 담배 연기가 자욱해서 그의 얼굴은 거의 볼 수가 없었다.

"위원회의 결정이 내려졌소." 잭 동지가 힘주어 말했다.

"모든 고발 내용들이 정확히 확인될 때까지 동지는 할렘 지역에서의 활동을 잠시 중단하거나 아니면 시내 지역의 임무를 담당해야 하오. 둘 중의 하나를 선택하시오. 후자를 선택할 경우 현재의 임무를 즉각 마무리해야 하오."

나는 다리에 힘이 빠졌다. "제 일을 포기해야 한단 말씀인가요?"

"그렇소. 다른 지역에서의 활동에 참여하지 않는다면 말이오."

"하지만 보시다시피……." 나는 사람들을 번갈아 바라보았는데 그들의 눈에는 결정에 대한 단호함이 깃들어 있었다.

"계속 활동하기로 결정할 경우 동지의 임무는 시내의 집회에서 여성 문제에 관해 강연하는 것이오." 잭 동지는 의사봉을 잡으며 말했다.

나는 갑자기 팽이처럼 홱 돌고 난 기분이었다.

"뭐라고요!"

"여성 문제 말이오. 내 팸플릿 가운데 '미국에서의 여성 문제'가 도움이 될 것이오. 자, 이제 여러분." 테이블을 둘러보면서 그가 말했다. "회의를 마칩니다."

나는 귓가에 울리는 의사봉 소리를 들으며 그 자리에 서서 여성 문제를 생각했으며 사람들의 얼굴에 재미있어하는 기색이 보이는지 살펴보았다. 또한 복도로 새어 나가는 그들의 목소리 속에서 웃음을 억지로 참는 소리가 들리는지 귀를 기울였다. 나는 말도 안 되는 농담거리가 돼 버린 느낌을 지우려고 애썼는데 그들의 얼굴에서 어떠한 내색도 볼 수가 없어서 더더욱 그랬다.

나는 수락하는 쪽으로 마음을 정하기 위해 안간힘을 썼다. 어떤 것도 상황을 바꿀 수는 없다. 그들은 나를 보내 놓고 조사를 시작하겠지. 그사이 나는 규율을 믿고 복종하며 그들의 결정을 받아들여야 할 것이다. 지금 활동을 중단할 때가 아니다. 내가 전혀 몰랐던 이 조직의 여러 가지 면을 알게 되기 시작한 이때에 말이다. (나는 절대 드러나지 않는 고위 위원회와 지도자들에 관한 것이나 우리 관심과는 동떨어진 듯 보이는 집단적인 동맹자나 동조자들에 대하여 아는 바가 없었다.) 그리고 내게는 여전히 신비스러운 베일에 둘러싸인 권력과 권위의 모든 비밀이 드러나려는 이 마당에 말이다. 안 된다. 분노와 역겨움이 소용돌이켜도 나의 거대한 야망을 포기할 수는 없다. 그리고 왜 내가 자신을 제한하고 격리시켜야 하는가? 나는 대변인이었다. 여자에 대해서는 물론이고 그 어떤 주제에 대해서도 말할 수 있지 않은가? 우리의 이념 체계 바깥에 존재하는 것은 아무것도 없다. 나는 모든 것에 대해 하나의 방침이 있었으며 나의 주된 관심사는 조직의 운동에 앞장서 나가는 것이었다.

나는 여전히 격렬하게 휘돌려진 느낌으로 건물을 나왔으나 긍정적인 생각도 조금씩 생겨났다. 할렘에서 쫓겨난 것은 충격적인 일이지만 나에게 상처를 준 만큼 그들에게도 상처를 주게 될 것이다. 할렘이 원하는 바를 찾아가는 실마리는 바로 내가 원하는 바와 같다는 사실을 깨달았기 때문이다. 그리고 동지회에서의 나의 가치는 나의 가장 유용한 연줄들이 나에게 주는 가치와 다를 바가 없기 때문이다. 나의 가치는 지역 사람들의 희망과 증오, 두려움과 욕망을 완전히 솔직하고 정직하게 표현하는 데에 달려 있었다. 지역사회는 물론이고 위원회에도 마찬가지로 말했다. 그리고 시내 지역에서도 마찬가지로 효과를 발휘하리라. 새로운 임무는 분명 어려운 것이지만 할렘에서 있었던 일이 얼마만큼 나의 노력 때문이었는지, 얼마만큼 순전히 지역 사람들의 열정 때문이었는지를 시험할 수 있는 기회이기도 하다. 결국 이 임무 역시 위원회가 나에 대해 가진 호의를 보여 주는 거야! 나는 속으로 그렇게 생각했다. 우리 사회에서 금기시되는 주제에 대하여 위원회의 권위를 대표하여 의견을 말할 수 있도록 나를 선택했으니 여성 문제에 대해서도 어떠한 차별을 두지 않는다는 점을 증명하는 동시에 동지회의 원칙과 나, 모두에 대한 신뢰를 다시 한 번 확인하는 것이 아닌가? 그들은 나에 대한 고발 내용들을 조사해야 할 것이다. 그렇지만 이 임무는 나에 대한 믿음이 깨지지 않았다는 그들의 냉철한 확언이다. 나는 뜨거운 거리로 나왔으나 흥분으로 몸이 떨렸다. 나는 이런 생각이 마음속에 자리를 잡지 못하도록 해 왔지만 순간적으로 예전에 사라졌다고 생각했던 옛 남부의 후진성이 내 인생을 망치게 할 뻔했던 것이다.

그렇지만 할렘을 떠나는 데에 미련이 없는 것은 아니다. 나는 누구에게도 작별 인사조차 할 수 없었다. 지역의 최하층 사람들에 관한 정보를 수집하는 과정에서 도움을 받았던 사람들은 말할 것도 없고, 심지어 타프 동지와 클리프톤에게도 인사를 하지 못했다. 나는 그냥 서류들을 가방 속에 쓸어 담고는 그저 회의 참석을 위해 시내로 나가는 듯이 할렘을 떠났다.

19장

나는 흥분된 마음으로 첫 강연에 나갔다. 주제는 청중의 관심을 확실히 끌 만한 것이었으며 나머지는 내게 달려 있었다. 내 키가 30센티미터만 더 크고 몸무게가 50킬로그램쯤 더 나갔더라면 가슴에 '나는 당신의 모든 걸 알고 있습니다.'라는 표지를 써 붙이고 그들 앞에 그냥 서 있기만 해도 됐을 것이다. 그러면 그들은 내가 진짜 괴물이라도 되는 양 — 겉모습이 다소 나아지고 길들여지긴 했더라도 — 두려워하겠지. 폴 로브슨*이 연기할 필요가 없듯 나 역시 말할 필요도 없겠지. 사람들은 내 모습만 보고도 공포를 느낄 테니까.

강연은 잘 진행되었다. 청중의 열성이 강연을 성공적으로 이끌어 주었으며 강의가 끝난 후 쏟아진 질문들은 나의 불안감을 말끔히 씻어 주었다. 그런데 모임이 끝나고 사람들이 해산

* 미국의 가수이자 배우이며 평화운동가.

했을 때, 고질적인 의심증을 가지고 있는 나로서도 전혀 예상하지 못한 일이 벌어졌다. 내가 청중과 인사를 나누는 사이 그 여자가 나타났다. 그녀는 생명과 여성적 다산성에 대한 상징적인 역할을 의식적으로 보여 주려는 듯 열중해 있었다. 그녀에 따르면 자신의 문제가 우리 이념의 일부와 관련된다고 했다.

"조금 복잡한 문제입니다. 사실이에요." 그녀는 진지하게 말했다. "제가 시간을 빼앗으면 안 되겠지만 저의 느낌으로는……."

"아, 괜찮습니다." 그렇게 말하고 나는 그녀를 다른 사람들에게서 떨어진 곳으로 안내했다. 우리는 소방 호스가 조금 풀린 채 걸려 있는 출입구 근처에 가서 섰다. "천만에요."

"그렇지만 동지." 그녀가 말했다. "진짜 시간도 너무 늦었고 많이 피곤하실 텐데요. 제 문제에 대해서는 다음 기회에 말씀드려도 되는데……."

"그렇게 많이 피곤하지 않습니다." 내가 말했다. "그리고 마음에 걸리는 일이 있다면 제가 그걸 최대한 풀어 드려야 할 의무가 있습니다."

"하지만 시간이 너무 늦었어요." 그녀가 말했다. "언제든 저녁 무렵에 시간이 나시면 저희 집으로 한번 방문해 주시죠. 그때 충분히 이야기를 나누도록 해요. 물론 만약에……."

"만약에?"

"만약에." 그녀는 미소를 지었다. "제가 동지를 오늘 저녁에 오시도록 만들 수 없다면 말이죠. 오시면 맛있는 커피를 드린다는 말도 해야겠죠?"

"그러면 당연히 가야죠." 나는 출입문을 밀면서 말했다.

그녀의 아파트는 도심에서도 비교적 좋은 위치에 있었다. 나는 그녀의 넓은 거실에 들어서면서 놀라움을 감추지 못했다.

"보다시피, 동지." 그녀의 말에 담긴 진지함은 놀랄 만했다. "제 관심을 끄는 것은 동지회의 정신적인 가치들이죠. 저는 고생하지 않고도 경제적인 안정과 여유를 누리고 있어요. 그렇지만 세상에 너무나 많은 것들이 잘못 돌아가고 있는데 그게 다 무슨 소용이에요? 정말이에요. 정신적 혹은 감성적인 안정도 없고 정의도 없는데 말이에요."

그녀는 코트를 벗으며 내 얼굴을 진지하게 바라보았다. 이 여자는 구세군인가? 영국에서 넘어온 청교도인가? 나는 잭 동지가 부유층 회원들에 대해 사적으로 설명해 주었던 것을 떠올리며 생각했다. 그들은 동지회에 재정적으로 기여하면서 정치적인 구원을 추구하는 부류였다. 그녀는 약간 조급하게 내게 접근했지만 나는 그녀를 과감하게 바라보았다.

"그 점에 대해 깊이 생각해 보셨군요." 내가 말했다.

"그래 보려고 했죠." 그녀가 말했다. "그런데 정말 복잡하더군요. 아무튼 잠깐 정리 좀 할 테니 편히 앉아 계세요."

그녀는 작은 체구에 다소 통통한 몸매였으며 검은 머리에는 가늘고 흰 머리카락이 눈에 거의 띄지 않을 정도로 나 있었다. 진홍색 실내복을 입고 다시 나타난 그녀의 모습이 너무나 눈부셔서 나는 놀란 눈을 다른 방향으로 돌려야만 했다.

"정말 아름다운 방입니다." 나는 진분홍색 가구 너머로 르누아르의 실물 크기의 분홍빛 누드화를 바라보며 말했다. 다른 그림들도 여기저기 걸려 있어서 넓은 벽이 따듯하고 순수한 색조로 생생하게 빛을 발하는 듯 보였다. 이런 걸 보고 뭐라고 할까? 나는 검은 돌 받침 위에 올려진, 번쩍거리는 청동

물고기의 추상적인 형상을 바라보며 생각했다.

"좋아하시니 다행입니다, 동지." 그녀가 말했다. "우리 부부도 여기를 좋아해요. 휴버트는 이곳을 즐길 시간이 거의 없지만요. 그는 너무나 바빠요."

"휴버트요?" 내가 물었다.

"제 남편이에요. 불행히도 일이 있어서 나갔어요. 동지를 만나면 좋아했을 텐데. 그런데 항상 바쁘게 다녀야 한답니다. 사업이란 그렇죠, 아시다시피."

"어쩔 수 없는 일이지요." 나는 갑자기 불편한 마음이 들었다.

"네, 그래요." 그녀가 말했다. "어쨌든 우린 동지회와 이념에 대해 토론하기로 했죠, 그렇죠?"

그녀의 목소리와 미소에는 나를 편안하게 하면서도 흥분시키는 무엇이 있었다. 그것은 단지 내게 낯선 많은 재산과 풍요로운 생활 환경 때문만이 아니라 그녀와 함께 있다는 사실과 차원 높은 대화를 할 수도 있다는 생각 때문이기도 했다. 마치 조화롭지 못한 불가시성과 눈에 띄는 수수께끼가 아주 섬세하게 균형 잡힌 조화를 이룬 것처럼 말이다. 이 여자도 부자이기에 앞서 인간이다. 나는 그녀의 부드러운 손이 자연스럽게 움직이는 모습을 지켜보며 생각했다.

"우리 운동에는 아주 많은 요소가 있습니다." 나는 말했다. "어느 부분에서 시작할까요? 어쩌면 제가 감당할 수 없는 건지도 모르겠네요."

"아, 그렇게 심오한 것은 아니에요." 그녀가 말했다. "동지는 저의 사소한 이념적 혼돈과 변화를 쉽게 바로잡아 주실 수 있을 거예요. 여기 소파에 앉으세요, 동지. 여기가 더 편하거든요."

나는 자리에 앉으며 그녀가 문을 향해 걸어가는 모습을 보았다. 그녀의 긴 실내복 끄트머리가 동양식 카펫 위로 끌리는 모습이 감각적으로 보였다. 그녀는 내게 몸을 돌려 미소를 지었다.

"커피보다 와인이나 우유를 더 좋아하실지도 모르겠네요?"

"와인이 좋습니다." 우유를 생각하니 이상하게도 속이 메스꺼웠다. 이건 내가 기대했던 게 아니라는 생각이 들었다. 그녀는 쟁반에 두 개의 잔과 술병을 가지고 와서 내 앞에 있는 낮은 칵테일 테이블 위에 올려놓았다. 와인이 잔 속으로 리듬 있게 흘러 들어가는 소리가 들렸고 그녀는 잔 하나를 내 앞에 놓았다.

"자, 우리의 운동을 위하여." 그녀는 미소 짓는 눈으로 잔을 들며 말했다.

"우리의 운동을 위하여." 내가 맞장구쳤다.

"그리고 동지회를 위하여."

"그리고 동지회를 위하여."

"아주 좋은데요." 나는 그녀가 거의 눈을 감고 나를 향해 턱을 위로 들어 올린 모습을 바라보며 말했다. "우리 이념의 어느 부분에 대해서 이야기할까요?"

"전부 다요." 그녀가 대답했다. "이념 모두를 포용하고 싶어요. 그것 없이는 삶이 너무나도 공허하고 엉망이 되거든요. 저는 동지회만이 우리의 삶을 다시 살아갈 가치가 있는 것으로 만드는 희망을 준다고 진정으로 믿고 있어요. 아, 그건 단번에 이해하기엔 너무나 광범위한 철학이란 걸 저도 알아요. 그렇지만 그 이념은 아주 활력과 생명력이 넘쳐서 누구든 최소한 한

번쯤 시도는 해 보고 싶은 마음을 갖게 돼요. 그렇지 않아요?"

"아, 그럼요." 나는 대답했다. "그건 제가 아는 것 중 가장 의미 있는 것이랍니다."

"제 말에 동의해 주시니 정말 기뻐요. 바로 그래서 저는 항상 동지의 연설을 들으면 전율을 느끼나 봐요. 동지는 우리 운동에 커다란 활력소를 전해 줘요. 정말 놀라운 일이에요. 동지는 제게 그런 안정감을 줘요……. 다만." 그녀는 알 수 없는 미소를 지으며 잠시 말을 멈추었다. "동지는 제게 동시에 두려움도 준다는 점을 고백해야겠네요."

"두려움을요? 진심은 아니겠죠." 나는 말했다.

"정말이에요." 그녀가 다시 말하자 나는 웃음을 터뜨렸다. "동지의 연설은 너무나 강력해서, 너무나…… 너무나 원시적이란 말이에요!"

실내가 마치 진공 상태가 되어 버린 느낌이 들었고, 그로 인해 방 안에 부자연스러운 침묵이 흘렀다. "문자 그대로의 원시적이란 뜻은 아니겠죠?" 내가 물었다.

"원시적이라는 말이 맞아요, 동지. 아무도 동지의 목소리에 북을 두드리는 소리가 들어 있다는 말을 안 했죠?"

"세상에." 나는 웃었다. "저는 그것을 깊은 생각으로부터 나오는 북소리로 생각했습니다."

"물론 맞아요." 그녀가 말했다. "제 말은 정말 원시적이란 뜻이에요. 설득력 있고 강력하다는 말이죠. 동지의 연설은 사람의 지적인 사고는 물론 감정까지 사로잡거든요. 동지가 어떻게 부르던 상관없이 그것은 아주 본능적인 힘을 가지고 있어서 사람들의 마음을 꿰뚫고 들어가요. 그런 활력은 생각만 해도 몸이 떨리네요."

나는 그녀를 바라보았다. 이제 아주 가까이 앉아 있어서 삐져나온 새까만 머리카락 한 올까지도 보일 정도였다. "네." 내가 말했다. "거기에는 감정이 들어 있죠. 그렇지만 사실 그 감정을 분출시켜 주는 건 바로 우리의 과학적인 접근 방법이랍니다. 잭 동지가 말하듯 우리는 조직책일 뿐입니다. 그리고 감정이 단순하게 분출되는 것이 아니라 특정 방향으로 이끌어지고 조정되는 것이죠. 이 점이 바로 우리의 운동이 효과를 거두도록 해 주는 진정한 원천입니다. 말하자면 이 좋은 와인은 감정을 분출시킬 수는 있지만 무언가를 조직화할 수는 없습니다."

그녀는 한 팔을 소파 뒤에 올린 채 몸을 우아하게 앞으로 기울이며 말했다. "그래요. 동지의 연설에는 그 두 가지가 모두 담겨 있죠. 그래서 심지어 동지의 말이 무슨 의미인지 모를 때도 듣는 사람은 반응을 하게 되는 거예요. 저만이 동지의 말을 이해해요. 그래서 더욱 감명을 받는 거죠."

"사실, 아시다시피 제 자신도 그에 못지않게 청중으로부터 많은 영향을 받아요. 청중의 반응 때문에 저는 최선을 다하게 되거든요."

"또 한 가지 중요한 면이 있어요." 그녀가 말했다. "제가 가장 관심을 갖는 문제예요. 그것은 여성에게 자기를 표현할 기회를 충분히 준다는 점입니다. 그 점이 정말 중요하답니다, 동지. 마치 매일 매일이 윤년과 같다고 해야겠죠. 실제로 그래야만 하지만 말이에요. 여성도 남성만큼 절대적으로 자유를 누릴 수 있어야 해요."

만약 내게 정말 자유가 있다면 여기서 당장 나가는 거야.

나는 잔을 들며 생각했다.

"오늘 밤 동지는 정말 훌륭했어요. 여성들이 자신들의 운동에 필요한 뛰어난 투사를 갖게 된 순간이었죠. 오늘 밤 이전에는 동지가 소수민족의 문제에 대해서만 연설했었잖아요."

"이건 저의 새로운 임무입니다." 내가 말했다. "그렇지만 지금부터 우리의 주된 관심 분야 중 하나는 바로 여성 문제입니다."

"정말 잘된 일이네요. 이제 때가 왔어요. 여성에게도 삶을 지배할 수 있는 기회를 부여해 줘야 해요. 계속해 봐요. 제게 동지의 생각을 말해 주세요." 그녀는 앞으로 밀착하여 손을 내 팔에 올리면서 재촉했다.

나는 계속 말을 이었으며 내 열정과 와인의 취기에 이끌려 마음 놓고 이야기했다. 그러다가 그녀에게 질문을 하려고 얼굴을 돌리는 순간에야 비로소 그녀가 코앞으로까지 다가와 두 눈을 내 얼굴에 고정시키고 있는 것을 알아챘다.

"계속해 주세요." 그녀의 목소리가 들렸다. "정말 명확하게 설명해 주네요. 어서."

나비의 날개처럼 퍼덕이던 그녀의 눈꺼풀의 떨림이 우리가 밀착하자 이제 입술의 부드러움으로 옮겨가는 게 느껴졌다. 거기엔 이념이나 개념 같은 것은 없고 순수한 온기만 있을 뿐이었다. 그때 전화벨이 울렸으며 나는 온기를 떨치고 벌떡 일어섰다. 벨이 다시 울리자 그녀도 나와 함께 일어섰으며 붉은색 실내복의 굵은 주름이 카펫 위로 흘러내렸다. "동지는 모든 걸 놀랍도록 생생하게 전달해요." 벨이 또 한 번 울리는 소리를 들으며 그녀가 말했다. 나는 몸을 움직여 아파트에서 나가려고 했다. 나는 분노가 치민 채 모자를 찾으며 생각했다. 이 여자가 미쳤나? 저 소리가 안 들리나? 그녀는 마치 내가 어이없는 행동을 한다는 듯 어리둥절해하며 내 앞에 서 있었다. 그러더니 갑자기 힘주어 내 팔을 잡고는 말했다. "이쪽으로 가요, 이 안으로." 벨이 다시 울리자 거의 잡아당기듯 짧은 복도로 이어지는 문을 지나 잘 꾸며진 방으로 나를 이끌었다. 그녀는 방 안에 서서 미소를 지으며 나를 자세히 살펴보았다. "여기는 내 방이에요." 내가 터무니없다는 투로 바라보는 순간 그녀가 말했다.

"당신 방, 당신 방이요? 그러면 저 벨소리는 어떡해요?"

"신경 쓰지 마세요." 그녀는 내 눈을 바라보며 다정하게 말했다.

"그렇지만 냉정하게 생각해요." 나는 그녀를 옆으로 밀며 말했다. "저 문은 어떡해요?"

"아, 저 전화 말이에요? 자기?"

"그렇지만 당신의 주인…… 당신 남편은?"

"시카고에 있어요."

"그렇지만 아닐 수도……."

"아니, 아니에요, 자기. 그럴 리가 없어요……."

"하지만 그럴 수도 있잖아요!"

"하지만, 동지. 자기. 그이하고 통화했기 때문에 알아요."

"뭘 했다고요? 이게 다 무슨 수작이죠?"

"아, 불쌍한 자기! 이건 수작이 아니에요. 정말 걱정할 것 없어요. 아무도 방해하지 않아요. 그이는 시카고에서 분명히 자신의 잃어버린 청춘을 찾아다니고 있을 거예요." 그녀는 스스로 놀랍다는 듯 웃음을 터뜨리며 말했다. "그이는 숭고한 문제에 대해서 전혀 관심이 없어요. 자유나 불가피성, 여성의 권리 따위에 대해서 말이죠. 아시다시피 우리 계층이나 앓고 있는 병이죠."

나는 방 건너편으로 한 발자국 옮겼다. 왼편에 다른 문이 하나 더 있었으며 문틈으로 크롬과 타일이 빛나 보였다.

"동지회." 그녀는 작은 손으로 내 근육을 쥐며 말했다. "저를 가르쳐 줘요. 제게 말해 줘요. 동지회의 아름다운 이념을 제게 가르쳐 주세요." 나는 그녀를 때리고도 싶었고 동시에 그녀와 함께 있고도 싶었지만, 두 가지 모두 해서는 안 될 일이란 걸 알고 있었다. 이 여자가 나를 파멸시키려는 건가? 나의 운동을 방해하려는 은밀한 적이 문 밖에서 카메라와 몽둥이를 든 채 기다리며 파 놓은 함정은 아닐까?

"전화를 받아야죠." 나는 그녀의 몸에 손을 대지 않고 양손을 빼내려고 애쓰면서 가까스로 평정 상태를 유지하며 말했다. 만약 내가 그녀에게 닿기라도 한다면…….

"그러면 계속하실 거죠?" 그녀가 물었다.

나는 고개를 끄덕였다. 그리고 그녀가 말없이 돌아서서 커다란 타원형 거울이 달린 화장대로 걸어가 상앗빛 전화기를 드는 모습을 지켜보았다. 거울 속으로 언뜻 열정적인 그녀와 커다란 흰 침대 사이에 서 있는 내 모습이 보였다. 죄책감이 깃든 자세와 긴장된 얼굴이었으며 목에는 넥타이가 매달려 있었다. 침대 뒤로는 또 하나의 거울이 있었으며 마치 바다의 물결처럼 우리 이미지를 앞뒤로 움직이게 하면서 시간과, 장소와, 상황을 강렬하게 증폭시켰다. 나의 모습은 성난 파도에 고동치듯 밝아졌다 희미해지길 반복했다. 그때 그녀의 입술이 나를 향해 소리 없이 "미안해요."라고 말했다. 그녀는 초조하게 수화기를 들었다. "네, 저예요." 그리고 다시 나를 향해 웃으면서 손으로 수화기를 막고 말했다. "제 동생이에요. 잠깐이면 돼요." 내 마음속으로 잊었던 이야기들이 소용돌이치며 떠올랐다. 여주인의 등을 닦기 위해 불려 간 남자 하인들의 이야기, 주인의 부인을 나눠 가진 운전 기사들의 이야기, 레노로 가는 부잣집 부인들의 침대칸으로 불려 간 짐꾼들에 관한 이야기. 그러나 이것은 동지회의 인권운동일 뿐이다. 그러나 그녀는 지금 웃으며 말하고 있었다. "그래, 그웬. 그래." 그녀의 자유로운 한 손은 머리를 쓸어내리려는 듯 들어 올려졌으며 한순간에 붉은 실내복이 베일이 벗겨지듯 흘러내렸다. 나는 거울 속으로 섬세하면서도 단단한 모습을 드러낸 그녀의 예쁘고 풍만한 곡선의 알몸을 보고 숨이 막히는 듯했다. 그것은 마치 꿈의 한순간 같았으며 그녀가 갑자기 돌아서자 나는 붉은 실내복 위에서 야릇하게 미소 짓는 그녀의 두 눈만 바라보았다.

나는 분노와 격렬한 흥분 사이에서 갈피를 못 잡고 문을 향해 걸어가고 있었다. 내가 지나쳐 가는 순간 수화기를 내려놓는 소리가 들렸으며 그녀가 휙 돌아서 내게 닿는 것이 느껴졌다. 나는 이념적인 것과 생물학적인 것, 의무와 욕망 사이의 갈등 속에서 너무나도 미묘하게 뒤엉켜서 어찌할 바를 몰랐다. 나는 그녀에게 다가서면서 생각했다. 문을 부술 테면 부숴 봐라. 누구든 들어오고 싶으면 들어와라.

나는 깨어 있는 것인지 꿈을 꾸고 있는 것인지 분간이 안 갔다. 죽은 듯이 조용했다. 그렇지만 어떤 소리가 났으며 그것이 방 건너편에서 들려왔다는 건 확실했다. 그녀는 내 옆에서 부드러운 신음 소리를 냈다. 이상한 일이었다. 마음이 빙글빙글 돌았다. 나는 황소한테 쫓겨서 밤나무 숲을 나왔다. 그리고 언덕으로 달려 올라갔다. 그런데 언덕 전체가 부풀어 올랐다. 어떤 소리가 들렸으며 나는 방의 희미한 불빛 아래 서서 나를 바라보는 사내를 올려다보았다. 그는 관심을 갖거나 놀란 기색도 없이 물끄러미 바라보고 있었다. 그의 얼굴에는 표정이 없었고 두 눈만이 이쪽을 응시하고 있었다. 숨소리가 들릴 정도로 조용했다. 그때 그녀가 옆에서 뒤척이는 소리가 들렸다.

"아, 왔어요, 여보?" 그녀의 목소리는 아주 멀리서 들려오는 것 같았다. "이렇게 빨리 돌아왔어요?"

"응." 그가 대답했다. "내일 일찍 깨워 줘. 할 일이 많거든."

"기억해 둘게요, 여보." 그녀는 졸린 듯 말했다. "아침까지 잘 자요……."

"잘 자. 그리고 당신도 잘 자시오." 그는 짧고 건조한 웃음을 건네며 말했다.

문이 닫혔다. 나는 가쁘게 숨을 몰아쉬며 어둠 속에 한동안 누워 있었다. 이상한 일이었다. 나는 손을 뻗어서 그녀를 건드려 보았다. 반응이 없었다. 그녀 위로 몸을 기울이자 따듯하고 깨끗한 그녀의 숨결이 내 얼굴로 불어 나왔다. 나는 그곳에 더 머무르면서, 위험을 무릅쓰고 얻었으나 너무 늦어버린, 이제 영원히 잃어버리게 될 그 값진 것에 대한 기분을 느끼고 싶었다. 일종의 통렬함이었다. 그녀는 마치 영원히 잠든 사람처럼 보였으며 지금 깨우면 비명을 지를 것만 같았다. 나는 황급히 침대에서 미끄러져 내려왔다. 그런 후 옷을 찾으려고 애쓰면서도 아까 불빛이 들어왔던 그 어두운 방향에서 눈을 떼지 않았다. 나는 주변을 더듬거리다가 의자를 찾았지만 빈 의자였다. 옷이 어디 있지? 바보 같으니라고! 어쩌다 이런 상황에 빠진 걸까? 나는 벌거벗은 채 어둠 속을 헤매다가 옷이 놓인 의자를 찾았다. 서둘러 옷을 입고 빠져나오다가 문 앞에 와서야 복도의 희미한 빛을 통해 뒤를 돌아보았다. 그녀는 한숨을 쉬지도 미소를 머금지도 않은 채 잠들어 있었다. 꿈을 꾸는 아름다운 여인. 상앗빛 팔 하나가 새까만 머리 위로 올려져 있었다. 나는 두근거리는 마음으로 문을 닫고 복도를 걸어 나왔다. 그 남자가, 사람들이, 군중들이 나를 불러 세울 거라고 생각하면서. 그리고 계단을 내려왔다.

건물은 조용했다. 로비의 경비는 졸고 있었는데 풀 먹인 턱받이는 그가 숨 쉴 때마다 뒤틀렸다. 그리고 모자를 쓰지 않아 흰 머리가 드러나 있었다. 나는 땀에 후줄근하게 젖은 채 가까스로 거리로 나왔지만 여전히 내가 그 사내를 실제로 본 것인지 아니면 꿈을 꾼 것인지 헷갈렸다. 그는 나를 보지 못하고 나만 그를 볼 수도 있었을까? 아니면 그가 나를 보고도 지성적인 교양 때문이거나 퇴폐적인 기질 때문에, 혹은 지나치게 개화된 사람이라서 그냥 조용히 넘어갔던 것일까? 나는 서둘러 거리로 걸어갔으며 발걸음을 옮길 때마다 불안감이 증폭되었다. 왜 그 사람은 아무 말도 안 한 걸까? 왜 나를 알아보지 못한 걸까? 왜 욕설이라도 퍼붓지 않은 걸까? 왜 나를 치지 않았을까? 아니면 최소한 자신의 아내에게 화라도 냈어야 하지 않은가? 혹시 그런 곤란한 상황에서 내가 어떤 행동을 보이는지 시험한 것이라면 어떡하나? 아무튼 그것은 우리의 적이 우리를 맹렬하게 공격할 수 있는 빌미가 될 수 있다. 나는 고뇌의 땀을 흘리며 걸었다. 왜 그놈들은 모든 일에 여자들을 끼워 넣어야만 하는 걸까? 우리와 우리가 세상에서 변화시키려는 모든 것 사이에 놈들은 여성을 개입시킨다. 사회적으로나 정치적으로, 그리고 경제적인 면으로 말이다. 염병할, 왜 놈들은 계층 간의 투쟁에다가 엉터리 투쟁을 혼합시켜서 우리와 자신들, 즉 모든 인간적 동기를 비하시키려고 하는가?

다음 날 하루 종일 나는 기진맥진한 상태에서 그 계략이 드러나길 긴장한 마음으로 기다리고 있었다. 이제 나는 그 사내가 문 앞에 있었다는 확신이 들었다. 그 사내는 서류 가방을 든 채 방 안을 들여다보았으나 나를 봤다는 명확한 내색을 하지 않았다. 그 사내는 무관심한 남편처럼 말했으나 동지회의 중요한 회원 하나를 생각나게 했다. 너무 낯익은 사람이지만 누구인지 정확히 떠오르지 않아 미쳐 버릴 것 같았다. 해야 할 일을 손도 대지 않은 채 책상에 쌓아 두고 있었다. 전화벨이 울릴 때마다 두려움이 엄습했다. 나는 타프 동지의 쇠사슬만 만지작거렸다.

4시까지만 전화가 오지 않으면 괜찮을 거야. 나는 혼자 생각했다. 그러나 여전히 아무런 신호도 없고 회의에 오라는 전화조차도 없었다. 마침내 내가 그녀에게 전화를 했다. 즐겁고 기뻐하면서도 신중한 그녀의 목소리가 들렸다. 그러나 그날 밤이나 그 사내에 대한 이야기는 없었다. 그리고 그녀의 밝고 정돈된 목소리를 듣자 그 일을 말하기에 너무 창피스러운 생각이 들었다. 어쩌면 이것이 지성적이고 문명적인 방식일까? 아마 그가 거기 있었을 수도 있으며 그 일에 대해서는 서로 양해

가 된 상황일지도 모른다. 완전한 권리를 지닌 여성으로서 말이다.

그녀는 내가 다시 와서 토론을 더 할 수 있는지 알고 싶어 했다.

"네, 물론이죠." 나는 대답했다.

"아, 동지." 그녀가 말했다.

나는 안도와 걱정이 뒤섞인 기분으로 전화를 끊었다. 나는 시험에 통과하지 못했다는 생각을 떨쳐 버릴 수가 없었다. 나는 다음 한 주일 내내 그 문제로 고민했고 내가 어떤 상황에서 있는 건지 전혀 알 수 없어서 더욱 혼돈스러웠다. 나는 잭 동지와 다른 회원들 사이의 관계에 있어서 어떠한 변화가 있는지 찾아내려고 했지만 아무런 조짐도 보이지 않았다. 그들이 어떤 조짐을 보였더라도 그 정확한 의미를 알 수 없었으리라. 왜냐하면 그것이 고발과 관련된 것일 수도 있을 테니까 말이다. 나는 죄의식과 결백함 사이에서 갈피를 잡지 못했으며 이제는 그것이 하나이자 동일한 것처럼 느껴졌다. 나의 신경은 항상 예민한 상태였으며 얼굴엔 뻣뻣하고 모호한 표정이 지어지더니, 잭 동지와 다른 회원들의 얼굴처럼 변하기 시작했다. 그러다가 약간 편안해졌다. 일은 해야만 하니까 차라리 기다리기 게임을 해 보리라고 생각했다. 나는 죄의식과 불안감에도 불구하고, 나만이 죄를 지은 흑인 회원이란 사실을 잊어버린 채 백인들이 가득한 곳으로 활기차게 걸어 들어가는 법을 터득했다. 턱을 위로 쳐들고, 입은 너무 크게 벌리지 않은 채 미소를 지으며, 손을 힘 있게 내밀어 단호하고 따듯하게 악수를 나누는 것이다. 거기에 거만함과 현실적인 겸손함을 적당히 섞어서 모두를 만족시키면 되었다. 나는 온몸을 던져 강연을 하면서 여성의 권리를 옹호하고 주장했다. 젊은 여자들이 주변에서 소란을 떨긴 했지만 생물학적인 것과 이념적인 것을 주의 깊게 분리해서 다루었다. 그것은 항상 쉬운 일은 아니었다. 왜냐하면 많은 여성 동지들이, 이념적인 것이란 단순히 삶의 진정한 관심사를 가리는 표면적인 베일에 지나지 않다는 관념에 공감하기 때문이었다.(그리고 그들은 나 역시 그것에 공감하고 있다고 생각했다.)

시내 중심가의 청중 대부분이 내가 나타날 때마다 뭐라 이름을 붙일 수 없는 무언가를 기대한다는 사실을 알게 되었다. 나는 그들 앞에 서는 순간부터 그것을 감지할 수 있었다. 그러나 그것은 내가 연설할 내용과는 무관한 것이었다. 나는 단지 그들 앞에 나서기만 하면 됐으며 그들은 시선을 내게 돌리는 순간부터 이상한 해방감을 느끼는 듯했다. 웃음이나 눈물도 아니고 안정적이거나 순수한 감정의 해방도 아니다. 나는 그것이 무엇인지 알 수가 없었다. 그리고 죄의식도 일어났다. 한번은 연설 중에 바다같이 많은 얼굴들을 바라보며 생각했다. 이들은 알고 있을까? 이게 끝인가? 그날 강연은 거의 망쳐 버렸다. 그렇지만 확실한 사실 하나는, 나에 대한 청중의 태도는 다른 흑인 동지들을 대하는 태도와 다르다는 것이었다. 그 친구들은 재미있는 이야기로 청중을 너무나도 자주 즐겁게 해 주어서 심지어 그들이 입을 열기도 전에 사람들은 웃음을 터뜨리곤 했다. 맞다. 전혀 다른 것이었다. 그것은 기대의 형태나 기다리는 분위기, 혹은 정당화 같은 것에 대한 희망에서 나타났다. 마치 그들은 내게서 다른 연사나 단순히 즐거움을 주는 사람과 다른 그 이상의 무언가를 기대하는 듯했다. 나의 의식으로서는 알아낼 수 없는 어떤 일이 일어나고 있는 것 같았다. 나는 내가 할 수 있는 최선의 언어적 표현보다도 더 웅변적으로 하나의 무언극을 연기했다. 나는 무언극을 연기하면서도 그날 문 앞에 서 있던 사내를, 미스터리를 풀지 못하듯 헤아리지 못했다. 어쩌면 결국 그것은 너의 목소리 때문일지도 몰라. 나는 스스로에게 말했다. 네 목소리와 네 안에서 동지회에 대한 자신들의 믿음에 대한 산 증거를 찾아내려는 그들의 욕망 때문일지도 몰라. 나는 마음을 편히 갖기 위해 더 이상 그런 생각을 하지 않았다.

그러던 어느 날 밤, 새로운 강연을 위해 메모를 하다가 잠에 빠진 사이 본부에서 긴급회의를 소집하는 전화가 왔다. 나는 두려운 마음으로 집을 나섰다. 이게 바로 그거야. 나는 속으로 생각했다. 고발 내용 아니면 여자 문제이겠지. 한 여자에게 걸려 넘어지다니! 그들에게 뭐라고 말할까, 거부할 수 없을 만한 여자였으며 나도 인간이라고? 그게 책임과 무슨 상관인가? 동지회를 세우는 것과 무슨 상관이 있단 말인가.

일단 가 보는 수밖에 내가 달리 할 수 있는 일은 없었다. 나는 정해진 시간보다 늦게 도착했다. 방 안은 찌는 듯이 더웠다. 세 개의 작은 선풍기만이 무거운 공기를 순환시키고 있었다. 그리고 동지들은 반팔 소매 차림으로 흠집이 난 테이블을 둘러싸고 앉아 있었고 테이블 위의 얼음물 주전자에는 물방울이 맺혀서 반짝이고 있었다.

"동지들, 늦어서 죄송합니다." 나는 사과했다. "내일 강연과 관련해서 마지막 중요한 내용을 손보느라 늦었습니다."

"그렇다면 그 수고를 하지 않아도 될걸 그랬소. 그리고 위원회도 이처럼 시간 낭비할 필요가 없었고." 잭 동지가 말했다.

"무슨 말씀이신지요?" 나는 갑자기 흥분이 되어 물었다.

"잭 동지 말씀은 동지가 여성 문제에 더 이상 관여하지 않아도 된다는 것이오. 그건 끝났소." 토빗 동지가 말했다. 나는 공격에 대비한 대응 태세를 갖추었다. 하지만 대응도 하기 전에 잭 동지가 뜻하지 않은 질문을 던졌다.

"토드 클리프톤 동지는 어떻게 되었소?"

"토드 동지…… 글쎄요, 저도 그를 만난 지 여러 주나 됐습니다. 여기 중심가에서 너무 바쁘게 지냈거든요. 무슨 일인데요?"

"그가 행방불명이 됐소." 잭 동지가 말했다. "행방불명! 그러니 쓸데없는 질문으로 시간을 낭비하지 맙시다. 동지는 그 일 때문에 온 게 아니니까."

"그런데 그런 사실이 알려진 게 얼마나 됐죠?"

잭 동지가 테이블을 내리쳤다. "우리가 아는 것이라곤 그가 사라졌다는 것뿐이오. 우리 일에 집중합시다. 동지는 즉시 할렘으로 복귀하시오. 그곳이 지금 위기에 처했소. 토드 클리프톤 동지가 단지 행방불명이 된 것만이 아니라 임무를 수행하지도 못했소. 반면 설교자 라스와 그의 인종주의자 무리들은 이 기회를 살려서 자기들의 운동을 확대하고 있소. 동지는 그곳으로 돌아가서 우리의 힘을 되찾을 방법을 연구하시오. 필요한 만큼의 인력을 지원해 줄 것이오. 동지는 내일 연락받게 될 전략회의에 대비하여 우리에게 보고를 해 주시오. 그리고 제발." 그는 의사봉으로 강조하면서 말했다. "시간을 지키도록 하시오."

나는 내 문제가 하나도 언급되지 않자 안심이 된 나머지 행방불명에 관해 경찰에 신고했는지 여부를 성급하게 묻고 말았다. 모든 일이 잘못되고 있었다. 왜냐하면 클리프톤은 그냥 행방불명이 되기에는 너무도 책임감이 강했고 이곳에서 얻을 것도 많았던 사람이기 때문이다. 설교자 라스와 관계가 있는 것은 아닐까? 그럴 것 같지는 않았다. 할렘은 우리의 영향력이 가장 강력한 지역 중에 하나였으며, 한 달 전 내가 할렘을 떠나던 무렵만 해도 라스가 우리를 공격한다는 것은 비웃음거리밖에 안 되는 일로 여겨졌다. 만약 내가 위원회를 공격하지 않을 정도로 조심스러웠다면 클리프톤이나 할렘 회원들 모두와 더 가깝게 지낼 수 있었으리라. 이제 나는 깊은 잠에서 갑자기 깨어난 기분이 들었다.

20장

오랫동안 떠나 있다가 돌아오니 거리가 낯설어 보였다. 주택가의 리듬은 느려졌지만 어쩐지 더 빠른 것처럼 느껴졌다. 뜨거운 밤공기에 색다른 긴장감이 돌았다. 나는 여름의 군중 속을 헤치고 담당 구역 대신 배럴하우스가 운영하는 졸리 달러라는 술집으로 갔다. 그곳은 8번가에 위치한 어두운 동굴 모양의 식당 겸 술집이었는데 지금쯤이면 으레 나의 가장 가까운 측근 중 하나인 마세오 동지가 저녁 맥주를 마시고 있을 시간이었다.

창문을 통해 안을 들여다보니 작업복을 입은 사내들과 바에 기대어 서 있는 술 취한 여자들이 보였다. 바와 카운터 사이의 복도에는 검은색과 푸른색 체크무늬의 스포츠 셔츠를 입은 남자 둘이서 바비큐를 먹고 있었다. 뒤편에 있는 주크박스 주변에는 한 무리의 남녀가 모여 있었다. 그러나 들어가 보니 그들 속에 마세오 동지는 보이지 않았다. 나는 바 쪽으로 밀고 들어가 맥주를 한 잔 마시며 기다리기로 작정했다.

"안녕하세요, 동지들." 무심코 나는 전에 본 적이 있는 두 사내 옆에 앉으며 인사를 했다. 그런데 그들은 이상한 눈길로 나를 바라보더니 키가 큰 사내가 춰기 오른 표정으로 눈썹을 추켜올리며 함께 있는 사람을 돌아보았다.

"젠장." 키 큰 사내가 말했다.

"그러게 말이야. 저 친구가 자네 친척이라도 되나?"

"젠장, 절대 아니지!"

나는 고개를 돌려 그들을 바라보았고, 실내가 갑자기 흐려졌다.

"저 친구, 취한 게 틀림없어." 두 번째 사내가 말했다. "어쩌면 자네를 친척으로 착각했는지도 모르지."

"그렇다면 저 친구의 위스키가 빌어먹을 거짓말을 하는 거네. 내가 저 친구의 친척일 수야 있나, 설사 내가……. 이봐, 배럴하우스!"

나는 자리를 비켜서 바의 다른 편으로 옮겨 앉으며 불안한 마음으로 그들을 바라보았다. 그들은 취한 것 같지 않았고 나는 전혀 공격적인 말을 하지 않았다. 내가 누구란 걸 그들이 알고 있으리라고 나는 확신했다. 무슨 일일까? 동지회의 인사는 "악수나 합시다." 혹은 "잘 지내시오." 하는 인사만큼이나 익숙한 것이 아니던가.

나는 바의 다른 쪽 끝에서 배럴하우스가 걸어 나오는 모습을 지켜보았다. 그의 하얀 앞치마는 바짝 당겨진 끈 때문에 움푹움푹 들어갔으며, 그 때문에 그는 마치 중간에 홈이 파인 강철 맥주 통처럼 보였다. 그는 나를 보더니 미소를 지었다.

"아니, 우리 훌륭한 동지 아니오." 그가 손을 내밀면서 말했다. "동지, 그동안 어디서 지내셨소?"

"중심가에서 일했습니다." 나는 고마움을 느끼며 대답했다.

"좋아, 좋아." 배럴하우스가 말했다.

"영업은 잘되나요?"

"그런 말은 하고 싶지 않소, 동지. 경기가 안 좋소. 아주 안 좋아."

"안됐군요. 맥주 한 잔 주세요." 내가 말했다. "여기 신사 분들 먼저 드리고 나서요." 나는 거울 속으로 그들을 바라보며 말했다.

"그러지요." 배럴하우스가 잔을 가져다가 맥주를 따르며 말했다. "왜 이리 기분이 우울해, 이 친구야?" 그가 키 큰 사내에게 물었다.

"이봐, 배럴. 뭐 한 가지 물어보겠네." 키 큰 사내가 말했다. "저기 저 친구가 누구의 동지인지 말해 줄 수 있겠나? 여기 오자마자 사람들을 죄다 동지라고 부르고 있거든."

"저 친구는 나의 동지일세." 배럴은 긴 손가락 사이에 거품이 이는 잔을 든 채 대답했다. "그게 뭐 잘못됐나?"

"이보세요." 나는 바의 다른 편에서 말했다. "그건 우리들의 호칭 방식입니다. 동지라고 부르는 데는 전혀 악의가 없습니다. 죄송하지만 저를 잘못 이해하신 것 같네요."

"동지, 맥주 여기 있소." 배럴하우스가 말했다.

"그러면 배럴, 자네의 동지구먼? 응?"

배럴은 눈살을 찌푸리며 바 너머로 커다란 가슴을 밀착시키더니 갑자기 슬픈 표정을 지었다. "재미있나, 맥 애덤스?" 그가 우울하게 물었다. "맥주는 괜찮아?"

"물론이지." 맥 애덤스가 대답했다.

"시원한가?"

"물론, 그런데 배럴……."

"자네, 주크박스에 있는 재즈 음악 좋아하나?" 배럴하우스가 물었다.

"당연히 그렇지, 그런데……."

"우리 바의 멋지고 깨끗하고 사교적인 분위기가 맘에 들지 않나?"

"물론. 그렇지만 그건 지금 내가 말하고 있는 게 아니잖나." 그 사내가 말했다.

"아니지. 그렇지만 나는 바로 그걸 말하고 싶은 거야." 배럴하우스는 애석하다는 듯 말했다. "마음에 들면 그냥 즐기기만 하게. 공연히 다른 손님에게 시비 걸려고 하지 말고. 여기 이 사람은 자네가 따라오지 못할 만큼 우리 지역을 위해 많은 일을 했어."

"어떤 지역?" 맥 애덤스는 내게로 시선을 돌리며 말했다. "내가 듣기론 백인에게 미쳐서 떠났다는……."

"자넨 무슨 말이든 다 믿는다니까." 배럴하우스가 말했다. "저기 뒤에 남자 화장실에 가면 종이 휴지가 좀 있네. 가서 귀 좀 닦아."

"남의 귀는 신경 쓰지 마시지."

"이봐, 맥." 그의 친구가 말했다. "신경 쓰지 마. 저 사람이 사과하지 않았나?"

"내 귀를 신경 쓰지 말라고 했어." 맥 애덤스가 말했다. "가서 자네의 동지에게 말하게. 사람을 같은 패로 부를 땐 조심해야 한다고 말이야. 우리 같은 사람들은 저 친구의 정책 따위에는 관심도 없거든."

나는 두 사람을 번갈아 바라보았다. 나는 거리에서 싸움질이나 하는 단계는 넘어섰다고 스스로 생각하고 있었다. 내가 할렘으로 돌아와서 하지 말아야 할 최악의 일은 싸움에 말려드는 것이었다. 나는 맥 애덤스를 바라보았으며 다른 사내가 그를 바 저편으로 밀어내는 걸 보자 기뻤다.

"저 맥 애덤스는 자기만 옳다고 믿소." 배럴하우스가 말했다. "아무도 비위를 맞춰 줄 수 없는 친구야. 사실 솔직히 말하자면 요즘 저렇게 생각하는 사람도 많소."

나는 당황하여 머리를 가로저었다. 나는 저런 종류의 적대감을 받아 본 적이 없었다. "마세오 동지는 어떻게 된 거죠?" 내가 물었다.

"나도 모르겠소, 동지. 요즘 그다지 자주 들르지 않소. 이 동네의 분위기가 좀 바뀌고 있는 것 같소. 돈도 별로 돌지 않고."

"어디나 힘든 시기인걸요. 그나저나 그동안 무슨 일들이 있었죠, 배럴?" 내가 물었다.

"아, 동지도 돌아가는 걸 알잖소. 형편이 어려워지자 동지를 통해 일자리를 얻은 친구들이 실직하게 됐소. 그러면 어떻게 되는지 알잖소."

"우리 조직의 사람들을 말하는 겁니까?"

"그런 사람들이 꽤 많았소. 마세오 동지 같은 사람들 말이오."

"그런데 왜 그랬죠? 모두들 일을 잘하고 있었는데."

"모두들 그랬지. 동지들이 그들을 위해 싸워 줄 때까지는. 그런데 동지들이 손을 떼는 순간 그들은 거리로 쫓겨나기 시작했소."

나는 내 앞에 진지하게 서 있는 거대한 몸집의 그를 바라보았다. 동지회가 활동을 중단했다는 사실을 믿기 힘들었다. 그러나 이 사람은 거짓말을 할 리가 없다. "맥주 한 잔 더 주세요." 내가 말했다. 그때 누군가 뒤에서 그를 불렀다. 그는 내게 맥주를 주고 다른 자리로 갔다.

나는 잔을 다 비우기 전에 마세오 동지가 나타나 주길 바라며 천천히 맥주를 마셨다. 결국 그가 나타나지 않자 나는 배럴하우스에게 손을 흔들어 보이고는 내 구역으로 길을 나섰다. 어쩌면 타프 동지가 설명해 줄지도 몰라. 아니면 최소한 클리프톤에 대해서는 말해 주겠지.

나는 어두운 거리를 지나 7번가로 걸어갔으며 그곳에서 아래쪽을 향해 내려갔다. 상황이 심각해 보이기 시작했다. 걸어가는 동안 나는 동지회가 활동하고 있다는 어떠한 표시도 찾아볼 수 없었다. 뜨거운 골목길 인도 가장자리에서 성냥을 켜고 서성이는 한 쌍의 남녀를 보았다. 그들은 마치 잃어버린 동전이라도 찾는 듯이 무릎을 꿇고 있었으며 성냥이 그들의 얼굴 앞에서 희미하게 타올랐다. 그때 나는 어느새 이상하게도 낯이 익은 거리에 이르렀고 땀이 주르륵 흘러내렸다. 거의 메리 아주머니 집의 문간에까지 와 있었던 것이다. 나는 급히 몸을 돌려 그곳에서 벗어났다.

배럴하우스 덕분에 구역 사무실의 불이 꺼져 있을 수도 있다는 걸 대비는 했지만 사무실로 들어가 어둠 속에서 타프 동지를 불렀을 때 아무 대답도 없는 상황은 대비하지 못했다. 그가 잠을 자던 방에 들어가 보았지만 거기에도 없었다. 그러자 나는 어두운 복도를 지나 예전의 내 사무실로 들어가서 기진맥진한 채 책상 의자에 몸을 던졌다. 모든 것이 내게서 미끄러져 나가는 듯했으며 나는 그것을 통제할 만한 신속하고 효과적인 대응 수단을 찾을 수가 없었다. 나는 구역 위원 중 전화를 해서 클리프톤에 관련된 소식을 물어볼 만한 사람이 있나 떠올려 보려 했지만 또다시 벽에 부딪혔다. 만약 내가 내 민족이 싫어서 스스로 다른 구역으로 옮겨 달라고 요청했다고 믿는 사람을 선택하게 되면 차라리 문제를 더욱 꼬이게 만들 수 있기 때문이었다. 틀림없이 내가 돌아온 걸 싫어하는 사람들도 있을 것이다. 그들을 만날 땐 나에 반대하는 감정을 정리할 기회를 주지 말고 별안간에 만나는 것이 상책이다. 일단 내가 신뢰할 수 있는 타프 동지와 상의하는 것이 최선의 방법이다. 그가 돌아오면 돌아가는 상황에 대해 귀띔을 해 줄지도 모른다. 그리고 아마도 클리프톤에게 실제로 무슨 일이 생겼는지도 말해 줄 수 있겠지.

그러나 타프 동지는 오지 않았다. 나는 바깥으로 나가 커피 한 통을 사 들고 돌아왔다. 구역 사무실의 기록들을 꼼꼼히 살펴볼 작정이었다. 새벽 3시가 돼도 그가 돌아오지 않자 나는 그의 방에 들어가 방 안을 둘러보았다. 방 안은 텅 비었고 심지어 침대조차 보이지 않았다. 나 혼자만 남았다는 생각이 들었다. 내가 모르는 사이 많은 일들이 일어난 게 틀림없다. 회원들의 관심을 고갈시켰을 뿐 아니라 기록에 따르면 그들을 대거 쫓아내 버린 어떤 일이 있었던 것이다. 배럴하우스 말로는 조직이 투쟁을 중단했다는데, 내게는 그 사실이 타프 동지가 떠난 이유를 설명해 줄 유일한 열쇠였다. 물론 그가 클리프톤이나 다른 지도자들과 의견 충돌이 없었다면 말이다. 나는 다시 내 책상으로 돌아와서 그가 선물해 준 더글러스의 초상화가 사라진 사실을 깨달았다. 나는 주머니에 든 족쇄를 더듬어 보았다. 적어도 그것만큼은 항상 잊지 않고 지니고 다녔다. 나는 기록들을 옆으로 치웠다. 그들은 일이 이 지경이 된 이유를 내게 말해 주지 않았다. 전화기를 들어 클리프톤의 번호를 돌렸다. 신호가 계속 울리고 또 울렸다. 나는 결국 통화를 포기하고 의자에서 잠이 들었다. 전략 회의가 열릴 때까지는 모든 걸 기다려야 했다. 구역 사무실로 돌아온 건 마치 죽음의 도시로 돌아온 것과 다름없었다.

잠에서 깨어 보니 놀랍게도 상당수의 회원들이 거실에 모여 있었다. 위원회로부터 일을 어떻게 진행시키라는 지시를 받은 바가 없으므로 나는 그들을 팀으로 나누어 클리프톤 동지를 수색하도록 만들었다. 나는 어느 누구로부터도 확실한 정보를 얻어 내지 못했다. 클리프톤 동지는 사라지기 전까지는 일상적으로 이 구역에 모습을 나타냈었다. 그리고 위원회 멤버들과의 언쟁도 없었으며 그 어느 때보다도 인기가 좋았다. 설교자 라스와의 충돌도 없었다. 비록 지난 주에 라스가 점점 활발하게 활동하는 모습을 보이긴 했지만. 단원들을 잃고 영향력을 상실하게 된 것은, 기존의 운동 방식을 포기하도록 했던 새로운 프로그램 때문이었다. 놀랍게도 활동의 중점이 지역적인 문제에서 국가적이거나 국제적인 규모로 옮겨가 있었다. 따라서 일단은 할렘의 문제는 일차적인 중요성이 없는 것으로 여겨졌다.

나는 그 문제를 어떻게 다루어야 할지 몰랐다. 왜냐하면 시내 구역에서는 그런 프로그램상의 변화는 없었기 때문이다. 클리프톤에 대한 일은 곧 잊었다. 내가 해야 할 모든 일은 위원회로부터의 설명을 듣기에 따라 달라질 것이다. 나는 전략 회의에 참석하라는 연락을 불안한 마음으로 기다렸다.

그런 회의는 대개 오후 1시경에 열렸으며 충분한 시간적 여유를 두고 통보를 받아 왔다. 하지만 11시 30분이 되도록 아무런 연락이 없자 걱정이 되기 시작했다. 12시가 되자 불안한 고립감에 사로잡혔다. 무언가 만들어지고 있는 게 분명했다. 그런데 무엇을, 어떻게, 그리고 왜? 마침내 나는 본부에 전화했지만 아무 지도자와도 통화할 수 없었다. 이게 무슨 일인가? 그런 후 다른 구역의 지도자들에게도 전화를 해 보았으나 마찬가지였다. 회의가 열리고 있는 게 분명했다. 그런데 왜 나를 빼놓은 것인가? 레스트럼의 고발을 조사해 보고 그것이 옳다고 결정을 내린 걸까? 내가 시내 구역으로 간 이후 회원 수가 줄어든 것 같다. 어쩌면 여자 때문인가? 이유야 무엇이든 나를 회의에서 배제시킬 시기는 아니었다. 이 구역의 사정이 급박한 상태였기 때문이다. 나는 서둘러 본부로 갔다.

도착해 보니 예상한 대로 회의가 진행되고 있었다. 그리고 회의를 방해하지 말라는 지시가 내려져 있었다. 그들이 나를 잊어버린 게 분명했다. 나는 분노에 차 건물을 나왔다. 좋다. 나는 혼자 생각했다. 나를 부르기로 결정했을 때는 나를 찾아다녀야 할걸. 우선 자리를 옮기지 말았어야 했다. 그리고 이제 엉망이 된 상태를 정리하라고 보냈으면 가능한 한 빨리 나를 도와주어야 할 것 아닌가. 이제 더 이상 시내 지역을 돌아다니지 않으리라. 또한 그들이 할렘 위원회와 상의하지 않은 채 보낸 어떤 프로그램도 받아들이지 않으리라. 그리고 나는 무엇보다도 새 구두를 사야겠다고 생각하고는 5번가로 걸어갔다.

더운 날씨였으며 거리는 점심식사 후 마지못해 직장으로 돌아가는 인파로 가득했다. 나는 사람들과 부딪치지 않고, 여름옷을 입고 수다를 떨며 걸어가는 여자들 때문에 걷는 속도를 자꾸 바꿔야 하는 걸 피하기 위해 차도 쪽으로 바짝 붙어서 걸어갔다. 그리고 마침내 가죽 냄새가 나는, 냉방 시설이 된 구두 상점에 들어가며 안도의 한숨을 쉬었다.

이글거리는 더위 속을 걸어가는 동안 새로 산 여름 구두 덕분에 발이 가볍게 느껴졌다. 어린 시절, 여름 운동화를 신으려고 겨울 신발을 벗어던져 버리던 때의 기분과 동네 친구들과의 걷기 시합, 그때 맛본 가벼운 발의 느낌과 빠르고 떠다니는 것 같았던 기분을 떠올렸다. 너는 마지막 걷기 시합에 참여했으니 이제 부름을 받는 대로 즉시 구역 사무실로 돌아가는 것이 좋을걸, 하고 생각했다. 이제 나는 산뜻하고 가벼운 발걸음으로 서둘러 햇볕으로 그을린 얼굴들 사이를 뚫고 걸어갔다. 42번가의 군중을 피하기 위해 43번가에서 방향을 바꾸었다. 일이 끓어오르듯이 시작된 건 바로 그 장소에서였다.

산뜻한 복숭아와 배가 줄줄이 놓인, 과일을 파는 작은 수레가 길 가장자리 근처에 놓여 있었다. 노점상은 혈색이 좋았으며 주먹코에 이탈리아계의 밝고 검은 눈동자를 가지고 있었다. 그는 커다란, 흰색과 오렌지색이 들어간 파라솔 밑에서 나를 아는 듯 쳐다보고는 거리 너머의 건물을 따라 모여든 군중을 쳐다보았다. 저자가 왜 그러는 거지? 나는 길을 건너가 내게 등을 보이고 서 있는 사람들 무리를 지나쳐 갔다. 말끝이 짧고 흐린 목소리가 크게 들려왔는데 무슨 말인지 나는 알아들을 수 없었다. 그들의 무리를 거의 지나치던 순간 한 소년을 보았다. 마른 몸에 갈색 피부를 가진 소년이었는데 나는 즉시 그가 클리프톤과 가깝게 지내던 친구라는 걸 알아차렸다. 그는 자동차 지붕들 너머로 보이는 우체국 근처의 맞은편에서 키 큰 경관이 다가오는 모습을 주의 깊게 살피고 있었다. 어쩌면 이 소년이 무언가를 알지도 몰라. 그가 고개를 돌려 나를 보면서 당황한 듯 멈추어 서는 걸 보며 나는 생각했다.

"이봐, 거기." 그를 불렀다. 그가 군중을 향해 다시 몸을 돌리며 휘파람을 불었는데, 내게도 똑같이 해 보라는 소리인지 아니면 다른 사람에게 신호를 보내는 것인지 분간할 수가 없었다. 나는 몸을 돌려 그가 건물 옆 커다란 판지가 놓인 곳으로 가는 모습을 보았다. 그는 판지를 묶은 끈을 어깨에 메고는 나를 무시한 채 경관을 다시 한번 쳐다보았다. 어리둥절한 나는 군중들 속으로 들어가서 앞으로 밀치고 나갔다. 그때 발밑에 있는 네모난 종이 위에서 무언가 맹렬하게 움직이는 것이 보였다. 일종의 장난감이었다. 나는 군중들의 홀린 듯한 눈동자를 올려다본 후 다시 아래를 내려다보았다. 이번에는 자세히 들여다보았다. 처음 보는 물건이었다. 오렌지색과 검은색의 화장지와 둥근 모양의 얇고 편편한 종이판이 인형의 머리와 다리를 형성하고 있었다. 그리고 알 수 없는 장치가 느슨한 관절을 위아래로 움직이게 하고 어깨를 흔들거나 격앙된 몸짓을 하게 만들었는데, 그 춤은 검고 가면 같은 얼굴과는 동떨어져 보였다. 그것은 끈으로 잡아당겨 움직이는 인형이 아니었다. 그럼

뭐란 말인가? 나는 생각해 보았다. 인형은 사람들 앞에서 저속한 행동을 하는 사람처럼 지독한 반항심을 가지고 움직였으며 그 동작으로부터 변태적인 쾌감을 얻는 듯 춤을 추었다. 군중의 낄낄대는 소리 사이로 주름진 종이에서 획획 스치는 소리가 들렸으며, 그러는 동안에도 입을 다문 채 한 귀퉁이로 내는 듯한 목소리는 계속해서 떠벌이고 있었다.

흔들어! 흔들어!
신사 숙녀 여러분, 이 녀석은 샘보, 춤추는 인형입니다.
흔드세요, 목을 잡고 늘였다가 놔 보세요…….
나머지는 이 녀석이 합니다. 그렇습니다!

이 녀석이 웃게도 하고 한숨 쉬게도 할 겁니다. 한숨.
이 녀석이 춤추고 싶게 만들 겁니다. 그러면 춤을 추세요…….
신사 숙녀 여러분, 샘보가 여기 왔습니다.
춤추는 인형.
아이들에게 사다 주세요. 여자 친구에게도 사다 주면 사랑받을 겁니다. 사랑을요!
이 녀석이 당신을 즐겁게 해 줄 겁니다. 그리고 달콤한 눈물도 나게 해 줄 겁니다…….
눈물이 나게 웃겨 줄 겁니다.
이 녀석을 흔드세요, 흔들어 보세요. 절대 부서지지 않아요.
왜냐하면 이 녀석은 바로 샘보이니까요. 껑충거리며 뛰어다니는 샘보.

기쁨을 주는 샘보, 춤추는 종이 인형 샘보.

그게 모두 단돈 25센트, 1달러의 4분의 1입니다…….

신사 숙녀 여러분, 이 녀석이 기쁨을 가져다 드릴 겁니다. 오셔서 만나 보세요.

샘보를…….

나는 구역 사무실로 돌아가야 한다는 걸 알고 있었으나 생명도 없고 뼈도 없이 펄쩍거리는, 웃고 있는 인형에 사로잡혀 있었으며 함께 웃음을 터뜨리고 싶은 욕망과 양발로 짓밟아 버리고 싶은 욕망 사이에서 갈등을 느끼고 있었다. 그때 인형이 갑자기 무너져 앉았으며 나는 그 호객꾼의 발가락 끝이 인형의 발 부분을 형성하고 있는 둥그런 판지를 누르는 것을 보았다. 그가 커다랗고 검은 손을 밑으로 내려 손가락으로 능숙하게 인형의 머리를 들어 올리고는 위쪽으로 잡아당겼다. 두 배의 길이만큼 잡아당겼다가 내려놓자 인형은 다시 춤을 추기 시작했다. 그때 갑자기 목소리가 손하고 맞지 않았다. 마치 얕은 웅덩이를 건너가다가 바닥이 꺼지는 바람에 물이 머리 위까지 차오른 느낌이었다. 나는 위를 보았다.

"아니 당신은……." 나는 말을 걸었지만 그의 눈은 고의적으로 나를 피해 뒤편을 응시하고 있었다. 나는 그를 보자 온몸이 마비되는 듯했다. 나는 그것이 꿈이 아니라는 걸 알았으며 다시 그의 목소리가 들려왔다.

무엇이 이 녀석을 행복하게 할까요, 무엇이 이 녀석을 춤추게 할까요.

샘보, 샘보, 이 높이 뛰는 즐거운 녀석을.

신사 숙녀 여러분, 이 녀석은 그냥 장난감이 아닙니다. 이 녀석은 샘보입니다. 춤추는 인형, 20세기의 기적.

룸바 춤, 수지 큐 춤을 보세요. 이 녀석은 샘보 부기,

샘보 우기입니다. 밥을 줄 필요도 없어요. 가라앉아 잠을 자지요. 이 녀석이 여러분의 우울한 마음을 없애 줄 겁니다.

재산 박탈도 없애 줄 겁니다. 이 친구는 햇빛 같은 주인의 미소를 먹고 삽니다.

단돈 25센트, 인심 좋게 1달러의 4분의 1, 이 녀석이 나를 먹여 살리길 원하니.

이 녀석은 내가 먹는 걸 보면 좋아합니다.

자, 그냥 가져가서 흔들어 보세요……. 그러면 나머지는 이 녀석이 합니다.

감사합니다, 부인…….

그는 바로 클리프톤이었다. 무릎을 꿇은 채 능숙하게 앞뒤로 왔다 갔다 하고 발을 바꾸지도 않고 다리만 구부렸다 폈다 하며 움직였으며 오른쪽 어깨를 들어 올리고 팔로는 펄쩍펄쩍 뛰는 인형을 가리키면서 입 한 귀퉁이로 손님을 끌기 위해 계속 중얼거렸다.

휘파람 소리가 다시 들렸다. 그가 판지 상자를 든 망보는 아이를 힐끗 쳐다보았다.

"자, 이제 우리가 치우기 전에 귀여운 샘보 필요하신 분 더 없으세요? 신사 숙녀 여러분, 큰 소리로 말하세요. 이 귀여운

샘보를 원하시는 분……."

그리고 다시 휘파람 소리가 들렸다. "춤추고 뛰노는 샘보 원하시는 분 안 계세요? 신사 숙녀 여러분, 서두르세요, 서두르세요. 기쁨을 나눠 주는 샘보, 귀여운 샘보는 허가증이 없답니다. 기쁨에는 세금도 없습니다. 큰 소리로 말하세요. 신사 숙녀 여러분……."

한순간 우리의 눈이 마주쳤는데 그는 경멸에 찬 미소를 지어 보이더니 다시 떠들어 대기 시작했다. 나는 배신감을 느꼈다. 인형을 바라보면서 목구멍이 오그라드는 느낌이 들었다. 냉담한 가운데 분노가 끓어올랐다. 나는 비틀거리며 뒤꿈치로 물러섰다가 앞으로 몸을 웅크렸다. 하얀 섬광이 지나가고 무거운 빗물이 신문지를 치는 듯한 철썩거리는 소리가 들렸다. 그러자 인형이 뒤로 넘어지더니 주름진 종이가 축 늘어진 누더기 종이가 되어 무너져 내렸다. 그렇지만 증오스러운 머리는 뻗어 있는 목에서 들어 올려진 채 여전히 하늘을 보며 웃고 있었다. 군중은 성이 나서 나를 돌아보았다. 휘파람 소리가 다시 들렸다. 나는 키가 작고 항아리처럼 배가 나온 사내가 내려다보는 걸 보았다. 그리고 그는 다시 시선을 올리며 재미있다는 듯이 요란하게 웃음을 터뜨리며 나와 인형을 가리켰다. 사람들이 내게서 물러섰다. 나는 클리프톤이 건물에 바짝 붙어 서는 모습을 보았다. 그 옆에는 판지 상자를 든 친구가 서 있었고 일렬로 늘어선 인형들이 에너지가 변칙적으로 증가하여 저절로 펄쩍펄쩍 뛰어 대자 사람들은 미친 듯이 웃어 댔다.

"이봐, 이봐!" 내가 부르기 시작했으나 그는 인형 두 개를 집어 들고 앞으로 다가섰다. 망보던 아이도 가까이 와 있었다.

"녀석들이 떴군." 그는 다가오는 경관을 향해 끄덕이며 말하더니 인형들을 상자 속에 쓸어 담고 그 자리에서 일어섰다.

"신사 숙녀 여러분, 샘보를 따라 길모퉁이로 오세요." 클리프톤이 외쳤다. "멋진 쇼가 펼쳐질 겁니다……."

그건 너무나도 순식간에 일어난 일이어서 어느새 푸른색 물방울 무늬 옷을 입은 할머니와 나만 남겨져 있었다. 그녀는 나를 바라보고 다시 인도 쪽을 보며 미소를 지었다. 인형 하나가 눈에 띄었다. 할머니는 여전히 미소를 짓고 있었다. 내가 인형을 뭉개 버리려고 발을 드는 순간 그녀가 소리를 질렀다. "아악, 안 돼!" 경관 한 명이 바로 맞은편에 있었다. 나는 손을 뻗어 그것을 주웠고 똑같은 동작으로 그곳에서 발걸음을 옮겼다. 나는 인형을 주의 깊게 살펴보았다. 이상하게도 손에 무게감이 전혀 느껴지지 않았는데 나는 은근한 기대감을 가지고 생명의 맥박을 느껴 보려고 했다. 그것은 역시 종이를 구겨 만든 물건에 불과했다. 나는 그것을 타프 동지의 쇠사슬이 담긴 주머니에 넣고 멀어져 가는 군중을 쫓아갔다.

그러나 나는 클리프톤과 다시 마주칠 수 없었다. 나는 그를 보고 싶지도 않았다. 어쩌면 이성을 잃고 그에게 달려들지도 모르는 일이었다. 나는 경관들 앞을 지나 다른 방향, 즉 6번가를 향해 걸어갔다. 이런 식으로 그를 찾다니! 클리프톤에게 대체 무슨 일이 있었던 걸까? 이것은 너무나 잘못됐고 예상치 못한 일이었다. 도대체 어떻게 그가 이렇게 짧은 시간 안에 동지회에서 떨어져 나와 이런 상태까지 될 수 있었을까? 그가 어쩔 수 없이 탈퇴해야 했더라도 왜 전체 조직을 자신과 함께 이 지경으로 끌고 가려고 했을까? 그를 아는 비회원들은 뭐라고 말할 텐가? 이것은 마치 그가 스스로 — 라스와 싸웠던 밤을 그가 어떻게 표현했던가? — 역사의 바깥으로 추락하길 선택한 것 같았다. 나는 인도 한가운데 서서 생각에 잠겼다. 그는 "추락하기"라고 말했었지. 그러나 그도 오직 동지회 안에서만이 우리가 스스로를 알릴 수 있으며 공허한 샘보 인형이 되는 것을 피할 수 있다는 사실을 알고 있었다. 인간의 모습을 하고 그처럼 저속하게 날뛰는 물건이 되는 것을 피할 수 있음을! 세상에! 그런데 나는 회의에 참석하지 못한 것을 걱정하고 있었다니! 그런 일이라면 천 번도 더 넘어갈 수 있으리라. 내가 참석하지 못한 이유에 관계없이 말이다. 그 일은 잊어버리고 혼신을 다해 동지회에 충성하리라. 동지회에서 이탈하는 것은 곧 추락하는 것과 같을 테니……. 추락! 그런데 이 인형들, 이걸 어디서 구한 걸까? 25센트를 벌기 위해 그는 왜 이런 일을 선택한 걸까? 사과를 팔든가 악보를 팔 수도 있고, 아니면 구두를 닦아도 되지 않나?

나는 목적지도 없이 지하도를 지나 42번가 모퉁이까지 계속 걸으면서 마음속으로 어떤 의미를 찾아보려고 애를 썼다. 모퉁이를 돌아서 복잡한 인도를 걷다가 햇빛 아래로 접어들었는데 사람들은 도로변에 줄지어 서서 손으로 햇빛을 가리고 있었다. 신호등에 따라 차들이 움직였으며 길 건너편으로는 몇몇 보행자들이 그 블록의 중심 쪽을 뒤돌아보고 있었다. 그곳에는 브라이언트 공원의 나무들이 두 사내들 위로 우뚝 솟아 있었다. 나는 한 떼의 비둘기들이 나무에서 휘돌아 오르는 모습을 보았다. 그 모든 일이 바로 새들이 한 번 휘도는 짧은 순간에 일어난 것이다. 자동차들의 소음 속에서 너무도 빠르게 말이다.

그러나 그것은 마치 음향을 죽인 상태로 느린 화면으로 돌아가는 영화처럼 내 마음속에 펼쳐지는 듯했다.

처음에 나는 그것이 경관과 구두닦이 소년인 줄 알았다. 차들이 잠깐 뜸한 사이에 햇빛으로 이글거리는 전차의 레일 너머로 클리프톤이 보였다. 그의 파트너는 이제 보이지 않았으며 클리프톤은 왼쪽 어깨에 박스를 메고 있었다. 그때 경관이 뒤에서 천천히 그의 한편으로 따라가고 있었다. 그들은 신문 가판대를 지나 내 쪽으로 걸어오고 있었다. 나는 아스팔트 위의 레일과 도로변에 있는 소방전, 그리고 날아가는 새들을 바라보면서 생각했다. 따라가서 그의 벌금을 내 줘야 해……. 그때 경관이 그를 밀어붙이며 앞으로 몰아세웠다. 클리프톤은 자신의 다리로 박스가 휘도는 걸 막으려고 애쓰면서 뒤에다 대고 뭐라고 떠들어 대면서 계속 앞으로 걸어갔다. 그때 비둘기 한 마리가 거리로 내려왔다가 다시 올라갔는데 깃털 하나가 어질어질한 햇살을 뒤로 받으며 하얗게 떠다녔다.

나는 검은 셔츠를 입은 경관이 힘 있게 앞으로 걸어 나가며 클리프톤을 다시 한번 미는 광경을 보았다. 경관이 팔을 쭉 뻗어서 밀자 그는 머리가 앞으로 꺾이며 비틀거리다가 바로 섰고 다시 뒤에 대고 뭐라고 떠들어 댔다. 두 사람은 내가 전에 여러 번 보았던 행진을 하듯 움직였으나 클리프톤 같은 사람을 따라 걷는 모습은 본 적이 없었다. 경관이 큰 소리로 명령을 하며 앞으로 뛰쳐나가는 모습이 보였다. 경관은 팔을 내뻗었으나 클리프톤이 댄서처럼 갑자기 발끝으로 빙그르 돌며 그 자세로 균형을 잃고 비틀거렸다. 클리프톤은 오른팔을 획 들어 올리며 짧게 굽이치는 원을 그린 뒤에 몸을 앞으로 수그렸다가 옆으로 기울이며 박스의 끈을 풀었다. 오른발을 앞으로 내미는 동시에 왼팔로 허공을 가르며 올려치자 경관의 모자가 길바닥으로 날아갔으며, 양발이 공중에 뜨면서 쓰러져 바닥에 나뒹굴었다. 클리프톤은 박스를 길 옆으로 차 내고는 왼발을 앞으로 내밀고 양손을 높이 치켜든 채 몸을 웅크리고 기다렸다. 자동차 불빛 사이로 경관이 마치 술 취한 사람처럼 팔꿈치로 몸을 받치고 머리를 들어 보려고 애쓰면서 좌우로 흔들다 다시 앞으로 숙이는 모습이 보였다. 그때 둔탁하고 요란한 자동차들의 소음과 땅 밑에서 진동하며 지나가는 지하철 소리 사이로 갑작스러운 총소리가 들려왔다. 나는 마치 총소리에 놀란 듯 수직으로 하강하는 비둘기를 보았다. 경관은 이제 똑바로 일어나 앉아 있었으며 클리프톤을 뚫어지게 노려보며 무릎을 짚고 일어났다. 비둘기들은 나무들 사이로 쏜살같이 수직으로 날아 들어갔다. 클리프톤은 여전히 경관을 마주 보고 있다가 갑자기 고꾸라졌다.

그는 마치 기도를 올리려는 사람처럼 무릎을 꿇으며 쓰러졌다. 그때 챙을 접어 젖힌 모자를 쓴 거구의 사내 하나가 신문 가판대 주변에서 뛰쳐나와 소리를 지르기 시작했다. 나는 움직일 수 없었다. 태양이 바로 내 머리 위에서 비명을 지르는 것 같았다. 누군가 소리를 질렀다. 몇몇 사람들이 거리로 뛰쳐나왔다. 경관은 이제 일어서 있었으며 손에 총을 든 채 자신도 놀란 듯 클리프톤을 내려다보고 있었다. 나는 앞으로 몇 발 걸어 나갔다. 나는 볼 수도, 생각할 수도 없었지만 그 장면은 마음속에 생생하게 새겨졌다. 길을 건너 갓돌에 한 발을 올린 나는 그 자리에 그대로 옆으로 쓰러져 있는 클리프톤을 가까이

서 바라보았다. 젖은 자국이 그의 셔츠를 점점 크게 물들여 갔다. 나는 더 이상 발을 디딜 수가 없었다. 자동차들이 바로 뒤로 지나다녔으나 발을 올려 인도로 올라갈 수 없었다. 나는 발 하나는 차도에, 다른 하나는 인도에 올려놓은 채 요란하게 울리는 호각 소리를 들으며 서 있었다. 그리고 도서관 쪽을 바라보니 두 명의 경관이 뚱뚱한 배를 흔들며 달려오고 있었다. 나는 클리프톤을 다시 바라보았다. 경관은 총을 흔들며 변성기 소년 같은 목소리로 내게 떨어지라고 했다.

"저쪽으로 가 있게." 그는 말했다. 그는 내가 바로 43번가에서 불과 몇 분 전에 지나쳤던 경관이었다. 나는 입안이 말랐다.

"이 사람은 제 친구입니다. 돕고 싶은데……." 나는 마침내 인도로 올라서며 말했다.

"이자는 도움이 필요 없네, 젊은 친구. 길 건너로 가 있게!"

경관의 얼굴 양쪽으로 머리카락이 흐트러져 있었으며 제복은 더럽혀져 있었다. 나는 아무런 감정 없이 그를 바라보았으며 사람들의 발소리가 가까이 들려오자 망설이기 시작했다. 모든 것이 느린 동작으로 움직이는 듯했다. 인도 위에 천천히 피가 고이기 시작했다. 나는 시야가 흐려졌고, 고개를 들었다. 경찰이 의심스러운 듯 나를 바라보았다. 공원 위쪽에서 격렬한 날갯짓 소리가 들렸다. 목 뒤로 시선이 집중되는 것이 느껴졌다. 나는 돌아섰다. 둥그런 머리에 사과 같은 뺨, 그리고 주근깨가 잔뜩 난 코와 슬라브족의 눈을 지닌 소년이 위쪽 공원의 담장 너머에서 내려다보고 있었다. 내가 돌아서는 모습을 보자 그는 뒤에 있는 누군가에게 날카롭게 소리쳤다. 그의 얼굴은 환희의 기쁨으로 빛났다. 저게 무슨 뜻일까? 돌아보고 싶지 않은 광경을 향해 돌아서면서 나는 생각했다.

이제 경관은 세 명이 되어 있었으며 한 명은 군중을 막아서고, 다른 경관들은 클리프톤을 살펴보고 있었다. 처음에 있던 경찰이 모자를 주워서 다시 썼다.

"이봐, 젊은 친구." 그는 아주 명확하게 말했다. "난 오늘 충분히 고생했으니까 제발 길 건너편으로 가 줄 수 없겠나?"

나는 입을 열었으나 말이 안 나왔다. 경관 하나가 무릎을 구부리고 클리프톤을 살펴보더니 메모지에 무언가를 적었다.

"저는 이 사람 친구입니다." 내가 말하자 메모를 하던 경관이 올려다보았다.

"이자는 이제 참새구이 꼴이네, 친구." 그가 말했다. "이제 자네는 친구가 없어진 거야."

나는 그를 바라보았다.

"이봐, 믹키." 우리 위에 있던 소년이 소리쳤다. "저 사람 죽었어."

나는 아래를 내려다보았다. "맞아." 무릎을 구부리고 있던 경관이 말했다. "자네 이름은 뭔가?"

나는 그에게 대답했다. 나는 호송차가 올 때까지 클리프톤에 대한 경찰의 질문에 최선을 다해 대답해 주었다. 호송차가 그렇게 빨리 온 건 처음 있는 일이었다. 나는 그들이 클리프톤을 차 안으로 옮기고 그 옆에 인형 상자를 싣는 모습을 멍하니 바라보았다. 길 건너편에는 여전히 사람들이 모여 있었다. 호송차가 사라지자 나는 지하도를 향해 걷기 시작했다.

"여보세요, 선생님." 소년의 목소리가 날카롭게 들려왔다. "친구 분이 싸움을 제대로 하시던데요. 퍽, 꽝! 원투에 경찰이 쓰러졌어요!"

나는 마지막 찬사를 들으며 고개를 숙였다. 그리고 그곳을 벗어나 햇빛 아래로 걸어가며 그 일을 마음속에서 지워 버리려고 애썼다.

지하철 계단으로 막연히 걸어 내려가는데 눈에는 아무것도 보이지 않았고 마음은 계속 가라앉았다. 역 안은 시원했다. 나는 기둥에 기대어 선 채 다른 편에서 지나쳐 가는 기차들의 요란한 굉음을 들었고 그와 함께 강하게 밀어닥치는 바람을 느꼈다. 왜 일부러 역사의 바깥으로 뛰쳐나가 그 저속한 물건을 팔고 다녀야 했을까? 내 마음은 여전히 멍한 상태였다. 왜 그는 스스로 무장 해제를 했을까? 왜 자신의 목소리를 포기하고 자신을 실현시킬 기회를 주는 유일한 조직을 떠난 걸까? 플랫폼 바닥이 울리자 나는 아래를 내려다보았다. 종이 조각들이 지나치는 바람에 휘돌아 올랐다가 기차가 지나가자 순식간에 내려앉았다. 왜 그는 등을 돌렸을까? 왜 그는 플랫폼에서 벗어나 기차 밑으로 뛰어들었을까? 왜 그는 아무것도 없는 곳을 향해 뛰어들었을까? 역사의 바깥으로 뛰쳐나가 그 얼굴 없는 얼굴, 소리 없는 소리, 그 텅 빈 세계로? 나는 정확히 기억나지는 않지만 책에서 읽었던 말들을 통해서 한 발 거리를 두고 그것을 보려고 해 보았다. 역사란 인간의 삶의 패턴을 기록하기 때문에 이렇게 묻는다. 누가 누구와 잤으며 그 결과는 무엇인가? 누가 싸워서 누가 이겼으며 그 이후에 누가 살아서 거짓말을 했는가? 모든 것은 정확히 기록된다고 역사는 말한다. 말하자면 모든 중요한 것들 말이다. 그렇지만 꼭 그런 건 아니었다.

사실 알려진 것, 보여진 것, 듣게 된 것, 그리고 기록자가 적어 놓을 만큼 중요하다고 생각하는 사건들만이 기록된다. 그것들은 지배자들이 권력을 유지하기 위해 사용하는 거짓말들이다. 하지만 경관은 클리프톤의 역사가이자, 판사이자, 증인이자, 그의 집행인일 수도 있다. 그 장면을 목격한 사람들 중 유일하게 나만이 그의 형제였다. 그리고 난 변호인 측의 유일한 증인이지만 그의 유죄 여부나 범죄의 성질에 대하여 아는 바가 없다. 오늘의 역사가들은 다 어디 갔나? 그들은 이 사건을 어떻게 기록할까?

나는 기차가 푸른 불꽃을 일으키면서 들어오고 나가는 그곳에 서 있었다. 역사가들은 덧없이 지나쳐 가는 우리의 존재에 대하여 생각해 본 적이나 있을까? 동지회를 알기 전의 나와 같은 사람들을 말이다. 말하자면 학문적으로 분류하기에는 너무나 애매하고 소리에 가장 민감한 전문가조차도 듣지 못할 만큼 조용한 철새 같은 존재. 그리고 너무나도 모호해서 가장 모호한 말로도 묘사할 수 없을 정도이며 역사적으로 중요한 결정이 내려지는 중심부에서 너무도 멀리 떨어져 있어서 사인은커녕 역사적인 서류에 사인을 한 사람에게 박수조차 보낼 수 없는 위치에 있는 존재들 말이다. 소설도, 역사도, 그리고 그 어떤 저술도 남기지 못하는 우리들. 우리는 어떻게 생각될까? 나는 클리프톤을 다시 마음속에 그려 보며 생각했다. 그리고 터널에서 차가운 바람이 훽 불어오는 걸 느끼며 벤치에 가서 앉았다.

한 무리의 사람들이 플랫폼으로 내려왔으며 그중에는 흑인들도 있었다. 그래, 남부에서 마치 인형 상자 속의 스프링에서 제멋대로 튀어나오듯 이 복잡한 도시로 뛰어든 우리들은 어떻게 생각될까? 너무나 갑작스럽게 튀어나와서 마치 잠수병을 앓는 심해 다이버들처럼 걸음걸이가 변해 버린 우리들 말이다. 또 플랫폼에서 말없이 꼼짝 않고 기다리고 있는 저 사람들은 어떤가? 너무나 말없이 꼼짝 않고 서 있는 그들은 움직이지 않는 속성 때문에 군중과 부딪힌다. 그들은 깊은 침묵 속에서 요란하게 서 있으며 침묵 속에서 공포의 외침과 같은 불쾌한 소리를 내고 있다.

플랫폼을 따라 걸어오는 저 세 명의 젊은 녀석들은 어떻게 생각될까? 키가 크고 마른 몸에 여름에 입긴 너무 더운 양복을 잘 다려 입고, 옷깃은 목까지 높게 바짝 세운 채 어깨를 흔들며 걷는 저들. 뻣뻣하게 핀 머리에 지나치게 격식을 차리고 검은색의 싸구려 모자를 똑같이 머리끝에 쓴 저 녀석들 말이다. 아무래도 저런 모습은 처음 보는 것 같았다. 그들은 어깨를 요란하게 들썩거리며 천천히 걸었으며, 다리는 풍선처럼 위로 부풀어 올라간 바지 안의 엉덩이에서부터 발목에 딱 들어맞는 바지 단까지 흔들리고 있었다. 그들이 입은 외투는 길고 폭이 좁았으며 보통의 서양 남자들의 옷이라고 하기에는 어깨가 지나치게 넓었다. 이 친구들의 몸은 마치, 예전에 어느 선생님이 뭐라고 했더라? "자네는 이 아프리카 동상들과 비슷하네. 디자인을 위해 스스로 왜곡되어진." 글쎄, 그게 무슨 디자인이며 누구의 디자인인가?

나는 그들이 마치 장례식장에 나타난 댄서들처럼 움직이는 모습을 노려보았다. 그들은 몸을 들썩거리며 걸었으며 검은 얼굴을 가린 채 천천히 지하철 플랫폼으로 내려갔다. 육중한 굽을 붙인 구두는 걸을 때마다 율동적으로 딱딱거리는 소리를 냈다. 모두들 그들을 보았을 것이다. 아니면 그들이 소리 없이 히죽거리는 소리를 들었거나 머리에 잔뜩 찍어 바른 포마드 냄새를 맡았을 것이다. 어쩌면 그런 녀석들을 전혀 보지 못한 사람도 있을 것이다. 왜냐하면 그들은 역사적인 시간의 공간 바깥에 존재하기 때문이다. 그들은 손 닿지 않는 곳에 존재하며 동지회를 믿지 않는다. 의심할 바 없이 동지회에 대하여 들어본 적도 없을 것이다. 어쩌면 클리프톤처럼 동지회의 신비를 신비스럽게도 거부하는 것인지 모른다. 움직이지 않는 얼굴을 가진 변혁기의 사내들은 말이다.

나는 일어나서 그들의 뒤를 따랐다. 그들은 플랫폼을 따라서 있는, 쇼핑백을 든 여자들과 밀짚모자에 청백색 줄무늬 린넨 양복을 입은 성미 급한 남자들을 지나쳐 갔다. 나도 모르게 갑자기 이런 생각이 떠올랐다. 이들은 다른 사람들을 땅에 묻으려고 온 것인가 아니면 스스로 묻히기 위해 온 것인가? 생명을 주려고 온 것인가 아니면 받으려고 온 것인가? 다른 사람들도 이들을 볼까? 이들에 대한 생각을 할까? 여기 말해도 될 만큼 가깝게 서 있는 사람들조차도? 만약 그들이 말을 한다면 전통적인 양복을 입은 성급한 사업가들이나 전리품을 손에 든 지친 가정주부들이 이해할 수 있을까? 그들이 무슨 말을 할 것인가? 그들은, 꿈은 옛날 방식으로 꾸더라도 지역적인 표현들로 가득한, 요즘 유행하는 새로운 말로 떠들고 새로운 방식으로 생각할 테니 말이다. 그들은 동지회를 모르는 한, 이 시대의 바깥에 존재할 뿐이다. 시대의 바깥에 존재한다는 뜻은 머지않아 사라지고 잊혀진다는 말이다……. 그렇지만 누가 알겠는가.(나는 몸이 너무나 격렬하게 떨려서 쓰레기통에 몸을 기대야 했다.) 누가 알겠는가. 그들이 구원자요, 진정한 지도자요, 소중한 것을 품은 자들인 걸. 불편하고 견디기 힘든 일을 담당하는 심부름꾼일 수도 있다. 그러나 그들은 스스로 그런 역할을 싫어한다. 그들은 역사의 바깥에서 살고 있기에 아무도 그들의 가치를 인정해 주지 않고 그들 스스로도 자신의 가치를 이해하지 못한다. 만약 책 동지가 틀린 거라면 어떡하나? 만약 역사가 실험실의 연구자가 아닌 도박꾼에 불과하다면, 그리고 저들이야말로 숨겨 놓은 으뜸패라면 어떡하나? 만약 역사란 이성적인 시민이 아닌 편집증에 걸린 교활한 미치광이라고 한다면, 그리고 저들이 역사를 깜짝 놀라게 하는 대행자라면 어떡하나! 역사 자체의 복수인가? 저들이 춤추는 종이인형 샘보와 함께 어둠 속, 바깥 세계에 존재했기 때문에, 그리고 램보와 더불어 추락한 나의 동지 토드 클리프톤(토드, 토드)*을 역사를 지배하는 위치에 서게 한 것이 아니라 역사의 힘을 피해 달아나게 만들었기 때문이다.

지하철이 왔다. 나는 그들을 따라 전철에 올랐다. 빈자리는 많았으며 셋은 함께 나란히 앉았다. 나는 가운데 기둥을 붙들고 서서 그 칸의 끝까지 둘러보았다. 한편에는 검은 복장의 백인 수녀가 묵주를 돌리며 기도하고 있었다. 복도 건너편의 출입문 앞에는 흰색 복장의 수녀가 서 있었으며, 흑인이고 검은 맨발이 드러나 있는 것만 빼면 다른 수녀와 매우 흡사한 모습이었다. 두 수녀는 모두 상대방을 쳐다보지 않은 채 자신들의 십자

---

* 토드는 죽음을 의미한다.

가만 보고 있었다. 그때 갑자기 나는 웃음이 나왔다. 오래전 골든데이에서 들었던 노래 하나가 마음속에 떠올랐기 때문이다.

> 빵과 포도주,
> 빵과 포도주,
> 너의 십자가는 내 것만큼
> 무겁지 않아…….

두 수녀는 머리를 숙인 채 전철을 타고 갔다.

나는 사내 녀석들을 쳐다보았다. 그들은 걸을 때만큼이나 딱딱한 자세로 앉아 있었다. 가끔씩 한 녀석은 창문을 통해 자신의 모습을 비쳐 보았으며 모자챙을 휙 올려 썼으며 다른 친구들은 그의 모습을 말없이 바라보았다. 그들은 서로 빈정대듯 눈짓으로 이야기하더니 다시 앞을 똑바로 바라보았다. 나는 빠르게 달리는 전철 안에서 비틀거리며 서 있었고 머리 위의 선풍기들이 내게 뜨거운 공기를 내려 보냈다.

이 녀석들과 비교할 때 나는 누구인가? 나는 곰곰이 생각했다. 어쩌면 더글러스와 마찬가지로 그냥 사고일 수도 있다. 어쩌면 백 년에 한 번, 이들이나 나 같은 사람이 사회에 나타나 떠돌아다닐지도 모른다. 그러나 역사적인 논리로 볼 때 나는, 아니 우리는 19세기 초반에 사라지고 지금은 존재하지 않는 것이 합당하다. 아마도 나 역시 그들처럼 격세 유전된 존재일지 모른다. 이미 수백 년 전에 죽은, 먼 곳에서 온 작은 운석이 빛 덕분에 아직까지 살아 있는 것처럼 말이다. 그런데 그 빛은 너무나도 빠른 속도로 공간을 날아서 자신의 모체가 납덩이가 된 사실도 모른다……. 모두 어리석은 생각들이다. 나는 그 녀석들을 바라보았다. 한 녀석이 다른 친구의 무릎을 두드리자 안주머니에서 둘둘만 잡지 세 권을 꺼내더니 한 권은 자신이 갖고 나머지 두 권은 나눠 주었다. 다른 녀석들은 말없이 잡지를 받아 흠뻑 빠져서 읽기 시작했다. 한 녀석은 잡지를 얼굴 높이만큼 들고 읽었다. 그 순간 나는 선명한 장면이 떠올랐다. 반짝이는 레일과 소화전, 쓰러진 경찰, 하강하는 새들, 그리고 땅바닥에 고꾸라진 클리프톤. 그때 만화책 표지가 보였다. 저 친구들에 대해 클리프톤이 나보다 더 잘 알 거라는 생각이 들었다. 그는 언제나 이런 친구들을 알고 지냈다. 나는 그들이 기차에서 내릴 때까지 유심히 바라보았다. 그들은 어깨를 흔들며 무거운 뒷굽을 딸깍거렸고 그것은 기차가 멈춘 잠깐의 정적 속에 남겨지는 신비스러운 메시지 같았다.

나는 지하철에서 나와 햇빛 속을 힘없이 걸었다. 마치 무거운 돌덩어리라도 들고 가는 것처럼 어깨가 태산같이 무거웠다. 새 신발 때문에 발이 아팠다. 이제 125번가에서 군중 속을 걸어가며 다른 사내들도 아까 그 녀석들처럼 옷을 입고, 여자들은 짙은 색의 눈에 띄는 스타킹에 초현실적으로 변형시킨 도시풍의 옷을 입고 있다는 사실을 깨닫자 고통스러웠다. 그들은 항상 그곳에 있었으나 나는 어쩐 일인지 그들을 보지 못했다. 내가 가장 성공적으로 활동하던 때조차도 그들을 보지 못했다. 그들은 역사의 도랑 바깥에 존재했다. 그리고 그들을, 그들 모두를 역사 안으로 끌어들이는 것이 나의 일이었다. 나는 그들의 얼굴 생김새를 자세히 살펴보았다. 내가 남부에서 알았던 사람들과 다른 점은 거의 찾아볼 수 없었다. 잊었던 이름들이, 마치 잊었던 장면들이 꿈속에 나타나듯 머릿속에서 울려 퍼졌다. 나는 군중과 함께 움직였으며 몸에는 땀이 비 오듯 했다. 자동차들의 요란한 소리가 들렸으며 음반 가게의 스피커에서는 느릿느릿한 블루스 음악이 점점 더 큰 소리로 흘러나왔다. 나는 걸음을 멈췄다. 기록으로 남는 건 이것이 전부일까? 이것만이 이 시대의 유일한, 진정한 역사란 말인가? 트럼펫, 트롬본, 색소폰, 드럼, 그리고 과장되고 부적절한 가사의 노래가 요란하게 울려 퍼지는 이런 풍조가?

마음이 걷잡을 수 없이 흘러갔다. 마치 한 블록의 짧은 거리를 걷는 동안 내가 알았던 모든 사람들을 지나쳐야 했던 것 같았으나 그 누구도 내게 웃음을 보이거나 이름을 불러 줄 것 같지 않았다. 내게 두 눈을 고정시키는 사람은 아무도 없었다. 나는 극도의 소외감을 느끼며 걸었다. 길모퉁이쯤에 이르렀을 때 두 명의 소년이 손에 캔디를 잔뜩 들고 잡화점에서 뛰쳐나와 길에 줄줄이 떨어뜨리며 도망쳤고 바로 뒤로 한 사내가 뒤쫓았다. 그들은 몸을 위아래로 흔들며 내 쪽으로 지나쳐 갔다. 나는 뒤쫓는 사내의 발을 걸어 넘어뜨리려는 충동을 억눌렀으나 멀리 서 있던 한 할머니가 다리를 내밀고 무거운 핸드백을 휘두르는 모습을 보자 더욱 혼란스러워졌다. 뒤쫓던 사내는 길에 미끄러지며 넘어졌고 그녀는 의기양양하게 머리를 가로저었다. 죄책감이 나를 짓눌렀다. 나는 인도 끄트머리에 서서 경찰이 와서 해산시킬 때까지 사람들이 그 사내를 공격할 듯 위협하는 모습을 보고 있었다. 비록 아무도 그 일에 대해 특별히 할 수 있는 일이 없다는 걸 알았지만 나는 왠지 책임감을 느꼈다. 우리가 해 온 일은 너무나 적었으며 어떠한 큰 변화도 이루어 내지 못했다. 그리고 그것은 모두 나의 잘못이다. 나는 조직의 운동에 너무나도 매료되었던 나머지 그것이 초래하는 결과에 대하여 생각해 보지 못했다. 나는 잠이 든 채 꿈을 꾸었던 것이다.

21장

구역 사무실에 돌아오니 젊은 회원들 몇몇이 농담을 주고받다가 멈추고 나를 반겼다. 그러나 나는 클리프톤의 소식을 전할 수가 없었다. 나는 고개만 한 번 끄덕이고 곧바로 사무실로 들어가 사람들의 목소리를 뒤로한 채 문을 닫고 앉아 창밖의 나무들을 물끄러미 바라보았다. 한때는 싱싱하고 푸릇푸릇했던 나무들이 이제는 칙칙하게 말라 버렸다. 그리고 아래쪽 어딘가에서 빨랫줄을 파는 행상이 종을 흔들며 외치는 소리가 들려왔다. 그 순간 잊으려고 애쓰던 장면이 다시 떠올랐다. 그것은 죽음의 광경이 아닌 인형들의 모습이었다. 나는 왜 이성을 잃고 인형 위에다 침을 뱉었던가? 나는 곰곰이 생각해 보았다. 클리프톤은 나를 보며 무슨 생각을 했을까? 그는 손님을 끌기 위해 떠벌이면서도 속으로는 나를 경멸했을 것이다. 그런데 그냥 나를 무시해 버렸다. 그렇다. 그리고 그는 내 정치적인 우둔함을 보며 비웃었을 것이다. 나는 인형의 의미와, 그 사람, 그리고 저속한 사상을 비판하는 대신 사적인 감정을 내세워 행동하고 분노했다. 그 기회를 군중을 교육시키는 기회로 삼았어야 했는데 말이다. 우리는 교육의 기회가 있을 때마다 놓치지 않았었다. 그런데 이번에는 그만 놓쳐 버린 것이다. 내가 한 짓은 사람들을 더 크게 웃게만 했을 뿐……. 나는 사회적인 퇴보를 방조했다……. 이제 다른 광경이 떠올랐다. 그가 햇빛 아래 누워 있고, 하늘에 광고 문구를 쓰는 비행기가 날아가며 남긴 한 줄기 연기가 허공에 떠 있는 광경이 보였다. 내 옆에서는 짙은 초록색 옷을 입은 몸집 큰 여성이 "와! 와!" 하며 감탄했다…….

나는 몸을 돌려 지도를 향해 앉으면서 주머니에서 인형을 꺼내 책상 위에 던져 놓았다. 뱃속이 끓어올랐다. 이런 것 때문에 죽다니! 나는 복잡한 감정으로 인형을 주워 들고 주름진 종이를 바라보았다. 몸통에 붙은 골판지 발이 밑으로 떨어지자, 늘어나도록 접혀진 종이 다리가 밑으로 축 처졌다. 그것은 종이와 골판지, 그리고 접착제를 이용해 만든 공예품이었다. 그렇지만 여전히 나는 그것이 마치 살아 있는 대상인 것처럼 증오를 느꼈다. 어떻게 해서 이것이 춤을 추듯 보였을까? 골판지로 된 양손은 주먹 모양으로 접혔으며 손가락은 오렌지색 물감으로 윤곽만 그려져 있었다. 나는 거기에 두 면의 얼굴이 있는 걸 발견했다. 원형 판지 양쪽에 각각 그려져 있는데 둘 다 웃는 표정이었다. 클리프톤이 춤을 추게 하는 방법을 설명하며 떠벌이던 목소리가 떠올랐다. 인형의 발을 잡고 들어올리면서 목을 펴 보았으나 쭈그러들며 앞으로 넘어졌다. 나는 다른 면의 얼굴을 앞으로 돌려서 다시 시도해 보았다. 그러자 지친 듯 버둥거리며 흔들리다가 엉덩이로 주저앉았다.

"움직여, 즐겁게 해 보란 말이야." 나는 인형을 잡아 늘이며 말했다. "사람들을 즐겁게 했었잖아." 이젠 그것을 뒤로 돌려 보았다. 한쪽 얼굴도 다른 쪽처럼 크게 웃는 모습이었다. 앞쪽으로는 군중을 향해 웃고 뒤로는 클리프톤을 향해 웃고 있었던 셈이다. 그리고 군중의 즐거움이 곧 그의 죽음이 되었다. 내가 바보짓을 하며 침을 뱉을 때도 여전히 이놈은 웃고 있었다. 클리프톤이 나를 무시하는 순간에도 웃고 있었다. 그때 가느다란 검정 실 한 오라기가 보였고 나는 종이 주름으로부터 그것을 잡아당겼다. 끝 부분에 고리가 만들어져 있었다. 나는 그것에 손가락을 끼고 일어서서 팽팽하게 잡아당겼다. 이번에는 인형이 춤을 추었다. 클리프톤은 내내 이런 식으로 춤을 추게 만들었는데 그 비결인 검정 실은 보이지 않게 달려 있었던 것이다.

왜 그를 치지 않았지? 나는 자신에게 물었다. 왜 그의 턱을 날려 버리려고 하지 않았지? 왜 그에게 상처라도 입혀서 구해 내지 않았지? 싸움을 걸었다면 총에 맞지 않고 둘 다 체포됐을 것 아닌가……. 그런데 왜 그는 경찰에게 반항했을까? 그는 전에도 체포된 적이 있다. 그러면 경찰에게 어떻게 대처해야 하는지 알고 있었을 것 아닌가. 경찰이 무슨 말을 했기에 그가 이성을 잃을 정도로 화를 냈을까? 어쩌면 그는 반항하기도 전에, 심지어 경찰을 보기도 전에 이미 화가 나 있었을지도 모른다는 생각이 갑자기 들었다. 숨이 탁 막히고 온몸에 힘이 쭉 빠지는 느낌이 들었다. 혹시 그가 나를 배신자로 생각했다면? 생각만 해도 속이 뒤집히는 일이다. 나는 마치 몸이 산산조각이라도 날까 봐 잔뜩 웅크리고 앉아 있었다. 잠시 여러 가지 생각을 하며 이리저리 따져 보았으나 아무래도 내가 감당하기에는 너무 큰 문제였다. 나는 살아 있는 사람이라면 몰라도 죽은 사람에 대한 책임까지 질 수는 없다. 서서히 그 생각으로부터 마음이 멀어졌다. 그 일은 정치적인 사건이었다. 나는 인형을 보면서 생각했다. 이런 즐거움을 주는 것에 대한 정치적인 등가물은 바로 죽음이다. 물론 너무나 막연한 정의이다. 그러면 그것의 경제적인 의미는? 그것은 바로 한 인간의 생명이 25센트짜리 종이 인형의 값어치밖에 안 된다는 뜻이다……. 하지만 여전히 나의 분노가 그를 죽음에 이르도록 만들었다는 생각이 지워지질 않았다. 아직도 나는 마음속에서 그걸 지우려고 애쓰고 있었다. 그의 고결함을 망쳐 버린 상황과 내가 무슨 관련이 있다는 말인가? 애초에 그가 인형을 팔고 다닌 것과 내가 무슨 관련이 있다는 말인가? 마침내 나는 그런 생각 역시 포기해 버렸다. 나는 탐정도 아니고, 정치적으로 볼 때 개인은 아무런 의미가 없다. 이제 그에게 남은 것이라곤 사살됐다는 사실뿐이다. 클리프톤은 스스로 역사의 바깥으로 뛰쳐나가길 선택했다. 내 마음속에 남아 있는 장면을 제외하면 그가 뛰쳐나갔다는 사실만 기록될 것이며, 그 점만이 중요하다.

나는 마치 총성이 다시 울리길 기다리는 사람처럼 뻣뻣하게 앉은 채, 짓누르는 중압감을 견디려고 애쓰고 있었다. 빨랫줄 행상인의 종소리가 들려왔다……. 신문에 기사가 나오면 위원회에 뭐라고 말해야 할까? 빌어먹을 위원회. 인형에 대해 어떻게 설명해야 할까? 그런데 왜 내가 그런 말을 해야 하지? 복수하기 위해 우리가 할 일은 무엇일까, 그것이 바로 내가 걱정해야 할 일이다. 종소리가 아래편 광장에서 다시 들려왔다. 나는 인형을 바라보았다. 클리프톤이 인형을 팔고 다닌 일에 대하여 어떠한 정당성도 생각해 낼 수 없었다. 하지만 그에게 공적인 장례식을 치러 줄 만한 근거는 있었다. 이제 나는 그 아이디어가 내 목숨을 구해 주기라도 할 것처럼 거기에 매달렸다. 비록 인도에 고꾸라진 클리프톤의 시체를 외면하고 싶었듯이 그 문제에 대한 생각도 외면하고 싶었지만 말이다. 그러나 그런 나약함을 보이기에는 우리의 불리한 조건이 너무 컸다. 우리는 정치적으로 효과적인 모든 수단을 동원해서 그들에게 대항해야 했다. 그리고 클리프톤도 그 사실을 이해했을 것이다. 그를 매장해야 되는데 나는 그의 연고를 찾을 수 없었다. 누군가는 그가 땅에 묻히는 모습을 봐야만 하는데 말이다.

그렇다. 인형은 저속한 것이었으며 그는 일종의 배신 행위를 했다. 그러나 그는 단지 외판원에 불과했지 발명가는 아니었다. 따라서 그가 죽었다는 사실이, 그 사건이나 그 사건을 일으킨 물건보다 훨씬 중요하다는 점을 알릴 필요가 있다. 그에 대한 복수나 그와 같은 죽음을 방지하는 수단으로서……. 그렇다. 그리고 잃어버린 회원들을 다시 제자리로 불러 모으는 수단으로서도 말이다. 비정한 일일 수는 있지만 동지회의 이익을 위한 것이다. 왜냐하면 상대의 거대한 힘에 대항하는 우리에게는 오로지 마음과 몸뚱이뿐이기 때문이다. 우리는 우리가 가진 모든 것을 쏟아 부어야만 한다. 왜냐하면 그들은 먼저 클리프톤의 고결함을 무너뜨리고 죽이는 구실로 종이인형을 이용할 힘이 있었으니까 말이다. 좋다. 그러니 우리는 그의 고결함을 다시 결집시키기 위해 장례식을 이용해야겠다……. 그게 바로 그가 가진 전부이며 원하는 바일 것이다. 이젠 인형이 흐릿하게만 보였고 눈물방울이 떨어져 인형의 종이 속으로 스며 들었다…….

허리를 구부리고 물끄러미 인형을 들여다보고 있을 때 문을 두드리는 소리가 들렸다. 나는 불쑥 일어나 인형을 주머니 속에 넣고는 서둘러 눈을 닦았다.

"들어오세요." 내가 대답했다.

문이 살며시 열렸다. 한 무리의 젊은 회원들이 의아한 표정으로 몰려 들어왔다. 여자 회원들은 눈물을 흘리고 있었다.

"그게 사실입니까?" 그들이 물었다.

"그가 죽었다는 거요? 그렇습니다." 나는 그들을 둘러보며 대답했다. "그렇습니다."

"그렇지만 어떻게……?"

"그것은 도발이며 살인 행위였습니다!" 나는 말했다. 감정이 분노로 변하기 시작했다.

그들은 나에게 묻는 표정으로 그대로 서 있었다.

"그가 죽었어요." 한 여성 회원이 말했다. 그녀의 목소리는 믿을 수 없다는 듯했다. "죽었어요."

"그렇지만 그가 인형을 팔았다는 게 무슨 뜻이에요?" 키가 큰 젊은 회원이 물었다.

"나도 모르겠습니다." 내가 대답했다. "단지 그가 총에 맞았다는 사실만 알고 있습니다. 비무장 상태에서. 동지들이 어떤 기분인지 저도 압니다. 나는 그가 쓰러지는 걸 봤습니다."

"저를 집으로 데려다 줘요." 한 여성 회원이 비명을 질렀다. "집으로 데려다 줘요!"

나는 한 발자국 앞으로 나가 그녀를 붙잡았다. 짧은 양말을 신은 갈색 피부의 작은 소녀였다. 나는 그녀를 바짝 붙들었다. "안 돼요. 우린 집에 갈 수 없답니다." 내가 말했다. "아무도 못 갑니다. 우리는 싸워야만 합니다. 나도 할 수만 있다면 바깥으로 나가 모든 걸 잊고 싶습니다. 우리가 원하는 건 눈물이 아니라 분노입니다. 우리가 투사라는 사실을 기억해야만 합니다. 그리고 이런 사건을 통해 우리는 투쟁의 의미를 찾아보아야만 합니다. 우리는 되돌려 줘야 합니다. 여러분은 나가서 가능한 한 모든 회원들을 모아 주기 바랍니다. 우리의 반응을 보여 주어야만 합니다."

모두들 나가는데 여성 회원 하나가 여전히 애처롭게 울고 있었다. 그렇지만 모두들 빠르게 움직였다.

"진정해요, 셜리." 그들은 내 어깨에서 소녀를 떼어 내며 달랬다.

나는 본부와 접촉하려고 애썼지만 여전히 아무와도 연결되지 않았다. 나는 '지하 세계'로 전화를 걸어 보았지만 아무도 받지 않았다. 그래서 일단 할렘 구역의 중심 회원들로 구성된 위원회를 소집하고 나름대로 일을 진행시켜 나갔다. 나는 클리프톤과 함께 있던 소년을 찾으려고 애썼지만 그는 사라지고 없었다. 거리에 회원들을 배치해 그의 장례식에 필요한 기부금을 모금하도록 했다. 세 명의 나이 든 여성으로 구성된 위원단이 그의 시체를 인수하기 위해 영안실로 갔다. 우리는 검은 테두리를 두른 전단을 돌렸으며 경찰국장을 규탄했다. 그리고 목사들에게도 통보하여 신자들로 하여금 항의서한을 써서 시장에게 보내게 했다. 사건에 대한 이야기가 퍼져 나갔다. 클리프톤의 사진이 흑인 신문사로 보내지고 기사가 실렸다. 사람들은 전율하고 분노했다. 거리 집회가 조성되었다. 그리고 나는 우유부단함에서 벗어나(행동에 의해) 장례식을 준비하는 데 모든 걸 바쳤다. 비록 일종의 마비된 상태에서 움직이긴 했지만 말이다. 나는 이틀 밤낮을 잠자리에 들지 못했으며 책상에서 고양이 잠을 잤다. 그리고 거의 먹지도 않았다.

장례식은 최대한 많은 사람들을 모을 수 있도록 준비되었다. 장례식은 교회나 예배당 대신 마운트 모리스 공원에서 하기로 했으며 이전의 모든 회원들에게도 장례 행렬에 참석해 달라는 호소문이 발송됐다.

어느 토요일 오후, 뜨거운 열기 속에서 장례식이 거행되었다. 하늘에는 엷은 구름이 끼어 있었고 수백 명이 행렬을 이루었다. 흥분한 나는 정신없이 돌아다니며 지시를 내리거나 격려를 했다. 그러나 그 모든 걸 한쪽에 서서 그저 바라보기만 하는 느낌이 들었다. 구역에 돌아온 후 한 번도 보지 못했던 동지들이 모습을 나타냈다. 그리고 시내 구역과 외곽 구역의 회원들도 참석했다. 나는 그들이 모여들자 놀라서 바라보았다. 그리고 행렬이 늘어서기 시작할 때 그들이 깊이 슬퍼하는 모습을 보며 놀라울 따름이었다.

장례식장에는 조기와 검은 현수막이 내걸렸다. 그리고 검은색 테를 두른 푯말도 보였다.

토드 클리프톤 동지
우리의 희망이 총탄에 쓰러지다

고용된 고수 대가 검은 상장을 두르고 나타났다. 또 서른 개 악기로 구성된 밴드도 동원됐다. 하지만 자동차는 없었으며 조화 역시 거의 없었다.

행렬이 느릿느릿 이어졌으며 밴드는 슬프고 낭만적으로 군대의 행진곡을 연주했다. 그리고 밴드가 연주를 멈추자 고수 대가 천으로 감싼 작은북으로 박자를 맞추었다. 날씨는 더워서 폭발할 지경이었다. 배달부들도 할렘 지역을 기피했으며 배치된 경찰의 숫자는 더 늘었다. 거리의 아파트 창문으로 사람들이 내다보고 있었으며, 남자들과 아이들은 지붕 위로 올라가 구름에 얇게 덮인 태양 아래서 행렬을 내려다보았다. 나는 예전의 지역사회 지도자들과 함께 앞장서서 행진했다. 우리는 천천히 행진했으며 가끔씩 뒤돌아보면 멋쟁이 젊은이들, 재즈 연주자들, 작업복을 입은 노동자들, 그리고 당구장의 도박꾼들도 행렬에 합류하는 모습이 보였다. 얼굴에 비누 거품을 칠하고 목에는 앞수건을 매단 채 이발소에서 뛰쳐나와 구경하며 낮은 소리로 중얼거리는 남자들도 보였다. 나는 궁금한 생각이 들었다. 이들이 모두 클리프톤의 친구란 말인가? 아니면 단지 느린 템포의 행진곡이 들리자 구경거리를 보려고 나온 사람들일까? 뒤에서부터 뜨거운 바람이 불어왔으며 달콤하면서도 구역질 나는 냄새가 몰려왔다. 그것은 마치 발정기의 암캐에서 나는 냄새와도 같았다.

나는 뒤를 돌아보았다. 모자를 쓴 많은 머리들 위로 태양이 내리쬐고 있었고 깃발과 현수막, 그리고 번쩍이는 나팔 위로 싸구려 회색 관이, 키가 가장 큰 클리프톤의 친구들 어깨 위에서 움직이는 광경이 눈에 들어왔다. 그들은 이따금씩 능숙하게 다른 어깨로 관을 옮겨 매곤 했다. 그들은 그를 높이 치켜들고 자랑스럽게 움직였다. 그리고 그들의 눈에는 분노의 슬픔이 가득 차 있었다. 관은 마치 짐을 무겁게 실은 배가 해협을 지나듯 떠다니며, 숙인 채 가라앉은 머리들 위에서 천천히 굽이쳐 갔다. 천으로 감싼 작은북 소리가 일정하게 울려왔으며 다른 모든 소리는 침묵 속에 묻혔다. 뒤로는 터벅거리는 발소리만 들렸고, 앞에는 군중이 길 가장자리로 늘어선 광경이 보였다. 눈물과 숨죽인 흐느낌, 그리고 비장하고 충혈된 수많은 눈들. 우리는 앞으로 행진해 나갔다.

우리는 우선 슬픔의 검은 이미지를 담고 있는 빈민가를 행진한 다음, 7번가로 돌아 레녹스 가로 향했다. 그런 후 나는 지도급 동지들과 함께 택시를 타고 공원으로 서둘러 갔다. 공원 사무실에 있는 동지 하나가 망루를 열어 놓았다. 검은 무쇠 종 아래로, 널빤지로 만든 조잡한 연단과 목수의 작업대가 세워져 있었다. 행렬이 공원 안으로 들어올 때 우리는 높은 곳에 서서 기다리고 있었다. 우리가 신호를 보내자 동지 하나가 종을 쳤고 오래전의 그 공허하고 창자를 뒤흔드는 종소리가 둥, 둥, 둥 다시 고막을 울려왔다.

아래를 내려다보니 둔탁한 북소리에 맞추어 그들이 한 덩어리를 이루어 구불구불 올라오는 모습이 눈에 들어왔다. 아이들은 잔디에서 놀다 멈추고 물끄러미 쳐다보았다. 근처 병원에서는 간호사들이 옥상으로 나와 지켜보았으며 그들의 흰 유니폼은 구름 걷힌 태양 아래서 백합처럼 빛났다. 군중이 사방에서 공원으로 몰려들었다. 강하게 울리던 둔탁한 북소리가 이제 일정하게 울리면서 주변에 죽음 같은 침묵을 퍼트렸고 그것은 이름 없는 병사에 대한 기도였다. 아래를 내려다보며 나는 상실감에 빠졌다. 저들은 왜 여기 온 걸까? 왜 우리를 찾아왔을까? 저들이 클리프톤을 알았기 때문일까? 아니면 그의 죽음이 자신들의 주장을 표현할 수 있게 만들어 주기 때문에? 즉 그들이 함께 모여 몸을 부비고 땀을 흘리며 호흡하고 공통의 방향을 바라볼 수 있는 시간과 장소를 제공하기 때문은 아닌가? 어떠한 해명이 본질적으로 적절한 것인가? 이것이 사랑이나 정치화된 증오를 상징했는가? 정치가 사랑의 표현이 될 수나 있나?

느리고 둔탁한 북소리와 인도 위를 저벅거리며 걷는 발소리가 들리더니 공원 전체가 조용해졌다. 그때 행렬의 어딘가에서 늙은 노인의 구슬픈 노래 소리가 들려왔다. 처음에는 침묵 속에서 혼자 망설이듯 더듬거리며 불렀으나 밴드의 저음을 담당하는 유포늄*이 음정을 더듬어 찾더니 곡조를 연주하기 시작했다. 그러자 다른 악기들이 높고 낮은 음조로 따라 하기 시작했다. 검은 비둘기 두 마리가 해골처럼 하얀 창고 위로 날아올랐다가 떨어지더니 다시 고요하고 푸른 하늘로 치솟았다. 유포늄의 순수하고 달콤한 음정과 노인의 쉰 저음이 뜨겁고 무거운 침묵 속에서 듀엣을 이루며 몇 소절을 노래했다. 「수많은 사람들이 떠나갔네」라는 곡이었다. 공원의 높은 곳에서 서서 내려다보니 목구멍 속에서 무언가 뜨겁게 끓어올랐다. 그것은 과거에 듣던 노래였다. 과거 캠퍼스에서, 그리고 그 이전에는 고향에서. 군중 속에 있던 나이 든 사람들 몇몇이 함께 노래하

* 튜바와 유사한 금관 악기.

기 시작했다. 나는 이전에 그 노래를 행진곡으로 생각해 본 적이 없었다. 그런데 지금 그 느린 곡조에 맞추어 그들은 언덕을 향해 행진하고 있었다.

나는 유포늄 연주자를 찾아보았다. 그는 호리호리한 흑인 사내였는데 태양을 향해 얼굴을 든 채 연주하고 있었다. 그리고 나는 몇 미터 뒤에서 관을 위로 짊어진 젊은 사내들과 함께 행진하는, 노래를 처음 시작했던 노인의 얼굴을 자세히 뜯어보며 고통스러울 만큼 부러움을 느꼈다. 그의 얼굴은 야위고 늙었으며, 노란 빛이 돌았고, 눈은 감겨 있었다. 그가 목청을 높여 노래할 때, 그의 치켜든 목 주변에 칼자국이 보였다. 그는 온몸으로 노래했으며, 걸으면서 아주 자연스럽게 구절을 불러 내고 있었다. 그의 목소리는 다른 사람들의 소리 위로 두드러져서 맑은 유포늄 소리와 함께 어우러졌다. 나는 젖은 눈으로 그 광경을 바라보았고 태양은 머리 위에서 뜨겁게 타올랐다. 나는 노래하는 군중을 보며 경이로움을 느꼈다. 마치 노래는 언제나 그들과 함께 있었던 것 같았고 그 사실을 아는 노인이 노래를 불러일으킨 것 같았다. 나 역시 그 노래를 알면서도 막연하고 무엇이라 이름 붙일 수 없는 수치심이나 두려움 때문에 퍼트릴 수 없었던 사실을 스스로 알고 있었다. 그런데 그는 그것을 알고 불러 일으켰다. 심지어 백인 동지들도 합창에 가세했다. 나는 노인의 얼굴을 유심히 살펴보며 그 비밀을 찾아보려고 애썼으나 그의 얼굴은 아무것도 말해 주지 않았다.

나는 관과 행진하는 사람들을 바라보며 그들의 소리에 귀를 기울였다. 그러나 순간적으로 내 심장이 박동하다가 산산이 부서지는 소리가 들렸다. 무언가 깊은 것이 군중을 흔들어

놓았다. 그것을 바로 노인과 나팔을 든 사내가 해낸 것이다. 그 두 사람은 단순한 시위나 혹은 종교보다도 더 깊은 무언가를 건드렸다. 내 평생 보아 왔던 교회의 모든 집회 광경이, 마음속에 강하게 억눌려 잊고 있었던 분노와 함께 떠올랐다. 하지만 그것은 과거이다. 지금 저 산에 함께 올라가 무리지어 흩어지고 있는 사람 중에는 나와 같은 경험을 한 사람이 많지 않을 것이다. 그리고 심지어 일부 사람들은 다른 땅에서 태어났을지도 모른다. 그러나 지금 모두가 감동했다. 그 노래가 우리 모두를 불러일으켰다. 그것은 가사 때문이 아니다. 가사는 전부 똑같은 옛날 노예들의 이야기였으니 말이다. 그것은 마치 가사 아래 숨어 있는 감정을 변화시킨 듯했다. 그러면서도 예전에 그리워하거나 포기했던 것, 그리고 초월적인 감정이 여전히 울려 퍼지고 있었고 동지회의 이론으로조차 이름을 지을 수 없는 무언가에 의해 더욱 심오해졌다. 나는 사람들이 토드 클리프톤의 관을 건물로 들고 들어와 둥근 계단을 천천히 올라오는 동안 감정을 다스리려고 애쓰면서 서 있었다. 그들은 관을 연단 위에 올려놓았으며 나는 그 싸구려 회색 관의 모양새를 바라보았다. 내가 기억할 수 있는 건 오직 그의 이름뿐이었다.

노래가 멈췄다. 그 작은 산의 정상에는 이제 현수막과 악기들, 그리고 치켜든 얼굴들로 가득했다. 나는 5번가에서 125번가까지 똑바로 내려다볼 수 있었다. 그곳에는 일렬로 늘어선 핫도그와 잡지책 노점상들의 수레 뒤로 경찰들이 줄지어 서 있었다. 수레들 사이의 가로등 아래에는 땅콩 행상이 서 있고 주변에는 비둘기들이 모여들어 있었다. 그때 그 행상이 팔을 뻗어서 손바닥을 하늘로 향하는 모습이 보였으며 갑자기 그의 머리, 어깨, 길게 뻗은 팔 할 것 없이 온통 푸드덕거리며 먹이를 즐기는 비둘기로 뒤덮였다.

누군가가 옆구리를 팔꿈치로 쑤시자 내 순서라는 걸 깨달았다. 고별사를 할 순서였다. 하지만 나는 무슨 말을 해야 할지 몰랐다. 동지회의 장례식에 참석해 본 적이 전혀 없었고 이러한 예식에 대해 아는 바가 없었기 때문이다. 하지만 사람들은 기다리고 있었다. 나는 혼자 자리에 서 있었다. 나를 도와줄 마이크도 없었으며 단지 내 앞에는 삐걱거리는 목수의 작업대 위에 놓인 관뿐이었다.

나는 햇빛 아래에 선 사람들의 얼굴을 내려다보며 할 말을 찾으려고 했다. 그러나 그 모든 것들이 다 무의미하게 느껴지고 분노가 치밀었다. 이것을 위해 수천 명의 사람이 모이다니! 저들은 무얼 들으려고 기다리는 걸까? 왜 여기 왔단 말인가? 바닥에 쓰러지는 클리프톤의 모습을 보던 소년의 얼굴을 붉게 달아오르게 만든 것과 어떤 점에서 다르다는 말인가? 저들은 무얼 원하고 무얼 할 수 있단 말인가? 왜 저들은 이 모든 것을 막을 수 있을 때 나타나지 않았단 말인가?

"여러분은 저보고 무슨 말을 해 달라고 기다리고 있습니까?" 나는 갑자기 소리쳤다. 이상하게도 내 목소리는 바람 한 점 없는 허공으로 또렷하게 퍼져 나갔다. "그게 무슨 소용이 있겠습니까? 만약 이게 죽은 자에 대한 예식이 아니라 명절 잔치라고 하면 어떻겠습니까? 만약 여러분이 여기 남아 있는데 밴드가 마지막으로 「빌어먹을 잔치는 끝났다」라는 연주를 하면 어떻겠습니까? 아니면 마술이라도 기대하십니까? 죽은 자가 일어나서 다시 걷는? 집으로 돌아가세요. 어차피 죽을 목숨, 그는 죽었습니다. 그것은 처음부터 예정된 종말입니다. 거기에는 두 번이란 존재하지 않습니다. 기적도 없을 것이고 설교해 줄 사람도 없습니다. 집으로 돌아가서 이 사람을 잊어버리세요. 이 사람은 얼마 전 죽어서 이 통 속에 누워 있습니다. 그러니 집에 돌아가서 이 사람에 대해 더 이상 생각하지 마세요. 이 사람은 죽었고 여러 분들은 스스로에 대해 생각해야 할 일이 많습니다." 나는 잠시 멈췄다. 그들은 수군거리며 위를 쳐다보았다.

"저는 집으로 돌아가시 라고 했습니다." 나는 소리쳤다. "그래도 여러분은 그대로 서 계시네요. 이렇게 햇빛 아래 서 있으면 덥다는 걸 모르십니까? 저의 시시한 말을 듣기 위해 기다리신다고 해서 무엇이 변하겠습니까? 이십일 년 동안 쌓아 오다가 이십 초 만에 끝장나 버린 것을 이십 분 만에 말할 수 있을까요? 무엇을 기다리십니까? 저는 그의 이름밖에는 해 드릴 말씀이 없는데. 그리고 무슨 말씀을 드린다 해도, 그의 이름 말고 여러분이 몰랐던 것들을 얼마나 알게 되겠습니까?"

사람들은 열심히 듣고 있었다. 그들은 마치 내가 아니라 허공 속에 울리는 내 목소리의 패턴을 바라보는 듯했다.

"좋습니다. 햇빛 아래서라도 듣겠다는 말씀이시죠. 그러면 햇빛 아래서 한번 말해 보도록 하겠습니다. 듣고 나면 집에 가셔서 다 잊도록 하세요. 제 말을 다 잊어버리란 말입니다. 그의 이름은 클리프톤이었으며, 저들이 그를 총으로 쓰러뜨렸습니다. 그의 이름은 클리프톤이었으며, 키가 크고 어떤 사람들은 그를 잘생겼다고도 했습니다. 그는 믿지 않았지만 제 생각에도 그는 잘생겼습니다. 그의 이름은 클리프톤이었으며, 그의 얼굴은 검고 머리카락은 두껍고 단단하게 말려 올라간 곱슬머리였습니다. 그는 무관심 속에 죽었습니다. 그리고 약간 어린 소녀들을 제외하면 그가 죽은 사실은 대수롭지 못한 일입니다……. 무슨 말인지 아시겠습니까? 그를 알 수 있겠습니까? 여러분의 형제나 사촌을 생각해 보세요. 그의 입술은 두껍고 양 가장자리가 위로 올라가 있습니다. 그는 자주 웃었습니다. 좋은 눈과 빠른 손을 가지고 있었죠. 그리고 그는 인정이 많았습니다. 그는 매사를 생각하고 깊이 느꼈습니다. 저는 그를 점잖다고 하지는 않겠습니다. 그런 말이 우리와 무슨 관계가 있습니까? 그의 이름은 클리프톤, 토드 클리프톤이었습니다. 그리고 누구나 그렇듯 여성의 몸에서 태어나 잠시 살다가 쓰러져 죽었습니다. 자, 이것이 그에 대한 정확한 이야기입니다. 그의 이름은 클리프톤이었습니다. 잠시 동안 우리와 함께 살며 젊은이들에게 희망을 불러일으켜 주었습니다. 그를 아는 우리는 그를 사랑했습니다. 그리고 그는 죽었습니다. 그런데 왜 기다리고 계십니까? 여러분은 다 들으셨습니다. 무엇을 더 들으려고 기다리시나요? 제가 할 수 있는 말은 그저 반복하는 것뿐인데요?"

그들은 귀를 기울이고 서 있었다. 그리고 어떠한 내색도 보이지 않았다.

"좋습니다. 그러면 말씀드리지요. 그의 이름은 클리프톤이었습니다. 그는 젊은 지도자였습니다. 그가 쓰러졌을 때 그의 양말 뒤꿈치에는 구멍이 나 있었습니다. 그가 앞으로 쭉 뻗었을 때는 서 있을 때만큼 커 보이지 않았습니다. 그렇게 그는 죽었습니다. 그를 사랑했던 우리는 그를 애도하기 위해 여기 모였습니다. 이처럼 단순하고 간단합니다. 그의 이름은 클리프톤이었으며, 그는 흑인이었고, 저들의 총에 쓰러졌습니다. 이 정도면 충분하지 않습니까? 이 사실만 알면 되는 것 아닙니까? 이 정도면 극적인 사건에 대한 여러분의 갈증을 달래 주고 집에 돌아가 잊고 잠들게 하기에 충분하지 않습니까? 가서 술 한 잔 드시고 잊어버리세요. 아니면 《데일리 뉴스》에서 읽어 보세요. 그의 이름은 클리프톤이고 저들의 총에 쓰러졌습니다. 저는 현장에서 그가 쓰러지는 모습을 목격했습니다. 그래서 저는 그 사건을 잘 알고 있습니다.

사실은 이렇습니다. 그는 서 있던 상태에서 쓰러졌습니다. 그는 쓰러지면서 무릎을 꿇었죠. 그는 무릎을 꿇은 상태에서 피를 흘렸습니다. 그는 피를 흘리다가 죽었습니다. 그는 다른 사람과 마찬가지로 웅크리고 쓰러졌습니다. 다른 사람과 마찬가지로 피가 흘러내렸습니다. 다른 사람의 피와 마찬가지로 붉은색이었고 축축하게 젖어 들었습니다. 피 위로 하늘과, 건물과, 새와, 나무들이 비쳤습니다. 그 흐려지는 거울을 들여다보았다면 여러분의 얼굴도 비쳤을 것입니다. 그리고 햇빛 아래 피는 말랐습니다. 피는 마르는 법이니까요. 그것이 전부입니다. 저들은 그를 피 흘리게 만들었으며 그는 피를 흘렸던 것입니다. 저들은 그를 쓰러트렸으며 그는 죽었습니다. 피는 보도로 흘러내려 흥건하게 괴었으며 한동안 빛을 내다가 잠시 후 희미해지고, 그러고 나서 흙과 섞이다가 말라 버렸습니다. 이것이 사건의 전부입니다. 이렇게 이야기는 끝난 겁니다. 이것은 지나간 이야기이지요. 그동안 너무나 많은 피를 흘려 왔기에 이제 여러분을 흥분시키기에는 그것으로 부족하지요. 게다가 피란

살아 있는 사람의 혈관에 채워질 때만 중요하니까요. 이런 이야기가 지긋지긋하지 않습니까? 피에 대한 말만 들어도 지겹지 않습니까? 그런데 왜 듣고 계십니까? 왜 가지 않으세요? 여기 바깥은 아주 덥습니다. 시체 방부제 냄새도 납니다. 그렇지만 술집에 가면 차가운 맥주가 기다립니다. 사보이 호텔에 가시면 부드러운 색소폰 연주가 있을 겁니다. 이발소와 미용실에 가면 웃음을 터뜨리게 하는 거짓말들이 잔뜩 지껄여지고 있을 겁니다. 그리고 선선한 저녁이 되면 200여 개의 교회에서 설교를 들을 수 있습니다. 영화관에 가면 실컷 웃을 수 있습니다. 가서 「아모스와 앤디」*를 들으며 이 일은 잊어버리세요. 여러분은 여기서 단지 똑같은 지난 이야기만 들을 뿐입니다. 여기는 눈이 붉어지도록 그를 애도해 줄 젊은 아내조차 없습니다. 여기에는 불쌍히 여길 것이 아무것도 없고 아무도 적막을 깨고 소리치지 않습니다. 여러분에게 예전의 그 훌륭한 공포감을 줄 것은 아무것도 없습니다. 이야기는 너무나 짧고 단순합니다. 그의 이름은 클리프톤, 토드 클리프톤입니다. 그는 비무장이었고 그의 죽음은 그의 삶만큼이나 무의미했습니다. 그는 수많은 골목길에서 동지회를 위해 투쟁했습니다. 그는 그렇게 하면 자신이 더 인간다워질 것이라고 생각했죠. 그렇지만 길거리의 개처럼 죽어 갔습니다."

나는 절망감을 느끼며 소리쳤다. "좋습니다, 좋아요." 그것은 내가 원했던 상황이 아니었다. 그것은 정치적이지 못했다. 잭 동지라면 아마 허락하지 않았을 것이다. 그렇지만 나는 할 수

---

* 50년대 대중적으로 큰 인기를 끈 TV 라디오쇼.

있는 데까지 해 보는 수밖에 없었다.

"여기 소위 산이라고 하는 곳에 서서 제 말을 들어 보십시오!" 나는 외쳤다. "정말 있었던 사실대로 이야기하겠습니다! 그의 이름은 토드 클리프톤이었습니다. 그는 환상으로 가득 차 있었습니다. 그는 자신이 단지 토드 클리프톤에 불과할 때 자신도 한 사람의 인간이라고 생각했던 것입니다. 그는 단지 단순한 판단 착오로 총을 맞았습니다. 그는 피를 흘렸고, 그 피는 말라 버렸으며, 곧 사람들이 밟고 지나가 그 자국이 사라졌습니다. 그것은 많은 사람들이 범할 수 있는 일상적인 실수였습니다. 그는, 자신이 인간이며 인간이란 누구에 의해 밀려 다니는 존재가 아니라고 생각했던 것입니다. 그러나 때는 뜨거운 도심이었습니다. 그는 자신의 내력을 잊었습니다. 그리고 시간과 장소를 망각했습니다. 그는 현실감을 잃어버렸던 것입니다. 거기에는 경관이 있었고 기다리는 청중이 있었습니다. 그러나 그는 토드 클리프톤이었고 경찰들은 어디에나 있었습니다. 경관 말입니까? 그가 어땠냐고요? 그는 그저 경관에 불과했습니다. 선량한 시민이죠. 그렇지만 이 경관은 손가락이 간질거렸던 것입니다. 그래서 '방아쇠'와 운이 맞는 단어를 들으려고 귀를 기울이고 다녔습니다*. 그가 자신이 기다리던 단어를 찾은 순간 클리프톤은 쓰러졌습니다. 《경찰 특보》에 운을 맞추는 문장들이 나왔는데 그것이 딱 맞아 떨어졌습니다. 주변을 한번 둘러보세요. 그가 이루어 놓은 걸 보세요. 그리고 여러분 자신을 들여다보고 그의 엄청난 힘을 느껴 보세요. 정말 완벽

* 방아쇠(trigger)와 검둥이(nigger)는 운이 맞아 떨어짐.

하도록 자연스러웠습니다. 피는 마치 만화책 속의 세계에서, 만화책 속의 어느 날, 만화책 속의 도시에서, 만화책 속의 거리에서, 만화책 속의 살인 사건에 나오는 피처럼 흘렀던 것입니다.

토드 클리프톤은 이 시대와 함께 살아간 사람입니다. 그런데 그것이 이 뿌연 태양 아래, 무더운 열기 속에 서 있는 여러분과 무슨 관계가 있습니까? 이제 그는 역사의 일부입니다. 그리고 그는 자신의 진정한 자유를 얻었습니다. 저들이 그의 이름을 규격화된 양식에 휘갈겨 쓰지 않았습니까? 인종 : 흑인! 종교 : 미상, 침례교 출신일 가능성 있음. 출생지 : 미국, 남부의 한 마을. 가족 상황 : 미상. 주소 : 미상. 직업 : 무직. 사망 원인(구체적으로 기술) : 뜨거운 오후, 도서관과 지하철 사이의 42번가에서 체포하려는 경관의 손에 들린 38구경 연발 권총이라는 현실에 저항하다가 삼 보 거리에서 발사된 세 발의 총탄에 의해 사살됨. 총탄 한 발은 심장의 우심실에 들어가 박혔으며, 다른 한 발은 척추신경을 절단하고 아래로 내려가 골반에 박혔고, 마지막 한 발은 등을 관통하여 어디론가 사라졌음.

짧고 고통스러웠던 토드 클리프톤의 삶은 이렇게 끝났습니다. 이제 그는 여기 못이 단단히 박힌 상자 속에 넣어졌습니다. 그는 이 상자 속에 들어 있으며 우리도 그와 함께 그 속에 들어 있습니다. 제가 여러분께 이 말씀을 드리고 나면 여러분은 가셔도 좋습니다. 이 상자 속은 어둡고 비좁습니다. 천정은 금이 갔으며 복도의 화장실은 막혀 있습니다. 여기에는 쥐와 바퀴벌레 들도 있습니다. 살기에는 너무나, 너무나도 비싼 장소입니다. 공기는 나쁘고 이번 겨울이 오면 아주 추울 것입니다. 토드 클리프톤만으로도 비좁아서 그는 공간이 더 필요합니다.

'사람들에게 상자에서 나가 달라고 전해 줘.' 만약 그의 목소리를 들을 수 있다면 그는 이렇게 말할 겁니다. '사람들에게 상자 바깥으로 나가, 경찰들에게 다시는 운율을 들먹이지 못하도록 가르치라고 해 줘. 가서 경찰들에게 방아쇠와 운율을 맞추기 위해 검둥이라고 부르면 총을 거꾸로 쏴야 한다고 가르치라고 전해 줘.'

자, 여러분은 이제 모든 걸 아셨습니다. 몇 시간 후면 토드 클리프톤은 땅속에 묻혀 싸늘한 뼈가 될 것입니다. 그렇지만 속지 마세요. 이 뼈는 다시는 일어서지 못할 것입니다. 여러분과 저는 여전히 이 상자 속에 남아 있을 것입니다. 토드 클리프톤에게 영혼이 있는지 저는 모릅니다. 제가 아는 건 단지 제 마음속에 느껴지는 고통과 상실감뿐입니다. 여러분에게 영혼이 있는지 저는 모릅니다. 제가 아는 것은, 여러분은 피와 살이 있는 인간이라는 사실뿐입니다. 그리고 그 피가 흘러나오면 몸은 차갑게 식는다는 사실이지요. 모든 경관들이 시인인지는 저도 모릅니다. 그렇지만 모든 경관들이 방아쇠가 달린 총기를 소지하고 있다는 사실은 알고 있습니다. 그리고 우리가 어떻게 낙인찍혔는지도 알고 있습니다. 클리프톤 동지의 이름으로 경고하나니 방아쇠를 조심하라! 집으로 가서 시원하게 해 놓고 태양으로부터 안전하게 지내세요. 그는 잊어버리세요. 그가 살아 있을 때는 우리의 희망이었습니다. 그렇지만 죽어 버린 희망을 두고 무엇을 망설입니까? 이제 할 말은 한 가지밖에 안 남았습니다. 그리고 그건 이미 말한 것이기도 합니다. 그의 이름은 토드 클리프톤, 그는 동지회를 믿었습니다. 그는 우리의 희망을 불러일으켰으며, 그는 사망했습니다."

나는 계속할 수가 없었다. 아래쪽에서 사람들은 손과 손수건으로 햇빛을 가리며 기다리고 있었다. 목사가 올라와서 성경 구절을 읽었다. 나는 실패했다는 생각으로 군중을 바라보며 서 있었다. 나는 성공을 놓쳐 버렸다. 도저히 정치적인 문제를 끌어 올 수가 없었다. 사람들은 햇볕에 그을리고 땀으로 뒤범벅이 된 채, 이미 알고 있는 사실을 반복하는 내 목소리에 귀를 기울이며 서 있었다. 목사의 말이 끝나자 누군가 밴드에게 신호를 보냈다. 장엄한 음악이 흘러나왔고 사람들이 관을 들고 나선형 계단으로 내려갔다. 군중은 그 자리에 조용히 서 있었고 우리는 그 사이를 천천히 걸어 나갔다. 나는 그 거대한 무엇을, 알 수 없는 힘을, 그리고 슬픔인지 분노인지 모를 억눌린 긴장감을 느낄 수 있었다. 그렇게 언덕을 내려가 영구차로 걸어가면서 그것을 느낄 수 있었다. 군중은 땀을 흘리며 술렁거렸다. 비록 조용하긴 했지만 수많은 눈들이 나를 향해 많은 것을 말하고 있었다. 길 가장자리에 영구차와 승용차 몇 대가 서 있었다. 몇 분 만에 관이 실렸으며 사람들이 차에 올라탔다. 군중은 서서 우리가 토드 클리프톤을 싣고 떠나는 광경을 계속해서 바라보았다. 마지막으로 한 번 더 뒤를 돌아보았을 때 내 눈에 보인 것은 한 덩어리의 군중이 아니라 남녀 각각의 굳은 얼굴들이었다.

우리는 그곳을 빠져나왔으며 차는 무덤에 와서 멈추어 섰다. 우리는 무덤에 그를 묻었다. 무덤을 파는 사람들은 땀을 비 오듯 흘리면서 일을 능숙하게 처리했다. 그들은 아일랜드 사투리를 썼다. 그들은 신속하게 무덤을 덮었고 우리는 그 자리를 떠났다. 토드 클리프톤은 땅속에 누웠다.

나는 마치 혼자 무덤을 파헤치기라도 한 듯 지친 몸으로 거리로 돌아왔다. 나는 혼란스러웠고 노곤한 몸으로 군중을 헤치며 걸었다. 그들은 안개같이 희미한 것 속에서 끓어오르는 듯 보였다. 마치 엷고 습기 많은 구름이 두껍게 끼어 머리 바로 위에 머물러 있는 것 같았다. 나는 어디론가 가고 싶었다. 아무 생각 없이 쉴 수 있는 시원한 장소로 가고 싶었지만 아직 할 일이 너무나 많이 쌓여 있었다. 앞으로의 계획을 짜야만 했으며 군중들의 감정 역시 조직화해야 했다. 나는 마치 남부 같은 날씨 속에서 남부의 길을 걷듯 느릿느릿 걸어갔다. 나는 싸구려 티셔츠들과 여름옷들의 눈부시도록 빨갛고, 노랗고, 파란색을 피해 이따금씩 눈을 감았다. 군중은 끓어올랐으며 땀을 흘리며 헐떡거렸다. 여자들은 쇼핑백을 들었으며 남자들은 아주 반짝거리게 닦은 구두를 신고 다녔다. 심지어 남부에서도 사람들은 항상 구두를 반짝거리게 닦고 다녔다. "구두 닦아요, 구두 닦으세요." 그 소리가 머릿속에 맴돌았다.

8번가에 이르니 물건을 파는 수레가 길 가장자리를 따라서 바퀴를 맞대고 늘어서 있었다. 임시로 만든 차양이 시든 과일과 야채를 덮어 주고 있었다. 나는 썩어 가는 배추의 고약한 냄새를 맡았다. 수박 행상인 하나가 자신의 트럭 옆 그늘에 서서 속이 오렌지 빛으로 익은 수박 한 쪽을 길게 잘라 들고서 쉰 목소리로 수박을 사라고 외치고 있었다. 그의 목소리는 어린 시절의 기억과 푸른 그늘, 그리고 시원했던 여름의 향수를 불러 일으켰다. 오렌지, 코코넛, 아보카도가 작은 테이블에 나란히 쌓여 있었다. 나는 그곳을 지나 천천히 움직이는 군중 속을 뚫고 이리저리 걸어갔다. 시내에서 퇴짜 맞은, 상하고 시들어 버린 꽃들이 수레 위에서 맹렬히 빛났다. 마치 구멍 난 과일 주스 깡통에서 흘러나오는 쓸모없는 수분 밑에서 썩고 있는 매혹적인 넝마처럼 보였다. 사람들의 모습이 세탁기 안에서 김이 서린 유리를 통해 보이듯 끓어오르는 형상으로 보였다. 거리마다 경찰 기마대가 파견되어 자세히 주변을 살펴보고 있었다. 그들의 눈은 번들번들한 모자의 짧은 창 아래에서 무표정해 보였으며, 몸은 앞으로 약간 기울인 상태였고, 고삐는 느슨하게 잡혀 있었다. 몸을 가진 인간과 말이, 돌로 된 인간과 말의 형상을 흉내 내고 있었다. 토드 클리프톤의 '토드'. 나는 마음속으로 되뇌었다. 노점상은 오가는 자동차 소리보다 크게 외쳤으나 멀리서 들려와 알아들을 수 없었다. 한 골목길에서는 찌그러진 세발자전거를 타는 어린아이들이 "토드 클리프톤 동지, 우리의 희망이 총탄에 쓰러지다."라는 팻말을 들고 인도를 따라 움직이고 있었다.

나는 안개 속에서 또다시 긴장감을 느꼈다. 그것은 거부할 수 없었다. 무언가 거기에 있었다. 그리고 그것이 열기 속에 아른거리며 사라지기 전에 무언가 조치를 취해야만 했다.

22장

반팔 소매 차림에 다리를 꼬고 무릎에 손을 올린 채 앞으로 몸을 기울이고 앉아 있는 그들을 보고도 나는 전혀 놀라지 않았다. 당신이군, 반갑소. 나는 속으로 생각했다. 이 일은 눈물 없이 해야 할 것이오. 나는 마치 그들을 만나게 될 것이라고 예상하고 있었던 느낌이었다. 꿈속의 방에서 나를 바라보던 할아버지와 마주치는 꿈을 꾸듯이. 나는 놀라거나 특별한 감정 없이 뒤를 돌아보았다. 비록 꿈속이라 해도 놀라는 것이 정상적인 반응이며, 오히려 그렇지 않은 게 더 의심스러운 일이고 일종의 경고라는 걸 알았지만 말이다.

나는 방 안에 막 들어서서 그들을 바라보며 외투를 벗었다. 그들은 작은 테이블을 둘러싸고 앉아 있었으며 테이블 위에는 물주전자 하나와 유리잔 하나, 그리고 재떨이 두 개가 놓여 있었다. 방의 절반 정도는 어두웠으며 테이블 바로 위에 전구 하나만 켜져 있었다. 그들은 말없이 나를 바라보았다. 잭 동지는 입술로만 가볍게 미소를 지으며 머리를 한쪽으로 기울인 채 집요한 눈으로 나를 쳐다보고 있었다. 다른 사람들은 무표정한 얼굴로 속내를 드러내지 않으면서 깊은 의혹만 일으키려는 눈으로 쳐다보았다. 그들이 완벽하게 감정을 억제하며 앉아서 기다리는 사이 그들의 담배에서 연기가 모락모락 피어올랐다. 결국 모였군. 나는 걸어가서 의자 하나를 내리며 속으로 생각했다. 팔을 테이블에 올려놓자 차가운 기운이 느껴졌다.

"그래, 어떻게 된 일이오?" 잭 동지가 테이블 위로 깍지 낀 손을 올려놓고 고개를 한쪽으로 기울이며 나를 보면서 물었다.

"군중을 보셨겠죠." 나는 대답했다. "마침내 우리가 그들을 불러냈습니다."

"아니, 우린 군중을 보지 못했소. 어떻소?"

"그들이 움직였습니다." 나는 대답했다. "아주 많은 수의 사람들이에요. 그 이상은 저도 모릅니다. 그들이 우리 편에 섰습니다. 그렇지만 어느 정도인지는 저도 모릅니다만……." 그리고 순간적으로 나는 천장이 높은 고요한 방에 울리는 내 자신의 목소리를 들을 수 있었다.

"세상에! 위대한 전술가께서 할 수 있는 말이 그게 전부란 말이오?" 토빗 동지가 말했다. "그들이 어떤 방향으로 움직였소?"

나는 그를 바라보았다. 나는 감정이 마비되는 걸 느꼈다. 그 감정은 한 방향으로만 너무 오랫동안 깊이 흘러왔었다.

"그것은 위원회가 결정할 사항이지요. 그들을 일으켰습니다. 우리가 할 수 있는 일은 그게 전부였죠. 우리는 위원회의 지시를 받기 위해 연락을 하고 또 했습니다만 연락이 되질 않더군요."

"그래서?"

"그래서 저의 개인적인 책임 아래 일을 진행시켰습니다."

잭 동지가 눈을 찌푸렸다. "그게 무슨 말이오?" 그는 물었다. "동지의 뭐라고요?"

"저의 개인적인 책임이라고 했습니다." 나는 대답했다.

"그의 개인적인 책임이랍니다." 잭 동지가 되풀이했다. "들으셨소, 동지들? 그의 말을 내가 정확히 들은 거요? 어떻게 그런 생각을 했소, 동지?" 그가 물었다. "그런 놀라운 일을, 어떻게 그런 생각을 하게 됐소?"

"그건 동지의……." 나는 말을 꺼내려다 가까스로 멈췄다. "위원회로부터입니다." 나는 대답했다.

잠시 침묵이 흘렀다. 그의 얼굴이 벌겋게 달아올라 있었다. 나는 내 처지를 이해해 보려고 애썼다. 뱃속 한가운데에서 경련이 일어났다.

"모두들 밖으로 나왔어요." 나는 침묵을 깨려고 말을 시작했다. "우리에게 기회가 왔었습니다. 그리고 지역 주민들이 우리와 뜻을 같이했습니다. 여러분이 그 기회를 놓쳐서 정말 유감입니다……."

"보시다시피, 이 동지는 우리가 그걸 놓친 것에 대해 유감스럽게 생각하고 있소." 잭 동지가 말했다. 그는 손을 치켜들었다. 그의 손바닥에는 깊이 파인 손금들이 보였다. "개인적으로 책임을 떠안은 위대한 전술가께서 우리의 불참을 유감스럽게 생각하고 있소……."

이 사람은 내 감정이 어떤 줄 모르나? 나는 마음속으로 물었다. 내가 왜 그 일을 벌였는지 모르나? 지금 이 사람은 무슨 말을 하려는 걸까? 토빗은 어리석어서 그렇다 치더라도 왜 이 사람마저 이렇게 나오는 건가?

"여러분께서 다음 조치를 취해 줄 수도 있었습니다." 나는 한 마디 한 마디 힘주어 말했다. "우리는 할 수 있는 만큼 했습니다……."

"동지의 그 개인적인 책임 아래서 말이지." 잭 동지는 '책임'이라는 말에 맞추어 고개를 숙이며 말했다.

나는 그에게서 눈을 떼지 않았다. "저는 우리의 추종자들을 다시 모으라는 지시를 받았고 그 일을 하려고 노력했습니다. 제가 할 수 있는 유일한 방법으로 말이죠. 그런데 무슨 트집을 잡으시는 거죠? 무엇이 잘못됐나요?"

"그러니까 지금……." 그는 주먹을 쥐고 둥그스름한 모양으로 눈을 부비면서 말했다. "위대한 전술가께서 무엇이 잘못된 것이냐고 묻고 있소. 잘못될 만한 일이 있을 수 있겠소? 이 동지의 말을 들으셨소, 동지들?"

기침 소리가 한 번 들렸다. 누군가 물을 한 잔 따랐으며 나는 순식간에 컵 안에 물이 차오르는 소리를 들을 수 있었다. 실개천이 빠르게 흐르듯 마지막 물방울이 주전자의 꼭지에서 떨어져 컵으로 들어갔다. 나는 그를 바라보며 마음속으로 상황을 이해해 보려고 애썼다.

"그러면 저 동지가 자신이 틀렸을 수도 있다는 가능성을 인정했단 말인가요?" 토빗이 물었다.

"순전한 겸손이오, 동지. 가장 순전한 겸손. 우리는 여기 탁월한 전술가와 함께 있소. 전략과 개인적인 책임이라는 점에서 나폴레옹에 견줄 만한 인물이지요. '쇠는 달궈졌을 때 두드려라'는 바로 그분의 신조이지요. '기회는 즉시 움켜쥐어라', '눈의 흰자위를 겨냥하라', 혹은 '놈들을 쫓아내라, 쫓아내라, 쫓아내라' 등이 다 그의 신조요."

나는 자리에서 일어섰다. "저는 그게 다 무슨 뜻인지 모르겠습니다, 동지. 무슨 말씀을 하시려는 겁니까?"

"좋은 질문이요, 동지. 앉으시오. 날이 덥소. 이 동지는 우리가 무슨 말을 하려는지 알고 싶어 하오. 이 동지는 탁월한 전술가일 뿐만 아니라 말의 미묘한 의미도 아는 인물이오."

"그래요, 비꼬는 말도 이해합니다. 그것이 선의의 말이라면." 내가 말했다.

"그리고 규율에 대해서도? 제발 앉으시오, 덥소……."

"규율에 대해서도 압니다. 그리고 명령과 자문에 대해서도 압니다. 적어도 그것을 구할 수 있을 때는 말이죠." 내가 말했다.

잭 동지는 미소를 지었다. "앉으시오, 앉아. 그리고 인내심에 대해서도?"

"졸리거나 지치지 않았을 때는요." 내가 대답했다. "그리고 지금처럼 열 받지 않았을 때는 말입니다."

"배우게 될 것이오." 그가 말했다. "배우게 될 것이고 심지어 이런 상황에서도 자신을 조절할 수 있게 될 것이오. 특히 이런 상황에서 말이오. 그것이 인내의 가치요. 그것이 인내하게 만들어 준단 말이오."

"네, 지금 그걸 배우고 있는 것 같습니다." 내가 말했다. "바로 지금요."

"동지." 그가 건조하게 말했다. "동지는 스스로 얼마나 많은 걸 배우고 있는지 모를 거요. 앉으시오."

"좋습니다." 나는 다시 앉으며 말했다. "그렇지만 잠시 저의 개인적인 교육 문제는 접어놓고 한 가지 상기시켜드리고 싶은 게 있습니다. 최근 우리에 대한 사람들의 인내심이 한계에 달했습니다. 우리는 이것을 더 유리하게 이용할 수 있습니다."

"그리고 나도 정치인은 사사로운 사람이 아니라고 말해 줄 수 있었소." 잭 동지가 말했다. "그렇지만 그런 말은 그만하겠소. 우리가 어떻게 하면 더 유리하게 이용할 수 있겠소?"

"그들의 분노를 조직화하는 겁니다."

"자, 우리 위대한 전술가께서 자신의 책임에서 벗어났소. 오늘 이 동지는 바쁜 사람이오. 처음에는 브루투스의 시체 앞에서 연설을 하느라 바빴으며 지금은 흑인 민족의 인내심에 관하여 강연을 하느라고 말이오."

토빗은 혼자 즐기고 있었다. 그가 성냥을 켜서 불을 붙이는 동안 입술 사이의 담배가 흔들리는 것이 보였다.

"저는 이 동지의 말을 팸플릿에 올릴 것을 제안합니다." 그는 손가락으로 턱을 문지르며 말했다. "자연스러운 현상을 일으킬 수 있을 겁니다……."

여기서 끝내는 게 좋겠다고 나는 생각했다. 머리가 점점 가벼워지고 가슴은 조여드는 느낌이었다.

"이봐요." 내가 말했다. "한 사내가 비무장 상태에서 살해당했습니다. 우리의 동지가, 우리의 지도급 회원이 경관의 총에 쓰러졌습니다. 우리는 할렘에서 신망을 잃었습니다. 나는 군중을 규합시킬 기회를 포착해서 행동에 나섰습니다. 그것이 잘못됐다면 저는 잘못한 겁니다. 그렇다면 이런 쓸데없는 소리 하지 말고 그냥 직설적으로 말하세요. 저 바깥에 있는 군중을 다루려면 비꼬는 말만 가지고는 안 될 겁니다."

잭 동지의 얼굴이 붉어졌다. 다른 사람들은 서로 눈짓을 교환했다.

"이 사람이 아직 신문을 안 읽었군." 누군가 말했다.

"그럴 필요가 없다는 걸 잊었소?" 잭 동지가 말했다. "이 동지는 현장에 있었단 말이오."

"네, 저는 그 자리에 있었습니다." 내가 말했다. "살해 현장을 말씀하는 것이라면 말이죠."

"그것 보시오, 여러분." 잭 동지가 말했다. "이 동지는 사건 현장에 있었단 말이오."

토빗 동지는 손바닥으로 테이블의 모퉁이를 밀었다. "그러고도 여전히 그 장례식 같은 촌극을 연출했단 말이오!"

내 코가 실룩거리며 경련을 일으켰다. 나는 살며시 그를 돌아보며 억지로 미소를 보여 주었다.

"동지 같은 스타 없이 어떻게 촌극이 연출될 수 있겠습니까? 누가 25센트의 입장권을 사겠습니까, 투빗* 동지? 장례식이 뭐가 잘못된 거죠?"

"이제 상황이 진전되는군." 잭 동지는 다리를 풀어 의자에 내려놓으며 말했다. "전술가께서 아주 흥미로운 질문을 제기했소. 뭐가 문제냐고 그가 물었소. 좋소. 내가 대답하겠소. 동지의 지휘 아래 반(反)흑인, 반(反)소수민족을 외치는 인종 차별주의자이자 고집불통인 자의 비열한 끄나풀이었던 배신자 장사꾼이 영웅적 장례식을 치르게 됐소. 아직도 무엇이 잘못된

---

* 25센트를 의미하는 two bits를 빗대어 토빗을 투빗이라고 부름.

것인지 모르겠소?"

"그렇지만 배신자에게 아무런 조치도 취하지 않았잖습니까." 내가 말했다.

그는 자신의 의자 뒤를 붙잡고 반쯤 일어섰다. "우리는 모두 동지가 그걸 인정하는 걸 들었소."

"우리는 비무장 상태의 흑인이 총탄에 쓰러진 걸 극화시킨 것입니다."

그는 양손을 들어 올렸다. 웃기는 소리 말아. 나는 속으로 말했다. 웃기는 소리 하지 말라고. 그도 한 사람의 인간이었어!

"동지가 말하는 그 흑인은 배신자였소." 잭 동지가 말했다. "배신자!"

"무엇을 배신자라고 합니까, 동지?" 나는 분노와 재미를 동시에 느끼며 손가락을 헤아려 보이면서 말했다. "그는 한 사람의 흑인이자 인간이었습니다. 한 사람의 사내이자 동지였습니다. 그리고 말씀대로 한 사람의 사내이자 배신자였습니다. 그런데 지금 그는 죽은 사람입니다. 살아 있거나 죽었거나 그는 모순으로 가득 찬 사람이었습니다. 너무나 모순적이다 보니 할렘 거주자들의 반을 불러 모아서 우리의 요청에 호응하여 뜨거운 태양 아래 서 있게 만들었습니다. 그럼 배신자란 무엇을 말하는 겁니까?"

"이제 이 동지가 물러서는군요." 잭 동지가 말했다. "그를 잘 보시오, 동지들. 우리의 운동을, 흑인들에게 배신자를 떠넘기는 지경으로 만들어 놓고서 배신자가 무엇이냐고 묻고 있소."

"그렇습니다." 내가 말했다. "그래요, 그리고 그건 말씀대로 공정한 질문입니다, 동지. 어떤 사람들은 저보고 시내에서 일했다고 배신자라고 합니다. 제가 공무원이 되어도 배신자라고 부를 사람이 있을 겁니다. 또 그냥 방구석에 앉아서 조용히 지내도 배신자라고 부를 사람도 있겠죠. 저도 물론 클리프톤이 한 일을 생각해 보았는데……."

"그를 변호하다니!"

"그렇지 않습니다. 저도 동지만큼이나 정나미가 떨었습니다. 그렇지만 정말, 비무장 사내를 사살한 사실이 그가 저속한 인형들을 팔았다는 사실보다 정치적으로 더 중요하지 않습니까?"

"그래서 동지는 자신의 개인적인 책임 아래 움직였단 말이군." 잭이 말했다.

"제가 할 수 있는 유일한 방법이었습니다. 전략 회의에도 저는 참석할 수 없었습니다. 생각해 보세요."

"동지가 지금 무엇을 가지고 장난치는 것인지 모르겠소?" 토빗이 말했다. "자기 민족을 존중할 줄도 모르오?"

"동지에게 기회를 준 건 위험한 실수였소." 다른 사람이 말했다.

나는 그를 건너다보았다. "원한다면 위원회에서 그걸 박탈하실 수 있죠. 그건 그렇지만 왜 모두들 기분이 이렇게 안 좋은 겁니까? 심지어 사람들 중 십 분의 일만이라도 우리와 같은 시각으로 인형을 바라본다면 우리의 일은 훨씬 쉬워질 겁니다. 인형은 아무것도 아닙니다."

"아무것도 아니오." 잭이 말했다. "그 아무것도 아닌 것이 우리 얼굴을 날려 버릴 수도 있소."

나는 한숨을 쉬었다. "동지들의 얼굴은 안전합니다." 나는 말했다. "사람들은 그렇게 추상적인 말로 생각하지 않는다는 걸 모르세요? 만약 그렇다면 새 프로그램은 실패하지도 않았을 겁니다. 동지회가 곧 흑인 민족을 의미하는 것은 아닙니다. 어떤 조직도 마찬가지입니다. 클리프톤의 죽음에서 동지들은 그것이 동지회에 대한 신망을 훼손시킬 수도 있다는 사실만 생각합니다. 동지들은 그를 단지 배신자로만 생각합니다. 그렇지만 할렘은 그런 식으로 반응하지 않습니다."

"이제 이 사람이 흑인 민족의 조건반사에 대해 강의를 하고 있군." 토빗이 말했다.

나는 그를 바라보았다. 나는 매우 피곤했다. "동지회의 운동에 대하여 동지가 지대하게 기여하는 바의 원천은 어디에 있습니까? 익살극에서의 경력입니까? 아니면 흑인에 대한 동지의 심오한 지식입니까? 동지는 과거에 농장을 소유했던 집안 출신입니까? 당신의 흑인 유모가 밤마다 꿈속에 발을 끌며 나타납니까?"

그는 마치 물고기처럼 입을 벌렸다가 닫았다. "내가 훌륭하고 지적인 흑인 여성과 결혼한다는 사실을 말해줘야겠군." 토빗이 말했다.

그래서 당신이 그렇게 잘난 척을 했군. 빛이 그를 비스듬한 각도로 내리비춰서 그의 코 밑에 쐐기 모양의 그림자가 만들어지는 모습을 보며 나는 생각했다. 바로 그것이었군……. 여자가 관련되었다는 걸 내가 어떻게 짐작할 수 있었겠나?

"동지, 내가 사과하겠습니다." 나는 말했다. "제가 동지를 잘못 알았습니다. 동지는 우리의 본심을 알고 있습니다. 사실 동지는 반쯤은 우리와 같은 흑인이나 다름없네요. 저절로 그렇게 된 겁니까, 아니면 의도적인 겁니까?"

"이것 보시오." 그가 의자를 뒤로 밀치며 말했다.

덤벼 봐. 나는 속으로 외쳤다. 한 발자국만 움직여 봐. 조금만 더 움직여 보라고.

"동지들." 잭이 나를 바라보며 말했다. "주제에서 벗어나지 맙시다. 나는 흥미가 있소. 무슨 말을 하던 중이었소?"

나는 토빗을 바라보았다. 그의 눈이 이글거렸다. 나는 미소를 지었다.

"제 말은, 경찰은 클리프톤의 사상 따위에는 관심도 없다는 사실을 우리 모두가 알고 있다는 것입니다. 그는 흑인이었으며 저항했기 때문에 사살된 것입니다. 주된 이유는 그가 흑인이었다는 사실이지요."

잭 동지는 눈살을 찌푸렸다. "동지는 다시 '인종' 문제로 돌아갔소. 그렇지만 저들은 인형에 대해서는 어떻게 생각하오?"

"저는 인종 문제를 다루어야만 하기에 다시 거론하는 겁니다." 나는 대답했다. "그리고 인형과 관련해서는, 사람들은 경찰의 말에 따라 클리프톤이 악보나 성경, 혹은 무교병*을 팔았을 수도 있다고 알고 있습니다. 만약 그가 백인이었다면 죽지 않았을 것입니다. 아니면 체포당하는 걸 받아들이기만 했더라도……."

"흑인과 백인, 백인과 흑인." 토빗이 말했다. "우리가 이 인종주의자의 터무니없는 말을 들어야만 합니까?"

"안 들어도 됩니다, 흑인 동지." 내가 말했다. "동지의 정보통에게 직접 알아보도록 하세요. 그 정보통은 혼혈인입니까,

* 유대인이 유월절에 먹는 빵.

동지? 대답할 필요 없습니다. 단지 잘못된 점은 동지의 정보통이 너무 협소하다는 것이지요. 클리프톤이 동지회의 회원이기 때문에 군중이 모였다고는 생각하지 않으시겠죠?"

"그러면 왜 그들이 모였단 말이오?" 잭이 금방이라도 뛰쳐나올 자세를 취하며 물었다.

"우리가 그들에게 자신들의 감정을 표현할 기회를 만들어 주었기 때문입니다. 자신들을 확언할 수 있는 기회 말입니다."

잭 동지는 눈을 비볐다. "동지는 지금 완전히 이론가로 변했단 사실을 알고 있소?" 그가 말했다. "나를 놀라게 하고 있소."

"그렇지 않습니다, 동지. 그렇지만 사람을 생각하도록 만드는 방법으로는 그 사람을 고립시키는 것만큼 좋은 게 없는 것 같습니다." 내가 대답했다.

"그렇소, 사실이오. 우리의 최고의 사상 중 일부는 감옥에서 나온 것이라오. 단지 동지는 감옥에 있지 않았을 뿐이오. 그리고 또한 동지는 생각하라고 고용된 것도 아니었소. 그걸 잊었소? 그렇다면 내 말을 들어 보시오. 동지는 생각하라고 고용된 것이 아니오." 그는 매우 신중하게 말했다. 나는 생각했다. 그래…… 그래, 바로 이것이었군. 적나라하게 보니 구태의연하고 썩어 빠진 것이었어. 그래 이제 속을 드러냈으니…….

"이제야 저의 위치를 알게 됐습니다." 내가 말했다. "그리고 누구와 있다는 것도……."

"내 말을 왜곡하지 마시오. 우리 모두를 대신해서 위원회가 생각을 한다는 말이오. 우리 모두를 대신해서. 그리고 동지는 말을 하라고 고용된 것이오."

"맞습니다. 저는 고용된 것이지요. 그동안 모두들 너무 친근하게 대해 주셔서 제 처지를 망각했습니다. 하지만 만약 제가 아이디어를 표현하고 싶을 때는 어떻게 해야 하죠?"

"모든 아이디어는 우리가 제공하오. 우리는 아주 정확한 아이디어를 가지고 있소. 아이디어야말로 우리 기관의 일부요. 상황에 맞는 적합한 아이디어가 필요한 것이오."

"상황을 잘못 판단한다고 가정하면?"

"그런 일이 있더라도 동지는 조용히 있어야 하오."

"제가 옳더라도 말입니까?"

"위원회에서 통과된 것이 아니면 아무 말도 해서는 안 되오. 그렇지 않은 경우라면 마지막으로 지시받은 것만 계속 말하도록 하시오."

"그렇지만 구역 사람들이 제게 말할 것을 요구할 때는?"

"위원회에서 대답을 해 줄 것이오!"

나는 그를 바라보았다. 방은 무덥고 조용했으며 담배 연기가 자욱했다. 다른 사람들은 이상한 표정으로 나를 바라보았다. 나는 누군가 초조하게 유리 재떨이 속에 담배를 비벼 끄는 소리를 들었다. 나는 의자를 뒤로 밀고 깊이 심호흡하며 마음을 가다듬었다. 나는 위험한 길로 접어들었다. 나는 클리프톤을 생각했으며 그것으로부터 벗어나려고 애썼다. 아무 말도 하지 않았다.

갑자기 잭이 미소를 짓더니 자신의 지도자적인 역할로 되돌아갔다.

"이론과 전략에 관한 일을 다루도록 합시다." 그가 말했다. "우리는 경험이 많소. 우리는 졸업생이란 말이오. 반면 동지는 아주 똑똑한 신입생이어서 몇 개의 학년을 그냥 건너뛰었소.

그렇지만 그것들도 중요한 학년이었소. 특히 전략적 지식을 습득하기에는 말이오. 그런 걸 위해서는 전체적인 상황을 볼 필요가 있소. 눈에 보이는 것보다 더 많은 것이 연관되기 마련이오. 장기적인 안목과 단기적인 안목, 그리고 전체적인 안목을 기르면 아마도 할렘 사람들의 정치적인 의식을 비방하지 않을 것이오."

이 사람은 내가 현실을 말해 주려는 걸 모른단 말인가? 회원으로서 나는 할렘에 대한 생각을 포기해야 하는 건가?

"좋습니다." 나는 말했다. "동지 말대로 하지요. 단지 할렘의 정치적인 의식만큼은 저도 알고 있는 분야입니다. 그것이야말로 할렘 사람들이 뛰어넘게 하지 않은 과목이었습니다. 저는 제가 아는 현실을 묘사하고 있던 겁니다."

"그 점이 가장 문제가 되는 발언이오." 토빗이 말했다.

"압니다." 나는 엄지손가락으로 테이블의 모서리를 쓸어내리며 말했다. "동지의 개인적인 정보통이 다르게 말한 것입니다. 역사는 밤에 만들어집니다. 안 그렇습니까, 동지?"

"내가 경고했소." 토빗이 말했다.

"동지에서 동지에게로, 동지." 내가 말했다. "더 돌아다녀 보도록 하세요. 몇 주 만에 오늘이야말로 처음으로 그들이 우리의 주장에 귀를 기울이고 있다는 걸 알게 될 겁니다. 그리고 한 말씀 더 드리지요. 만약 우리가 오늘 이루어진 것을 끝까지 밀고 나가지 않는다면 다시는 기회가 없을 것으로……."

"자, 이제 마침내 미래에 대한 예견까지 하는군." 잭 동지가 말했다.

"그럴 수 있습니다……. 아니길 바라긴 하지만."

"저 사람에게 신이 내렸나 봅니다." 토빗이 말했다. "흑인 신이."

나는 그를 바라보고 미소를 지었다. 그는 회색 눈을 가졌고 홍채가 매우 넓었으며 턱에는 근육이 불거져 나와 있었다. 내가 그의 방어벽을 내려놓았으니 그는 이제 거칠게 덤벼들었다.

"신이 내린 것도 아니고, 동지의 부인이 내린 것도 아닙니다." 나는 그에게 말했다. "저는 두 사람 모두 만나 보지 못했습니다. 그렇지만 저는 여기 이곳 사람들하고 일을 해 왔습니다. 동지의 부인에게 술집이나 이발소, 나이트클럽, 아니면 교회에 데려다 달라고 해 보시죠. 그래요. 토요일마다 사람들이 머리를 볶는 미장원에도 가 보세요. 그러면 기록되지 않은 역사를 들을 수 있을 겁니다, 동지. 믿지 못하겠지만 사실입니다. 밤에 부인에게 싸구려 전셋집 통로에 데려다 달라고 해 보시죠. 거기 서서 무슨 소리가 들리나 들어 보세요. 부인을 길모퉁이로 보내서 사람들이 내려놓고 가는 게 무엇인지 알아 오라고 해 보시죠. 우리가 사람들을 행동으로 옮기도록 이끌지 못했기 때문에 많은 사람들이 분노하고 있다는 걸 알게 될 겁니다. 저는 제가 보고, 느끼고, 듣고, 알고 있는 것에 의존하듯이 그 사실에 의존해서 행동할 겁니다."

"안 되오." 잭 동지가 일어서며 말했다. "동지는 위원회의 결정에 의존해야 하오. 이 말은 충분히 했소. 위원회가 동지의 결정을 대신 내려 줄 것이오. 군중의 잘못된 생각에 지나치게 중요성을 부여하는 건 위원회가 할 일이 아니오. 도대체 동지는 규율을 어떻게 생각하는 것이오?"

"저는 규율을 문제 삼는 게 아닙니다. 저는 도움이 되고 싶은 것뿐입니다. 위원회에서 놓치고 있는 현실을 지적하려는 것뿐입니다. 단 한 번의 시위로도 우리는……."

"우리 위원회는 그런 시위를 불허하기로 결정했소." 잭 동지가 가로막았다. "그런 방법은 이제 효과가 없소."

다리 밑에서 무언가 빠져나가 버리는 기분이었다. 문득 곁눈을 통해 회의실의 어두운 쪽에 어떤 물체가 있는 것이 느껴졌다. "하지만 오늘 있었던 일을 못 보셨나요?" 나는 반박했다. "그건 무엇이었습니까? 꿈이었습니까? 그 군중을 보며 효과가 없었다는 건 무슨 뜻입니까?"

"그런 군중들은 우리의 기초 재료에 불과하오. 우리 프로그램에 맞추어 조정되어야 할 기초 재료에 불과하단 말이오."

나는 테이블을 둘러보고는 고개를 가로저었다. "사람들이 저를 모욕하고 자신들을 배신했다고 우리를 비난하는 것도 무리가 아니군……."

갑자기 동요가 일었다.

"다시 말해 보시오." 잭 동지가 앞으로 나서며 소리쳤다.

"사실입니다. 다시 말하죠. 오늘 오후까지 사람들은 동지회가 자기들을 배신했다고 말했습니다. 제가 들은 이야기를 말씀드리는 겁니다. 클리프톤 동지가 사라진 것도 바로 그 때문입니다."

"그건 변명의 여지가 없는 거짓말이오." 잭 동지가 말했다.

나는 이제 천천히 그를 바라보면서 생각했다. 만약 이게 전부라면, 만약 이게 전부라면……. "그런 식으로 말하지 마세요." 나는 부드럽게 말했다. "절대 그렇게 말하지 마세요, 그 누구도. 저는 들은 대로 말한 것입니다." 나는 손을 주머니 속에 넣고 타프 동지의 족쇄를 손가락 마디에 끼웠다. 나는 그곳 사람들을 하나하나 바라보며 자신을 억누르려고 애썼지만 아무래도 그들이 내게서 멀어지는 느낌이었다. 내 머리는 마치 초음속 회전목마를 탄 것처럼 빙글빙글 돌았다. 잭은 나를 바라보며 몸을 앞으로 기울였다. 그의 눈에는 새로이 흥미롭다는 빛이 돌았다.

"그렇게 들었단 말이지." 그가 말했다. "좋소. 그러면 이 말을 들어 보시오. 우리는 거리의 사람들이 가진 잘못되고 미숙한 생각에 맞추어 우리의 정책을 수립하지 않소. 우리가 하는 일은 그들의 생각을 묻는 것이 아니고 그들에게 어떻게 하라고 지시를 내리는 것이란 말이오!"

"전에도 그런 말을 했죠." 내가 말했다. "할렘 사람들에게 직접 그 말을 해 보시죠. 어쨌든 동지는 도대체 누굽니까, 위대한 백인의 아버지?"

"그들의 아버지가 아니라 지도자요. 그리고 동지의 지도자이기도 하고. 그걸 명심하시오."

"물론 저의 지도자입니다. 그렇지만 할렘 사람들과 동지는 무슨 관계입니까?"

그의 붉은 머리가 더욱 달아올랐다. "지도자요. 동지회의 지도자로서 그들의 지도자이기도 하단 말이오."

"그러니까 스스로도 그들의 위대한 백인 아버지는 확실히 아니라는 말씀이세요?" 나는 그를 자세히 살펴보며 말했다. 뜨거운 침묵이 흐르는 걸 감지할 수 있었다. 발끝에서 다리로 긴장이 흐르는 게 느껴지자 발을 재빨리 몸 쪽으로 끌어당겼다. "사람들이 동지를 잭 주인님이라고 부르는 게 낫지 않겠어요?"

"이것 보시오." 그는 말을 시작하며 일어서서 테이블에 몸을 기울였다. 그가 테이블 가장자리를 붙잡고 나와 전등 사이로 얼굴을 들이밀자 나는 의자의 뒤쪽 다리를 중심으로 반쯤 돌려 앉았다. 그는 외국어로 무언가 격렬하게 떠들더니 숨이 막힌 듯 기침을 하며 머리를 가로저었다. 나는 발끝으로 균형을 잡으면서 앞으로 뛰쳐나갈 준비를 했다. 바로 앞에 선 그의 얼굴과 그 뒤의 사람들을 보는 순간 갑자기 그의 얼굴에서 무언가 튕겨 나가는 듯했다. 헛것이 보인다는 생각이 들었다. 그런데 그것은 테이블에 날카로운 소리를 내며 떨어져서 굴러갔다. 그는 그 커다란 구슬 사이즈의 물건을 획 집어서 자신의 유리잔에 풍덩! 빠트렸다. 물이 제멋대로 빛나며 튀어 올라서 기름기가 번지르르한 테이블 위로 순식간에 물방울들이 떨어졌다. 방 안은 완전히 침체된 것 같았다. 나는 그들의 머리 위로 높이 솟구쳐 올랐다가 떨어졌으며 의자 다리가 바닥을 때리는 바람에 허리 끝에 충격을 느꼈다. 회전목마의 속도가 더욱 빨라졌으며 그의 목소리가 들렸으나 더 이상 무슨 말인지 듣지 못했다. 나는 유리잔을 유심히 바라보았으며 빛이, 투명하고 둥글게 홈을 새긴 그림자를 테이블의 어두운 무늬 결 위에 그려 놓은 것이 보였다. 유리잔 바닥에는 눈이 한 개 들어 있었다. 유리 눈이었다. 빛의 파장 때문에 모양이 일그러져 보이는 우윳빛의 흰 눈이었다. 그 눈은 우물의 어둠 속에서 바깥을 응시하듯 꼼짝 않고 나를 노려보고 있었다. 나는 내 앞에 서 있는 그를 바라보았다. 불빛이 방의 어두운 쪽을 배경으로 그의 윤곽을 드러내고 있었다.

"……아무튼 규율을 지켜야 하오. 규율을 지키든가 탈퇴하든가……."

나는 그의 얼굴을 노려보며 분노가 끓어올랐다. 그의 왼쪽 눈이 허물어져 있었으며 닫히지 않으려는 눈꺼풀 위로 빨간 선이 드러나 보였고 시선은 위력을 잃었다. 나는 그의 얼굴에서 유리컵으로 눈을 돌리면서 생각했다. 이 사람은 나를 당혹하게 만들려고 스스로 자기 눈을 파냈군……. 다른 사람들은 모두들 이미 알고 있었어. 전혀 놀라지도 않잖아. 나는 그 눈을 물끄러미 쳐다보며 잭이 초조한 듯 왔다 갔다 하며 외치는 소리를 들었다.

"내 말을 듣고 있는 거요, 동지?" 그는 멈추어 서서 키클롭스*처럼 짜증을 내며 나를 흘겨보았다. "왜 그런 것이오?"

나는 그를 올려다보았으나 대답할 말이 떠오르지 않았다.

그는 그걸 알아차리고 음흉하게 웃으며 테이블로 다가왔다. "바로 그거군. 그것 때문에 마음이 불편하군. 그렇지 않소? 동지는 감상주의자요." 그는 잔을 들어 올리며 말했다. 그러자 물속의 눈동자가 뒤집어졌으며 이제 그것은 고리 모양이 있는 유리잔 바닥에서 나를 내려다보는 듯했다. 그는 미소를 지으면서 자신의 텅 빈 눈구멍 높이로 잔을 들어 빙글빙글 돌렸다. "내가 이런 걸 몰랐었소?"

"몰랐습니다. 그리고 알고 싶지도 않고요."

누군가 웃었다.

"그것 보시오. 그건 동지가 우리와 얼마나 오랫동안 함께했는지 보여 주는 것이오." 그는 잔을 내렸다. "나는 임무를 수행

---

* 그리스 로마 신화에 나오는 외눈박이 거인.

하다 한쪽 눈을 잃었소. 그 점을 어떻게 생각하오?" 그는 자랑스럽게 말했는데, 그것이 나를 더욱 화나게 만들었다.

"동지가 그걸 숨기고 있는 한 저는 어쩌다 그렇게 됐는지 전혀 관심 없습니다."

"그건 동지가 희생의 의미를 모르기 때문이오. 나는 어떤 목적을 완수하라는 명령을 받았고 그것을 완수했소. 알겠소? 그 일을 하다가 한쪽 눈을 잃게 되는 한이 있어도 말이오……."

그는 이제 눈이 든 유리컵을 들어 올려서, 마치 공로 훈장이라도 되는 듯이 만족스러운 눈으로 바라보고 있었다.

"배신자 클리프톤과는 전혀 다르지, 안 그렇소?" 토빗이 말했다.

모두들 즐거워했다.

"좋습니다." 내가 말했다. "좋습니다! 그건 영웅적인 행동이었지요. 그것이 세계를 구했으니까요. 그리고 이제는 피나는 상처를 감춰 주고 있죠!"

"과대평가하지 마시오." 잭이 이제는 조용한 어조로 말했다. "죽은 사람들이야말로 영웅들이오. 이것은 아무것도 아니오……. 지나고 나니. 규율에 관한 작은 교훈일 뿐이오. '개인적으로 책임을 지는 동지', 동지는 규율이 무엇인지 알고 있소? 그것은 희생이요, 희생, 희생이란 말이오!"

그는 유리컵을 테이블 위에 쾅 내려놓았으며 내 손등으로 물이 튀었다. 나는 나뭇잎처럼 떨었다. 그게 규율의 의미란 말이지. 나는 생각했다. 희생……. 그래, 그리고 맹목. 이 사람은 나를 보고 있지 않아. 나를 보지도 않아. 이자의 목을 조를 것인가? 나도 모른다. 그는 나를 볼 수 없을 것이다. 아직도 모르겠다. 보라! 규율은 희생이다. 그렇다. 그리고 맹목이다. 그렇다. 그리고 이 사람은 나를 여기 앉혀 놓고 협박하려고 한다. 바로 그것이다. 그의 염병할 장님 유리 눈깔로 말이다……. 무슨 뜻인지 알았다고 말해 줄까? 말하지 말까? 그가 그걸 알아야 할까? 서두르자! 그래야 하지 않을까? 저걸 봐라. 잘 만들었다. 진짜처럼 보이는, 완벽하게 만든 모조품이다……. 말을 해야 되나, 말아야 되나? 어쩌면 그가 떠벌였던 그 외국어를 배운 곳에서 그걸 구했는지도 모른다. 그래야 하지 않을까? 그에게 정체불명의 언어를 말하도록 만들자. 그 미래의 언어를. 도대체 왜 이러는 거야? 규율. 그건 배우는 거야, 이 사람이 그렇게 말했지? 그런가? 내가 서 있나? 넌 여기 앉아 있잖아, 그렇지? 넌 잘하고 있어, 그렇지? 저 사람이 넌 배울 것이라고 했으니 지금 배우고 있는 거야. 이 사람은 그걸 항상 알고 있었어. 그는 수수께끼를 푸는 사람이니까 보여 줘야 하지 않을까? 가만히 앉아 있는 게 방법이야. 눈은 신경 쓰지 말고 배워. 어차피 그건 죽은 거니까……. 좋아 이제 그를 보자. 그가 왼쪽, 오른쪽으로 돌아서서 짧은 다리로 내게 다가온다. 그를 보라니까. 하나! 둘! 애꾸눈 등대. 좋아, 좋아……하나! 둘! 다리 짧은 조합장. 좋아! 이 사람을 못 박아라! 이 변덕쟁이 논쟁꾼 조합장을……. 좋아. 그거야. 이제 배우고 있는 거야……. 참아 내는 거야……. 인내……. 그거야…….

나는 처음 보듯 그를 다시 바라보았다. 높게 올라간 둥근 이마에 눈꺼풀이 덮이지 않는 텅 빈 눈구멍을 지닌, 조그만 쌈닭 같은 사내였다. 나는 이제 그를 자세히 살펴보았다. 그의 얼굴에서 붉은 반점들이 사라지고 있었다. 나는 마치 잠에서 막 깨어난 기분이었다. 나는 한 바퀴 빙 돌아 제자리로 온 것이다.

"동지의 기분을 잘 알고 있소." 그는 마치 연극의 한 막을 금방 마치고 자기 목소리로 돌아온 배우처럼 말했다. "나는 이런 나 자신을 처음 보았을 때 기분이 안 좋았던 기억이 있소. 내가 원래의 눈을 원하지 않는다고 생각하지 마시오." 그는 이제 물속에 든 자신의 눈을 꺼내려고 했다. 나는 매끄럽고, 반쯤은 동그랗고, 반쯤은 형체가 없는 그것이 그의 손가락 사이에서 빠져나가서 마치 뛰쳐나갈 곳을 찾는 것처럼 이리저리 움직이는 광경을 보았다. 마침내 그것을 잡은 후 그는 물을 털고 입으로 훅 불어 내며 방의 어두운 쪽으로 걸어갔다.

"그렇지만 누가 아오, 동지." 그는 등을 돌린 채 말했다. "만약 우리가 일을 성공적으로 완수하면 새로운 사회가 나에게 살아 있는 눈을 선사해 줄지도 모르잖소. 그건 결코 잡을 수 없는 환상만은 아니오. 비록 오랫동안 눈이 없이 지내 왔지만……. 그런데 지금 몇 시나 됐소?"

그런데 어떤 사회가 그로 하여금 나를 보도록 만들겠는가? 나는 토빗 동지의 대답을 들으면서 생각했다. "6시 15분이오."

"그러면 즉시 일어나는 게 좋겠소. 갈 길이 멀잖소." 그는 바닥을 가로질러 가며 말했다. 그는 눈을 제자리에 넣었으며 미소를 짓고 있었다. "어떻소?" 그가 내게 물었다.

나는 고개를 끄덕였으나 몹시 피곤한 상태였다. 나는 단순히 고개만 끄덕였다.

"좋소." 그가 말했다. "동지에게는 진심으로 이런 일이 없기를 바라오. 진심으로."

"만약 그렇게 되면 동지의 안과 의사를 소개해 주세요." 내가 말했다. "그러면 다른 사람이 저를 보지 않듯, 저도 저 자신을 보지 않게 될지도 모르니까요."

그는 기묘한 눈으로 나를 보고는 웃음을 터뜨렸다. "보시오, 동지들. 이 동지는 농담을 하는 것이오. 이 동지는 다시 형제처럼 느끼고 있소. 마찬가지로 나 역시 동지가 이런 걸 필요로 하게 되지 않길 바라는 것이오. 어쨌든 가서 햄브로를 만나시오. 그가 프로그램을 대략 설명해 주고 지시를 내릴 것이오. 오늘은 그냥 일이 돌아가는 대로 내버려 두시오. 중요한 것은 발전이오. 우리가 그렇게만 할 수 있다면 말이오. 그렇지 않으면 잊혀질 것이오." 그는 외투를 걸치며 말했다. "그게 최선이라는 걸 알게 될 것이오. 동지회는 상호 협력하는 단위로서만 활동해야 하오."

나는 그를 바라보았다. 나는 다시 냄새가 나는 걸 느꼈다. 목욕을 해야 했다. 다른 사람들은 일어서서 문 쪽으로 움직여 갔다. 나도 일어섰으며 셔츠가 등에 달라붙은 느낌이 들었다.

"마지막으로 하나 더." 잭은 내 어깨 위에 손을 얹으며 나직이 말했다. "그 성질을 조심하시오. 이것 역시 규율이오. 동지의 아이디어와 논쟁 기술로 상대방 동지들을 깨뜨려 나가는 법을 배우시오. 성질은 적들에게 사용하시오. 적들과의 싸움을 위해 간직해 놓으시오. 가서 좀 쉬도록 하고."

몸이 떨리기 시작했다. 그의 얼굴이 다가왔다 물러가고, 물러갔다 다가오는 듯했다. 그는 고개를 가로저으며 잔인한 미소를 지었다.

"동지의 기분이 어떤지 알고 있소." 그는 말했다. "많은 노력이 허사로 돌아간 점은 안됐소. 그렇지만 그 자체로도 일종의 훈련이오. 나는 동지에게 내가 배워 온 것을 말해 준 것이오. 나는 동지보다 훨씬 나이가 많잖소. 잘 있으시오."

나는 그의 눈을 바라보았다. 내 기분이 어떤지 알고 있다 이 말이군. 어느 쪽 눈이 정말 안 보이는 거요? "안녕히 가세요." 나는 말했다.

"잘 있으시오, 동지." 토빗만 제외하고 모두들 내게 인사했다.

있기야 하겠지만 잘 있진 못하겠지. 나는 마지막으로 "안녕히 가세요."라고 하면서 생각했다.

그들이 나가자 나는 외투를 걸치고 가서 내 의자에 앉았다. 그들이 계단을 내려가서 아래층 문을 닫는 소리가 들렸다. 나는 마치 최악의 코미디를 본 기분이 들었다. 그렇지만 그것은 현실이었고 그 안에 내가 살고 있다. 그것만이 내가 역사적으로 의미 있는 삶을 살 수 있게 해 준다. 그곳을 떠나면 갈 곳이 없을 것이다. 클리프톤과 마찬가지로 죽은 목숨이며 무의미한 삶이다. 나는 어둠 속에 있는 인형을 더듬어 집어서 책상 위에 떨어뜨렸다. 그는 죽었다. 그리고 그의 죽음에서는 아무것도 나올 것이 없다. 그는 이제 청소부로조차도 쓸모가 없다. 그는 너무나도 오랫동안 기다렸으나 그에 대한 지시가 바뀌어 버린 것이다. 그는 장례식 하나로 그럭저럭 해냈다. 그게 전부였다. 불과 며칠 사이의 문제일 뿐이었지만 그는 그걸 놓쳤고 내가 할 수 있는 일은 없었다. 하지만 최소한 그는 죽었고 그 문제로부터 벗어났다.

나는 그 자리에 한동안 앉아 있었다. 점점 더 미칠 것 같았고 그 생각과 싸워야 했다. 나는 물러설 수 없었다. 싸우기 위해서는 사람들과 접촉해야만 했다. 그렇지만 이전과 같지는 않으리라. 절대로. 오늘 밤 이후에는 절대 전처럼 보이지 않을 것이며, 전처럼 생각하지도 않을 것이다. 내가 어떤 모습이 될지는 나도 정확히 모르겠다. 단지 이전의 나로 돌아갈 수 없다는 것이다. 별것도 없었지만 현재의 내가 되기 위해 너무나 많은 걸 잃었다. 나의 일부 역시 토드 클리프톤과 함께 죽었다. 이제 햄브로를 만나러 갈 것이다. 그게 무슨 소용이든 관계없이. 나는 일어서서 복도로 나갔다. 유리컵이 여전히 테이블 위에 놓여 있었다. 나는 그것을 방 건너편으로 쓸어 버렸으며 어둠 속으로 덜그럭거리며 굴러가는 소리가 들렸다. 그런 후 나는 아래층으로 내려갔다.

23장

아래층 바는 후덥지근하고 사람들로 붐비고 있었다. 그곳에서는 클리프톤의 피격을 놓고 뜨거운 논쟁이 벌어지고 있었다. 나는 출입구 근처에 자리를 잡고 버번을 주문했다. 그때 누군가 나를 알아보자 그와 함께 있던 사람들이 나를 논쟁에 끌어들이려고 했다.

"미안하지만 오늘 밤은 사양하겠습니다." 나는 거절했다. "그 사람은 저의 가장 친한 친구였거든요."

"아, 그러세요." 그들이 말했다. 나는 버번 한 잔을 더 마시고 그곳을 나왔다.

125번가에 이르렀을 때 한 무리의 시민자유연합회 회원들이 문제의 경관에 대한 파면을 요구하는 탄원서를 돌리면서 내게 다가왔다. 한 블록을 더 가자 낯익은 거리의 여전도사가 죄 없는 사람들의 학살에 대한 설교를 하고 있었다. 상상했던 것보다 훨씬 더 많은 집단의 사람들이 그 사건으로 인해 동요하고 있었다. 좋아. 나는 속으로 생각했다. 어쩌면 결국 그것은 수그러들지 않을지도 모른다. 오늘 밤에 햄브로를 만나 보는 게 좋을 것 같다.

거리를 따라 끊임없이 사람들이 삼삼오오 모여 있었다. 속도를 높여 걷다 보니 어느새 7번가에 이르렀다. 그곳 가로등 밑에는 어느 곳보다 많은 군중이 설교자 라스를 둘러싸고 있었다. 세상에서 가장 보기 싫은 사람이다. 내가 막 돌아선 순간 그가 깃발들 사이로 몸을 내밀며 소리쳤다. "저길 보시오, 저길. 흑인 신사숙녀 여러분! 동지회의 대표가 지나가고 있습니다. 라스가 제대로 봤습니까? 저 신사분이 우릴 모른 척하고 지나치려 했던 게 맞습니까? 가서 물어보세요. 그쪽 사람들은 뭘 기다립니까, 선생? 당신네 기만적인 조직 때문에 우리 흑인 젊은이가 총 맞아 쓰러졌는데 뭘 하고 있는 것이오?"

그들은 몸을 돌려 나를 보며 가까이 다가왔다. 일부는 내 뒤로 와서 사람들 쪽으로 나를 밀어 세우려고 했다. 그 설교자는 파란색 신호등 밑에서 몸을 앞으로 수그리며 나를 가리켰다.

"신사숙녀 여러분, 저 사람에게 지금 그쪽 사람들은 무슨 일을 하고 있는지 물어보십시오. 그들이 겁을 먹었나요, 아니면 백인과 그들의 흑인 앞잡이들이 척 달라붙어서 우리를 배신하고 있는 건가요?"

"손 치우시오." 나는 누군가 옆에 와서 팔을 붙잡자 소리쳤다.

누군가 나직이 욕하는 소리가 들렸다.

"저 형제에게도 대답할 기회를 줍시다!" 누군가 말했다.

그들의 얼굴이 내게로 향했다. 나는 웃음이 나오려고 했다.

왜냐하면 갑자기 나 스스로도 내가 배신자인지 아닌지 분간할 수 없었기 때문이다. 그렇지만 사람들은 내 웃음소리를 들을 기분이 아니었다.

"신사숙녀 여러분, 그리고 형제자매 여러분." 내가 말했다. "저는 이런 공격에 대하여 대응할 가치가 없다고 생각합니다. 모두들 저와 제가 한 일에 대해서 아시기 때문에 다시 설명할 필요가 없다고 생각합니다. 하지만 우리의 가장 촉망받던 젊은이의 불행한 죽음을 이용하여, 그런 불법 행위를 종식시키기 위해 노력하고 있는 한 조직에 대한 공격의 도구로 삼는 것은 지극히 비열한 행위로 보입니다. 이 살육 행위에 가장 먼저 저항했던 조직이 누구입니까? 누가 먼저 민중을 불러일으켰습니까? 동지회입니다! 언제나 가장 먼저 민중의 대의를 주장하고 나서는 조직이 누구입니까? 그것 역시 동지회입니다!

확실히 말씀드리겠지만, 우리는 행동을 취했으며 앞으로도 항상 그럴 것입니다. 그렇지만 우리들 나름대로의 규율을 통해 활동할 것입니다. 그리고 적극적으로 활동할 것입니다. 우리는 조급하고 경솔한 행동으로 여러분과 우리들의 힘을 낭비하지 않을 겁니다. 우리는 모두 미국인입니다. 백인이든 흑인이든, 그리고 저기 사다리 위에 있는 저 사람이 무슨 말을 하든 관계없이 미국인입니다. 그런데 우리는 저기 올라선 신사께서 죽은 사람의 이름을 남용하도록 내버려 두고 있습니다. 동지회는 동지의 상실을 깊이 슬퍼하고 있습니다. 우리는 그의 죽음이 깊고도 지속적인 변화의 시발점이 되도록 만들기로 결의했습니다. 한 사람이 무사히 매장되는 사이 얼쩡거리며 기다리다가 사다리 위에 올라가서 고인이 신봉했던 모든 것에 대한 추억을 더럽히는 것은 쉬운 일이죠. 그렇지만 고인의 죽음으로부터 오랫동안 지속될 무언가를 창조하는 일은 시간이 걸리고 면밀한 계획이 필요합니다……."

"여보시오." 라스가 소리쳤다. "주제에 집중하시오. 당신은 내 질문에 대답하지 않고 있소. 피격 사건에 대해 당신들이 하는 일이 뭐요?"

나는 군중의 가장자리로 쪽으로 물러섰다. 더 이상 계속했다가는 불상사가 일어날 수도 있었다.

"자신의 이기적인 목적으로 고인을 남용하지 마시오." 내가 반박했다. "그를 조용히 잠들게 내버려 두시오. 그의 몸을 그만 난도질하란 말이오!"

나는 라스가 분노하는 사이 사람들을 밀고 빠져나왔다. "대답해라!" "무덤 약탈자!" 등 뒤로 고함치는 소리가 들려왔다.

설교자는 나를 향해 팔을 흔들어 대며 소리쳤다. "저자는 백인 노예꾼에게 돈을 받는 앞잡이입니다. 우리의 흑인 아기들과 여성들이 고통받던 지난 몇 달 저 사람은 어디에 있었습니까……."

"고인을 편히 쉬게 내버려 두시오." 나는 소리쳤다. 그때 누군가 외치는 소리가 들렸다. "이봐, 아프리카로 돌아가. 죽은 형제를 모르는 사람은 아무도 없어."

좋아. 나는 생각했다. 좋아. 그때 뒤에서 발을 끄는 소리가 들려왔다. 획 돌아보니 두 명의 사내가 우뚝 멈춰 섰다. 라스의 부하들이었다.

"이봐요, 선생." 나는 라스를 올려다보며 말했다. "무엇이 당신 신상에 좋은지 안다면 당신네 건달패들을 불러들이는 게 좋을 거요. 건달 두 놈이 날 따라오고 싶어 하는 것 같은데."

"말도 안 되는 거짓말이오!" 그가 소리쳤다.

"나한테 무슨 일이라도 생기면 여기 목격자들이 많이 있소. 사람이 묻히자마자 파내려는 자는 무슨 일이든 할 수 있겠지만 경고하겠는데……."

일부 군중으로부터 성난 고함 소리가 들려왔으며 두 사내가 증오의 눈빛으로 나를 지나쳐서 군중들을 지나 길모퉁이로 사라졌다. 라스는 이제 동지회를 공격하고 있었다. 그의 패거리들은 청중 사이에서 그의 말에 맞장구치고 있었다. 나는 계속 발걸음을 옮겨 레녹스 가 방향으로 되돌아갔다. 그런데 어느 극장 앞을 지나가는 순간 그들이 나타나 나를 붙잡고 주먹을 날리기 시작했다. 그렇지만 이번에는 그들이 장소를 잘못 골랐다. 극장의 문지기가 끼어들자 그들은 라스가 열고 있는 거리의 집회 현장으로 달아나 버렸다. 나는 문지기에게 감사하다고 말하고는 계속 걸음을 옮겼다. 나는 운이 좋았다. 그들이 나를 다치게 하지 못했다. 그렇지만 라스는 다시 과감해지기 시작했다. 사람이 덜 붐비는 거리였다면 내게 큰 상처를 입혔을지도 모른다.

레녹스 가에 이르러 나는 길 가장자리로 내려와 택시를 잡으려고 손을 흔들었지만 그냥 지나쳐 버렸다. 앰뷸런스 한 대가 지나갔고 이어서 택시 한 대가 빈차 표시등을 끈 채 지나갔다. 택시가 왜 안 오는 거야! 산뜻한 크림색 여름 정장을 입은 세 명의 사내가 내 옆에 와서 섰다. 그들의 모습을 보는 순간 망치로 머리를 얻어맞은 느낌이 들었다. 그들은 모두 검은 선글라스를 끼고 있었다. 나는 그 모습을 수천 번도 더 보았었다. 그렇지만 일시적인 할리우드식 유행의 멍청한 모방으로서만 여겨 왔던 것이 갑자기 개인적으로 매우 중요한 의미를 갖게 됐다. 그냥 해 보는 거야. 나는 생각했다. 그냥 해 보는 거야. 나는 거리를 쏜살같이 건너가 에어컨이 있는 시원한 편의점 안으로 들어갔다.

진열장을 보니 햇빛 가리개, 머리 그물, 고무 장갑, 그리고 인조 속눈썹들 틈에 선글라스가 섞여 있었다. 나는 그중에 렌즈가 가장 짙은 것을 집었다. 초록색 렌즈였으나 색이 매우 짙어서 거의 검은색으로 보였다. 나는 그 자리에서 그것을 끼고 어둠에 묻혀 바깥으로 나왔다.

앞이 거의 보이질 않았다. 바깥은 이제 거의 어두워졌으며 거리는 희미한 초록색 물체들로 가득했다. 나는 천천히 길을 가로질러 가서 지하철 입구 근처에 섰다. 그리고 눈의 초점이 맞을 때까지 기다렸다. 지하철의 불길한 불빛을 응시하다 보니 마음속에서 야릇한 흥분이 끓어올랐다. 지하에서 훅 뿜어져 나오는 뜨거운 바람 속으로 사람들이 올라오기 시작했다. 전동차의 진동이 인도 위로 느껴졌다. 택시 한 대가 굴러와 승객을 내려놓았다. 그러나 내가 그 택시를 잡으려는 순간 여자 하나가 계단에서 올라오더니 내 앞에 멈추어 서서 미소를 지었다. 이건 또 무슨 일인가. 나는 꽉 끼는 여름옷을 입고 웃으면서 서 있는 그녀를 보며 생각했다. 덩치 큰 젊은 여자가 크리스마스 나이트 향수 냄새를 풍기며 내게 가까이 다가왔다.

"라인하트. 자기, 자기가 맞죠?" 그녀가 물었다.

라인하트. 나는 속으로 중얼거렸다. 제대로 먹히는군. 그녀는 내 팔을 잡았다. 나는 생각할 겨를도 없이 나도 모르게 대답했다. "당신이요?" 나는 숨을 죽이고 기다렸다.

"자, 처음으로 시간을 지켰네요." 그녀가 말했다. "모자도 안 쓰고 뭐 하는 거예요, 내가 사 준 모자는 어쨌어요?"

나는 웃음을 터뜨릴 뻔했다. 크리스마스 나이트 향기가 이제 나를 감쌌으며 그녀의 얼굴이 가까이 다가오는 걸 발견했다. 그녀의 눈이 휘둥그레졌다.

"세상에, 당신은 라인하트가 아니잖아요. 도대체 무슨 짓을 하려는 거예요. 당신은 라인하고 말투도 달라요. 도대체 무슨 꿍꿍이속이에요?"

나는 웃으면서 뒤로 물러섰다. "우리 둘 다 서로 잘못 본 것 같네요." 내가 말했다.

그녀는 가방을 끌어안고 뒷걸음질 치면서 어리둥절한 얼굴로 나를 바라보았다.

"나쁜 의도가 있었던 건 정말 아닙니다." 내가 해명했다. "미안합니다. 저를 누구로 잘못 본 겁니까?"

"라인하트요. 그 사람 흉내를 내다가 그에게 잡히지 않는 게 좋을 거예요."

"그럼요." 나는 말했다. "아무튼 당신이 그를 보고 너무나도 기뻐하는 것 같아서 모른 척할 수가 없었소. 그는 정말 행운아예요."

"어쨌든 나는 당신이 바로 그 사람이라고 생각했는데……. 이봐요, 곤경에 빠지기 전에 얼른 다른 곳으로 가요." 그녀는 옆으로 비켜서며 말했다. 나는 그 자리를 떠났다.

정말 이상한 일이었다. 그렇지만 모자에 관한 것은 좋은 아이디어야. 나는 라스의 부하들이 있는지 살피면서 서둘러 걸어가며 생각했다. 나는 시간을 낭비하고 있었다. 첫 번째 모자 가게로 들어가서 그곳에서 가장 챙이 넓은 모자를 사서 썼다. 이것만 있으면 눈보라가 치는 날에도 눈에 띄겠지. 물론 나를 다른 사람으로 알겠지만.

그런 후 나는 다시 거리로 돌아와서 지하철을 향해 걷기 시작했다. 내 눈은 빠르게 적응해 갔다. 세상은 짙은 초록빛을 띠었으며 자동차 불빛들은 별처럼 빛을 발했다. 사람들의 얼굴은 신비스럽게 흐릿한 모습으로 보였고 극장의 번쩍이는 간판들은 은은하고 불길한 빛으로 누그러져 보였다. 나는 대담하게 성큼성큼 걸어서 라스의 집회장으로 되돌아갔다. 이것은 실제 시험이다. 만약 이것이 제대로 효과가 있다면 더 이상 말썽 없이 햄브로를 만나러 갈 수 있으리라. 그러면 앞으로 분노의 시기가 오더라도 나는 거리를 마음대로 돌아다닐 수 있을 것이다.

두 명의 사내가 다가왔다. 그들은 보도를 독차지하며 큰 걸음으로 활보했고 그들이 입은 실크 스포츠 셔츠는 율동적으로 흔들렸다. 그들 역시 검은 선글라스를 착용했다. 그리고 모자를 머리에 높이 쓰고 테두리는 낮게 끌어 내렸다. 폼 잡는 녀석들이군. 내가 그렇게 생각하는 순간 그들이 말을 걸어왔다.

"어때요, 형씨." 그들이 말했다.

"라인하트, 노땅 아저씨. 뭘 참고 있는지 말해 보세요."

젠장, 그자의 친구들인가 보군. 나는 손을 내저으며 걸으면서 생각했다.

"라인하트, 우리는 형씨가 뭘 하고 있는지 알아." 그들 중 하나가 소리쳤다. "잘해 봐요, 노땅 아저씨, 잘해 보라고요!"

나는 농담을 받듯이 손을 내저었다. 그들은 뒤에서 웃음을 터뜨렸다. 이제 거의 블록 끝까지 왔으며 내 등은 땀으로 젖어 있었다. 라인하트는 누구이며 무얼 참고 있단 말인가? 더 문제를 일으키기 전에 그자에 대해 알아봐야만 한다.

차 한 대가 라디오 소리를 요란하게 울리며 지나갔다. 앞에서는 설교자 라스가 군중에게 맹렬하게 외쳐 대는 소리가 들려왔다. 나는 가까이 다가갔다. 나는 군중을 뚫고 지나가기 위해 눈에 띌지도 모르지만 보행자들을 위해 남겨 둔 통로로 가서 멈추어 섰다. 그들은 뒤편으로는 상점들의 진열창 앞까지 바짝 두 줄로 늘어서 있었다. 내 앞에서 청중들은 초록빛이 감도는 어둠 속에 뒤섞여 있었다. 설교자는 요란하게 몸을 움직이며 동지회를 매도하고 있었다.

"행동으로 옮길 시기가 왔습니다. 우리는 저들을 할렘에서 몰아내야 합니다." 그가 외쳤다. 그가 휘둘러보다가 나를 보았을 것이라는 생각이 문득 들자 바짝 긴장했다.

"그들을 몰아내자고 라스는 말했습니다! 설교자 라스가 파괴자 라스로 변할 시간입니다!"

맞장구치는 외침 소리가 일어났으며 뒤를 돌아보니 나를 따라왔던 녀석들이 보였다. 나는 생각했다. 파괴자라니, 무슨 뜻일까?

"다시 한번 말합니다. 흑인 신사숙녀 여러분. 행동으로 옮길 때가 됐습니다! 파괴자 라스가 다시 말합니다. 때가 왔습니다!"

나는 흥분하여 몸이 떨렸다. 그들이 나를 알아보지 못했다. 효과적이군. 그들은 내가 아닌 모자를 본다. 거기에는 마법 같은 것이 있다. 바로 코앞에서도 나를 감추어 준다……. 그렇지만 문득 확신이 들지 않았다. 라스가 할렘에서 백인과 관련된 것을 모조리 파괴하라고 주장하는데 누가 나를 알아보겠는가? 나는 더 정확한 실험이 필요했다. 만일 내 계획을 실현할 계획이라면……. 무슨 계획? 젠장, 나도 모르겠다. 그만 하자…….

나는 군중 속에서 이리저리 빠져나와 햄브로의 집으로 향했다. 최신 유행복을 입은 한 패가 지나가며 내게 인사했다. "어이, 아저씨." 그들이 불렀다. "어이, 안녕하시오?"

"어이, 안녕!" 내가 맞장구쳤다.

특정한 방식으로 옷을 입고 걷다 보니 마치 서로가 첫눈에 알아볼 수 있는 교우회 같은 것에 가입이라도 한 것 같았다. 용모가 아니라 옷이나 제복, 아니면 걷는 모양으로 즉시 알아보는 것 말이다. 그러나 이러한 느낌은 또 다른 불확실성을 느끼게 해 주었다. 나는 유행하는 복장을 입는 사람이 아니라 일종의 정치인이다. 아니, 그게 아니었나? 실제 실험에서는 어떻게 될까? 졸리 달러에서 그토록 나에게 모욕을 주었던 녀석들은 어떻게 된 건가? 나는 그런 생각을 하며 8번가를 반쯤 가로질러 가다가 발걸음을 되돌려 주택가로 향하는 버스를 타기 위해 달려갔다.

바를 둘러싸고 여러 명의 단골손님들이 앉아 있었다. 실내는 사람들로 붐볐으며 배럴하우스가 바에서 일하고 있었다. 나는 모자를 눌러쓰고 바를 향해 사람들을 헤치고 걸어갔다. 콧마루로 안경테가 파고 들어오는 느낌이 들었다. 배럴하우스는 나를 대충 쳐다보더니 입술을 삐죽 내밀었다.

"오늘 저녁엔 어떤 술을 드시겠소, 대장 양반?" 그가 물었다.

"발렌타인으로 한 잔 주시오." 나는 내 본래의 목소리로 주문했다.

나는 그가 내 앞에 맥주를 내려놓고는 커다란 손으로 바닥을 철썩 내리치며 술값을 요구하는 사이 그의 눈동자를 줄곧 바라보았다. 내 가슴이 더욱 빠르게 뛰었다. 나는 평소에 돈을 지불할 때 하는 습관대로 바 위에 동잔을 빙그르르 돌려 놓고는 기다렸다. 그는 냉큼 동전을 집어 들었다.

"고맙소, 형씨." 그렇게 말하고 그는 계속 자기 일을 했다. 나는 당혹스러웠다. 그의 목소리에는 나를 알고 있다는 투가 섞여 있었으나 실제의 나를 알아보는 것은 아니었다. 그는 절대로 나를 "대장 양반"이나 "형씨" 따위로 부른 적이 없었기 때문이다. 복장의 효과야. 나는 속으로 생각했다. 아주 효과적인 것 같아.

분명 무언가가 확실히 내게 작용하고 있었다. 그것도 아주 심오하게 말이다. 여전히 나는 편한 마음이었다. 날씨가 더웠는데, 어쩌면 그 덕분인지도 몰랐다. 차가운 맥주를 마시며 실내 뒤편의 테이블 자리 쪽을 바라보았다. 남녀 군중이 악몽 속의 형상들처럼 초록빛 담배 연기 속에서 끊임없이 움직이고 있었다. 주크박스는 시끄럽게 울려 댔는데 그것은 마치 컴컴한 동굴 속의 깊은 곳을 들여다보는 것 같았다. 그때 누군가 옆으로 비켜섰다. 오르내리는 머리와 어깨들 너머로 바의 곡선 부분을 내려다보니 주크박스가 보였다. 그것은 마치 악몽 속에 등장하는 '불타는 용광로'처럼 불이 켜진 채 소리를 질러 대고 있었다.

젤리, 젤리
젤리,

밤새도록.

나는 숫자 맞추기 게임의 운영자가 당첨금을 지불하는 모습을 보며 생각했다. 여기는 분명 동지회의 힘이 들어와 있는 곳이다. 햄브로가 상황에 대해 설명해 줄 때 이곳에 대해서도 물어봐야겠다.

나는 잔을 비우고 그곳을 나서기 위해 몸을 돌렸다. 그때 건너편 식사 테이블에 앉아 있는 마세오 동지가 보였다. 나는 변장한 복장도 잊은 채 그에게 충동적으로 다가갔다. 거의 코앞에 가서야 나는 흥분을 가라앉히고 다시 한번 변장한 모습을 시험해 보기로 했다. 나는 그의 어깨 너머로 거칠게 손을 뻗어서, 설탕통과 핫소스 병 사이에 꽂혀 있는 기름때 묻은 메뉴판을 꺼내 들었다. 그리고 검은 렌즈를 낀 채 그걸 보는 척했다.

"갈비 맛이 어떻소, 형씨?" 내가 물었다.

"좋소. 적어도 내가 먹고 있는 건 괜찮소."

"그래요? 형씨가 갈비에 대해 얼마나 아시오?"

그는 천천히 고개를 들어 나지막한 푸른 불꽃 앞에서 꼬챙이에 꿰인 통닭이 돌고 있는 회전식 구이 장치를 쳐다보았다. "내 생각에 형씨만큼은 알고 있을 것 같소." 그가 대답했다. "어쩌면 더 많이 알지도 모르지. 아마 형씨보다는 몇 년은 더 먹어 봤을 테니까. 그것도 더 여러 장소에서 말이오. 그런데 왜 여기 와서 남 밥 먹는 데 쓸데없이 참견하는 거요?"

그는 고개를 돌려서 내 얼굴을 똑바로 바라보며 대들었다. 그는 싸움닭처럼 서슬이 퍼랬으나 나는 웃음이 나오려고 했다.

"아, 진정하시오." 나는 투덜거렸다. "사람이 물어보지도 못하오?"

"다 알고 있잖아." 그는 등받이 없는 의자에서 완전히 돌아 앉았다. "이제 칼을 빼 들 준비가 됐겠지."

"칼?" 나는 웃음을 참으며 말했다. "누가 칼 같은 소리를 했단 말이오?"

"당신이 생각하는 게 바로 그거잖아. 누군가 기분 나쁜 말을 꺼내면 당신 같은 자들은 항상 잭나이프를 빼 들잖아. 그래, 좋다 이거야. 어서 빼 보시지. 나는 언제라도 죽을 준비가 돼 있거든. 자, 어디 한번 보자고. 덤벼!"

그는 설탕 통을 집어 들었다. 나는 그 자리에 선 채 내 앞의 이 노인이 마세오 동지가 아니라 나를 속이려고 누군가 변장한 것일지도 모른다는 생각이 퍼뜩 들었다. 선글라스는 정말 효과적이었다. 이 사람은 정말 용감한 늙은 동지군. 그래도 이래서는 안 되겠다고 생각했다.

나는 그의 접시를 가리켰다. "나는 갈비에 대해 물었을 뿐이오." 내가 말했다. "형씨의 갈비가 어떠냐고 물은 게 아니잖소. 누가 칼 따위에 대해 말했단 말이오?"

"그건 신경 쓰지 말고 어서 덤비기나 하시지. 칼을 빼라고." 그가 재촉했다. "어디 한번 보자. 내가 등을 돌리길 기다리시나? 좋아, 봐라. 여기 등이 있다." 그렇게 말하면서 그는 의자에 앉은 채 재빠르게 등을 돌렸다가 바로 앉았다. 그의 손은 설탕 통을 던질 태세였다.

손님들이 돌아보더니 자리를 피하기 시작했다.

"무슨 일이오, 마세오?" 누군가 물었다.

"아무것도 아냐. 이 겁 없는 새끼가 여기 와서 까불잖아……."

"진정해요, 노인 양반." 내가 말했다. "입을 잘못 놀려 머리통 깨질 일은 벌이지 마시지." 내가 왜 이런 식으로 말하고 있지? 나는 속으로 생각했다.

"그런 걱정은 말아, 이 새끼야. 어서 잭나이프나 꺼내!"

"혼내 주시오, 마세오. 그 개새끼를 뭉개 버려요!"

나는 귀로 그 목소리의 위치를 확인하고는 다시 그 선동자, 마세오를 돌아보았다. 손님들은 출입문을 막고 서 있었다. 주크박스조차도 꺼졌다. 나는 위험이 매우 빠른 속도로 엄습해 오는 걸 느낄 수 있었다. 생각할 겨를도 없이 나는 재빠르게 뛰어들어서 맥주병 하나를 집어 들었다. 몸이 떨려 왔다.

"좋아." 내가 말했다. "당신이 그렇게 이걸 원한다면! 좋아! 누구든 멋대로 지껄이면 이게 날아갈 줄 알아!"

마세오가 움직이자 나는 병을 던지는 시늉을 했다. 그리고 그가 몸을 앞으로 구부리며 설탕 통을 던지려는 사이 내가 달려들어서 그의 팔을 잡았다. 작업복 차림에 천으로 된, 챙이 긴 모자를 쓴 검은 노인은 초록 렌즈를 통해 꿈속의 인물처럼 보였다.

"던져 보시지. 어서 해 보라니까." 나는 그 미친 상황에 압도되어 소리쳤다. 친구에게 변장한 모습을 시험하려고 했던 것뿐인데 이젠 그를 쓰러뜨려야 할 판이 되었다. 내가 원했던 것이 아니라 장소와 상황 때문이었다. 알아, 알아. 이건 어리석은 짓이야. 하지만 현실이고 위험한 상황이다. 그가 움직이면 최대한 잔혹하게 그를 쓰러뜨려야 한다. 나 자신을 보호하기 위해서는 어쩔 수 없다. 안 그러면 술꾼들이 한꺼번에 내게 달려들겠지. 마세오는 자세를 갖추고 나를 차갑게 노려보고 있었다.

그때 별안간 누군가 버럭 고함을 질렀다. "내 집에서 싸움은 허용할 수 없어!" 배럴하우스였다. "손에 든 걸 다 내려놔. 돈만 축내는 거야."

"젠장, 배럴하우스. 싸우게 내버려 두시오!"

"나가서 싸우면 되잖아. 여기서는 안 돼. 이봐, 당신들." 그가 불렀다. "이쪽을 보시지……."

나는 그를 쳐다보았다. 그는 커다란 손에 권총을 들고 몸을 앞으로 기울이더니 그걸 바 위에 침착하게 얹어 놓았다.

"이제 둘 다 손에 든 걸 내려놓으시오." 그는 침울하게 말했다. "내 재산을 내려놓으라고 부탁했소."

마세오 동지는 내게서 눈을 돌려 배럴하우스를 바라보았다.

"내려놓으시오, 노인 양반." 내가 말했다. 가짜 모습을 하고서 뭣 때문에 점잖게 행동하는 건가?

"네놈도 그걸 내려놔야지." 그가 말했다.

"둘 다 내려놓으시오. 그리고 라인하트, 당신." 배럴하우스가 나에게 권총으로 손짓하며 불렀다. "당신은 내 집에서 나가 들어오지 마시오. 여기서 당신 돈은 필요 없소."

나는 따지려고 했으나 그가 손바닥을 들어 보였다.

"라인하트, 나는 당신과 상관없소. 오해 마시오. 그렇지만 소란을 피우는 건 참을 수 없소." 배럴하우스가 말했다.

마세오 동지는 이제 설탕 통을 내려놓았으며 나 역시 병을 내려놓고는 출입구 쪽으로 물러섰다.

"그리고 라인." 배럴하우스가 덧붙였다. "총을 꺼낼 생각도 하지 마시오. 이 총은 장전된 것이고 내겐 허가증도 있소."

나는 그들 두 사람을 모두 바라보며 출입문 쪽으로 물러섰다. 머리 가죽이 욱신거렸다.

"다음부턴 대답이 필요 없는 건 묻지도 말아." 마세오가 소리쳤다. "그리고 언제든 이 문제를 끝장내고 싶으면 이리로 와, 기다리고 있을 테니."

바깥 공기가 세차게 나를 감쌌다. 나는 출입문을 나서자마자 장난스런 마음이 되살아나면서 이내 마음이 놓여 웃음이 나왔다. 챙이 긴 모자를 쓴, 굽힐 줄 모르는 노인과 사람들의 어리둥절한 얼굴들을 돌이켜 보았다. 라인하트, 라인하트. 나는 생각해 보았다. 도대체 라인하트가 누구일까?

나는 다음 블록에서 신호등을 기다리는 순간까지도 여전히 킥킥거리며 웃었다. 근처의 길 모퉁이에는 한 무리의 사내들이 서서 클리프톤의 죽음에 대해 이야기하며 싸구려 와인을 돌려 가며 마시고 있었다.

"우리에게 필요한 것은 총이야." 그들 중 하나가 말했다. "눈에는 눈으로 맞서야지."

"젠장, 맞는 말이야. 기관총이 있어야 해. 술 좀 이리 줘 봐, 머클로이."

"설리번 법만 없다면 이 동네 뉴욕은 온통 사격장이 되고 말 거야." 다른 사내가 말했다.

"술 여기 있네. 술에서 위안을 찾으려고 하지 마."

"이것 말고는 내게 위안이 없어, 머클로이. 그걸 내게서 빼앗아 가겠다고?"

"이봐, 어서 마시고 병을 이리로 돌려."

내가 그들 옆으로 걸어가자 한 사내가 말을 걸었다. "요즘 어떠시오, 라인하트? 물건은 잘 매달려 있소?"

심지어 여기에서도 마찬가지군. 나는 서둘러 걷기 시작하면서 생각했다. “무겁소.” 내가 대답했다. 나는 그 질문에 어떻게 대답해야 할지 알고 있었다. “아주 무거워서 처져 있소.”

그들이 웃음을 터뜨렸다.

“내일 아침이면 가벼워질 거요.”

“이봐요, 라인하트 씨. 일자리 좀 주면 안 되겠소?” 그중 하나가 내게 다가오며 물었다. 나는 손을 내젓고는 거리를 가로질러 8번가를 서둘러 내려가 다음 버스 정류장으로 갔다.

이제 상점과 식료품점 들의 불은 꺼져 있었다. 아이들은 인도 위에서 어른들 사이로 몸을 구부렸다 폈다 하면서 소리를 지르며 뛰어다녔다. 나는 렌즈를 통해 보이는 형상들이 흐물흐물 액체처럼 변해 가는 모습에 당혹해하면서 계속 걸었다. 라인하트에게는 세상이 이런 식으로 보일까? 검은 안경을 쓴 녀석들 모두에게도 마찬가지일까? “이제 우리는 유리창을 통해 세상을 어둡게 보기 때문이죠. 그러나 전에는…… 그러나 전에는…….” 나머지 부분은 생각이 안 난다.

그녀는 쇼핑백을 들고 조심스럽게 걷고 있었다. 그녀가 내 팔을 툭 치기 전까지는 나는 그녀가 혼자서 중얼거리는 줄 알았다.

“이봐요, 실례해요, 젊은이. 오늘 밤은 모른 척 지나치려는 것 같네. 오늘의 마지막 숫자는 뭐요?”

“숫자요? 무슨 숫자?”

“무슨 말인지 알면서 그러우.” 그녀는 양손을 엉덩이에 올려놓고 앞을 바라보며 목소리를 높였다. “오늘의 마지막 숫자 말이우. 당신, 도박장의 라인이 아니요?”

"도박장의 라인?"

"그래, 숫자 맞추기 도박장의 라인. 날 속이려는 거요?"

"그렇지만 그건 제 이름이 아니에요, 아주머니." 나는 최대한 또렷하게 말하고는 그녀에게서 물러섰다. "사람을 잘못 보셨네요."

그녀의 입이 벌어졌다. "아니라고? 저런, 그런데 왜 그렇게 그 사람을 꼭 닮았수?" 그녀는 의심스러운 목소리로 물었다. "그거 참 별일이네. 이제 집에 가 봐야겠군. 꿈이 맞기만 하면 가서 꼭 그 악당을 만나 봐야 하는데. 그런 돈도 있어야 할 판이니까 말이지."

"돈을 따시기 바랍니다." 나는 그녀를 또렷하게 보려고 애쓰면서 말했다. "그리고 그 사람이 돈을 내놓으면 좋겠네요."

"고마우이, 젊은이. 그 사람이 돈을 줄 거야. 이제 보니 확실히 젊은이는 라인하트가 아니네. 길을 막아서 미안해요."

"괜찮습니다." 나는 말했다.

"젊은이 구두를 봤으면 알았을 텐데……."

"어떻게요?"

"도박장의 라인은 구두 끝이 둥근 걸로 유명하거든."

나는 그녀가 시온의 오래된 배처럼 흔들거리며 느릿느릿 걸어가는 모습을 지켜보았다. 모두가 그를 아는 게 당연한 일이군. 나는 속으로 생각했다. 그런 도박판 일을 하고 있으니 말이야. 나는 클리프톤이 사살당한 이후 처음으로 내가 흰색과 검은색이 섞인 구두를 신고 있다는 사실을 깨달았다.

순찰차가 방향을 바꾸더니 길 가장자리로 붙어서 천천히 내 옆으로 굴러왔다. 경찰이 입을 열기도 전에 무슨 말을 할지

나는 알고 있었다.

"이보게, 자네 라인하트 아닌가?" 운전 중인 경찰이 물었다. 그는 백인이었다. 경찰 배지가 모자에서 번쩍거렸으나 몇 사람인지는 정확히 보이지 않았다.

"아닌데요, 경관님." 내가 대답했다.

"말도 안 되는 소리. 무슨 수작을 하는 거야? 지금 반항하는 건가?"

"잘못 아셨어요." 내가 말했다. "저는 라인하트가 아닙니다."

차가 멈추어 섰다. 내 초록 렌즈 위로 손전등 불빛이 비쳐졌다. 그는 거리에 침을 탁 뱉었다. "아침까지는 라인하트가 되는 게 좋을걸." 그가 말했다. "그리고 우리 몫을 늘 만나던 장소로 가지고 오도록 해. 염병할 네가 뭔지 알고 까불어?" 그는 차 속도를 높이며 소리치고는 그 자리를 떠났다.

내가 채 돌아서기도 전에 한 무더기의 사내들이 길 모퉁이 도박장에서 쏟아져 나왔다. 그들 중 하나는 손에 총을 들고 있었다.

"저 개새끼들이 무슨 짓을 하려고 했소, 형씨 ?"

"아무것도 아니오. 내가 다른 사람인 줄 알았던 것 같소."

"어떤 사람으로 알았는데?"

나는 그들을 바라보았다. 이자들은 범죄자들인가? 아니면 단순히 사살 사건으로 흥분해 있던 사람들인가?

"라인하트라는 자요." 나는 대답했다.

"라인하트! 이봐, 모두들 들었어?" 총을 든 사내가 코웃음을 치며 말했다. "라인하트! 빌어먹을 놈들, 눈이 멀었군. 누가 봐도 형씨는 라인하트가 아닌데."

"그렇지만 라인을 닮긴 닮았어." 다른 사내가 주머니에 손을 넣은 채 유심히 바라보며 말했다.

"정말 그렇군."

"이봐, 라인은 저녁 이맘때면 그놈의 캐딜락을 타고 다닐 거야. 도대체 무슨 소릴 하는 거야?"

"이봐요, 형씨." 총을 든 사내가 말했다. "라인하트처럼 행동하고 다니지 마시오. 말도 유창해야지, 무자비해야지, 그리고 무슨 짓이든 할 수 있어야 하니까 말이야. 아무튼 경찰 녀석들이 또 귀찮게 하면 우리에게 말하시오. 우리는 놈들이 저지르는 폭력을 막는 게 목적이니까."

"알겠소." 내가 대답했다.

"라인하트." 그가 되풀이했다. "그놈 개자식 아냐?"

그들은 돌아서서 서로 떠들며 도박장으로 돌아갔으며 나는 서둘러 그 동네를 벗어났다. 잠시 햄브로를 잊은 채 나는 서쪽이 아닌 동쪽을 향해 걸었다. 선글라스를 벗고 싶었으나 참기로 했다. 라스의 부하들이 아직도 어슬렁거릴지 모르기 때문이다.

이제 조용해졌다. 거리는 보행자들로 생기가 넘쳤으나 내게 특별히 주의를 기울이는 사람은 없었다. 모든 것들이 신비스러운 초록빛 색조 속에서 요란하게 흔들렸다. 마침내 그자의 구역에서 벗어난 것 같다는 생각이 들자 나는 라인하트라는 인물의 정체에 대해 궁리해 봤다. 그는 계속 나와 함께 있었지만 나는 다른 방향을 주시했다. 그와 함께, 그리고 그와 유사한 사람들이 주변에 있었지만 나는 클리프톤의 죽음(아니면 라스였나?)을 통해 깨달을 때까지는 그의 존재를 보지 못하고 지나쳐 왔었다. 도대체 사물의 얼굴 뒤에는 무엇이 감추어져 있단 말인가? 검은 선글라스와 흰 모자만으로 그토록 순식간에 나 자신을 지울 수 있다니, 그러면 실제로 누가 누구란 말인가?

등 뒤로부터 이국적인 향수 냄새가 피어오르는 것 같더니 마침내 나는 한 여자가 천천히 내 뒤를 따라오고 있는 걸 눈치챘다.

"당신이 절 알아보길 기다렸어요." 목소리가 들려왔다. "한참 동안 기다렸다니까요."

그것은 약간 허스키하고 잔뜩 졸음이 담긴 기분 좋은 목소리였다.

"안 들려요, 자기?" 그녀가 말했다. 나는 그 소리를 들으며 주변을 두리번거렸다. "안 돼요, 돌아보지 마세요. 우리 영감이 내 뒤를 따라올 가능성이 높아요. 그냥 제가 만날 장소를 알려 줄 테니 옆으로 걷기만 해요. 정말 다시는 안 오는 줄 알았어요. 오늘 밤 만나 줄 수 있어요?"

그녀는 내 곁으로 바짝 붙어 걷기 시작했으며 갑자기 손 하나가 내 외투 주머니 속을 뒤적이는 느낌이 들었다.

"좋아요, 자기. 내게 그렇게 대하지 않아도 돼요. 됐어요. 이제 날 볼래요?"

나는 걸음을 완전히 멈추고 그녀의 손을 잡고 바라보았다. 초록색 선글라스를 통해 보아도 매혹적으로 보이는 여자가 미소를 지으며 나를 바라보고 있었다. 그러나 그녀의 표정이 갑자기 굳어졌다. "라인하트, 왜 그러세요?"

또 시작이군. 나는 그녀의 손을 단단히 쥐며 생각했다.

"저는 라인하트가 아닙니다, 아가씨." 내가 말했다. "정말 미안합니다.”

“이럴 수가, 자기……. 라인하트! 설마 자기의 애인을 거부하려는 건 아니겠죠? 제가 뭘 잘못했다고 그래요?”

그녀는 내 팔을 붙잡았으며 우리는 보도 한가운데에서 얼굴과 얼굴을 맞대고 선 자세가 됐다. 그러자 갑자기 그녀가 비명을 질렀다. “어머머머! 정말 아니군요! 그런데 내가 그의 돈을 당신에게 주려고 했으니. 저리 가요. 이런 터무니없는 양반. 저리 가라니까요!”

나는 뒤로 물러섰다. 그녀는 일그러진 얼굴로 하이힐로 바닥을 차 대며 비명을 질렀다. 등 뒤로 누군가 “이봐요, 무슨 일이요?” 하는 소리가 들렸고 사람들이 달려오는 소리가 들렸다. 나는 곧바로 뛰어서 길모퉁이를 돌아 비명이 들리지 않는 곳까지 달려갔다. 참 사랑스러운 여자였어. 나는 속으로 생각했다. 참 사랑스러운 여자.

몇 블록을 더 달리다가 숨이 차서 멈추었다. 재미있으면서도 화가 났다. 사람들이 얼마나 더 어리석을 수 있을까? 모두들 갑자기 바보가 됐나? 나는 주위를 둘러보았다. 밝은 거리였으며 사람들로 가득 차 있었다. 나는 길 가장자리에서 서서 숨을 고르려고 했다. 거리를 따라 보도 위에는 십자가와 함께 네온사인이 빛나고 있었다.

신성한 간이역
살아 계신 하느님을 보라.

글자들은 짙은 녹색으로 빛났다. 나는 그것이 렌즈 때문인지 아니면 네온사인이 실제로 그런 색인지 궁금했다. 몇 사람의 취객들이 비틀거리며 지나쳐 갔다. 나는 길 가장자리에 앉아 머리를 무릎에 대고 있는 한 남자를 지나쳐서 햄브로의 집으로 향했다. 자동차들이 지나쳐 갔다. 나는 계속 걸었다. 엄숙한 표정을 한 어린애들이 걸어 다니며 전단을 나눠 주었다. 처음에는 거절했으나 다시 돌아가서 받아 들었다. 어쨌든 이 지역에서 어떤 일이 벌어지고 있는지 알아야 했다. 나는 전단을 들고 가로등 근처로 걸어가서 읽어 보았다.

보이지 않는 것을 보라

너희의 뜻이 이루어질지니, 오, 주여!

나는 모든 것을 보고, 모든 것을 알고, 모든 것을 말하며, 모든 것을 치료하나니.

너희는 미지의 경이로움을 보게 될 것이다.

— 심령술사

B. P. 라인하트 목사

옛것은 언제나 새롭다.

뉴올리언즈의 간이역들, 신비의 고향,

버밍햄, 뉴욕, 시카고, 디트로이트, 그리고 로스앤젤레스.

하느님에게는 어려운 문제가 없다.

간이역으로 오라.

보이지 않는 것을 보라!

예배에 참가합시다, 매주 세 번씩 열리는 기도회
옛 종교의 새로운 계시를 전하는 모임에
참여합시다.

보이면서 보이지 않는 것을 보라.
보이지 않는 것을 보라.
지친 자들아, 집으로 오라!

너희가 이루고자 하는 걸 이루어 주리라! 주저하지 마라!

나는 전단을 배수구에 던지고 걸음을 옮겼다. 천천히 걸었으나 여전히 숨이 찼다. 이럴 수도 있나? 나는 곧 네온사인 아래 이르렀다. 그것은 교회로 개조된 상점 위에 걸려 있었다. 나는 야트막한 로비에 발을 들여놓고는 손수건으로 얼굴을 닦았다. 등 뒤로는 대학을 떠난 후 한 번도 들어보지 못했던, 높고 낮은 음조가 있는 옛날식 기도 소리가 들렸다. 방문 중인 시골 목사들에게 부탁했을 때나 들을 수 있는 소리였다. 목소리는 율동적으로 오르락내리락했고 마치 꿈속에서 암송하는 것 같았다. 일부는 신도들에 의해 행해지는 세속적인 재판을 나열하는 것도 같았고, 일부는 목소리의 기교를 황홀하게 보여주는 것도 같았으며, 또 일부는 신에게 호소하는 것도 같았다. 나는 계속 땀을 닦고 있었으며, 유리창에 투박하게 그려진 성서의 장면들을 곁눈질로 쳐다보는 사이 나이 든 부인 둘이 내게 다가왔다.

"안녕하세요, 라인하트 목사님." 그들 중 하나가 말을 걸었다. "이렇게 무더운 저녁 날씨에 우리 목사님께선 좀 어떠신가요?"

앗, 안 돼. 하지만 어쩌면 부정하기보다는 받아 주는 게 문제를 줄이는 길인지도 모른다고 생각하며 말했다. "안녕하세요, 자매님들." 나는 목소리를 감추기 위해 손수건을 입에 대고 말했다. 손에서 아까 그 여자의 향수 냄새가 났다.

"목사님, 이분은 해리스 자매입니다. 우리 소모임에 참여하기 위해 오셨답니다."

"하느님의 은혜를 받으시기 바랍니다, 해리스 자매님." 나는 그녀의 내민 손을 잡으며 말했다.

"저, 목사님. 수년 전 목사님의 설교를 한 번 들은 적이 있습니다. 그때 버지니아에서 목사님은 겨우 열두 살 소년이셨습니다. 그런데 여기 북부에 와 보니 은혜롭게도 목사님은 여전히 복음을 전하며 하느님의 사업을 하고 계시군요. 이 사악한 도시에서 옛 종교를 아직도 설교하고 계시니……."

"저, 해리스 자매님." 다른 자매가 말했다. "이제 들어가서 자리를 잡는 것이 좋겠어요. 게다가 목사님도 하실 일이 있으실 테니. 목사님이 약간 일찍 오시긴 했지만. 그렇죠, 목사님?"

"네." 나는 손수건으로 입을 가볍게 두드리며 대답했다. 그들은 남부의 어머니 같은 타입의 노부인들이었다. 나는 문득 왠지 모를 절망감을 느꼈다. 그들에게 라인하트는 사기꾼이라고 말해 주고 싶었지만 그 순간 교회 안에서 누군가 크게 외치는 소리와 함께 음악이 터져 나왔다.

"들어 봐요, 해리스 자매님. 내가 전에 말했던, 라인하트 목사님이 우리를 위해 구해 오신 새로운 종류의 기타 음악이랍니다. 은혜롭지 않아요?"

"하느님께 찬양을." 해리스 자매가 말했다. "하느님께 찬양을."

"실례해요, 목사님. 저휜 건립기금을 모으고 있는 저킨스 자매를 만나 기금에 대해 논의할 게 있거든요. 그리고 목사님, 어젯밤 목사님의 감동적인 설교가 담긴 테이프를 열 개나 팔았습니다. 심지어 저를 고용한 백인 부인에게도 하나 팔았답니다."

"하느님의 은총을." 나는 나도 모르게 절망감에 빠져 무거운 목소리로 대답했다. "하느님의 은총을, 하느님의 은총을."

그때 문이 열렸다. 나는 그들의 머리 너머로, 접이식 의자에 사람들이 가득 앉아 있는 조그만 방 안을 쳐다보았다. 앞쪽에는 마른 여자 하나가 색이 바랜 검은 드레스를 입고, 수직으로 서 있는 피아노로 부기우기를 열정적으로 연주하고 있었으며, 그 옆에는 베레모를 쓴 젊은 남자가 전기기타를 가지고 반복 악절을 연주하고 있었다. 기타는 흰빛과 금빛으로 반짝이는 설교단 바로 위의 천장에 매달린 앰프에 연결되어 있었다. 한 남자가 컬러에 레이스가 높게 달린, 기품 있는 붉은색 추기경 복장을 입고 커다란 성경책에 기대어 서 있다가 신도들이 알 수 없는 말로 소리 높여 부르던 열정적인 찬송가를 이끌어 가기 시작했다. 그 사람 뒤쪽 벽 높은 곳에는 금빛 글씨가 아치 모양으로 붙어 있었다.

빛이 있게 하리라!

모든 장면이 녹색 불빛 속에서 희미하고 신비스럽게 아른거렸고 문이 닫히자 소리가 끊어졌다.

그것은 내가 감당하기에는 너무나 어려웠다. 나는 선글라스를 벗고 흰 모자를 팔 아래에 조심스럽게 끼고는 그 자리를 벗어났다. 이럴 수가 있을까? 나는 생각했다. 정말 이럴 수가 있을까? 그럴 수 있다는 걸 나는 알고 있었다. 전에 그런 사실에 대해 들어 본 적이 있었지만 이렇게 가까이에서 경험해 보진 못했었다. 이게 그의 전부일까? 도박장 운영자 라인, 노름꾼 라인, 뇌물 공여자 라인, 연인 라인, 목회자 라인? 그는 껍질도 될 수 있고 속도 될 수 있단 말인가? 아무튼 실체가 무엇인가? 내가 어떻게 그걸 의심할 수 있을까? 라인하트는 폭이 넓은 인간이며 다양한 면을 가지고 있다. 만능인 라인하트. 내가 실제로 존재하듯 그런 그의 존재도 사실이다. 그의 세계는 가능성의 세계였으며 그 자신도 그걸 알고 있었다. 그는 나보다 수년을 앞서 있으나 나는 어리석을 따름이었다. 나는 미쳤거나 눈이 멀었던 것이 틀림없다. 우리가 사는 세계에는 경계가 없다. 거대하고 뜨겁게 요동치는 유동성의 세계이다. 그리고 악당 라인이 활개를 치고 있다. 어쩌면 그곳에서 악당 라인만이 혼자서 활개를 치고 있는지도 모르는 일이었다. 그것은 믿기 힘든 일이었다. 그러나 어쩌면 믿을 수 없는 것만을 믿어야 할지도 몰랐다. 진실은 항상 거짓인지도 모르니까 말이다.

어쩌면 잭의 유리 눈에서 물방울이 떨어지듯 모든 것이 내게서 떨어져 나갈지도 모른다는 생각이 들었다. 나는 적절한 정치적 분류법을 생각해 내어 라인하트와 그의 상황을 규정짓고는 빨리 잊어버려야 한다. 황급히 교회를 빠져나오다 보니, 사무실에 도착하고 나서야 비로소 내가 햄브로에게 가던 길이었다는 사실이 생각났다.

나는 우울하면서도 홀려 있었다. 라인하트가 누구인지 알고 싶었다. 그러나 그를 알아야 할 필요가 없다는 걸 알기에 기분이 언짢다. 그의 존재를 알아가는 것만으로도, 그리고 그 사람으로 오인되는 것만으로도 라인하트가 실제 인물이라는 걸 확신하기에는 충분하다. 그럴 수 없을 것 같지만 사실이 그렇다. 단순히 미지의 것이라는 사실만으로도 그럴 수도 있지. 잭은 그런 가능성에 대해 꿈조차 꾸지 못하리라. 스스로 꼼꼼하다고 생각하는 토빗도 마찬가지다. 알려진 것은 너무나도 적고 많은 것이 어둠속에 가려 있다. 나는 클리프톤과 잭에 대해 생각해 보았다. 그들 두 사람에 대해 실제로 알려진 게 얼마나 있는가? 나에 대해서는 얼마나 알려져 있는가? 내 과거의 사람 중 어느 누가 나를 문제 삼았었나? 이렇게 시간이 지난 후에야 나도 겨우 잭에게 한쪽 눈이 없다는 걸 발견했으니 말이다.

몸이 여기저기 가렵기 시작했다. 마치 석고 깁스를 막 떼어내서 팔다리를 자유롭게 움직일 수 있다는 사실에 익숙하지 못한 사람 같았다. 남부에서는 모두가 서로를 알았지만 북부에 오니 마치 미지의 세계로 뛰어든 느낌이었다. 아는 사람을 만나지 않고도 얼마나 오랫동안 이 커다란 도시의 거리를 돌아다닐 수 있었던가? 그리고 또 얼마나 많은 밤을 그렇게 돌아다녔던가? 실제로 누구나 자신을 새로운 사람으로 만들 수 있다. 그것은 섬뜩한 생각이었다. 그렇지만 지금 세상은 내 눈앞에서 그렇게 흐르는 듯 보였다. 모든 경계가 허물어지고 자유란 필연성에 대한 인식일 뿐 아니라 가능성에 대한 인식이기도 했다. 나는 몸을 부들부들 떨며 앉은 채 라인하트의 다중적인 인격들이 보여 준 가능성의 세계를 잠시 생각하다가 지워 버렸다. 그것은 가만히 짚어 보기에는 너무나 거대하고 혼돈스러운 문제였다.

나는 반질반질한 선글라스 렌즈를 바라보자니 웃음이 나왔다. 단순히 변장 도구로 쓸 생각이었는데 정치적 도구가 돼 버렸다. 왜냐하면 라인하트가 자신의 일을 수행하면서 그걸 사용할 수 있다면 나 역시 당연히 그걸 사용할 수 있기 때문이었다. 그것은 너무나도 단순한 사실이었다. 그렇지만 그것은 이미 내게 현실의 새로운 영역을 열어 주었다. 위원회에서는 이에 대하여 뭐라고 말할까? 이런 세계에 대해 그들의 이론은 어떻게 설명해 줄까? 구두닦이 소년에 대한 기사가 생각났다. 그는 평소에 쓰던 돕스 모자나 스테트슨 모자* 대신 단순히 하얀색 터번을 써서 남부에서 최고의 대접을 받았다는 것이다. 나는 웃음이 나왔다. 잭은 그런 상황에 대해 말만 꺼내도 격분하겠지. 그렇지만 그 속에도 진실이 존재했다. 그가 말하려는 진정한 혼돈이 바로 그것이었다. 지금 보면 너무 오래된 이야기이지만……. 동지회 바깥으로 나간다면 우리는 역사의 바깥으로 나간 것이나 다름없었다. 그렇지만 그 안에 들어와 있으면 사람들은 우리를 보지 않는다. 그것은 정말 빌어먹을 상황이다. 우리는 그 어디에도 존재하지 않았다. 나는 그 문제로부터 물러서고 싶었지만 여전히 그것에 관해 토론하고 싶었으며 누군가에게 물어서 그것이 단지 순간적이고 감정적인 환상에 불과하

* 전자는 챙이 다소 좁고 키가 높은 형태의 모자이며, 후자는 챙이 다소 넓은 카우보이식 모자임.

다는 말을 듣고 싶었다. 나는 밑에서 세상을 떠받쳐 줄 도구가 필요하다. 그러니 이제 햄브로를 만날 진짜 이유가 생겼다.

나가려고 일어서면서 나는 벽에 걸린 지도를 쳐다보고는 콜럼버스를 향해 피식 웃었다. 인도를 발견했다고? 거의 방을 나가려던 순간, 생각이 나서 되돌아와 모자와 선글라스를 썼다. 거리를 무사히 지나가려면 이것들이 필요하리라.

나는 택시를 탔다. 햄브로는 웨스트 80번가 살았으며 현관에서 모자를 팔에 끼고 선글라스는 타프 동지의 족쇄, 클리프톤의 인형과 함께 주머니에 쑤셔 넣었다. 주머니가 불룩해졌다.

햄브로는 책이 일렬로 진열된 조그만 서재로 나를 안내했다. 그 아파트의 다른 방에서 어린아이가 「험프티 덤프티」 노래를 부르는 소리가 들려왔다. 그 소리를 들으니 교회 신도들 앞에 서서 가사를 잊어버렸던, 첫 부활절 예배 때의 창피한 기억이 떠올랐다.

"내 아이라오." 햄브로가 말했다. "잠자기 싫어서 지연 작전을 펴고 있는 중이오. 꼭 따지기 좋아하는 선원 같아."

햄브로가 문을 닫는 사이에도 아이는 「히코리 디코리 도크」를 아주 빠르게 노래하고 있었다. 그는 아이에 대해서 무언가 이야기했지만 나는 문득 짜증이 나서 그를 바라보았다. 마음속에 라인하트에 대한 생각뿐이면서 도대체 무엇 때문에 여기 왔을까?

햄브로는 키가 너무나 커서 다리를 꼬고 앉아도 두 발이 모두 바닥에 닿을 정도였다. 그는 내가 교육받던 시절에 교육을 담당했던 선생이었으나 이번엔 아무래도 오지 말았어야 한다는 생각이 들었다. 햄브로의 변호사적인 사고방식은 논리적인 면에서 지나치게 편협했다. 그는 라인하트를 단순히 한 사람의 범죄자로 볼 것이며 나의 몰입에 대해 순수하게 비논리적인 사고에 빠진 것으로 생각할 테니 말이다……. 차라리 이 사람이 그런 식으로 보기를 희망하는 편이 낫다는 생각이 들었다. 그런 후 나는 그에게 거주 지역의 상황에 대해서만 물어보고 나오기로 작정했다.

"저, 햄브로 동지." 나는 말했다. "제 구역에서 대해서는 어떻게 해야 할까요?"

그는 건조한 미소를 지으며 나를 바라보았다. "내가 지루하게 아이들 이야기만 장황하게 늘어놓았나 보군."

"아, 아닙니다. 그런 건 아닙니다." 나는 말했다. "오늘 아주 힘든 하루였거든요. 그래서 조금 예민한 것뿐입니다. 클리프톤이 죽은 후 제 구역의 상황이 너무 안 좋은 것 같아서요……."

"그렇소만." 그는 여전히 미소를 지으며 말했다. "왜 할렘 지역에 대해 그렇게 걱정하시오?"

"상황이 걷잡을 수 없게 되어 가고 있거든요. 오늘 밤 라스의 부하들이 저를 공격하려고 했습니다. 우리의 세력이 계속해서 무너지고 있는 상황입니다."

"그것 참 유감이오." 그는 말했다. "그렇지만 어떻게 해 볼 도리가 없을 것 같소. 더 큰 계획을 망칠 수도 있으니까. 안됐지만 동지, 그쪽 회원들이 희생을 감수해야만 할 것 같소."

건넛방에서 들려오던 아이의 노랫소리가 들리지 않았고 실내는 죽은 듯이 조용해졌다. 나는 그의 단호하고 침착한 얼굴을 바라보며 그의 말이 진심인지 살펴보았다. 나는 무언가 깊은 변화가 있음을 감지할 수 있었다. 마치 라인하트를 발견함으로써 우리 사이에 커다란 틈새가 벌어진 듯했다. 우린 서로 닿을 듯 가까운 거리에 마주 앉아 있었으나 서로의 음성은 전달되지 못한 채 그 틈새 속으로 메아리도 없이 꺼져 버리는 듯했다. 나는 그것을 극복해 보려고 했으나 여전히 그 거리가 너무나도 멀어서 누구도 상대방의 감정적인 어조를 파악할 수 없는 상태로 그대로 남아 있었다.

"희생이요?" 내 목소리가 터져 나왔다. "참 쉽게 말하시는군요."

"떠나는 사람은 모두 소모품으로 간주되어야 하는 것과 마찬가지지요. 그리고 새로운 지시사항은 엄격하게 따라져야 하오."

그것은 현실감이 없이 들렸으며 서로 묻고 대답하는 게임처럼 느껴졌다. "그렇지만 왜 그렇죠?" 나는 물었다. "왜 제 구역에 대한 지시사항이 변경된 겁니까? 예전의 방식이 필요한 시점에서, 특히 지금 말입니다." 어쩐지 나는 절박한 필요성을 말로 제대로 표현할 수 없었다. 그 모든 것 아래서 라인하트에 대한 어떤 것이 내 마음을 괴롭혔다. 그것은 내 마음의 표면 바로 아래에서 위를 향해 들쑤시고 있었다. 그것은 나와 긴밀하게 관계가 있는 어떤 것이었다.

"단순한 논리요, 동지." 햄브로가 말하고 있었다. "우리는 다른 정치적인 집단과 일시적으로 동맹을 맺고 있소. 그렇다면 한 부류의 동지들의 이익은 전체의 이익을 위해 희생되어야만 하는 것이오."

"왜 그런 사실을 제게 아무도 말해 주지 않았습니까?" 내가 물었다.

"때가 되면 위원회에서 알려 줄 것이오. 그렇지만 지금은 희생이 필요한 시기라오."

"그렇지만 희생이란, 자신들이 무슨 일을 하는지 아는 사람들이 자발적으로 해야 하는 것 아닙니까? 우리 구역 사람들은 왜 자신들이 희생되는지 이해하지 못합니다. 그들은 자신들이 희생되고 있다는 사실 조차도 모릅니다. 적어도 우리에 의해서 그렇게 되고 있다는 것은 말이지요……." 그렇지만……. 나는 마음속에서 계속해서 말하고 있었다. 그들이 라인하트에게 속듯 동지회에게도 기꺼이 속겠다면 어쩔 텐가?

나는 그런 생각을 하며 자세를 똑바로 고쳐 앉았다. 내 얼굴에 이상한 표정이 떠올랐던 게 분명했다. 의자의 팔걸이에 팔꿈치를 얹고 손가락 끝을 마주 대고 있던 햄브로가 마치 계속 말해 보라는 듯 눈썹을 추켜올렸으니 말이다. 그러고는 그가 말했다. "교육을 받은 회원이라면 이해할 것이오."

나는 타프의 족쇄 주머니에서 꺼내서 주먹에 걸쳤다. 그는 눈치채지 못했다. "교육을 받은 회원은 불과 몇 사람밖에 안 남았다는 걸 모르세요? 오늘 장례식에 수백 명이 나왔지만 그들은 우리에게 활동할 계획이 없는 걸 알면 곧바로 흩어져 버릴 사람들이었습니다. 이제 우린 거리에서 공격을 받고 있습니다. 이해하시겠어요? 다른 단체들은 탄원서를 돌리고 있으며 라스는 폭력을 호소하고 있습니다. 이런 움직임이 곧 사라질 것이라고 위원회에서 생각한다면 그건 실수입니다."

그는 어깨를 으쓱해 보였다. "그것은 우리가 감수해야 할 위험이오. 우리 모두는 전체의 이익을 위해 희생해야만 하오. 변화란 희생을 통해 얻을 수 있는 것이지. 우리는 현실의 법칙을 따른다오. 그래서 희생을 하는 것이오."

"그렇지만 우리 지역의 사람들은 평등한 희생을 요구하고 있습니다." 내가 말했다. "우리라고 결코 특별한 대우를 요구한 적은 없습니다."

"그렇게 간단한 문제가 아니오, 동지." 그가 말했다. "우린 쟁취한 것을 지켜야만 하오. 누군가는 다른 사람보다 더 큰 희생을 감수해야 한다는 건 불가피하오……."

"그 '누군가'가 우리 구역 사람들이고……."

"이번 경우에는, 그렇소."

"그러니 약자가 강자를 위해 희생해야만 한다. 그 말이죠, 동지?"

"아니, 전체 중 일부가 희생되는 것뿐이오. 그리고 그것은 새로운 사회가 건설되는 날까지 계속될 것이오."

"저는 무슨 말인지 모르겠습니다." 나는 말했다. "정말 무슨 말인지 모르겠습니다. 우리는 사람들이 우리를 따르도록 몸을 던져 일했는데 그들이 따르기 시작할 때, 바로 그들이 일련의 사건들에 대해 자신들의 연관성을 깨닫기 시작할 때 그들을 포기한단 말이죠. 저는 그걸 이해할 수 없습니다."

햄브로는 덤덤하게 미소를 지었다. "흑인들의 공격성에 대해 걱정할 필요 없소. 새로운 시대는 물론 다른 어떤 시대에도 말이오. 사실 그들을 위해서라도 이제 그만 그들을 진정시켜야만 하오. 그건 일종의 과학적인 필연성이오."

나는 길쭉하고 광대뼈가 나온, 링컨 같은 그의 얼굴을 바라보았다. 나는 이 사람을 좋아했었는지도 몰라. 나는 생각했다. 이 사람은 정말 친절하고 진실한 사람처럼 보였지. 그런데 지금 내게 이런 말을 하다니…….

"그래서 정말 그렇게 믿고 있군요." 나는 조용히 말했다.

"아주 온전하게." 그가 말했다.

순간적으로 웃음을 터뜨릴 뻔했다. 어쩌면 타프의 족쇄를 던질 뻔했는지도 모른다. 온전하게! 이 사람이 내게 온전함을 말하다니! 나는 허공에다 원을 그렸던 것이다. 나는 동지회의 역할 속에서 나의 온전함을 세우려고 노력했다. 그런데 지금 그것은 물거품이 되어 버렸다. 온전함이란 무엇인가? 라인하트와 같은 인간이 살아서 성공하는 세상과 그것이 무슨 관계가 있단 말인가?

"그런데 변한 게 뭐죠?" 내가 물었다. "그들의 공격성을 자극하기 위해 저를 불러들인 게 아니었나요?" 내 목소리는 슬프고 절망적으로 가라앉았다.

"그 특정한 시기를 위해서 그랬던 것이오." 햄브로는 약간 몸을 앞으로 기울이며 말했다. "단지 그 시기만을 위해서."

"그러면 이제 어떻게 되는 겁니까?" 내가 물었다.

그는 담배 연기를 둥그렇게 뿜어 냈다. 푸르스름한 고리가 분사된 형태 속에서 끓어오르며 날아올랐다가 잠시 허공에 머물고는 한 가닥 실 모양으로 흩어졌다.

"기운 내시오!" 그가 말했다. "우리는 진보할 것이오. 단지 이번 경우에만 그들을 천천히 이끌어 가야 하는 것뿐이니까……."

초록색 렌즈를 통해서 봤다면 그가 어떻게 보였을까? 나는 그런 생각을 하며 물었다. "그러면 분명히 그들을 억제해야만 한다는 말이 아니라는 겁니까?"

그는 싱긋이 웃었다. "자, 이보시오." 그가 말했다. "나를 말장난으로 끌어들이지 마시오. 나도 같은 동지요."

"역사의 낡은 바퀴에 제동을 걸어야 한다는 말씀인가요?" 내가 물었다. "아니면 그것은 커다란 바퀴 속에 있는 작은 바퀴들인가요?"

그가 침착한 표정을 지었다. "내 말은 단지 그들을 조금 더 천천히 이끌어야 한다는 것뿐이오. 그들이 전체 계획의 흐름을 망치게 내버려 둘 순 없소. 시점이 가장 중요하오. 게다가 동지는 아직도 할 일이 있소. 단지 지금은 다소 교육적인 것이 되겠지만 말이오."

"그러면 총격 사건은 어떻게 되나요?"

"불만인 사람들은 떨어져 나갈 것이고 남는 사람들은 동지가 가르치게 될 텐데……."

"저는 못할 것 같습니다." 내가 말했다.

"왜 그렇소? 그것 역시 중요한 일인데."

"그들이 제게 반발하기 때문입니다. 게다가 저는 라인하트 같은 느낌이……." 나도 모르게 그 말이 입에서 불쑥 나와 버렸다. 그는 나를 바라보았다.

"누구 같다고?"

"협잡꾼 같다고요." 내가 말했다.

햄브로는 웃음을 터뜨렸다. "동지, 그런 점에 대해서는 배운 걸로 아는데."

나는 언뜻 그를 바라보았다. "무엇에 대해서요?"

"민중을 이용하지 않고는 불가능하다는 것 말이오."

"그건 라인하트식 사고지요. 냉소주의 말입니다……."

"뭐라고요?"

"냉소주의." 내가 되풀이했다.

"냉소주의가 아니라 현실주의가 맞소. 비결은, 민중에게 최선의 이익을 얻게 해 주기 위해 민중을 이용하는 것이오."

나는 의자의 끝부분에 앉아 있었으며 문득 대화가 비현실적이라는 걸 깨달았다. "그런데 누가 판단합니까? 잭입니까? 위원회입니까?"

"우리가 과학적인 객관성을 살려서 판단하는 것이오." 그는 미소가 배인 목소리로 말했다. 갑자기 나는 병원에서 경험했던 그 기계가 떠올랐다. 그리고 마치 다시 그 안에 갇힌 기분이었다.

"말도 안 됩니다." 나는 말했다. "과학적 객관성을 갖는 유일한 것은 기계뿐입니다."

"훈련이지 기계가 아니오." 그는 말했다. "우리는 과학자들이오. 따라서 우리가 추구하는 과학과 성취하고자 하는 의지에 모험을 걸어야만 하오. 책임을 떠맡으라고 신을 부활시키고 싶소?" 그는 고개를 저었다. "아니오, 동지. 우리는 스스로 그런 결정을 내려야만 하오. 때로는 협잡꾼처럼 보이더라도 말이오."

"놀랄 일을 겪게 될 겁니다." 나는 말했다.

"그럴 수도 있고 그렇지 않을 수도 있소." 그가 말했다. "어쨌든 우리는 선두에 나선 우리의 지위를 이용하여, 최대한 많은 사람들이 자신들의 이익을 위한 방향으로 나아가는 데 필요한 것들을 실천하고 알려 주어야 하는 것이오."

갑자기 나는 자리를 박차고 일어났다.

"저를 보세요! 저를 보시라고요!" 나는 소리쳤다. "어디를 가든 사람들은 제 이익을 위한답시고 저를 희생시키려 해 왔습니다. 그렇지만 이익을 본 사람은 그들뿐이었습니다. 그런데 이제 우리는 그 낡은 희생의 회전목마에 올라섰습니다. 어느 지점에서 우리가 멈춰야 할까요? 이것이 새로운, 진정한 정의입니까? 동지회는 약한 자를 희생시키는 게 일입니까? 그렇다면 어떤 지점에서 멈춰야 합니까?"

햄브로는 마치 나를 눈앞에 보이지 않는 사람처럼 바라보고 있었다. "적당한 순간에 과학이 우리를 멈추게 할 것이오. 물론 우리는 개인적으로 공감을 가지고 스스로 모습을 드러내야 할 것이오. 비록 그것이 별 도움이 되지 않더라도 말이오." 그는 어깨를 으쓱했다. "그런 방향으로 지나치게 나가 버리면 남을 이끌어 가는 체할 수가 없소. 자신의 확신을 잃게 될 테니까. 다른 사람을 이끌어 갈 만큼 자신의 정당성에 대한 믿음을 갖지 못하는 것이오. 그러니 동지는 동지를 이끌어 가는 사람들을 믿어야 하오. 바로 동지회의 집단적인 지혜를 믿어야 한단 말이오."

나는 들어올 때보다 더 혼란한 상태로 그곳을 나왔다. 몇 개의 건물을 지나왔을 때 그가 뒤에서 부르는 소리를 들었다. 그가 어둠 속을 뚫고 다가오는 모습이 보였다.

"모자를 두고 갔소." 그는 모자와 함께 새로운 프로그램의 윤곽에 대한 설명이 담긴 등사지를 건네주었다. 나는 모자와 그를 번갈아 보면서 라인하트와 불가시성에 대한 생각을 했다. 하지만 그에게 그것은 현실감이 없는 소리일 뿐이란 걸 나는 알고 있었다. 나는 그에게 작별인사를 하고는 무더운 거리를 지나 센트럴 파크 웨스트를 거쳐 할렘으로 향했다.

희생과 지도력이라! 나는 생각했다. 그에게는 간단한 문제이지. '그들'에게도 그것은 간단한 문제이다. 그런데 염병할, 나는 그 두 가지 모두에 속한다. 희생시키는 자와 희생당하는 자.

나는 그 상황에서 벗어날 수 없었다. 그렇지만 햄브로는 그 상황을 처리할 필요가 없었다. 그 점 역시 현실이었다. 즉 나의 현실이었다. 그는 칼날을 자신의 목에 갖다 댈 필요가 없었던 것이다. 만약 '자기'가 바로 희생자라면 그는 뭐라고 말할까?

나는 어둠 속에서 공원을 걸었다. 자동차들이 지나쳐 갔다. 때때로 말소리와 높은 웃음소리가 나무와 울타리 너머에서 들려왔다. 햇볕에 그을린 잔디 냄새가 났다. 비행기가 표시등을 반짝이며 떠다니는 하늘은 여전히 구름에 덮여 있었다. 나는 잭, 장례식에 온 사람들 그리고 라인하트에 대해 생각했다. 사람들은 우리에게 빵을 요청했지만 유리 눈알 한 짝만이 우리가 줄 수 있는 최선의 것이었다. 전기기타는 말할 것도 없이.

나는 걸음을 멈추고 벤치에 앉아 생각했다. 떠나야 해. 그렇게 하는 것이 정직한 일이다. 그렇지 않으면 나는 그들에게 희망을 가지라고 말해야 하고 내 말에 귀를 기울이는 사람들을 붙잡을 수밖에 없다. 그것 역시 라인하트와 마찬가지일까? 사람들이 기꺼이 대가를 치르는 희망의 원칙 같은 것? 그렇지 않으면 세상에는 배신만이 있을 따름이다. 그것은 돌아가서 블레드소나 에머슨 밑에서 일한다는 뜻이며 부조리의 항아리로부터 어리석음의 불속으로 뛰어드는 격이다. 어떻게 하든 자신을 배신하는 행위였다. 그렇지만 나는 동지회를 떠날 수가 없었다. 잭과 토빗하고 화해를 해야 했다. 클리프톤이나 타프, 그리고 다른 사람들을 위해서도 그렇게 해야 했다. 나는 계속 견뎌야 했다……. 그런데 그때 나는 나 자신도 깜짝 놀랄 아이디어가 떠올랐다. 할렘 사람들을 걱정할 필요가 없다. 만약 그들이 라인하트와 잘 지낸다면 그들은 그 사건을 잊을 것이며 그들과 함께 있더라도 너는 보이지 않으리라. 아주 잠깐 그런 생각이 들었으나 이내 그것을 지워 버렸다. 그러나 여전히 그것은 내 마음의 어두운 하늘 속을 번쩍이며 가로지르고 있었다. 바로 그런 식이었다. 그들은 무슨 일이 있었는지 모르기 때문에, 나의 희망이나 실패가 무엇인지 모르기 때문에 상관이 없었다. 나의 야망과 온전함은 그들에게 아무것도 아니고 나의 실패란 클리프톤의 실패와 마찬가지로 아무런 의미가 없었다. 항상 그런 식이었던 것이다. 단지 동지회 안에서만 우리 같은 사람들에게 기회가 있는 것처럼 보였으며 그것은 단순히 한 줄기 희미한 빛에 불과했다. 잭의 눈동자에 보이는 반질반질하고 인정미 넘치는 껍데기 뒤로 나는 일종의 무정형의 형체와 거칠고 붉게 남은 상처를 발견했다. 심지어 그것조차도 내가 아니라면 의미가 없는 것이었다.

아무튼 나는 '존재했지만' 보이지는 않았다. 그것이 가장 근본적인 모순이었다. 나는 존재했지만 보이지 않았다. 그것은 무서운 일이었다. 나는 벤치에 앉아 여러 가지 가능성들로 가득한 무서운 세상을 느꼈다. 이제 나는 잭에게 동의하지 않으면서도 동의할 수 있는 방법을 알았기 때문이다. 그리고 이제 할렘 사람들에게 희망이 없는 상황에서도 희망을 가지라고 말해 줄 수 있으리라. 어쩌면 나는, 그들을 역사의 무대로 이끌어 갈 수 있는 활동에 대한 확고한 기반이 되는, 진정한 무언가를 찾을 때까지는 그들에게 희망을 가지라고 말할 수 있을지도 모른다. 그러나 그때까지 나는 흔들리지 말고 그들을 이끌어야 할 것이다……. 또 하나의 라인하트처럼 행동해야 하리라.

나는 공원을 따라 서 있는 돌담에 몸을 기댄 채 잭과 햄브로, 그리고 그날의 사건들을 생각하면서 분노로 몸을 떨었다. 그것은 모두 사기였다. 아주 더러운 사기였다! 그들은 자신들을 중심으로 세상을 그려 냈다. 그들이 우리에 대해 무얼 안단 말인가? 우리의 수가 많고, 특정한 일들을 수행하고, 많은 표를 제공하고, 그들의 저항 행진에 다수가 참여해 준다는 사실 외에 아는 것이 무엇인가? 나는 기대어 선 채 그들에게 굴욕을 주고 잘못을 밝히고 싶어 못 견딜 지경이 되었다. 과거의 모든 굴욕감들이 지금은 내 경험의 귀중한 부분을 이루고 있었다. 나는 그 무더운 밤, 돌담에 기대어 선 채 처음으로 나의 과거를 받아들였다. 과거를 받아들이는 순간 마음속에는 기억들이 솟아올랐다. 갑자기 주변의 구석구석을 바라보는 법을 배운 느낌이었다.

과거의 굴욕들에 대한 영상들이 머릿속을 스치며 지나갔다. 그리고 나는 그것들이 단순히 개별적인 경험이라기보다 그 이상의 어떤 것이라는 사실을 발견했다. 그 경험들 자체가 곧 나였던 것이다. 아무리 눈먼 자들이 강하고, 심지어 세상을 정복했다 할지라도 그것을 가져갈 수 없다. 그들은 하나의 가려움, 조소, 비웃음, 외침, 흉터, 통증, 분노 혹은 고통조차도 내 경험에서 바꾸어 놓을 수 없다. 그들은 눈이 멀었다. 자기 자신의 목소리의 메아리를 따라서만 움직이는 박쥐와 같은 소경이다. 또한 그들은 눈이 멀었기 때문에 스스로를 파괴할 것이며 나는 그들을 도와줄 생각이다. 웃음이 나왔다. 그들은 피부색은 아무런 관계가 없다는 생각으로 나를 받아들였지만, 사실 그들은 색이고 사람이고 아무것도 보지 못하기 때문에 어차피 피부색에 관계가 없었을 것이라는 생각이 들었기 때문이다.

그들에게 관심 있는 것은 오로지 가짜 투표용지에 무수히 휘갈겨 쓰인 우리의 이름들뿐이었다. 필요하면 써먹히고 필요 없으면 처박히는 신세였다. 그것은 일종의 장난이었다. 말도 안 되는 장난. 이제 나는 내 마음의 구석구석을 돌아보았다. 잭과 노턴과 에머슨이 한 사람의 백인의 모습으로 뒤섞여서 보였다. 그들은 아주 유사했다. 모두 현실에 대한 자신들의 생각을 내게 강요하려고 했으며 사물이 내게 어떻게 보이는가에 대해서는 신경도 쓰지 않았다. 나는 단순히 하나의 재료였다. 소비되어질 천연자원 말이다. 나는 노턴과 에머슨의 교만한 부조리로부터 잭과 동지회로 눈을 돌렸었다. 그런데 그것들은 모두 똑같은 것이었다. 내가 이제 나의 불가시성을 깨달은 점만 제외하고 말이다.

그러니 나는 불가시성을 받아들이고 탐구해 보리라. 라인과 하트를 샅샅이 말이다. 두 발로 그 속에 뛰어들 것이다. 그러면 그들은 구역질을 해 대겠지. 아니, 안 그럴 수도 있다. 나는 할아버지의 말이 무슨 뜻인지 몰랐었다. 하지만 이제 그의 충고를 시험해 볼 준비가 됐다. 나는 네네 하면서 그들을 넘어서고, 웃으며 그들의 발밑을 파리라. 그리고 죽어 묻히도록 그들을 용인하리라. 그래, 그들로 하여금 토해 내거나 입이 완전히 벌어질 때까지 나를 삼키게 하겠다. 그들이 보기를 거부했던 것을 보게 하여 토해 내도록 만들겠다. 그것 때문에 숨이 막히게 만들 테다. 그것은 바로 그들이 미처 계산하지 못했던 위험 중의 하나이리라. 그것은 그들의 철학으로는 꿈도 꾸지 못했던 위험일 것이다. 그들은 자신들을 훈육하다가 파멸에 이른다는 사실도 모를 것이다. 그리고 "네."라는 대답이 그들을 파멸시킬 수 있다는 사실도 모른다. 나는 그들을 "네."하고 받아들이겠지만 실제로 "네."하며 받아들이는 것은 아니다! 그들이 토해 내고 그 위에서 뒹굴 때까지 나는 "네."하면서 그들을 받아들일 테다. 그들이 내게 원하는 것은 한마디 긍정일 뿐이니 큰 소리로 그렇게 말해 주겠다. 네! 네! 네! 누구나 우리에게 원하는 것은 그게 전부다. 우리는 들리기만 하고 보여서는 안 되는 것이며 그들은 그저 네이, 네이, 네이! 하는 긍정의 가락만 듣게 될 것이다. 좋다. 나는 온갖 나라 말로 말할 것이다. 네, 네, 예스, 예스, 위, 위, 시, 시. 그리고 또한 그들을 바라볼 테다. 나는 징이 박힌 구두를 신고 그들의 내장 속을 활보하고 다닐 테다. 심지어 위원회 모임에서도 보지 못했던 아주 높으신 어른들 역시 마찬가지다. 그들이 기계를 원했다고? 좋다. 그렇다면 내가 그들의 잘못된 개념을 초감각적으로 찾아내는 기계가 되어서 그들의 신임을 얻기 위해 시기적절하게 대처할 테다. 아니면 헌신적으로 그들에게 봉사하리라. 보이지 않는다면 불가시성이 느껴지게 만들어라. 그러면 그들은 그것이 썩어 가는 시체나 혹은 스튜 속의 상한 고기 조각만큼이나 불결할 수 있다는 사실을 알게 될 것이다. 만약 내가 다치면? 그것도 괜찮다. 게다가 그들은 희생이라는 걸 믿지 않던가? 그들은 섬세한 철학자들이었다. 이것도 배신일 수 있나? 그 말이 보이지 않는 인간에게도 적용되나? 보이지 않는 것 속에서 그들이 선택이라는 걸 인식할 수 있을까……?

생각하면 할수록 더욱 나는 그런 가능성에 대한 일종의 병적인 매혹에 빠져들었다. 왜 진작 그걸 발견하지 못했을까? 그랬더라면 내 인생이 완전히 달라졌을 텐데! 그야말로 완전히 달라졌을 텐데! 그런 가능성들을 나는 왜 보지 못했던 것일까? 만약 한 소작인이 여름방학동안 웨이터나 공장 노동자, 혹은 연주자로 일을 해서 대학을 다니고, 졸업 후에는 의사가 될 수 있다면, 왜 그런 모든 일은 동시에 이루어질 수 없는 걸까? 모자를 손에 벗어 들고 서서, 늙은 몸으로 비굴하게 굽실거리면서도 그 늙은 노예는 과학자가 아니었던가? 아니면 최소한 그렇게 불리거나 인정받지 않았던가? 세상에, 별 가능성들이 다 있군! 저런 나선형의 움직임과 끈끈한 진보를 보라! 그 모든 비밀을 누가 알겠는가? 이름을 바꾸고 나서 한 번도 의심을 받아본 적이 없지 않던가? 그리고 성공이란 위로 상승하는 것이라는 그 거짓말. 그들은 얼마나 싸구려 거짓말로 우리를 지배해 왔던가! 우리는 성공을 향해 위로 올라갈 수도 있지만 아래로 내려올 수도 있다. 오르고 내리고, 뒤로 가고 앞으로 가고, 옆으로도 가고 십자 모양으로도 가고 원을 그리기도 하고, 오가다가 이전의 자신의 모습을 만나기도 할 것이며 어쩌면 한꺼번에 그 모든 것을 다 할 수도 있다. 어떻게 그토록 오랫동안 나는 이런 사실을 모르고 있었을까? 나는 노름하는 정치인들, 밀수하는 판사들, 그리고 도둑질하는 보안관 사이에서 성장하지 않았던가? 맞아, 목사이며 인도주의 단체의 회원이었던 KKK 단원들도 있었지. 빌어먹을, 블레드소는 그것들에 대해 알려 주려고 하지 않았던가? 나는 살았다기보다 죽은 것 같은 느낌이었다. 아주 힘든 하루였다. 마치 내가 항상 아버지라고 불렀던 사람이 나와는 사실 전혀 관계가 없는 사람인 걸 알았다 하더라도 이보다 더 혼란스러울 수는 없을 것 같은 하루였다.

나는 아파트로 돌아와서 옷을 입은 채 침대에 드러누웠다. 무더운 날씨였으며 선풍기는 고작해야 열기를 휘저어서 납덩이처럼 무거운 바람을 만들 뿐이었다. 그래도 나는 그 아래에 누워, 선글라스를 빙글빙글 돌리며 최면적으로 깜빡거리는 렌즈의 빛을 지켜보면서 앞으로의 계획을 짜 보려고 했다. 나의 분노를 감추고 그들을 달래서 잠재우리라. 그리고 할렘 사람들이 그들의 프로그램에 전적으로 동의하고 있다고 그들을 안심시킬 것이다. 그 증거로서 회원 카드에 가짜 이름들을 채워서 출석 기록을 위조해야지. 물론 회비 문제를 피하기 위해 전원 실업자들로 올려야지. 그래, 밤이나 위험한 시간에 할렘을 돌아다닐 때는 흰 모자와 어두운 안경을 착용해야지. 그건 소름끼치는 생각이지만 그들을 파기시키는 수단이 될 것이다. 적어도 할렘에서는 말이다. 분파 운동을 벌이는 것은 가능성이 없어 보인다. 왜냐하면 그다음 단계에 대한 해답이 없기 때문이다. 우리는 어디로 가야 하는가? 우리가 동등한 자격으로 참여할 수 있는 동맹은 찾아볼 수 없었다. 그렇다고 우리들만의 전체적인 프로그램을 준비할 시간도 없었고 이론가도 없었다. 비록 라인하트와 불가시성 사이의 어딘가에 엄청난 잠재력이 있다고 느껴지긴 했지만 말이다. 그러나 우리는 돈도 없었고, 정부나 사업, 혹은 노동조합 같은 곳에 마땅한 정보 장치도 없었다. 비정한 신문, 멀리 떨어진 도시로부터 지역의 소식을 가져다주는 열차의 짐꾼들, 그리고 주인들의 매우 재미없는 사생활을 전하는 하인 집단을 제외하면 우리 종족들 사이에는 의사소통도 불가능했다. 우리를 자신들의 욕망을 채우는 편리한 도구 이상으로 생각해 주는 진정한 친구가 조금이라도 있다면 얼마나 좋을까! 제기랄, 그럴 수가 있겠나. 나는 생각했다. 그냥 이대로 남아서 아주 잘 훈련된 낙천주의자가 되리라. 그리고 그들이 즐겁게 지옥으로 가도록 도와주리라. 만일 그들에게 우리 삶의 실체를 보여 줄 수 없다면 그들을 도와 그것을 무시하도록 만들고, 결국 그들의 면전에서 폭발하게 만들 테다.

한 가지 일이 나를 불편하게 했다. 이제 그들의 진정한 의도가 위원회의 모임에서 결코 드러난 적이 없다는 사실을 알게 됐으므로 무엇이 그들의 활동을 실제로 이끌고 있는지 알아볼 정보통이 필요했다. 그런데 어떻게 알아보지? 시내 중심가로 보내질 때 반대만 했더라도 할렘에서 충분한 지지를 받아 그들에게 정체를 밝히라고 요구할 수 있을 텐데. 그래, 그러나 그쪽으로 옮기지 않았더라면 아직도 나는 망상의 세계에 살고 있을 것이다. 이제 현실의 실마리를 발견했는데 어떻게 그대로 망상으로 버틸 수 있겠는가? 그들은 내가 가는 길목 길목을 막고 어둠 속에서 자신들과 싸우게 만드는 것 같았다. 마침내 나는 선글라스를 침대 너머로 던져 놓고는 깜빡 잠이 들었다. 잠든 사이 나는 지난 며칠간의 일들을 다시 겪었다. 단지 죽은 사람이 클리프톤이 아니라 나였다는 점만 달랐을 뿐이다. 잠에서 깨었을 때 나는 기진맥진한 채 땀에 흠뻑 젖은 상태였으나 향수 냄새가 느껴졌다.

나는 엎드려 누운 채 손등으로 얼굴을 받치고 생각했다. 이 냄새가 어디서 나는 걸까? 선글라스가 눈에 들어오는 순간 나는 라인하트의 여자의 손을 잡았던 일이 기억났다. 나는 꼼짝 않고 그 사이에 누워 있었으며 그녀가 마치 침대 위에 앉아 있는 느낌이 들었다. 윤기 있는 머리와 풍만한 가슴, 그리고 반짝이는 눈을 가진 한 마리 새처럼. 그리고 나는 새가 놀라서 날아갈 까 봐 걱정하며 숲에 앉아 있는 느낌이었다. 그러자 나는 잠에서 완전히 깨어났으며, 새는 사라져 버리고 그녀의 모습만이 내 마음에 남아 있었다. 내가 만약 그녀를 꾀어 냈다면 어땠을까? 어디까지 지속할 수 있었을까? 그런 매력적인 여자가 라인하트와 엮이다니. 나는 숨죽이고 앉아서 라인하트가 어떻게 정보의 문제를 해결할 수 있었는지 자신에게 물었다. 해답은 명료했다. 그것은 여자를 필요로 했던 것이다. 편한 마음으로 기꺼이 나와 대화를 할 수 있는 아내, 여자 친구, 혹은 지도자의 비서. 저항 운동을 하며 겪었던 초창기 경험이 마음속에 떠올랐다. 작은 사건들이 기억났으며 집회나 파티가 끝난 후 만났던 여성들의 미소나 몸짓이 떠올랐다. 지하 세계에서 엠마와 춤추던 모습. 그녀는 내게 부드럽고 가깝게 밀착했으며 욕망이 순간적으로 뜨겁게 집중되었었다. 그러다 구석에서 열변을 토하고 있던 잭을 보자 당혹스러웠다. 엠마는 나를 단단히 껴안았으며 나는 그녀의 탄력 있는 젖가슴을 느꼈다. 그녀는 짓궂은 눈빛으로 나를 바라보며 말했다. "어머, 유혹적이네요." 나는 고상한 대답을 절실하게 찾다가 겨우 "아, 하지만 유혹은 어디에나 항상 있는 법이지요."라고밖에 말하지 못했다. 그럼에도 불구하고 나 스스로도 놀랐으며 그녀의 웃음소리도 들었다. "정곡을 찔렀어요! 정곡을! 언제 오후에 시간이 나면 들러서 한번 겨뤄 보죠."

그것은 내가 강력한 제한을 받고 있다고 느끼던 초창기 시절의 일이었다. 그리고 엠마의 대담성이나 할렘 지도자로서 내가 제 역할을 하려면 더 검어야 한다던 그녀의 의견에 분개했던 시절이다. 아무튼 이제 어떠한 제한도 남아 있지 않았으며 그런 것은 위원회가 조치할 일이었다. 그녀는 잡아도 괜찮은 사냥감이었으며 그녀 역시 내가 충분히 검다는 사실을 알게 될지도 모른다. 위원회 모임이 다음 날로 준비됐다. 그리고 그 날은 잭의 생일이므로 회의가 끝나고 지하 세계에서 파티가 이어질 예정이었다. 그러므로 나는 가장 유리한 상황에서 두 갈래의 공격을 하리라. 그들이 나로 하여금 라인하트 방식을 따르게 했으니, 과학자들이여, 무대로 올라오라!

24장

나는 다음 날부터 그들에게 '네'라고 대답하기 시작했다. 시작은 아주 효과적이었다. 할렘 지역은 계속 악화되고 있었다. 아주 조그만 사건만 일어나도 사람들이 모여 군중을 이루었다. 상점의 유리들이 박살나고 아침에는 버스 기사와 승객들 사이에 충돌도 서너 번 일어났다. 신문들은 밤사이 터진 유사한 사건들의 목록을 게재했다. 125번가에 있는 한 상점의 거울로 만들어진 입구도 박살나 있었다. 그곳을 지나가다 보니 한 무리의 아이들이 날카롭게 깨진 유리 조각들 앞에서 춤을 추며 거울에 비친 자신들의 일그러진 모습을 바라보고 있었다. 어른들도 모여서 경찰의 명령에도 불구하고 꿈쩍 않고 구경하고 있었다. 그들은 클리프톤에 대해 서로 중얼중얼 이야기하고 있었다. 나는 일이 돌아가는 상황이 마음에 들지 않았다. 위원회가 당혹해하는 꼴을 보는 게 소원이었지만 말이다.

사무실에 도착해 보니 회원들이 할렘 지역의 다른 곳에서 일어난 충돌 사건들을 보고하기 위해 나와 있었다. 나는 정말 그런 상황이 싫었다. 폭력은 무의미했다. 그런데 그것은 라스로 인해 더욱 조장되어서 실질적으로 우리 지역 자체에 대한 폭력이 되어 가고 있었다. 내 권한이 훼손됐다는 생각이 들긴 했으나 나는 사태의 진전을 보며 기분이 좋았고 내 계획을 계속 밀고 나갔다. 나는 회원들을 보내서 군중 틈에 섞이도록 만들어서 더 이상의 폭력을 막아 보려고 했다. 그리고 모든 신문사에 공개서한을 보내서 사소한 사건을 '왜곡'하고 확대시킨다고 비난했다.

나는 그날 오후 늦게 본부에 보고하면서, 상황이 누그러지고 있으며 할렘 지역의 많은 사람들을 청소 캠페인에 참여하게 만들고 있다고 전했다. 그 캠페인을 통해 건물의 뒷마당과 통로, 그리고 쓰레기가 수북한 공터를 깨끗하게 치우고 아울러 할렘 사람들의 마음에서 클리프톤을 지울 수 있을 것으로 기대한다고 보고했다. 너무나 뻔뻔한 술책이다 보니 그들 앞에서 있는 사이에도 나 자신의 불가시성에 대한 확신을 거의 잃어버릴 뻔했다. 그렇지만 그들은 나의 계획을 매우 흡족하게 받아들였으며 가짜 신입 회원 명단을 제출하자 열광적인 반응까지 보였다. 그들의 정당성이 입증된 셈이다. 즉 프로그램은 적절했고, 상황은 그들이 사전에 기대했던 방향으로 진행되어 가고 있으며, 역사는 그들의 편이고, 할렘 주민들이 그들을 사랑한다는 사실 말이다. 나는 자리에 앉아 속으로 웃으며 내 계획에 대한 그들의 의견을 들었다. 나는 잭의 빨간 머리카락을 보던 순간만큼이나 명확하게 내가 해야 할 역할을 볼 수 있었다. 그동안 내가 인식하고 있거나 무시해 버렸던 과거의 사건들이 마음속에 한꺼번에 떠올랐다. 그것은 길모퉁이를 돌아보는 것 같은, 의식의 아이러니한 도약이었다.

나는 정당화하는 역할을 맡아야 했다. 내 임무는 모든 할렘지역에서 예측 불가능한 인간적인 요소를 부정해 버림으로써, 그런 문제가 위원회의 계획과 상충될 때 그들로 하여금 그것을 무시해 버릴 수 있도록 만드는 것이다. 나는 언제나 그들 앞에서 항상 밝고, 복종적이며, 즐겁고, 수용적인 태도로 기꺼이 그들의 계획을 따르려는 군중의 모습을 보여 줄 생각이었다. 불만인 사람들이 정당한 분노를 표시하는 상황이 발생해도 우리는 조용하고 침착한 상태라고 말하리라.(만약 그 사람들이 우리를 화나게 만들어야 할 필요가 있다면 단순히 자신들의 선전 문구에 그렇다는 내용을 담기만 하면 충분하다. 결국 실제 사실은 중요하지 않고 비현실적이기 때문이다.) 그리고 만약 위원회의 책략을 이해하지 못하고 혼란스러워 하는 사람들이 있다면 '우리'가 엑스레이 같은 통찰력으로 진실을 꿰뚫어 보고 있다고 믿게 해 줄 생각이다. 또 사람들이 부자가 되는 길에 관심을 갖더라도 나는 동지회 회원들이나 의심이 많은 다른 지역 회원들에게 '우리'는 부를 부패하고 근본적으로 저속한 것이기에 배척한다고 믿게 해 줄 생각이다. 만약 다른 소수민족들이 자신들의 불만에도 불구하고 나라를 사랑한다면 위원회에게 가서 이렇게 믿게 만들겠다. 즉 우리는 그토록 불합리하게 인간적이고 복합적인 반응에 면역이 돼 있어서 절대적으로 그런 걸 증오한다고 말이다. 그리고 무엇보다도 가장 모순적인 말이 되겠지만, 만약 그들이 미국의 상황을 부패하고 타락한 것으로 비난한다면 이렇게 말해 주리라. 우리는 비록 미국의 핏줄과 근육에서 풀려나올 수 없게 얽혀 있지만 기적과 같이 건강을 유지하고 있다고. 네, 선생님! 네, 선생님! 보이진 않더라도 나는 거부를 표현하는 그들의 확실한 목소리가 되리라. 나는 토빗을 넘어설 것이며 그 미친 레스트럼은…… 글세……. 위원회에 앉아 있는 동안 한 위원은 내 가짜 회원 명단을 가지고 국가적으로 중요한 의미가 있는 것이라고 부풀리고 있었다. 하나의 망상이 또 다른 망상을 만들어 내고 있었다. 도대체 끝은 어디인가? 저들은 자기들의 선전을 믿고 있는 것인가?

회의가 끝나고 '지하 세계'에 가 보니 예전의 분위기가 그대로 남아 있었다. 잭의 생일은 샴페인을 터뜨릴 만한 날이었으며 뜨거운 저녁은 평소보다 더욱 요란스러웠다. 나는 매우 자신만만했지만 이곳에서 계획이 약간 틀어졌다. 엠마는 아주 명랑하고 적극적이었으나 그녀의 빈틈없고 잘생긴 얼굴에는 내게 가만히 있으라고 말하는 것 같은 표정이 보였다. 그녀는(즐기기 위해서) 기꺼이 자신을 던지겠지만 아주 교묘하고 음모에 능해서 내게 중요한 것을 누설해 잭의 애인인 자신의 위치를 위태롭게 할 리가 없다는 걸 나는 알고 있었다. 그래서 나는 엠마와 춤을 추며 시간을 보내면서도 다른 대상을 찾기 위해 파티장을 둘러보았다.

우리는 바에서 우연히 만났다. 그녀의 이름은 시빌이었다. 그녀는 여성 문제에 대한 나의 강연이 단순히 정치적인 것이 아닌 조금 더 사적인 지식에 기반을 두고 있다고 생각했던 사람 중 하나였으며 나에 대해서 더 알고 싶다는 마음을 피력했던 적이 있었다. 나는 항상 무슨 말인지 모르는 척했다. 나는 그러한 상황을 피해야 한다는 것을 첫 경험을 통해서 배웠을 뿐 아니라 '지하 세계'에서 보통 그녀는 약간 취한 상태에서 무언가 아쉬운 듯한 태도를 보였기 때문이다. 바로 오해받기 쉬운 유부녀 타입이어서 관심이 간다 하더라고 마치 전염병처럼 피했어야 하는 그런 여자였다. 그러나 이제 그녀의 불행한 상태와 그녀가 거물의 아내라는 사실 때문에 완벽한 물색 대상이 되었다. 그녀는 매우 외로웠고, 덕분에 아주 순조롭게 접근할 수 있었다. 생일 파티가 요란해서 — 다음 날 저녁에는 공식적인 축하연이 뒤따를 예정이었다 — 우리는 사람들 눈에 띄지 않았다. 그날 저녁 그녀가 꽤 이른 시간에 자리에서 일어나자 나는 그녀를 집까지 바래다주었다. 그녀는 늘 무시당하는 느낌을 받고 살았고 남편은 항상 바빴다. 그녀와 헤어지면서 나는 다음 날 저녁 나의 아파트에서 다시 만나기로 약속했다. 그녀의 남편 조지는 생일 축하연에 갈 것이고, 그러면 그녀를 찾지 않을 것이기 때문이다.

무덥고 건조한 8월의 저녁이었다. 번개가 동쪽 하늘에서 번쩍거렸으며 습기 찬 대기에는 숨 막히는 긴장이 감돌았다. 나는 준비하는 일로 오후를 보냈으며 축하연에 안 나가려고 아픈 척하며 사무실을 빠져나왔다. 나는 욕정이 일었거나 음란한 광경을 상상했던 것은 아니지만 그래도 거실의 화병에는 중국백합을 꽂아 두고 침대 옆 테이블 위에도 붉은 장미가 담긴 화병을 놔두었다. 그리고 와인, 위스키, 리큐어, 얼음, 여러 가지 과일, 치즈, 호두, 캔디, 그리고 그 밖에 상점에서 구한 간식들을 준비해 두었다. 한마디로 말해서 라인하트가 했을 법한 방식으로 준비해 보았던 것이다.

그러나 나는 처음부터 일을 망치고 말았다. 칵테일을 너무 진하게 만들었으며 — 그건 그녀가 너무나 좋아했다 — 정치와 관련된 이야기를 — 그건 그녀가 너무나 싫어했다 — 초저녁부터 너무 일찍 꺼냈던 것이다. 그녀는 항상 이념과 관계된 말을 들으며 살아서 그런지 정치에 전혀 관심이 없었으며 남편이 밤낮 매달려 지내는 계획들에 대해서도 아는 바가 없었다. 그녀는 술에 더 관심이 있었으므로 어쩔 수 없이 술잔을 계속 주고받을 수밖에 없었다. 또 조 루이스*나 폴 로브슨과 같은 인물들과 관련하여 즉흥적으로 자잘한 이야기들을 꾸며 내는 걸 좋아했다. 나는 그런 역할을 할 체격이나 기질이 아니었는데도 불구하고 「올드 맨 리버」를 부르며 발을 구르거나 근육을 이용해 화려한 곡예를 부려야 했다. 혼란스러웠으나 한편으론 재밌기도 했다. 그 만남은 일종의 경합이 되었다. 나는 두 사람이 현실로부터 멀어지지 않게 붙잡으려 했고, 그녀는 환상 속으로 나를 끌어들여서 '무엇이든 해내는 터부 동지'를 만들려 했다.

시간이 많이 지났다. 나는 술을 한 잔씩 더 따라 들고 방으로 들어왔다. 그녀는 머리카락을 내려뜨리고 황금 머리핀을 입에 문 채 침대에 앉아 내게 손짓했다. "이리 엄마한테 와요, 귀염둥이."

"부인 잔입니다." 나는 그녀에게 술잔을 건네며 말했다. 그녀가 이 한 잔을 마시고 더 이상 새로운 생각이 떠오르지 않길 바랐다.

---

* 미국의 흑인 권투 선수.

"이리 와요, 자기." 그녀가 수줍은 듯이 말했다. "물어볼 게 있어요."

"뭔데요?" 내가 물었다.

"귀를 대 봐요, 귀염둥이."

침대에 앉자 그녀의 입술이 내 귀로 가까이 다가왔다. 갑자기 그녀는 내게서 격식을 무너뜨려 버렸다. 나는 몸을 잡아 뺐다. 그녀가 앉은 자세에는 어딘가 새침스러운 면이 있었다. 그런 그녀가 내게 아주 반역적인 의식을 함께 나누자고 조심스럽게 제안한 것이다.

"뭐라고요?" 내가 다시 묻자 그녀가 되풀이했다. 갑자기 인생이 정신 나간 서버*의 만화처럼 돼 버렸단 말인가?

"제발 나를 위해서 그렇게 해 줘요, 네, 귀염둥이?"

"진심이세요?"

"그래요." 그녀가 대답했다. "그래요!"

그녀의 얼굴에는 때 묻지 않은 청순함이 있었고 그 때문에 나는 더욱 마음이 어지러웠다. 그녀는 농담을 하거나 나를 모욕하려는 것이 아니었다. 나는 그것이 그냥 순진해서 말해 버린 혐오스러운 표현인지 아니면 그날 저녁의 음란한 계획에 때 묻지 않고 우러난 순진무구함인지 알 수가 없었다. 단지 이 모든 일이 실수라는 것만 확실했다. 그녀에게는 아무런 정보도 없었다. 아무튼 그녀의 말을 농담으로 받아들이면서 나는 그 혐오스러운 일인지 순진한 일인지를 어쩔 수 없이 감당해야 하

* 미국의 풍자화가. 기계 문명 속의 인간의 우스꽝스럽고, 혼미하고, 불안한 모습을 풍자함.

기 전에 그녀를 아파트에서 내보내기로 작정했다. 라인하트라면 이럴 때 어떻게 했을지 생각해 보면서 그녀가 나에게 거친 행동을 하도록 자극하지 못하게 만들기로 결심했다.

"하지만, 시빌, 당신은 제가 그런 사람이 아니란 걸 알잖아요. 당신을 보니 상냥하게 대하고 보호해 주고 싶은 열망을 느끼게 됐어요. 집 안이 한증막 같네요. 옷 입고 센트럴 파크로 산책 나가면 어떨까요?"

"하지만 전 그게 필요해요." 그녀는 꼬고 앉은 허벅다리를 풀고는 똑바로 앉으며 진지한 표정으로 말했다. "해 줄 수 있잖아요. '자기'에게는 쉬운 일이잖아요, 귀염둥이. 말을 듣지 않으면 죽이겠다고 협박해 줘요. 알잖아요, 거칠게 말해 줘요, 귀염둥이. 내 친구가 그러는데 그 사내가 이렇게 말했대요. '팬티를 내려.'...... 그러고는......"

"뭐라고 했다고요?" 내가 물었다.

"정말 그랬다니까요." 그녀가 말했다.

나는 그녀를 바라보았다. 그녀의 얼굴이 빨개졌다. 얼굴만이 아니라 주근깨가 난 가슴까지도 홍조가 돌았다.

"계속해 봐요." 내가 말하는 순간 그녀는 다시 누웠다. "그래서 어떻게 됐는데요?"

"그래서...... 그는 여자에게 상스러운 욕을 했대요." 그녀는 수줍게 망설이며 말했다. 그녀는 자연스럽게 웨이브가 들어간 적갈색 머리칼을 가진 튼튼한 여성이었다. 그녀의 머리칼은 배게 너머로 부채처럼 펼쳐져 있었다. 얼굴은 아주 빨갛게 홍조를 띠고 있었다. 나를 흥분시키려는 것인가? 아니면 반감에 대한 무의식적인 표현인가?

"정말 상스러운 욕이었대요." 그녀가 말을 이었다. "정말 그 사내는 거칠고 거대하고 흰 이를 가지고 있어서, 그야말로 '짐승' 같았다는 거예요. 그리고 이렇게 말했대요. '개년아, 팬티 내려.' 그런 후 달려들었대요. 내 친구는 예쁜 얼굴에 딸기 크림 같은 피부를 가지고 있어서 정말 매력적이에요. 감히 '누가' 그런 애한테 상스러운 욕을 하리라고 상상이나 하겠어요."

그녀는 이제 일어나 앉아서 팔꿈치를 베개에 대고 내 얼굴을 자세히 들여다보았다.

"그래서 어떻게 됐나요, 그자를 잡았나요?" 내가 물었다.

"아, 물론 못 잡았죠, 귀염둥이. 그녀는 두 친구한테만 말했을 뿐이에요. 남편이 듣게 되면 큰일이니까. 그 사람은…… 글쎄, 말하자면 너무 길어요."

"끔찍하군요." 내가 말했다. "우리가 가 봐야 하지 않겠어요?"

"그렇죠? 그녀는 몇 달 동안 마음이……." 그녀의 표정이 흔들리더니 갈피를 잡지 못했다.

"왜 그래요?" 나는 그녀가 울음을 터뜨릴까 봐 걱정돼서 물었다.

"음, 그냥 '실제' 그녀의 느낌이 어땠을지 생각해 보았어요. 정말이에요." 갑자기 그녀는 알 수 없는 표정으로 나를 바라보았다. "자기한테 아주 중요한 비밀을 말해도 괜찮겠어요?"

나는 일어나 앉았다. "그게 당신이었단 말은 아니겠죠?"

그녀는 미소를 지었다. "아뇨, 아니에요. 그건 제 친한 친구 이야기예요. 그거 알아요, 귀염둥이?" 그녀는 은밀하게 몸을 앞으로 기울이며 말했다.

"난 너무 음란한 여자 같아요."

"당신이요? 천만에요!"

"으응. 때론 그런 일을 생각하거나 꿈을 꾸기도 해요. 거기에 빠진 적은 없지만 아무리 생각해도 전 음란한 여자 같아요. 나 같은 여자는 아주 철저한 수양을 쌓아야 할 거예요."

나는 속으로 웃음을 터뜨렸다. 이 여자는 머지않아 턱이 두 개가 되고 허리가 세 겹이나 되는, 뚱뚱하고 수다스러운 노파의 모습일 텐데. 그녀의 굵은 발목에 둘러진 얇은 금줄이 보였다. 그래도 여전히 나는 그녀에게서 무언가 포근하고 지극히 여성적인 면을 느끼고 있었다. 나는 손을 뻗어 그녀의 손을 어루만졌다. "왜 자신에 대해 그런 생각을 하죠?" 내가 물었다. 그녀는 몸을 다시 세웠다. 그리고 베개의 모퉁이를 잡아 뜯어서 얼룩덜룩한 깃털 하나를 꺼내들더니 줄기에서 털을 하나씩 벗겨 내었다.

"억압이죠." 그녀는 매우 교양 있는 태도로 대답했다. "남자들은 우리를 너무나 심하게 억압해 왔죠. 우리는 많은 인간적인 욕망들을 참아야 했어요. 또 한 가지 비밀을 아세요?"

나는 고개를 수그렸다.

"계속 말해도 되죠, 그렇죠, 귀염둥이?"

"그럼요, 시빌."

"음, 처음 그 이야기를 들은 이후로, 내가 아주 어린 처녀 시절이었는데도 나는 그런 일이 내게도 일어나길 원해 왔어요."

"친구에게 일어났던 일 말이에요?"

"그래요."

"세상에, 시빌. 그걸 다른 사람에게도 말한 적이 있나요?"

"물론 없어요. 그럴 용기가 없었죠. 놀랐어요?"

"조금. 그러면 시빌, 왜 나에게 말하는 거죠?"

"자기는 믿을 만하다는 걸 알아서 그렇죠. 자기는 이해해 줄 줄 알았어요. 자기는 다른 사내들하고는 다르거든요. 우리는 서로 비슷하잖아요."

그녀는 이제 미소를 짓고 있었으며 손을 뻗어서 나를 가볍게 밀어내었다. 다시 시작이군. 나는 생각했다.

"똑바로 누워요. 하얀 이불에 누운 자기를 보게요. 자긴 아름다워요. 항상 그런 생각을 했어요. 새하얀 눈 위에 놓인 따듯한 흑단나무 같아요. 그것 봐요. 자기 때문에 시가 술술 나오잖아요. '새하얀 눈 위의 따듯한 흑단나무', 시적이지 않아요?"

"저는 예민한 사람입니다. 너무 놀리지 마세요."

"아니, 정말이에요. 당신과 함께 있으면 너무나 자유로운 느낌이 들어요. 자기는 모를 거예요."

나는 브래지어 끈에 눌려 생긴 붉은 자국을 바라보며 생각했다. 누가 누구에게 복수를 하는 걸까? 그렇지만 놀랄 필요도 없지, 자기들이 평생 듣는 말인데. 그 말이 막강한 힘으로 변하고 그들은 모든 종류의 힘을 숭배하라고 배우고 있는데 말이다. 그것을 조심하라는 경고에도 불구하고 일부는 스스로 시도해 보길 원하는 경우도 있게 마련이다. 정복자들이 정복당하는 것이다. 어쩌면 많은 사람들이 은밀하게 그걸 원할지도 모른다. 가능성이 매우 희박할 때 그들이 소리를 지르는 이유도 바로 그 때문일지 모른다.

"바로 그거예요." 그녀는 단호하게 말했다. "그런 식으로 나를 봐 줘요. 나를 갈기갈기 찢어 버리고 싶은 표정으로 말이에요. 그런 식으로 나를 바라보는 모습이 정말 좋아요."

나는 웃으면서 그녀의 턱을 만졌다. 그녀는 나를 궁지로 몰아넣었다. 나는 머리가 어질어질했고 말을 하거나 화를 낼 수조차 없었다. 우리 사회에서는 잠자리를 함께한 사람을 존중해야 한다는 점을 그녀에게 가르쳐 줄까 생각했지만, 내가 마치 사회를 안다거나 그 속에 내 위치가 어디쯤인지 알고 있다고 말하면서 나 자신을 더 이상 속이고 싶지 않았다. 게다가 이 여자는 너를 일종의 연예인으로 생각하고 있지 않은가. 나는 생각했다. 그 점도 이들이 배우는 것이지.

내가 잔을 들자 그녀도 잔을 들고 내게 가까이 다가왔다.

"그렇게 해 줄 거죠, 그렇죠?" 그녀는 화장이 지워진 맨 입술을 아이들처럼 삐죽 내밀었다. 이 여자를 즐겁게 못 해 줄 이유도 없지. 신사처럼 행동하자. 아니면 이 여자가 원하는 것이 무엇이든, 그렇게 해 주면 된다. 이 여자는 네가 누구라고 생각하는 것이지? 길들여진 강간범? 확실히 여성 문제에 대한 전문가라고는 생각하겠지. 어쩌면 그게 바로 너일지도 모른다. 여성들의 쾌락을 위해 유용한 언어적 스위치가 달린, 길들여진 애완동물 같은 존재. 글쎄, 그래도 이 함정을 내가 스스로 파놓지 않았던가.

"이걸 받아요." 나는 그녀의 손에 또 한 잔의 술을 쥐어 주었다. "한 잔 더 마시고 나면 좋아질 겁니다. 더 실감이 날 거예요."

"아, 그래요. 그거 멋지겠네요." 그녀는 잔을 비우고는 생각에 잠긴 듯 올려다보았다. "나는 지금의 생활 방식이 너무 지긋지긋해졌어요, 자기. 머지않아 늙어 버릴 테고 그러면 내겐 더 이상 아무 일도 일어나지 않겠죠. 그게 무슨 뜻인지 알아요? 조지는 여성의 권리에 대해서 많은 이야기를 하고 다니지만 정작 여자들에게 필요한 것이 무엇인지 알기나 할까요? 그이는 사십 분은 허풍을 떨고 십 분은 잡담이나 하죠. 자기는 내게 지금 무슨 일을 해 주고 있는지 모를 거예요."

"당신도 마찬가지예요, 시빌." 나는 다시 잔을 채우며 말했다. 마침내 술기운이 돌기 시작했다.

그녀는 긴 머리카락을 흔들어 어깨 뒤로 넘기면서 다리를 꼬고는 나를 바라보았다. 그녀의 머리가 좌우로 흔들리기 시작했다.

"술 너무 많이 마시지 말아요, 귀염둥이." 그녀가 말했다. "조지는 항상 술 때문에 힘을 못 써요."

"걱정 말아요." 내가 말했다. "나는 술 취한 상태에서도 거칠게 강간할 수 있어요."

그녀는 깜짝 놀란 표정이었다. "와아, 그러면 한 잔 더 따라 줘요." 그녀는 펄쩍 뛰면서 말했다. 그녀는 어린애처럼 즐거워하며 진지하게 술잔을 내밀었다.

"우리가 여기서 지금 무슨 일을 하고 있는 거죠?" 내가 물었다. "새로운 국가의 탄생?"

"뭐라고 했어요, 귀염둥이?"

"아무것도 아니에요. 웃기지도 않은 농담이었죠. 신경 쓰지 마세요."

"그 점 때문에 나는 자기가 좋아요. 자기는 내게 그런 저속한 농담을 한 마디도 하지 않았잖아요. 어서요, 자기." 그녀는 말했다. "어서 따라 줘요."

나는 그녀에게 술을 따르고 또 따라 주었다. 사실 우리 두 사람 모두의 잔에 꽤 많이 따랐다. 나는 멀리 떠나와 있는 느낌이었다. 지금 이 일이 나와 그녀에게 일어나고 있는 일 같지가 않았다. 그리고 원하지 않았던 혼란스러운 동정심이 생겼다. 그때 그녀가 나를 바라보았다. 그녀의 가늘게 뜬 눈 속에서 눈동자가 빛났다. 그러다가 눈을 크게 치켜뜨더니 내 급소를 걷어찼다.

"어서요, 나를 때려요. 아저씨…… 이놈의…… 이놈의 덩치 큰 흑인 깡패 녀석아. 뭘 그리 망설여?" 그녀가 소리쳤다. "서두르라고. 나를 넘어뜨려! 날 갖고 싶지 않아?"

나는 너무 짜증이 나서 그녀를 철썩 때렸다. 그녀는 얼굴을 붉히면서도 적극적으로 받아들이려는 자세로 누웠다. 그녀의 배꼽은 잔 모양이 아니라 지진이 일어난 땅에 만들어진 구덩이 같았으며 단단하게 오므라들었다가 다시 펴졌다. 그 순간 그녀가 말했다. "어서, 어서!" 그러자 내가 맞장구쳤다. "알았어, 알았어." 거칠게 주변을 둘러본 후 그녀의 몸에 술을 퍼붓기 시작했다. 그리고 감정이 얼어붙어 버리면서 동작을 멈추었다. 그런 후 나는 테이블 위에 놓인 립스틱을 발견하고는 집어 들고 말했다. "그래, 그래." 술기운에 나는 몸을 구부리고 그녀의 배 위에 난폭하게 쓰기 시작했다.

시빌, 너는 산타클로스에게
강간당했다
놀랐지

그 대목에서 나는 잠시 멈칫거렸다. 나는 침대에 무릎을 꿇은 채 그녀 위에서 몸을 파르르 떨었으며 그녀는 불안정한 상태로 나를 기다렸다. 그것은 보랏빛 금속성의 색이 들어간 립스틱이었다. 그녀가 기대감으로 숨을 헐떡거리는 사이 글자들이 길게 늘어났다가 흔들렸다. 언덕으로 올랐다가 골짜기로 내려갔다 하면서. 그녀의 몸은 네온사인처럼 빛나고 있었다. "빨리요, 귀염둥이, 빨리." 그녀가 말했다.

나는 그녀를 내려다보며 생각했다. 이 여자의 남편 조지가 이걸 볼 때까지 기다려 볼까……. 만약 그가 이 장면을 본다면……. 그러면 그는 여성 문제 가운데 생각조차 못했던 면에 대해 강연을 하게 되겠지. 그녀는 내 눈앞에 이름 없는 존재로 누워 있었다. 이윽고 나는 그녀의 얼굴을 바라보았다. 그녀의 표정은 내가 채워 줄 수 없었던 감정으로 가득 차 있었다. 불쌍한 시빌. 나는 생각했다. 어른이 할 일인데 나 같은 어린애를 선택했어. 그러니 아무것도 기대한 만큼 얻지 못하지. 심지어 이 흑인 권투선수조차 제대로 하지 못하니 말이야. 그녀는 이제 술을 통제하지 못하는 상태가 됐다. 나는 불쑥 몸을 숙여서 그녀의 입술에 키스했다.

"쉬잇, 조용히 해요." 내가 말했다. "이럴 땐 그러면 안 돼요……." 그녀는 키스를 더 해 달라고 입술을 내밀었다. 그녀에게 다시 키스를 해 주며 진정시키자 그녀는 졸기 시작했다. 나는 이 광대극을 그만두기로 다시 한번 결심했다. 이런 게임은 라인하트에게나 어울리지 나에게는 어울리지 않는다. 나는 비틀거리며 걸어가서 물에 적신 수건을 가져다가 내가 저지른 범죄의 증거를 닦기 시작했다. 그것은 죄악만큼이나 끈적거려서 한참 동안 문질러야 했다. 물로는 안 될 것 같고 위스키를 넣으면 냄새가 날 테니 결국 가서 벤진을 찾아봐야 했다. 다행히도 일을 거의 끝낼 무렵에야 그녀가 일어났다.

"그거 했어요, 귀염둥이?" 그녀가 물었다.

"그럼요." 내가 대답했다. "원했던 게 아닌가요?"

"그래요, 그런데 기억이 나질 않아서……."

나는 그녀를 바라보다가 웃음을 터뜨릴 뻔했다. 그녀는 나를 똑바로 바라보려고 했지만 눈의 초점이 맞질 않았다. 그녀의 머리는 한쪽으로 계속 기울어졌다. 그러면서도 그녀는 애를 썼으며 나는 갑자기 마음이 홀가분해졌다.

"아무튼." 나는 그녀의 머리카락을 만지며 말했다. "이름이 뭐죠, 부인?"

"시빌이에요." 그녀는 분개하며 거의 울음을 터뜨릴 듯이 대답했다. "귀염둥이, 알잖아요, 나 시빌이에요."

"제가 당신을 덮칠 땐 몰랐어요. 정말이에요."

눈을 휘둥그렇게 뜬 그녀의 얼굴에 미소가 슬쩍 비쳤다.

"맞아요, 몰랐죠, 그렇죠? 전에 나를 본 적도 없죠?" 그녀는 기분이 좋아 보였다. 그녀의 마음속에서 내 의도가 형상화되는 것이 거의 보이는 듯했다.

"맞아요." 내가 말했다. "저는 벽에서 곧장 뛰쳐나와 텅 빈 로비에서 당신을 덮쳤어요. 기억나요? 제가 당신의 공포에 질린 비명을 틀어막았죠."

"내가 제대로 반항하던가요?

"새끼를 보호하려는 암사자 같았죠……."

"그렇지만 자기는 덩치 크고 힘센 짐승 같아서 나를 포기하게 만들었어요. 나는 원하지 않았었는데……. 그랬죠, 자기? 내가 원하지 않는 걸 자기가 억지로 했던 거예요."

"맞아요." 내가 옷에서 떨어진 실크 조각을 주워 들며 말했다. "당신이 제게서 야수 같은 면을 이끌어 냈어요. 제가 당신을 힘으로 눌렀어요. 그런데 제가 뭘 할 수 있었겠어요?"

그녀는 잠시 생각해 보더니 이내 울음을 터뜨릴 듯 얼굴을 실룩거렸다. 그렇지만 다시 한 번 미소가 피어올랐다.

"그런데 난, 훌륭한 색골이 아니던가요?" 그녀는 나를 자세히 뜯어보며 물었다. "정말이에요? 진짜예요?"

"당신은 모를 거예요." 내가 대답했다. "조지는 당신을 잘 감시해야겠어요."

그녀는 짜증스럽게 이리저리 몸을 비틀었다. "에잇, 제기랄! 그 늙은 조지인지 뭔지는 색골이 바로 옆에 누워 있어도 몰라볼걸요!"

"당신은 아름다워요." 내가 말했다. "조지에 대해서 말해 줘요. 사회를 변혁시키려는 위대한 지도자에 대해서 말입니다."

그녀는 나를 뚫어지게 응시하다가 얼굴을 찡그렸다. "누구, 조지요?" 그녀가 흐리멍덩한 한쪽 눈으로 나를 바라보며 말했다. "조지는 구멍 속의 두더지처럼 눈이 멀었어요. 그런 것에 대해 아무것도 몰라요. 이런 말 들어 본 적 있어요? 지난 십오 년 동안? 말해 봐요. 왜 웃고 있어요, 귀염둥이?"

"나예요." 나는 크게 웃기 시작하며 말했다. "그냥 나 때문에 웃는 거예요."

"자기처럼 웃는 모습을 본 적이 없어요, 귀염둥이. 정말 멋져요!"

내가 그녀의 옷을 머리 위로 뒤집어씌우자 목소리가 중국 비단 옷을 뚫고 탁하게 새어 나왔다. 그런 후 그것을 엉덩이 부위까지 끌어내리자 그녀의 빨개진 얼굴이 컬러 위로 흔들리며 나타났다. 그녀의 머리카락은 다시 헝클어진 채 늘어뜨려졌다.

"귀염둥이." 그녀가 큰 소리로 불렀다. "언제 다시 한 번 해 줄래요?"

나는 뒤로 물러서며 그녀를 바라보았다. "뭐라고요?"

"제발, 자기." 그녀는 어색한 미소를 지으며 말했다.

나는 웃음이 나왔다. "그럼요." 내가 말했다. "그럼요……."

"언제, 귀염둥이, 언제?"

"언제든지요." 나는 대답했다. "매주 목요일 밤 9시 어때요?"

"우아, 귀염둥이." 그녀는 감탄하면서 옛날 식으로 나를 꽉 껴안았다. "정말 자기 같은 사람 처음이에요."

"정말요?" 내가 물었다.

"정말이에요, 처음이에요, 자기…… 명예를 걸고…… 내 말 믿어요?"

"그럼요. 사람들이 보는 건 상관없습니다. 그런데 이제 가야 해요." 나는 그녀가 침대에 축 늘어지는 모습을 보며 말했다.

그녀는 입을 삐죽 내밀었다. "난 자기 전에 한 잔 더 해야겠어요." 그녀가 말했다.

"이미 많이 마셨어요." 내가 만류했다.

"아이, 귀염둥이, 딱 한 잔만 더……."

"좋아요, 딱 한 잔만이에요."

우리는 술을 한 잔 더 마셨다. 나는 그녀를 바라보며 동정심을 느꼈으나 동시에 자기혐오가 되살아나자 기분이 우울해졌다.

그녀는 용감하게 나를 바라보며 머리를 한쪽으로 기울였다.

"귀염둥이." 그녀가 말했다. "조그맣고 늙은 시빌이 무슨 생각 하는지 알아요? 당신이 그녀를 제거해 버리려고 한다고 생각해요."

나는 깊은 공허함을 느끼며 그녀를 바라보고는 그녀와 나의 잔을 채웠다. 내가 그녀에게 무슨 일을 했고 그녀에게 무얼 하라고 허락했는가? 이 모든 일들이 내게 전부 스며 들어왔나? 나의 행동…… 고통스러운 단어들이 그녀의 불안정한 미소만큼이나 두서없이 떠올랐다. 내 책임인가? 모두 다? 나는 보이지 않는다. "여기 있어요." 내가 말했다. "마셔요."

"자기도 마셔요, 귀염둥이." 그녀가 말했다.

"그러죠." 나는 대답했다. 그녀는 내 품 안으로 들어왔다.

잠시 잠이 들었던 모양이다. 유리잔 속에서 얼음이 떨그렁거리는 소리가 들려왔으며 벨이 요란하게 울렸다. 나는 깊은 슬픔을 느꼈다. 마치 그사이에 겨울이 와 버린 것 같았다. 그녀는 적갈색 머리카락을 내려뜨린 채 그대로 누워서 파란 아이섀도를 바른 무거운 눈꺼풀 속으로 나를 바라보았다. 멀리서 새로운 소리가 또 들려왔다.

"받지 말아요, 귀염둥이." 그녀가 말했다. 불쑥 튀어나온 목소리라서 입의 움직임과 맞아떨어지지 않았다.

"네?" 내가 말했다.

"받지 말라고요. 그냥 울리게 내버려 둬요." 그녀는 빨간 매니큐어를 칠한 손가락을 뻗으며 말했다. 나는 무슨 뜻인지 알아차리고는 그녀에게서 수화기를 빼앗았다.

"받지 말아요, 귀염둥이." 그녀가 말했다.

그때 내 손에 들려 있던 수화기가 다시 울렸다. 아무런 이유도 없이 빠른 물살처럼 어린 시절의 기도 문구들이 마음속에 흘러들었다. 그리고 수화기에 대고 말했다. "여보세요?"

할렘 구역 사무실에서 누군지 모를 목소리가 화급하게 들려왔다. "동지, 이곳으로 바로 와 주시오……."

"몸이 좀 아픈데요." 내가 대답했다. "무슨 일입니까?"

"문제가 생겼소, 동지. 동지만이 유일하게 해결할 수 있는……."

그때 유리가 깨지는 날카로운 소리가 들렸다. 멀리서 산산조각이 나는 소리가 들리고 이어서 쿵 하는 소리와 함께 전화가 끊겨 버렸다.

"이봐요." 전화로 그를 불러 보았다. 시빌은 입술로 "귀염둥이."라고 하며 내 앞에서 몸을 흔들었다.

나는 전화 다이얼을 돌려 보았지만 통화중 신호만 귀에 고동쳐 왔다. 아멘, 아멘, 아멘, 아 — 멘. 나는 그 자리에 한동안 앉아 있었다. 속임수였을까? 그녀가 나와 함께 있다는 걸 사람들이 알고 있었을까? 나는 수화기를 내려놓았다. 그녀의 두 눈이 파란 아이섀도 아래서 나를 쳐다보고 있었다. "귀염……."

나는 자리에서 일어나 그녀의 팔을 잡아당겼다. "갑시다, 시빌. 북부 지역에서 오라고 하네요." 그제야 비로소 나는 정말 가야 한다는 걸 깨달았다.

"안 돼요." 그녀가 말했다.

"그래도 가야 합니다. 어서요."

그녀는 나를 밀어내려다가 침대 위로 넘어졌다. 나는 그녀의 팔을 놓아주고 주변을 둘러봤다. 머리가 몽롱했다. 이런 시간에 무슨 문제란 말인가? 내가 왜 가야 하지? 그녀는 파란 아이섀도 아래에서 밝게 빛나는 눈동자로 나를 쳐다보았다. 나는 가슴이 무겁고 몹시 슬펐다.

"돌아와요, 귀염둥이." 그녀가 불렀다.

"그러지 말고 바람이나 좀 쏘이죠." 내가 말했다.

이제 빨갛고 번들거리는 손가락을 피해 그녀의 손목을 잡아 일으켜 세우고는 문을 향해 갔다. 우리는 비틀거리며 걸었다. 문에 이르러 몸이 흔들리자 그녀의 입술이 내 입술을 스쳤다. 그녀가 내게 달라붙자 나는 순간적으로 형언할 수 없는 슬픔을 느끼며 그녀를 끌어안았다. 그때 그녀가 딸꾹질을 시작했고 나는 멍하니 방을 뒤돌아보았다. 빛이 우리가 마신 잔 속의 호박색 액체를 비추었다.

"자기." 그녀가 말했다. "인생이 완전히 달라질 수 있는데……."

"한 번도 그런 적이 없어요." 내가 말했다.

"자기." 그녀가 되풀이했다.

선풍기가 윙윙 돌고 있었다. 그리고 구석에는 내 서류 가방이 마치 추억처럼 먼지가 덮인 채 놓여 있었다. 바로 배틀로열이 벌어지던 날의 추억들이. 그녀의 숨결이 몸에 뜨겁게 느껴졌다. 나는 그녀를 부드럽게 밀어내어 문지방에 기대게 했다. 그러고는 기도의 문구가 기억난 것만큼이나 충동적으로 걸어가서 서류 가방을 집어 들었다. 다리로 먼지를 쓸어 내고 옆구리에 끼는 순간 뜻밖의 무게가 느껴졌다. 가방 안에서 무언가 달그락거렸다.

여전히 그녀는 나를 바라보고 있었으며 내가 팔을 붙들자 그녀의 눈이 빛났다.

"좀 어때요, 시빌?" 내가 물었다.

"가지 말아요, 귀염둥이." 그녀가 말했다. "조지에게 해결하라고 해요. 오늘 연설이 없거든요."

"제발." 나는 그녀의 팔을 꽉 붙잡고 끌어당겼다. 그녀는 한숨을 내쉬며 마지못한 얼굴로 나를 바라보았다.

우리는 자연스럽게 거리로 걸어 나갔다. 머리는 술 때문에 여전히 어질어질했다. 그리고 거대하고 텅 빈 어둠의 공간을 내려다보는 순간 울음을 터뜨릴 뻔했다……. 북부 지역에서 무슨 일이 일어난 걸까? 왜 내가 관료적인 자들, 그 눈먼 자들을 걱정해야 하는 건가? '나는 보이지 않는 인간이다.' 적막한 거리를 내려다보는 순간 그녀가 옆에서 비틀거리며 노래를 흥얼거리는 소리가 들렸다. 신선하고, 순수하고, 걱정이 없는 그 무엇. 시빌, 너무 늦게, 너무 빨리 온 나의 사랑……. 아! 목에 맥박이 느껴졌다. 거리의 열기가 바짝 달라붙었다. 택시를 기다렸으나 한 대도 지나가지 않았다. 그녀는 내 옆에서 노래를 흥얼거렸으며 그녀의 향수 냄새는 그날 밤 비현실적으로 느껴졌다. 우리는 다음 블록으로 걸어가 보았지만 여전히 택시를 잡을 수 없었다. 그녀의 하이힐은 인도 위에서 불안정하게 딸깍거리는 소리를 냈다. 나는 그녀를 멈추게 했다.

"불쌍한 귀염둥이." 그녀가 말했다. "자기 이름도 모르는……."

나는 놀란 듯 돌아섰다. "뭐라고요?"

"이름 없는 짐승, 귀여운 짐승." 그녀는 입가에 어렴풋한 미소를 지으며 말했다.

나는 하이힐을 신고 부지런히 딸깍 딸깍 보도를 걸어가는 그녀를 바라보았다.

"시빌." 나는 그녀에게 들릴 듯 말 듯 말했다. "이게 어디서 끝날까요?" 무언가 나에게 가라고 명령했다.

"아하!" 그녀는 웃음을 터뜨렸다. "침대에서죠. 가지 말아요, 귀염둥이. 시빌이 자기를 잠자리에 넣어 줄게요."

나는 머리를 가로저었다. 별들이 보였다. 높고 높게, 빙글빙글 돌면서. 그리고 눈을 감자 눈꺼풀 뒤에서 붉게 떠다녔다. 그런 후 다소 마음이 가라앉자 그녀의 팔을 잡았다.

"이봐요, 시빌." 내가 말했다. "내가 5번가에 가서 택시를 잡아 올 동안 여기 잠깐만 서 있어요. 바로 이 자리에 서서 그대로 있으란 말이에요, 자기."

우리는 창문이 깜깜한 구식 건물 앞을 비틀거리며 지나갔다. 건물 정면에는 미로처럼 복잡한 무늬가 새겨진 돌 위로, 거대한 그리스식 원형 장식들이 불빛에 드러나 있었다. 나는 괴물이 조각된 현관에 그녀를 기대어 세웠다. 그녀는 그곳에 기대어 서서 머리는 헝클어진 채 가로등 불빛 속으로 나를 보며 미소를 지었다. 그녀의 얼굴은 계속 한쪽으로 기울어졌으나 한쪽 눈을 필사적으로 감으며 윙크를 보냈다.

"그래요, 귀염둥이, 그럴게요." 그녀가 말했다.

"금방 돌아올게요." 나는 뒤로 물러서며 말했다.

"귀염둥이." 그녀가 소리쳤다. "나의 귀염둥이."

이 진정한 애정을 들어 보라. 부기 베어의 사랑을. 나는 가면서 생각했다. 그녀가 나를 귀염둥이라고 부르는 걸까 아니면 검둥이라고 부르고 있는 걸까? 예쁘다는 건가 아니면 숭고하다고 하는 걸까……. 그 두 가지는 또 무슨 뜻인가? 나는 보이지 않는데…….

나는 5번가까지 다 가기 전에 택시가 지나가길 바라며 늦은 시간의 조용한 거리를 걸어갔다. 저 앞 5번가에서 불빛이 밝게 빛나고 있었으며 몇 대의 자동차가 크게 벌어진 거리의 아가리 속을 뚫고 총알같이 지나쳐 갔다. 그리고 그 위, 저 너머로 나무들은…… 거대하고, 어둡고, 높이 솟아 있다. 대체 어찌된 일인가, 나는 곰곰이 생각했다. 왜 이렇게 늦게 나를 찾는 걸까……. 그것도 누가?

나는 서둘러 걸었고 다리가 후들거렸다.

"귀염둥이." 뒤에서 그녀가 불렀다. "귀-염-둥-이!"

나는 돌아보지 않고 손만 흔들어 주었다. 다시는 안 하리라. 더 이상은 없다, 더 이상은. 나는 계속 발걸음을 옮겼다.

5번가에 이르니 택시가 한 대 지나갔다. 큰 소리로 그것을 잡아 보려고 했으나 오히려 누군가의 목소리만 들려왔다. 그리고 그 소리는 유쾌하게 흘러가 버렸다. 나는 다른 차를 잡기 위해 밝게 불을 밝힌 거리를 바라보았다. 그때 끼이익 하며 요란하게 브레이크를 밟는 소리가 들려왔다. 돌아서서 멈춰 선 택시를 바라보니 창밖으로 나온 하얀 팔이 내게 손짓을 하고 있었다. 택시가 후진을 해서 가깝게 굴러오더니 불쑥 튀어 오르듯 멈추어 섰다. 나는 웃음을 터뜨렸다. 그것은 시빌이었다. 나는 비틀거리며 택시의 문 쪽으로 걸어갔다. 그녀는 여전히 내게 미소를 보내고 있었다. 그녀의 머리는 창틀 속에서도 여전히 한쪽으로 기울어지고 있었으며 머리카락도 흘러내렸다.

"타요, 귀염둥이. 나를 할렘으로 데려다 줘요……."

나는 고개를 가로저었다. 머리가 무겁고 슬픈 마음이 들었다. "안 돼요." 내가 말했다. "난 할 일이 있어요, 시빌. 집에 가도록 해요……."

"싫어, 귀염둥이. 나도 데려가요."

나는 손을 문에 얹은 채 운전기사에게로 얼굴을 돌렸다. 그는 검은 머리칼의 작은 사내였는데 못마땅한 눈치였다. 신호등의 빨간 섬광이 그의 코끝을 붉게 물들였다.

나는 운전기사에게 그녀의 주소를 알려 주고는 마지막 남은 5달러를 주었다. 그는 그것을 무뚝뚝하게 못마땅한 듯 받아 들었다.

"안 돼요, 귀염둥이." 그녀가 말했다. "할렘에 가고 싶단 말이에요. 자기와 함께!"

"잘 가요." 나는 도로변에서 물러서며 말했다.

우리는 블록의 중간쯤에 서 있었으며 나는 차가 출발하는 모습을 바라보았다.

"안 돼요." 그녀가 말했다. "안 돼요, 귀염둥이. 가지 말아요……." 눈을 크게 뜬 그녀의 하얀 얼굴이 차창으로 보였다. 나는 그 자리에 서서 운전기사가 빠르고 경멸적인 표정으로 내달려 사라지는 광경을 보았다. 차의 후미등은 마치 그의 코끝만큼이나 빨갛게 보였다.

나는 눈을 감은 채 발걸음을 옮겼다. 나는 떠다니는 느낌이 들었으며 머리를 맑게 하려고 애썼다. 그런 후 눈을 뜨고는 자갈길을 따라서 공원 쪽으로 가로질러 갔다. 저 위로는 차들이 빙글빙글 도로를 돌고 있었으며 헤드라이트는 허공을 찔렀다. 모든 택시들이 승객을 태우고 시내를 향해 가고 있었다. 무게 중심으로. 나는 터벅터벅 걸어갔으며 머릿속은 빙글빙글 돌았다.

110번가에 이르렀을 때 나는 그녀를 다시 만났다. 그녀는 가로등 아래서 기다리고 있다가 내게 손을 흔들었다. 나는 놀라지 않았다. 나는 운명론자가 되었다. 나는 천천히 걸어갔으며 그녀의 웃음소리가 들렸다. 그녀는 내 앞에 서 있다가 마치 꿈속에서처럼 맨발로 아무렇게나 달리기 시작했다. 달리기. 불안정하지만 빠르게 달렸고 놀란 나는 따라잡을 수 없었다. 나는 납덩이같이 무거운 다리로, 앞서 가는 그녀를 보며 소리쳤다. "시빌, 시빌!" 나는 무거운 걸음으로 공원을 따라 달렸다.

"어서 와요, 귀염둥이." 그녀가 뒤돌아보며 나를 부르다가 비틀거렸다. "시빌을 잡아요……. 시빌을." 그녀는 맨발에 허리띠도 묶지 않고 공원을 따라 달렸다.

나도 달렸다. 겨드랑이 밑에 낀 서류 가방이 너무 무거웠다. 무엇인가 내게 사무실로 가야만 한다고 말했다……. "시빌, 기다려요!" 나는 외쳤다.

그녀가 달리기 시작했다. 그녀의 옷이 어둠 속의 불 켜진 곳을 지나면서 불꽃처럼 번쩍거렸다. 활력 있는 움직임이었다. 그녀의 몸에 붙은 다리는 서투르게 움직였으며, 흰색 하이힐이 빛을 냈고, 치마는 높이 들쳐 올라갔다. 그냥 가게 내버려 두자. 나는 생각했다. 그녀는 거리를 가로질러 거칠게 뛰어가다 도로변에 주저앉았다. 그리고 일어섰다가 다시 엉덩이로 털썩 주저 앉았다. 그녀는 완전히 불안정한 상태였고 기세는 사라지고 없었다.

"귀염둥이." 내가 가까이 가자 그녀가 불렀다. "빌어먹을, 귀염둥이. 나를 밀어내는 거예요?"

"일어나요." 나는 화내지 않고 말했다. "일어나요." 그녀의 부드러운 팔을 잡았다. 그녀는 일어서자 팔을 넓게 벌리고 포

옹하려 했다.

"안 돼요." 나는 거부했다. "오늘은 목요일이 아니잖아요. 가봐야 해요……. 그들이 나를 어떻게 할 작정이었어요, 시빌?"

"누구 말이에요?"

"잭과 조지…… 토빗, 그리고 모두들 말이에요."

"자기는 나를 꼼짝 못하게 만들어요, 귀염둥이." 그녀가 말했다. "그 사람들은 잊어버려요……. 돌대가리들……. 알다시피 바보들이잖아요. 우리가 이 냄새나는 세상을 만든 건 아니잖아요, 귀염둥이. 신경 쓰지 말아요."

때맞추어 택시가 길모퉁이를 돌아 빠르게 다가오고 있었다. 그리고 이층 버스 한 대가 두 블록쯤 떨어진 곳에서 어렴풋이 보였다. 택시기사가 차창 밖으로 머리를 내밀고 바라보더니 핸들로 바짝 다가앉아서 재빠르게 차를 돌려 우리 쪽으로 다가왔다. 그는 믿을 수 없다는 듯 놀란 표정을 지었다.

"어서요, 시빌." 나는 그녀를 불렀다. "속임수는 안 돼요."

"미안합니다만, 손님." 기사가 염려스러운 목소리로 물었다. "저분을 할렘으로 데리고 가는 건 아니시죠?"

"아닙니다. 이 여자 분은 시내로 갑니다." 내가 대답했다. "타요, 시빌."

"귀염둥이는 완전히 독재자예요." 그녀가 기사에게 말했다. 기사는 미친 사람을 보듯이 말없이 나를 바라보았다.

"대단하군." 운전기사가 중얼거렸다. "아주 대단해!"

그러나 그녀는 차에 올라탔다.

"완전 독재자야, 귀염둥이."

"이봐요." 나는 기사에게 말했다. "이분을 곧장 집으로 데려다 줘요. 절대 차에서 내리게 하지 말고. 이분이 할렘을 돌아다니면 안 되거든요. 아주 귀하고 높으신 부인이오."

"알았소, 난 선생을 탓하는 게 아니오." 그가 대답했다. "거긴 지금 일이 걷잡을 수 없이 터지고 있거든요."

택시가 출발해서 굴러가는 동안 나는 소리쳐 물었다. "무슨 일이 벌어지고 있소?"

"전부 때려 부수고 있소." 그는 기어를 넣으며 소리쳤다. 나는 그들이 사라지는 걸 바라보다가 버스 정류장으로 향해 갔다. 이번에는 확실히 하자. 나는 걸어가며 생각했다. 그리고 손을 크게 흔들어 버스를 세운 뒤 올라탔다. 만약 그녀가 다시 돌아와도 나를 찾을 수 없겠지. 나는 서둘러야 한다는 사실을 그 어느 때보다도 확실하게 알고 있었으나 머릿속은 아직도 너무나 흐려서 정신을 차릴 수 없었다.

나는 서류 가방을 들고 자리에 앉아서, 두 눈을 감고 발바닥으로 버스가 빠르게 굴러가는 걸 느꼈다. 곧 7번가에 도착할 것이다. 시빌, 용서해 주시오. 나는 마음속으로 말했다. 버스가 계속 달려갔다.

그러나 눈을 뜨자 버스는 이미 리버사이드 도로로 접어들고 있었다. 그것 역시 조용히 받아들였다. 그날 밤 자체가 모두 뒤죽박죽이었으니 말이다. 술을 너무 많이 마셨던 탓이다. 시간은 물결처럼, 보이지 않으면서 슬프게 흘러갔다. 바깥을 내다보니 배 한 척이 강을 거슬러 올라가고 있었다. 배의 움직이는 불빛이 어둠 속에서 점점이 빛나고 있었다. 시원한 바다 냄새가 내게로 왔다. 정박한 배들의 흐릿한 모습, 어두운 물결, 그리고 지나쳐 가는 가로등들이 빠르게 펼쳐지는 가운데 그 냄새는 계속해서 진하게 풍겨 왔다. 강 건너편은 뉴저지였으며 나는 할렘에 처음 들어오던 때가 기억났다. 아주 오래전이다. 아주 오래전. 마치 강물에 빠지는 기분이었지.

오른쪽 앞으로는 교회의 첨탑이 높이 솟아 있었으며 끝에는 빨간 경고등이 달려 있었다. 이제 버스는 영웅의 묘지를 지나갔으며 나는 그곳을 방문했던 기억을 떠올렸다. 계단으로 올라가 안으로 들어가면 아래쪽 멀리, 국기에 쌓인 채 쉬고 있는 그가 보일 것이다…….

어느새 125번가에 이르렀다. 나는 비틀거리며 차에서 내렸고 강물을 마주하고 선 순간 버스가 출발하는 소리가 들렸다. 가벼운 바람이 일어났으나 차가 멀어지자 끈적끈적한 열기가 되돌아왔다. 어둠 속 먼 곳으로 기념비적인 다리가 보였다. 어두운 강물을 가로지르며 전구들이 줄에 매달려 있었다. 그리고 가까이에는, 강변 위쪽으로 팔리세이드 절벽과 그 혁명적인 고뇌가 롤러코스터의 요란한 불빛 속에 묻힌 채 서 있었다. "때는 지금이다……." 강을 가로지른 네온사인은 그렇게 시작했지만 역사가 징을 박은 구둣발로 나를 짓밟는데, 때를 걱정할 필요가 있을까? 나는 웃으며 생각했다. 나는 거리를 가로질러서 식수대 쪽으로 갔다. 물의 서늘함이 느껴지자 내려가서 손수건을 적셔서 얼굴과 눈을 닦았다. 물은 갑자기 솟기도 하고, 콸콸 흘러나오기도 하고, 분사되기도 했다. 나는 얼굴을 앞으로 드밀고 축축하고 차가운 느낌을 받으며 식수대에서 나는 갓난아이의 웃음소리를 들었다. 그때 다른 소리가 들렸다. 그것은 강에서 나는 소리도 아니고 어둠 속을 뚫고 달려가는 자동차의 회전 소리도 아니었다. 그것은 먼 곳에 모인 군중으로부터 들려오는 소리이거나 밀물처럼 밀어닥치는 강물 소리 같았다.

나는 앞으로 걸어가다 계단을 발견하고는 아래로 내려가기 시작했다. 다리 밑에는 딱딱한 돌로 강을 이룬 길이 놓여 있었다. 잠시 나는 마치 물이 흘러나오길 기대하듯, 마치 저 위의 식수가 여기서 솟아나기라도 한 것처럼 자갈로 물결을 이룬 광경을 바라보았다. 아무튼 나는 그곳으로 들어가 할렘까지 가로질러 가리라. 계단 아래로 트롤리 전차의 선로가 어슴푸레하게 강철 빛을 내고 있었다. 나는 서둘러 갔으며 소리가 점점 가깝게 들려왔다. 경사로를 내려가자 수많은 사람들의 목소리가 윙윙거리며 나를 감싸고 주변을 마비시켰다. 소리는 마치 새가 짹짹거리거나 구구거리듯, 혹은 억눌린 고함 소리처럼 내게 무언가 말하려는 듯, 무언가 메시지를 전달하려는 듯 들려왔다. 나는 걸음을 멈추고 주변을 살펴보았다. 기둥들은 리드미컬하게 어둠 속으로 행진해 들어갔으며 자갈 위로는 빨간 불빛들이 빛나고 있었다. 나는 다리 밑으로 걸어갔다. 그것들은 그 누구도 아닌 바로 나만을 기다려 온 것 같았다. 나만을 위해 바쳐지고 남겨 두었던 것처럼. 언제까지나.

나는 마음속으로 날개를 떠올리며 소리가 나는 쪽을 올려다보았다. 그때 무언가 내 얼굴을 치고 쏜살같이 날아갔다. 이제 더러운 냄새가 풍겼으며 집중공세에 뒤덮인 사실을 깨달았다. 외투가 더렵혀지는 것이 느껴지자 나는 서류 가방으로 머리 위를 가리고 뛰기 시작했다. 그것들은 마치 비가 내리듯 떨어지며 여기저기서 철벅거리는 소리를 냈다. 나는 철로가 합쳐지는 구간까지 뛰어가며 생각했다. 심지어 새들까지 이러다니!

비둘기까지, 참새까지, 그리고 빌어먹을 갈매기까지! 나는 분노와 절망으로 미친 듯이 웃어 대며 정신없이 달렸다. 새들에게 쫓겨서 어디로 가야 하는지 나는 알 수 없었다. 그냥 달렸다. 그런데 지금 내가 여기서 뭘 하는 걸까?

나는 밤새 달렸다. 나 자신 속에서 달렸다. 달렸다.

25장

모닝사이드에 이르자 마치 먼 곳에서 독립기념일 축제라도 벌어진 듯 총소리가 들려왔다. 나는 서둘러 갔다. 세인트 니콜라스에 도착하니 가로등도 모두 꺼져 있었다. 우레 같은 소리가 울려 퍼지더니 네 명의 사내가 보도를 따라 뭔가를 삐걱삐걱 소리 나게 밀며 나를 향해 달려오는 모습이 보였다. 그것은 금고였다.

"이보시오." 내가 말을 꺼냈다.

"저리 비켜!"

나는 한쪽으로 펄쩍 뛰어 도로로 내려갔다. 그 순간 시간이 갑작스러우면서도 찬란하게 멈춰 버렸다. 마치 마지막 도끼질 후 거목이 넘어가기까지의 순간처럼. 그사이 요란한 소음이 지나갔으며, 이어서 요란한 적막이 흘렀다. 현관과 도로변에 웅크리고 앉아 있는 사람들이 눈에 들어왔다. 그때 시간이 다시 살아났으며 나는 길에 쓰러져 있었다. 의식은 있었으나 일어설 수가 없었다. 내가 길 위에서 버둥거리는 사이, 거리의 뒤쪽 모퉁이에서 총알이 발사되는 섬광이 보였다. 왼쪽 편에선 아직도 그 사내들이 인도를 따라서 금고를 밀며 달아나고 있었다. 그리고 내 뒤로, 길 아래쪽에서는 두 명의 경찰이, 검은 셔츠를 입어서 거의 보이지 않는 모습으로 권총을 앞으로 내민 채 불꽃을 뿜어 댔다. 금고의 바퀴 하나가 앞으로 튕겨져 나갔으며, 총알이 길모퉁이 너머의 자동차 타이어에 맞는 바람에 마치 거대한 동물이 고통스러워 울부짖듯 공기가 빠져나가며 날카롭고 요란한 소리가 들려왔다.

나는 이리저리 구르며 부딪히다가 길 가장자리 쪽으로 기어가 보려고 했으나 몸이 말을 듣지 않았다. 갑자기 얼굴에 따듯하고 축축한 것이 느껴졌다. 금고는 교차로를 향해 거칠게 치달았으며 사내들은 모퉁이를 돌아 어둠 속으로 들어가 쿵쿵대는 발소리만 남기다가 사라졌다. 그들은 이제 사라졌으며 길을 스치며 굴러가던 금고는 갑자기 방향을 바꿔 교차로를 향해 총알처럼 굴러가다가 세 번째 레일에 처박히면서 마치 푸른색 꿈처럼 불꽃을 사방에 드리우며 주변을 밝혀 놓았다. 그것은 내가 꾸고 있는 꿈이었다. 꿈속에서 나는, 경관들이 사격대에 선 듯 자세를 갖춰 발을 앞으로 내밀고 팔은 허리에 댄 채 조심스럽게 조준하여 발사하는 모습을 보았다.

"비상대책을 세웁시다!" 그들 중 하나가 소리쳤다. 나는 그들이 돌아서서, 트롤리 전차 선로의 둔탁한 광택이 어둠 속을 향해 점점 희미해지는 방향으로 사라지는 모습을 바라보았다.

거리는 갑자기 되살아났다. 골목길에서 나온 것 같은 사람들이 내 앞의 상점 앞으로 서둘러 몰려갔다. 그들의 목소리가 흥분한 듯 커지기 시작했다. 내 얼굴에 피가 흘렀다. 나는 움직일 수 있게 되자 무릎을 꿇으며 일어서려고 했으며 그 순간 누군가 군중 속에서 다가와 일어서도록 도와주었다.

"다쳤소, 형씨?"

"조금……. 모르겠어요……." 그들의 모습이 잘 보이지도 않았다.

"맙소사! 이 사람 머리에 구멍이 났소!" 누군가 말했다.

불빛이 내 얼굴을 비추며 다가왔다. 머리에 딱딱한 손이 닿았다가 떨어지는 게 느껴졌다.

"젠장, 그냥 스친 자국이야." 그가 말했다. "그 빌어먹을 45 구경에 새끼손가락만 맞아도 나가떨어진다니까!"

"이봐요, 여기 이 사람이 마지막으로 쓰러졌소." 누군가가 인도에서 외쳤다. "이 사람을 정확히 명중시켰소."

나는 얼굴을 닦았다. 머리가 윙윙거렸다. 무언가 없어진 것 같았다.

"여기 있소, 당신 것이죠?"

그건 내 서류 가방이었다. 누군가 손잡이를 잡고 네게 건네주었다. 나는 마치 매우 중요한 물건을 잃어버릴 뻔했던 사람처럼 허둥지둥 그것을 받아 들었다.

"고맙습니다." 나는 그들의 희미하고 푸르스름한 모습을 바라보며 말했다. 나는 죽은 사람을 바라보았다. 그는 얼굴을 앞으로 한 채 쓰러져 있었고 사람들이 그의 주변에서 수습을 하고 있었다. 나는 문득 저기 움츠리고 있는 사람이 나일 수도 있었다는 생각이 들었다. 또한 전에 그를 거기서 본 것 같은 느낌이 들었다. 아주 밝은 대낮에, 오래전에…… 얼마나 오래전인가? 저 사람 이름을 안다. 나는 생각했다. 그때 갑자기 무릎이 앞으로 굽혀졌다. 나는 그 자리에 주저앉았고 서류 가방을 쥔 손은 바닥에 긁히고 머리는 앞으로 수그려졌다. 사람들이 내 주위에 모였다.

"발 좀 밟지 말아요." 누군가 말하는 소리가 들였다. "밀지 말아요. 자리가 충분하잖소."

나는 해야 할 일이 있었다. 내가 잊은 일들이 실제로 잊었던 것이 아니라는 사실을 나는 알고 있었다. 꿈의 구체적인 내용들을 기억 못하는 것은, 실제로 잊혀진 것이 아니라 교묘히 회피되기 때문이라는 사실은 누구나 안다. 나도 알고 있었다. 그래서 나는 마음속으로, 푸른 커튼이 금고 너머의 거리를 가리고 있는 것만큼이나 불투명하게 내 눈 속에 드리워져 있는 잿빛 베일을 꿰뚫어 보려고 애를 썼다. 어지러움이 가시자 나는 서류 가방을 들고 손수건으로 이마를 누른 채 가까스로 일어섰다. 거리 위쪽에서는 커다란 유리창들이 깨지는 소리가 들렸고 신비로운 푸른 어둠 속에서 인도는 마치 산산조각 난 거울처럼 빛을 냈다. 거리의 모든 네온사인은 꺼져 있었으며 낮의 모든 소리들은 안정된 의미를 잃어버린 지 오래였다. 어디선가 도난경보기가 울렸으나 무의미한 소음일 뿐이었으며 약탈자들의 환호성이 터져 나왔다.

"어서요." 누군가 근처에서 외치는 소리가 들렸다.

"갑시다, 형씨." 나를 부축했던 사내가 말했다. 그는 내 팔을 잡았다. 그는 마른 몸이었으며 어깨에 커다란 옷가방을 들쳐메고 있었다.

"형씨 모습을 보니 여기 내버려 두면 안 될 것 같소." 그가 말했다. “마치 술 취한 사람 같소.”

“어디로 갑니까?” 내가 물었다.

“어디? 맙소사. 어디로든. 어서 움직여야 하오. 어디로 갈지는 말할 필요도 없고……. 어이, 뒤프레!” 그가 소리쳤다.

“이봐……. 빌어먹을! 내 이름을 그렇게 크게 부르면 어떡해?” 누군가 대답했다. “여기야. 난 이쪽에 있단 말이야. 작업복 좀 챙기는 중이야.”

“내 것도 좀 챙겨.” 그가 말했다.

“알았어. 하지만 내가 자네 아버지라고는 생각하지 말게.” 대답 소리가 들렸다.

나는 우정 같은 감정을 느끼며 마른 사내를 바라보았다. 그는 처음 나를 보았다. 그러니 그의 도움은 다른 뜻이 없는 순수한 것이다…….

“이봐, 듀.” 그가 외쳤다. “우리 그거 할 거지?”

“당연하지. 이 작업복만 챙기는 대로 곧바로 하자.”

군중이 마치 쏟아진 설탕 주위에 개미가 모이듯 가게 안팎을 넘나들고 있었다. 때때로 유리창 깨지는 소리와 총소리가 들렸고 멀리서 소방차 소리도 들려왔다.

“좀 어떻소?” 그가 물었다.

“아직 어질어질해요.” 내가 대답했다. “기운도 없고.”

“피가 멈췄나 한번 봅시다. 좋소, 괜찮아질 거요.”

그의 모습은 희미하게 보였지만 목소리는 분명하게 들렸다.

“그렇겠죠.” 내가 말했다.

“형씨, 죽지 않은 게 정말 다행이오. 저 개새끼들이 진짜로 쏴 대고 있거든.” 그가 말했다. “레녹스에서는 허공에 대고 쏴

대더군. 장총 하나만 찾으면 본때를 보여 줄 텐데! 여기 있소. 비싼 위스키 한 모금 마시구려." 그는 자신의 뒷주머니에서 작은 병을 꺼내 들었다. "저쪽 주류 상점에서 한 박스를 꺼내서 숨겨 놓았소. 그쪽에 가면 숨만 쉬어도 술에 취한다오, 형씨. 순도 100퍼센트의 정품 위스키가 하수구에 가득 차 흐르고 있으니 말이오."

나는 위스키를 한 모금 들이켰다. 위스키가 몸속으로 내려가자 몸이 짜릿했으나 그런 자극이 고마웠다. 내 주변에는 푸른 화염 속에 검은 형상으로 사람들이 모였다가 흩어지곤 했다.

"물건 챙겨 가는 사람들 좀 보시오." 그는 어둠 속에서 움직이는 군중을 보며 말했다. "나는 이제 지쳤소. 레녹스에 가 보았소?"

"아니요." 나는 대답하면서 손질된 닭들의 모가지를 새 빗자루 손잡이에 줄줄이 꿰어 들고 천천히 지나쳐 가는 여자를 바라보았다.

"빌어먹을, 저걸 봐야 해, 형씨. 모조리 부서져 버렸어. 이젠 여자들이 와서 깨끗이 주워 가는 거요. 아까 늙은 여자 하나가 등에다가 소 반쪽을 통째로 메고 가는 꼴도 봤다니까. 세상에, 그 여자는 그걸 들고 가려다 보니 다리가 다 구부러졌더군. 저기 뒤프레가 오는군." 그는 말을 하다가 입을 다물었다.

키 작고 단단해 보이는 사내 하나가 박스를 몇 개 들고 군중 속에서 나오는 모습이 보였다. 그는 머리에 모자를 세 개나 썼으며 어깨 위에는 멜빵 몇 쌍이 덜렁거렸다. 그가 가까이 다가오자 반짝이는 새 고무장화를 신은 것도 보였다. 그의 주머니는 불룩하게 솟아 있었고 어깨 뒤로 멘 자루는 묵직하게 흔들리고 있었다.

"젠장, 뒤프레." 내 친구는 그의 머리를 가리키며 말했다. "내 것도 하나 가져왔지? 그게 다 뭐야?"

뒤프레는 멈추어 서서 그를 바라보았다. "저 안에 모자가 가득 들었는데 돕스 모자를 어떻게 놓고 나오겠어? 이 친구야, 미쳤어? 모두 멋진 색깔의 새 돕스들인데? 서둘러. 경관들이 되돌아오기 전에 어서 튀자고. 빌어먹을, 저기 불나는 것 좀 봐!"

나는 푸른 불길이 드리워진 쪽을 바라보았으며 흐릿한 형상들이 분주히 움직였다. 뒤프레가 소리치자 몇 명의 사내가 군중에서 빠져나와 도로에 있는 우리와 합류했다. 우리는 걷기 시작했고 나의 친구(사람들은 그를 스코필드라고 불렀다.)가 나를 부축했다. 머리는 망치로 두드리는 것 같았으며 여전히 피가 흐르고 있었다.

"형씨도 약탈품을 좀 챙긴 것 같군." 그는 내 서류 가방을 가리키며 말했다.

"별로……." 나는 말하면서 생각했다. 약탈품? 갑자기 나는 가방이 무거운 이유를 깨달았다. 메리 아줌마의 저금통을 깬 것과 동전들이 떠올랐기 때문이다. 나도 모르게 나는 서류 가방을 열고 내 모든 서류들을 — 동지회 신분증, 무기명 추천서들, 그리고 클리프톤의 인형 — 그 속에 집어넣었다.

"가득 채우시오, 형씨. 부끄러울 것 없소. 우리가 저기 전당포 하나를 털고 올 때까지 기다리시오. 뒤프레는 목화 따는 자루에 물건을 가득 채웠다오. '저 친구'는 이제 장사를 해도 될 거야."

"아이쿠, 저런!" 다른 쪽에 있던 사내가 말했다. "나는 그냥 목화 자루라고 생각했는데. 어디서 저걸 구했대?"

"북부로 올 때 가지고 왔지." 스코필드가 말했다. "뒤프레는 저 자루에 10달러 지폐를 가득 채워서 고향으로 돌아갈 거라고 장담했었어. 젠장, 저 친구는 약탈한 물건을 다 쌓아 두려면 내일부터 창고가 필요하겠네. 그 서류 가방이라도 채우시오, 형씨. 뭐라도 좀 챙기라고!"

"아니오." 내가 대답했다. "가방은 이미 가득 찼습니다." 그때 나는 내가 어디로 가려고 길을 나섰던 것인지 뚜렷이 기억이 났으나 그들을 떠날 수가 없었다.

"형씨가 맞을지도 모르오." 스코필드가 말했다. "내가 어떻게 알겠소, 형씨가 그걸 다이아몬드 같은 걸로 가득 채웠는지 말이오. 사람은 너무 욕심을 내면 안 되오. 아무리 지금 상황이 이렇다 할지라도 말이오."

우리는 계속해서 발걸음을 옮겼다. 여길 벗어나 할렘 구역으로 가야 할까? 다들 어디 있는 걸까, 생일 축하연에 간 걸까?

"어쩌다 이런 상황이 벌어졌습니까?" 내가 물었다.

스코필드는 놀라는 기색이었다. "젠장, 내가 알겠소? 경관 하나가 여자를 쐈다는 것도 같고."

다른 사내가 우리에게 가까이 다가오자 어디선가 무거운 쇳덩어리 조각이 뎅그렁 소리를 내며 바닥에 떨어졌다.

"젠장, 그렇게 시작된 게 아니야." 그가 끼어들었다. "그 친구 때문이라고, 이름이 뭐라더라……?"

"누구요?" 내가 물었다. "이름이 뭔데요?"

"그 젊은 친구 있잖아!"

"알다시피 모두들 그 사건 때문에 광분해 있잖소……."

클리프톤. 나는 생각했다. 클리프톤 때문이군. 클리프톤의 밤이야.

"아니야, 그게 아니라고." 스코필드가 말했다. "내 눈으로 봤어. 8시쯤에 레녹스 거리와 123번가의 교차 지점에서 백인 경관이 베이비 루스 과자를 훔쳤다고 아이를 때렸어. 그랬더니 아이 엄마가 끼어들었고 그 경관은 그녀에게도 손찌검을 했지. 그래서 바로 이런 지옥이 시작된 거라고."

"그 현장에 있었습니까?" 내가 물었다.

"당연하지. 꼬마가 백인 여자 이름이 붙은 과자를 집는 바람에 그 경관이 열을 받았다고 하는 사람도 있더군."

"내가 들은 말은 그게 아니야." 또 다른 사내가 끼어들었다. "내가 나갔을 땐 사람들 말이, 흑인 여자의 남자를 백인 여자가 빼앗으려 하면서 시작됐다는 거야."

"제길, 누가 시작했든 무슨 상관이야." 뒤프레가 말했다. "나는 당분간 이런 상황이 지속됐으면 좋겠어."

"백인 여성이었다는 건 맞아. 그렇지만 상황이 달랐었지. 여자가 술에 취했던 거야……." 또 다른 사람이 말했다.

그렇지만 시빌일 리는 없겠지. 나는 문득 생각했다. 그 이전에 상황은 발생했으니까.

"누가 이런 상황을 일으켰는지 알고 싶소?" 쌍안경을 든 사내가 전당포 창문에서 소리쳤다. "정말 알고 싶소?"

"네." 내가 대답했다.

"그렇다면 멀리 갈 필요도 없소. 이건 모두 그 위대한 지도자라고 하는 파괴자 라스가 시작한 일이오!"

"그 멍청한 놈이?" 누군가 말했다.

"들어 봐, 이 친구들아!"

"어떻게 시작됐는지 아무도 몰라." 뒤프레가 말했다.

"누군가 아는 사람이 있겠죠." 내가 말했다.

스코필드가 내게 위스키를 내밀었다. 나는 거절했다.

"젠장, 형씨. 이 일은 그냥 터진 것이오. 요즘 삼복더위잖소." 그가 말했다.

"삼복더위?"

"그렇소, 이 푹푹 찌는 날씨 말이오."

"그 젊은 친구에게 일어난 일 때문에 모두들 분노해 있다니까, 그 친구 이름이……."

우리가 함께 한 건물을 지나가던 순간 어디선가 미친 듯이 외치는 소리가 들려왔다. "흑인 상점이오! 흑인 상점!"

"그러면 표지판이라도 붙여야지, 이 멍청한 놈아." 누군가 소리쳤다. "네놈도 저들만큼이나 썩었나 보군."

"저 녀석 말하는 것 좀 들어 봐. 자기 평생 처음으로 흑인으로 태어난 걸 기뻐하는군." 스코필드가 말했다.

"흑인 상점이오." 누군가의 목소리가 자동적으로 흘러나왔다.

"이봐! 당신 백인 피가 섞이지 않은 게 확실해?"

"확실합니다!" 그 목소리가 다시 대답했다.

"저 자식 손 좀 봐 줄까?"

"뭐 하러? 아무것도 없는 놈이잖아. 저런 멍청한 놈들은 그냥 내버려 두자고."

몇 개의 상점을 지나니 철물점이 나왔다. "이것 보게, 여기가 첫 번째 정거장이야." 뒤프레가 말했다.

"이제 뭘 할 건데요?" 내가 물었다.

"당신 누구야?" 그가 모자를 세 개나 겹쳐 쓴 머리를 치켜 들며 되물었다.

"아무도 아닙니다. 그냥 따라온 사람인데……."

"분명히 내가 아는 사람은 아니지?"

"그럼요." 내가 대답했다.

"그 친구는 괜찮아, 뒤프레." 스코필드가 끼어들었다. "빌어먹을 경찰들이 그 친구를 쐈지."

뒤프레는 나를 바라보더니 무언가를 발로 걷어찼다. 그것은 버터 덩어리였으며 뜨거운 길바닥을 더럽히며 굴러갔다. "할 일이나 하자고." 그가 말했다. "우선 모두를 위해 손전등을 구하는 거야……. 그리고 우리끼리 조직을 만들자고. 다른 사람들과 서로 부딪히지 말아야지. 어서 가세!"

"어서 오게나, 친구." 스코필드가 말했다.

나는 그들을 이끌거나 떠날 필요를 못 느꼈다. 그냥 따르는 것이 좋았다. 그리고 그들이 어디로 가 무엇을 하려는 것인지 알고 싶은 마음에 사로잡혔다. 그렇지만 항상 할렘 구역으로 가야 한다는 생각이 머릿속에서 떠나지 않았다. 우리는 상점 안으로 들어가서 쇳덩이들이 번쩍이는 어둠 속으로 걸어갔다. 그들은 조심스럽게 움직였으며 나는 그들이 여기저기를 뒤져서 물건을 바닥으로 쓸어내리는 소리를 들을 수 있었다. 금전등록기 소리가 따르릉 하고 울렸다.

"여기 이쪽에 손전등이 있다." 누군가 외쳤다.

"얼마나?" 뒤프레가 물었다.

"꽤 많아요."

"좋아, 모두에게 하나씩 나눠 주도록 해. 배터리는 들어 있지?"

"아니요, 그렇지만 그것도 여기 많이 있어요. 열두 박스쯤 되는 것 같아요."

"좋아, 나한테 손전등 하나하고 배터리 좀 줘 봐. 양동이 좀 찾아보게 말이야. 모두에게 손전등을 켤 수 있게 해 줘야지."

"여기 양동이들이 좀 있어." 스코필드가 외쳤다.

"그러면 이제 기름을 어디다 두었는지 찾기만 하면 된다."

"기름?" 내가 물었다.

"석유 말이야, 이 친구야. 어이, 이보게들." 그가 외쳤다. "이 안에서 아무도 담배를 피워선 안 돼."

나는 스코필드 옆에 서서 그가 양동이 더미를 가져와 사람들에게 나눠 주는 소리를 듣고 있었다. 이제 상점 안은 손전등 빛으로 환해졌으며 그림자들이 여기저기 깜빡거렸다.

"손전등을 바닥으로 비추도록 해." 뒤프레가 소리쳤다. "우리가 누군지 사람들에게 알릴 필요는 없잖아. 이제 양동이를 줄지어 놓도록 해. 석유를 채워 줄 테니까."

"뒤프레의 말대로 그걸 내려놓게. 저 친구 웃기는 놈이군. 안 그래, 형씨? 저 친구는 항상 자기가 나서려고 하지. 그래서 항상 나를 곤경에 빠뜨리거든."

"지금 무슨 준비를 하는 거죠?" 내가 물었다.

"두고 보면 알게 될 거요." 뒤프레가 말했다. "이봐, 거기 있는 친구. 카운터 뒤에 있지 말고 이리 나와서 양동이를 가져가. 그 금전등록기에 아무것도 없다는 걸 모르나? 있으면 내가 벌써 가져갔지."

갑자기 양동이 부딪히는 소리가 멈추었다. 우리는 뒤쪽에 있는 방으로 들어갔다. 손전등 빛을 통해 선반에 일렬로 올려져 있는 연료통들이 보였다. 뒤프레는 새 장화를 신은 채 그 앞에 서서 양동이에 기름을 채우고 있었다. 우리는 줄을 서서 서서히 움직였다. 양동이를 채운 후 우리는 열을 지어 거리로 나갔다. 나는 어둠 속에 서서 주변 사람들의 목소리를 들으며 점점 흥분이 되었다. 이게 다 무슨 의미일까? 이걸 어떻게 생각하고, 어떻게 행동해야 할까?

"이걸 가지고 길 한가운데로 걸어갑시다. 저기 모퉁이만 돌면 되니까."

우리가 걷기 시작했을 때 한 무리의 사내아이들이 우리들 사이로 뛰어들었다. 사람들이 손전등을 켜 보니 노란색 가발을 쓴 채, 훔친 외투의 꽁지를 날리며 쏜살같이 뛰는 모습들이 드러났다. 그들 뒤로는 군인 용품점에서 훔친 가짜 엽총으로 무장한 패거리가 빠른 속도로 쫓고 있었다. 나는 사람들과 함께 웃음을 터뜨리며 생각했다. 클리프톤을 위한 신성한 휴일이군.

"불을 꺼!" 뒤프레가 명령했다.

우리 뒤로는 비명과 웃음소리가 동시에 들려왔다. 앞쪽에서는 뛰어다니는 사내아이들의 발소리가 들렸고 멀리서는 소방차 소리와 총성도 들려왔다. 그리고 적막이 도는 사이마다 유리가 산산조각 깨어지는 소리가 계속해서 새어 나왔다. 양동이에서 석유가 출렁이다가 땅바닥에 조금씩 철버덕 떨어질 때마다 석유 냄새가 코를 찔렀다.

갑자기 스코필드가 내 팔을 잡았다. "세상에, 저길 봐요!"

한 무리의 사람들이 보든네 우유 운반차를 끌고 달리는 광경이 보였다. 그것은 일렬로 된 철도 신호 장치에 둘러싸인 채 지붕에는 무명천 원피스를 입은 거대한 여자 하나가 앉아서 앞에 놓인 통에서 맥주를 따라 마시고 있었다. 사람들은 몇 발자국을 세차게 달렸다가 멈추고는 기둥 사이에서 휴식을 취하고, 다시 몇 발자국 달리다 쉬면서 고함을 지른 후 웃으며 술병을 입에 대고 마셨다. 그러는 사이 그녀는 꼭대기에서 머리를 뒤로 젖힌 채 블루스 가수의 음색으로 목청 높여 열정적으로 노래를 부르고 있었다.

심판이 없었더라면
조 루이스는 짐 제퍼리를
죽이고 말았을 거야.
공짜 맥주!!

그녀는 맥주를 사방으로 철퍼덕 튀겼다. 우리는 경악하여 옆으로 비켜섰다. 그녀는 마치 서커스 행렬에 등장하는 주정뱅이 뚱보 여인처럼 이쪽저쪽을 향해 우아하게 인사를 했다. 그녀의 거대한 손에 들린 국자는 마치 국을 떠먹는 숟가락처럼 보였다. 그런 후 그녀는 한바탕 웃고 나서 술을 들이켰으며 다른 한 손으로는 계속해서 우유를 길에 태연히 쏟아 부었다. 사내들은 깨진 조각들을 밟으며 운반차를 뒤따랐다. 내 주변에서 웃음소리와 더불어 욕하는 소리가 터져 나왔다.

"누군가 저 바보들을 말려야 해." 스코필드가 성내며 말했다. "저런 걸 두고 내가 너무 지나치다고 말하는 거야. 빌어먹을, 저 여자가 맥주를 저렇게 처마시면 나중에 어떻게 저기서 끌어내릴 거야? 누가 대답 좀 해 봐. 저 여자를 어떻게 끌어내리겠어? 저 좋은 우유를 사방에다가 다 쏟아 버리다니!"

그 거대한 여자 때문에 나는 힘이 빠져 버렸다. 우유와 맥주……. 운반차가 길모퉁이를 돌아가며 위험스럽게 한쪽으로 기울어지는 광경을 보며 나는 슬픈 생각이 들었다. 석유가 흘러 하얀 우유 위에 철썩거리며 튀었으며 우리는 깨진 병을 피해 계속 발걸음을 옮겼다. 이런 일이 얼마나 벌어진 걸까? 나는 왜 이리 가슴이 찢어질까? 우리는 모퉁이를 돌았다. 아직도 머리가 욱신거리며 아팠다.

스코필드가 내 팔을 건드렸다. "다 왔네." 그가 말했다.

우리는 거대한 임대 건물 앞에 도착해 있었다.

"여기가 어디죠?" 내가 물었다.

"우리 대부분이 여기에 살고 있소." 그가 말했다. "들어오시오."

바로 그것이었다. 석유가 왜 필요한가 했더니. 나는 믿을 수가 없었다. 그들에게 용기가 있다고 믿을 수가 없었다. 창문들을 보니 집은 모두 텅텅 비어 있는 듯했다. 그들이 불을 꺼 놓았던 것이다. 나는 그저 손전등 불빛과 불꽃 사이로 볼 수밖에 없었다.

"앞으로 어디서 살려고요?" 나는 위를 올려보고 또 올려보며 물었다.

"이런 걸 산다고 말하시오?" 스코필드가 반문했다. "이걸 없앨 수 있는 유일한 방법이오, 형씨……."

나는 그들의 어렴풋한 모습에서나마 망설이는 빛을 찾아보려고 했다. 그들은 우리 앞에 솟은 건물을 바라보며 서 있었다. 불빛은 드문드문 그들의 양동이를 비췄으며 그들은 몸과 어깨를 구부린 채 흐릿하게 빛이 나는 검은 기름을 들여다보고 있었다. 아무도 '안 돼'라고 말하거나 그런 행동을 보이지 않았다. 나는 어두운 창문과 옥상 위에서 여자들과 아이들의 모습을 어렴풋이 볼 수 있었다.

뒤프레는 건물을 향해 걸어갔다.

"모두들 여기를 보시오." 그가 말했다. 모자를 세 겹으로 쓴 그의 머리가 현관 위로 괴상하게 보였다. "여자들과 어린아이들, 그리고 노인들과 환자들을 모두 내보내시오. 그리고 양동이를 가지고 계단을 올라갈 때 흘리지 말고 옥상까지 가져가시오. 옥상까지 말이오! 거기까지 올라가면 손전등을 사용해서 아무도 남은 사람이 없는지 확인하시오. 그런 후 모두를 내보낸 다음 석유를 뿌리기 시작하시오. 석유를 다 뿌리고 나면 내가 소리를 지르겠소. 내가 세 번 소리를 지르면 성냥을 켜서 불을 붙이시오. 그다음에는 저절로 돌아가게 내버려 두면 되는 것이오!"

내가 끼어들거나 물어볼 틈도 없었다……. 그들에게는 이미 계획이 있었다. 이미 여자들과 아이들이 계단으로 나오고 있었다. 한 아이는 울음을 터뜨렸다. 그러자 갑자기 모두들 움직임을 멈추고 돌아서서 어둠 속을 바라보았다. 근처 어딘가에서 엉뚱한 소리가 어둠을 뒤흔들었으며 공기 해머가 기관총 소리처럼 요란한 소리를 냈다. 그들은 목초를 뜯는 사슴들처럼 예민하게 멈추었다가 다시 하던 일을 계속했으며 여자들과 아이들도 다시 움직이기 시작했다.

"괜찮소, 여러분. 여성분들은 함께 지낼 사람들이 있는 곳으로 가시오." 뒤프레가 말했다. "아이들을 단단히 붙잡고!"

누군가 내 등을 두드렸다. 돌아보니 한 여자가 나를 밀고 지나가서 계단을 올라가 뒤프레의 팔을 붙잡았다. 두 사람의 모습이 뒤섞이는 것 같더니 여자의 가늘고 떨리는 절망적인 목소리가 들려왔다.

"제발, 뒤프레." 그녀가 애원했다. "제발. 알다시피 내가 살 수 있는 날도 얼마 남지 않았는데……. 알잖아요. 지금 이러면 내가 어디로 가겠어요?"

뒤프레는 뒤로 물러서며 위쪽 계단으로 올라섰다. 그는 그녀를 내려다보면서 세 개의 모자를 겹쳐 쓴 머리를 가로저었다. "자, 이제 비켜요, 로티." 그는 인내심을 가지고 말했다. "왜 또 지금 이러는 거요? 전에 다 이야기했잖소. 그리고 내가 마음을 바꾸지 않으리라는 걸 알잖소. 다른 사람들도 모두들 좀 들어 보시오." 그는 장화 끄트머리에 손을 넣더니 니켈 도금이 된 권총을 꺼내 흔들어 보이며 말했다. "마음을 바꿀 것이라는 기대도 하지 마시오. 그리고 더 이상 왈가왈부하고 싶지도 않소."

"당신 말이 옳소, 뒤프레. 우린 당신 편이오!"

"우리 애가 이 죽음의 늪에서 폐병으로 죽었소. 하지만 이제 더 이상 이 안에서 사람이 태어나는 일은 없을 거요." 그가 말했다. "그러니 로티, 이제 저쪽으로 가 주시오. 남자들이 계속 일할 수 있도록 말이오."

그녀는 울면서 뒤로 물러섰다. 나는 그녀를 바라보았다. 그녀는 실내화를 신고 있었으며, 가슴은 부풀고, 배는 육중하게 불러 있었다. 군중 속에서 여자들이 손을 내밀어 그녀를 잡아끌었으며 그녀는 눈물 어린 커다란 눈으로 잠시 고무 장화를 신은 사내를 돌아보았다.

도대체 이자는 어떤 유형의 사람인가? 잭이라면 이자에 대해 뭐하고 말할까? 잭, 잭! 이 난리통에 그는 어디에 있는 건가?

"갑시다, 형씨." 스코필드가 팔꿈치로 가볍게 치며 말했다. 나는 잭이라는 사람에 대한 극도의 비현실감을 느끼며 그를 따라갔다. 우리는 안으로 들어가서 손전등으로 앞을 밝히며 계단을 올라갔다. 앞쪽에서 뒤프레가 움직이는 모습이 보였다. 내 평생 그 어느 것도 그 같은 사람을 만나거나, 이해하거나, 존중하도록 가르쳐 준 바가 없었다. 그는 지금까지의 방식으로는 분류할 수 없는 사람이었다. 우리는 서둘러 비운 흔적으로 어지러운 집에 들어갔다. 안은 매우 덥고 답답했다.

"여기가 내 집이오." 스코필드가 말했다. "빈대들이 놀라겠는걸!"

우리는 낡은 매트리스와 바닥 위에 석유를 뿌렸다. 그런 후 손전등을 비추며 복도로 나왔다. 건물 전체에서 발소리와 석유를 뿌리는 소리가 들려왔으며, 때때로 강제로 쫓겨나야 하는 노인들이 간청하듯 항변하는 소리도 들렸다. 사내들은 이제 입을 다문 채 움직이고 있었으며 마치 땅속 깊은 곳에 있는 두더지들 같았다. 시간이 멈춘 느낌이었다. 아무도 웃음을 보이지 않았다. 그때 아래층에서 뒤프레의 목소리가 들려왔다.

"좋습니다, 여러분. 모두 바깥으로 내보냈소. 이제 맨 위층부터 차례로 성냥불을 붙이시오. 몸에 불이 붙지 않도록 조심해서 하시오……."

스코필드의 양동이에는 아직 석유가 조금 남아 있었다. 그가 걸레를 집어 들어 양동이 속에 담그는 모습이 보였다. 그러더니 성냥 하나가 바지직 튀는 소리가 났고, 나는 방 안이 온통 불길에 휩싸이는 광경을 보며 뒤로 물러섰다. 그는 붉은 불길 앞에 윤곽을 드러내고 선 채 불꽃을 들여다보며 소리쳤다.

"이 빌어먹을 썩어 빠진 개 같은 새끼들아. 내가 못할 줄 알았겠지만, 이것 봐라. 이제 기분이 어떠신지 와서 한번 보시지."

"갑시다." 내가 말했다.

우리 바로 아래에서는 사내들이 한꺼번에 대여섯 계단씩 서둘러 내려가고 있었다. 그들은 손전등과 불꽃이 뒤섞인 기이한 불빛 속에서, 마치 꿈속의 동작같이 길게 뛰어오르며 움직이고 있었다. 내가 내려가는 층층마다 연기와 화염이 솟아오르고 있었다. 나는 몹시 흥분되었다. 이들은 해냈다. 이들은 이 일을 조직화하고 자기들만의 힘으로 해냈다. 스스로 결정하고 스스로 행동했다. 스스로 행동할 수 있는 능력이 있었던 것이다…….

위층에서 우레와 같은 발소리가 들리더니 누군가 외쳤다.
"계속 내려가, 위에는 난리가 났어. 누가 옥상으로 연결된 문을 열어서 불길이 치솟고 있단 말이야."

"갑시다." 스코필드가 말했다.

나는 움직이면서도 무언가 빠진 느낌이 들었다. 그리고 아래층으로 반쯤 내려가서야 비로소 내 서류 가방이 사라진 걸 깨달았다. 한순간 나는 머뭇거렸으나 너무나 오랫동안 가지고 있던 물건이라 포기할 수 없었다.

"어서 갑시다, 형씨." 스코필드가 불렀다. "여기서 머뭇거릴 수가 없소."

"잠시만." 내가 말했다.

사내들이 쏜살같이 지나쳐 갔다. 나는 몸을 구부리고 난간을 붙잡은 채 손전등으로 계단을 비추면서 계단을 되돌아 오르기 시작했다. 천천히 올라가다가 가방을 발견했다. 가죽이 붙은 부분에 회반죽이 뭉개져서 묻어 있고 석유가 묻은 발자국들이 묻어 있었다. 그것을 주워 들고 뒤돌아서 다시 뛰어 내려왔다. 석유 자국은 쉽게 지워지지 않을 텐데. 나는 비통한 심정으로 생각했다. 그렇지만 바로 이것이다. 내가 알고 있었던 것이 마음의 어두운 구석으로부터 빠져나왔다. 나는 그것을 알고 있었으며 위원회에서 바로 그걸 말하려고 했으나 그들이 무시해 버렸던 것이다. 나는 극심한 흥분으로 몸을 부르르 떨며 뛰어 내려갔다.

1층에 이르렀을 때 나는 석유가 가득 들어 있는 양동이를 발견했다. 나는 충동적으로 그것을 집어 들고 불타는 방을 향해 내던졌다. 연기에 휩싸인 불꽃이 거대하게 솟아나며 문간을 가득 채웠으며 나를 향해 바깥으로 퍼져 나왔다. 나는 내달렸다. 뛰어 내려오다 보니 숨이 막히고 기침이 났다. 이들은 스스로 해냈다. 나는 숨을 고르며 생각했다. 스스로 계획하고, 조직하고, 불을 이용했다.

나는 밤의 폭발 소리가 들리는 바깥으로 뛰쳐나갔다. 나는 그 목소리가 남자인지, 여자인지, 아니면 어린아이인지 알 수 없었으나, 불타는 현관을 뒤로한 채 계단에 서 있던 순간 나의 동지회 이름을 부르는 소리를 들었다.

그것은 마치 잠에서 억지로 깨어난 느낌이었다. 그 순간 나는 그 자리에 선 채, 고함 소리, 비명 소리, 도난 경보음, 그리고 사이렌 소리에 묻혀 거의 사라진 그 목소리에 귀를 기울이며 두리번거렸다.

"동지, 아름답지 않소." 그 목소리가 들렸다. "우릴 이끌겠다고 말하지 않았소. 정말 그렇게 말했는데……."

나는 도로로 내려가서 천천히 걸었지만 그 목소리로부터 도망가고 싶은 마음이 절실했다. 스코필드는 어디로 간 걸까?

화염의 열기가 가득한 어둠 속에서 하얗게 보이는 사람들의 눈은 불타는 건물을 향하고 있었다.

그렇지만 그때 누군가 말하는 소리가 들렸다. "아주머니, 그게 누구라고 했소?" 그러자 그녀는 자랑스럽게 내 이름을 되뇌었다.

"그자가 어디로 갔지? 그자를 잡아라. 라스가 찾고 있어!"

나는 군중 속으로 들어갔다. 그리고 천천히 자연스럽게 검은 군중 속에 몸을 감추었다. 온몸의 피부가 민감해졌고 등은 오싹했다. 그리고 주변에서 땀을 흘리고 헐떡거리면서 움직이는 사람들의 거칠게 떠드는 소리에 귀를 기울였다. 그러면서 나는 그들을 만나 보고 싶고, 만날 필요도 있었으나 이젠 그럴 수 없다는 사실을 깨달았다. 나는 그들의 존재와 어두운 밤에 움직이는 검은 군중, 그리고 검은 땅을 가르며 흐르는 검은 강을 느낄 수 있었다. 라스 혹은 타프가 내 곁에서 움직이더라도 나는 알 수가 없었을 것이다. 나는 집단과 하나가 되어 기름과 우유가 뒤범벅이 된 더러운 길을 걸어 내려갔다. 나의 개성은 사라지고 없었다. 나는 뒤쪽 군중 속에서 추적하는 목소리가 들릴 때마다 위아래로 몸을 숨기면서 다음 블록까지 갔다. 그리고 사이렌과 도난 경보기 소리를 들으며 더 빠른 군중 속으로 휩쓸려 들어갔다. 나는 반쯤 뛰고 반쯤 걸어서 떠밀려 가며 뒤를 살폈고 다른 일행들이 어디로 갔는지 궁금했다. 이제는 뒤에서 총소리가 들려왔는데, 내 양쪽에서는 사람들이 쓰레기통, 벽돌, 쇠붙이 같은 것을 판유리를 향해 던져 대고 있었다. 나는 계속 움직이며 마치 거대한 힘이 폭발하기 직전인 것 같다는 생각이 들었다. 길 가장자리를 향해서 어깨로 밀고 간 뒤, 현관 앞에 멈추어 선 채 사람들이 움직이는 광경을 바라보았다. 그리고 나를 이리로 데리고 왔던 메시지를 떠올리며 일종의 설욕감을 느꼈다. 누가 전화를 했던가? 구역 회원 중 한 사람이었을까, 아니면 잭의 생일 파티에 있던 사람이었을까? 이미 너무 늦어 버린 마당에 누가 구역 사무실에서 나를 필요로 했단 말인가? 아무튼 좋다. 이제 거기로 가리라. 우리의 지도자님들이 무슨 생각을 하고 있는지 가서 보리라. 그런데 그들이 도대체 어디 있는 걸까? 그들이 무슨 심오한 결론을 내리고 있을까? 일이 벌어진 다음의 역사에 대한 어떤 교훈을 얻은 걸까? 전화로 들려온 부서지는 소리, 그것이 시작이었나? 아니면 그냥 잭이 눈알을 떨어뜨린 소리였을까? 나는 술 취한 듯 웃었으며 그것 때문에 머리에 통증이 일어났다.

갑자기 총소리가 멈추더니 적막 속에 사람들 목소리와 발소리, 그리고 작업하는 소리가 들렸다.

"이봐, 형씨." 누군가 내 옆에서 불렀다. "어디로 가시오?" 스코필드였다.

"도망가거나 맞아 쓰러지는 것, 둘 중의 하나 아닙니까?" 내가 대답했다. "아직 저 뒤에 있는 줄 알았어요."

"나는 빠져나왔소. 두 집 건너에 있던 건물에 불이 붙어서 결국 사람들이 소방서에 전화를 할 수밖에 없었지……. 빌어먹을! 이 소음만 아니면 저 총알들은 모기에 불과할 텐데 말이야."

"조심해요!" 나는 그를 잡아당겼다. 거기에는 한 사내가 기둥에 몸을 기댄 채 누워서 상처 입은 팔에 지혈대를 조이고 있었다.

스코필드가 손전등을 비추었다. 잠시 나는 그 흑인을 바라보았다. 그의 얼굴은 충격으로 인해 잿빛으로 변해 있었고 팔에서 피가 솟구쳐서 바닥에 떨어지는 걸 내려다보고 있었다. 그러자 나는 어쩔 수 없이 손을 뻗어서 지혈대를 눌렀다. 손 위로 따듯한 피가 느껴졌고 솟구치던 피가 멈추었다.

"피가 멈췄군요." 젊은 사내가 내려다보며 말했다.

"여기." 내가 말했다. "여길 잡고 꽉 붙들고 있어요. 이 사람을 의사에게 데려가시오."

"의사가 아니셨어요?"

"나요?" 내가 반문했다. "나요? 미쳤소? 이 사람을 살리고 싶으면 당장 여기서 데려가요."

"알버트가 의사를 부르러 갔어요." 젊은 사내가 말했다. "그런데 저는 당신이 의사인 줄 알았어요. 당신은……."

"아니요." 내가 피로 물든 손을 내려다보며 말했다. "아니, 난 아니요. 의사가 올 때까지 여기를 꽉 붙잡고 있어요. 나는 두통조차도 고칠 줄 모르는 사람이오."

나는 서서 서류 가방에 손을 문지르며 덩치 큰 사내를 내려다보았다. 그는 눈을 감은 채 기둥에 기대고 있었고 젊은 사내는 밝은색 새 넥타이로 만든 지혈대를 필사적으로 붙잡고 있었다.

"갑시다." 내가 말했다.

"이봐요." 스코필드는 걸어가며 내게 물었다. "아까 저 뒤에 있던 여자가 '동지'라고 부르던 사람이 당신이오?"

"동지? 아뇨. 다른 사람을 가리키는 말이었을 겁니다."

"그런데 형씨. 아무래도 형씨를 어디선가 전에 본 것 같소. 혹시 멤피스에 있었던 적은 없소? 아니, 저기 뭐가 오고 있나 보시오." 그는 손가락으로 방향을 가리키며 내게 말했다. 어둠 속으로 한 무리의 흰 헬멧을 착용한 경찰들이 앞으로 돌격해 오다가 건물 옥상에서 벽돌들이 비처럼 쏟아지자 피할 곳을 찾아 흩어지는 모습이 보였다. 흰 헬멧들 일부가 현관으로 달려와서 돌아서더니 총을 발사했다. 그리고 스코필드가 투덜거리며 쓰러지는 소리가 들렸고 나는 그의 옆으로 가 엎드렸다. 붉은 화염이 폭발하는 광경이 보였으며 날카로운 비명이 원형 아치를 그리며 다이빙하듯 위에서 들려오다가 쿵 하고 바닥에 떨어지는 소리가 났다. 마치 그것은 마치 내 뱃속으로 떨어진 느낌이어서 속을 메스껍게 만들었다. 나는 웅크린 채로 내 바로 앞에 쓰러져 있는 스코필드 너머로 지붕에서 떨어진, 검게 뭉개진 형체를 바라보았다. 그리고 그 뒤로는 한 경관이 보였고 그의 헬멧은 어둠 속에서 작고 하얗게 빛나는 둔덕을 이루고 있었다.

나는 스코필드가 총에 맞았는지 확인하기 위해 움직여 갔다. 그는 꿈틀거리며, 쓰러진 자기편을 구조하려는 경관들에게 욕을 퍼붓고 있었다. 그의 목소리는 격앙되어 있었다. 그는 팔을 최대한 뻗어서 뒤프레가 흔들어 보였던 것과 동일한 니켈 도금의 권총을 마구 쏘아 댔다.

"당장 엎드려, 형씨." 그는 어깨 너머로 고함을 질렀다. "오랫동안 저놈들을 날려 버리고 싶었어."

"안 돼요, 그걸 쓰면 안 돼요." 내가 말렸다. "어서 여기서 빠져나갑시다."

"말도 안 돼. 내가 이걸로 쏠 수 있다니까." 그가 말했다.

나는 썩은 닭들이 담긴 바구니 더미 뒤로 몸을 굴려 갔다. 내 왼편의 더러운 도로변에 여자와 남자가 각각 거꾸로 엎어진 배달 수레 뒤에서 몸을 웅크리고 있었다.

"디하트." 여자가 말했다. "언덕 위로 올라가자, 디하트. 올라가서 존경할 만한 사람들과 함께 있자!"

"언덕이라고! 말도 안 돼. 바로 이 자리에서 꼼짝도 하지 않을 거야." 사내가 말했다. "지금 이건 시작에 불과해. 이건 확실히 인종 폭동으로 확산될 것이고 여기서부터 반격이 시작될 테니까 그대로 남아 있고 싶단 말이야."

그 말은 아주 가까운 거리에서 발사된 총탄처럼 내게 충격을 주었으며 나의 만족감을 완전히 날려 버렸다. 마치 그 말은 그날 밤 사건에 대한 의미를 부여하는 것과 같았다. 그의 숨결이 시끄럽게 요동치는 공기 속에서 희미하게 울려오는 순간, 그 말은 그 사건의 의미를 창조하여 실제 의미를 갖도록 만든 것 같았다. 그리고 분노에 대한 정의를 내리고 조직화함으로써 나를 빙글빙글 돌게 만들었다. 나는 마음속으로 클리프톤이 죽은 이후 며칠간을 되돌아보았다……. 이게 해답이 될 수 있을까? 이걸 위원회가 계획했었던 일이라고 할 수 있을까? 위원회에서 라스에 대한 우리의 영향력을 포기한 이유에 대한 해답이 이것이란 말인가?

갑자기 엽총의 요란한 폭발음이 들려왔다. 나는 스코필드의 번쩍이는 권총 너머로 옥상에서 떨어져 웅크린 형체를 보았다.

그것은 자살이었다. 총이 없다면 자살 행위이다. 이 근방은 전당포에조차도 판매할 총이 남아 있지 않았다. 그러나 나는 지금, 원래 사람과 사물 — 상점, 편의점 — 사이의 충돌로 보였던 소동이 순식간에 사람과 사람 사이의, 그것도 총을 가진 편과 숫자가 많은 다른 편 사이의 충돌로 변해 가는 과정을 인식하며 두려움에 몸을 떨었다. 나는 이제 그것을 알 수 있었다. 그것도 아주 명확하고 점점 더 확대된 모습으로 다가왔다. 그것은 자살 행위가 아닌 살인 행위였다. 위원회가 그 일을 미리 계획했던 것이다. 나는 그 일을 도왔으며 도구로 사용됐던 것이다. 나 자신이 자유로워졌다고 생각한 바로 그 순간 나는 도구가 되었다. 따르는 척하려다가 실제로 따라 버린 꼴이 되었다. 그리고 거리의 화염과 총탄의 섬광 속에 비치는, 저기 웅크린 형체와 그날 밤 사건으로 죽음을 향해 다가서는 모든 사람들에 대해서도 책임을 져야 할 꼴이 되었다.

나는 총알이 떨어졌다고 욕설을 내뱉는 스코필드를 뒤로한 채 뛰기 시작했으며 서류 가방이 무겁게 흔들리며 다리에 부딪쳤다. 나는 무턱대고 달렸으며 개 한 마리가 군중 속에서 뛰쳐나와 내게 달려들자 가방으로 머리를 세차게 내려쳤다. 그러자 개는 깽깽거리며 달아났다. 나는 오른쪽으로 나무들이 늘어선 조용한 주택가가 보이자 그쪽을 통해 7번가로 향했다. 그리고 이제 공포와 증오를 동시에 느끼며 할렘 구역을 향해 달려갔다. 그들은 대가를 치러야 한다. 대가를 치를 것이다. 나는 속으로 외쳤다. 그들은 대가를 치를 것이다!

거리는 뒤늦게 떠오른 달빛 아래 죽은 듯이 고요했고 총소리는 잠시 희미해지는 듯 멀리서 들려왔다. 폭동은 다른 나라의 일 같았다. 나는 나지막하고 잎이 무성한 나무 아래서 잠시 멈추고 조용한 집들 앞에 놓인 잘 보존된 냅킨 모양의 보도블록을 내려다보았다. 거주자들은 마치 불어나는 홍수를 피하려는 난민처럼 창문의 커튼을 내린 채 침묵 속에 집을 남겨 놓고 자취를 감춰 버린 것 같았다. 그때 밤의 어둠 속에서 나를 향해 끈질기게 다가오는 한 사람의 발소리가 들렸다. 오싹하게 철썩거렸고 정확하면서도 환각에 빠진 외침 소리가 들렸다.

시간은 흘러가고
영혼은 죽어 가니
주님이 오실 날이
가까웠도다!

마치 그는 몇 날, 몇 해를 두고 달려온 사람 같았다. 그는 나무 밑에 서 있는 내 앞을 총총걸음으로 지나쳐 갔다. 그의 맨발은 고요 속에서 철썩철썩 바닥을 때렸으며 몇 걸음 가더니 다시 환각에 빠진 듯한 드높은 외침 소리가 시작되었다.

7번가로 접어드니 주류 상점의 화염으로 생긴 밝은 빛을 통해, 세 명의 늙은 여자가 걷어 올린 치마에 통조림을 가득 담은 채 내 방향으로 허둥지둥 달려오는 모습이 보였다.

"아직 멈출 수 없나이다. 주여, 자비를 베푸소서." 그들 중 하나가 중얼거렸다. "베푸소서, 예수님. 베푸소서, 친절하신 예수님……."

나는 앞으로 움직여 갔으며 알코올과 타르의 타는 냄새가 코를 찔렀다. 거리의 왼편 저 아래쪽에서 긴 블록이 내 오른편의 다른 거리와 교차하고 있었는데 그곳에 가로등 하나가 여전히 빛나고 있었다. 나는 교차로와 마주한 상점으로 군중이 달려 들어가는 모습을 지켜보았다. 그들은 안으로 들어가서 통조림, 살라미, 간소시지, 돼지머리, 창자 따위를 집중적으로 바깥으로 던졌고 밀가루 포대가 그들 머리 위에서 하얗게 터졌다. 그때 교차로의 어둠 속을 뚫고 두 명의 기마경찰이 빠른 속도로 다가와 거대하고 무거운 말굽을 들어 올리더니 군중의 무리 속으로 곧바로 뛰어들었다. 그리고 나는 말들이 거대하게 돌진하고 군중들이 흩어지면서 파도처럼 뒤로 물러서는 광경을 보았다. 사람들은 비명을 지르고 욕설을 했으며 그중에는 웃는 사람도 있었다. 그들은 거리에서 물러서서 주변을 돌다 다시 들어갔으며, 비틀대기도 하고 밀려다니기도 했다. 말들은 머리를 높이 쳐들고 재갈에 거품을 묻히면서 길 가장자리로 달려가 다리를 뻣뻣이 세우며 정지했으나 달려온 힘에 의해 빙판에서 스케이트를 타듯 아무것도 없는 인도 위로 미끄러져 들어가 골목길까지 밀려갔다. 그리고 다리를 뻣뻣하게 세우고 불꽃을 튀기면서 방향을 바꾸어 이제 다른 군중이 다른 상점을 약탈하는 장소로 돌진해 갔다. 마치 도요새들이 맹렬한 파도가 물러간 후 해변에서 모이를 줍기 위해 엉덩이를 흔들며 걸어 다니듯 이전의 군중이 차분하게 움직이며 비웃듯 외치면서 약탈을 다시 시작하는 광경을 보는 순간 나는 가슴이 조여 왔다.

나는 잭과 동지회를 저주하면서 전당포에서 찢겨 나온 쇠창살을 피해 걸었고 기마대가 빠른 속도로 되돌아오는 광경을 보았다. 하얀 철모를 착용한 그들은 다시 돌격하기 위해 단호하고 노련하게 말의 앞발을 들어 올렸다. 그리고 돌격이 시작됐다. 이번에는 한 사내가 쓰러졌다. 그리고 한 여자가 말 엉덩이에 대고 번쩍이는 프라이팬을 세게 휘두르자 말이 울음소리를 내며 뒷발을 올리고 뛰어올랐다. 그들은 대가를 치러야 한다. 나는 다시 마음 속으로 외쳤다. 그들은 대가를 치러야 한다. 내가 달아나려는 순간 그들이 나를 향해 다가왔다. 그들은 한 무리의 남녀들이었으며 맥주, 치즈, 줄줄이 엮은 소시지, 수박, 설탕 봉지, 햄, 옥수수 가루, 그리고 기름램프를 운반하고 있었다. 바로 여기서 멈출 수만 있다면. 바로 여기. 다른 편이 총을 들고 나타나기 전에 여기서 멈춘다면. 나는 달아났다.

이제 총성은 들리지 않았다. 하지만 언제, 어느 순간 또 시작될지 모른다고 생각했다.

"베이컨 한쪽 가져가, 죠." 한 여자가 소리쳤다. "베이컨 한쪽 가져가, 죠. 윌슨네 걸 가져가."

"주여, 주여, 주여." 어두운 목소리가 어둠 속에서 들려왔다.

나는 계속 걸어갔으며 고통스러운 고립감에 빠졌다. 125번가에 이르러 동쪽으로 향했다. 기마경찰 부대가 빠르게 지나쳐 갔다. 기관총을 든 사내들이 은행과 커다란 보석상을 경비하고 있었다. 나는 거리 가운데로 가서 트롤리 전차 선로를 따라 달려갔다.

달은 이제 높이 떠 있었고 내 앞에는 부서진 유리 조각들이 땅바닥에서 마치 범람한 강물처럼 빛나고 있었다. 나는 홍수로 인해 쓸려 내려온 그 일그러진 물건들을 피해, 운명에 나를 내맡긴 채 마치 꿈처럼 길 위를 달려갔다. 그때 갑자기 밑으로 빨려 들어가며 가라앉는 느낌이 들었다. 내 앞에 하얗고 벌거벗은 끔찍한 여자 시체가 가로등에 걸려 있었던 것이다. 나는 두려움에 몸을 홱 돌렸고 마치 악몽 같은 재주넘기를 하고 난 뒤의 기분이었다. 나는 방향을 바꾸어 반사적으로 움직이면서 거꾸로 걸어가다 멈추었다. 이제 보니 시체가 있고 또 있어서 모두 일곱 구가 있었다. 그들은 모두 무너진 상점 입구에 매달려 있었다. 나는 비틀거렸다. 발밑으로 뼈가 밟히는 소리가 들렸고, 거리에 병원에서 쓰는 해골 표본들이 조각나 흩어져 있었으며, 두개골이 등뼈에서 떨어져 굴러다니고 있었다. 나는 내 앞에 매달려 있는 것들이 부자연스럽게 빳빳하다는 사실을 한참 만에 알아차렸다. 그것은 마네킹이었다. "가짜구나!" 나는 큰 소리로 중얼거렸다. 머리카락도 없는 대머리의 황량한 여성. 나는 금발 가발을 쓴 사내아이들을 회상하며 안도의 웃음을 지으려 했으나 갑자기 공포보다 유머 때문에 더욱 압도당했다. 하지만 이것들은 가짜가 아닌가. 나는 생각했다. 그렇지 않은가. 그런데 만약 하나가, 딱 하나만이라도 진짜라면? 그것이…… 시빌이라면? 나는 서류 가방을 품에 안고 뒤로 물러서다가 뛰기 시작했다.

그들은 막대기나 경찰봉, 혹은 엽총이나 소총 따위를 들고 단단하게 밀착된 대형으로 움직이며 파괴자 라스가 돼 버린 설교자 라스의 지휘를 받았다. 커다란 흑마 위에 올라탄 그는 도도하고 저속한 위엄을 보이는 새로운 라스였으며 아비시니아*의 족장 같은 복장을 입고 있었다. 머리에는 모피 모자를 쓰고, 팔에는 방패를 들었으며, 야생 동물의 가죽으로 만든 망토를

* 에티오피아의 옛 이름.

어깨에 걸치고 있었다. 그 모습은 일상의 할렘은 물론, 심지어 오늘 밤 같은 상황의 할렘에서조차도 그 유래를 찾아볼 수 없는 꿈속의 인물처럼 보였지만 여전히 실제 모습이고, 생생했으며, 놀랄 만했다.

"거기 미련한 약탈을 그만 하고 빠져나오시오." 그는 상점 앞에 서 있는 사람들에게 외쳤다. "우리와 같이 가서 무기고를 부수고 총과 탄약을 가져옵시다."

나는 그의 목소리가 들리자 서류 가방을 열고 나의 라인하트 복장인 검은 선글라스를 찾았다. 그러나 그걸 꺼내 들자 이미 깨져 있던 렌즈가 바닥으로 떨어졌다. 라인하트, 라인하트! 나는 돌아서며 생각했다. 경찰들이 내 뒤에 와 있었다. 만약 총격이 시작되면 나는 양쪽에서 날아드는 포화 속에 갇힐 상황이었다. 나는 서류 가방을 뒤적였으며 서류와 부서진 쇳조각들, 그리고 동전들이 만져졌고 마침내 손끝에 타프의 족쇄가 느껴졌다. 나는 주먹을 그 속으로 밀어 넣었다. 그리고 생각해 보려고 애쓰며 가방 뚜껑을 닫고 잠갔다. 라스가 여태껏 모았던 수의 사람들보다 더 많은 사람들이 몰려오자 이제 새로운 분위기가 느껴졌다. 나는 무거운 가방을 들고 말없이 앞으로 걸었다. 그리고 새로운 자의식과 함께 거의 안도감 같은, 거의 한숨 같은 어떤 느낌을 가지고 움직여 갔다. 그 순간 나는 내가 해야 할 일이 무엇인지 알게 되었다. 심지어 그것이 내 마음속에 모양을 갖추기도 전에 알 수 있었다.

누군가 외쳤다. "이것 봐라!" 그러자 라스가 말에서 몸을 구부리고 나를 보더니 다른 것도 아닌 창을 집어던졌다. 그의 팔이 움직이는 순간 나는 앞으로 엎드리며 마치 곡예사처럼 양

손으로 몸을 지탱했다. 그리고 그 창이 매달려 있던 인형 하나를 꿰뚫고 들어가는 소리를 들었다. 나는 서류 가방을 든 채 일어섰다.

"배신자!" 라스가 소리쳤다.

"동지라는 놈이다." 누군가 외쳤다. 그들은 흥분하여 말 주위를 둘러쌌으나 결단을 내리지 못하는 모습이었다. 나는 그와 마주 섰다. 나는 그보다 더 못난 것도, 더 잘난 것도 없는 사람이란 걸 알고 있었다. 그리고 환상에 빠졌던 몇 개월과 이 혼란의 밤은 단지 몇 마디 간단한 말이면, 부드럽고 온순하기까지 한 말 없는 행동 하나면 그 상황을 분명하게 끝낼 수 있다는 사실도 알고 있었다. 그들과 나를 일깨우기 위해서.

"나는 더 이상 그놈들의 동지가 아니오." 내가 소리쳤다. "그놈들은 인종 폭동을 원하지만 나는 그걸 원치 않소. 우리가 많이 죽으면 죽을수록 그들은 더 좋아할 테니……."

"이자의 거짓말은 무시하시오." 라스가 소리쳤다. "이자를 목매달아서 흑인 동포들에게 교훈을 줍시다. 그러면 더 이상 배신자가 없을 것이오. 더 이상 백인 앞잡이가 있어선 안 됩니다. 저기 재수 없는 인형들과 함께 매달아 버리시오!"

"하지만 누구라도 알 수 있소." 내가 소리쳤다. "그건 사실이오. 나는 우리의 친구라고 생각했던 놈들에게 배신을 당했소. 그러나 그들은 이 사람까지도 계산에 넣었던 것이오. 그놈들은 자기들 일을 도와줄 이 '파괴자'가 필요했던 것이오. 그놈들은 여러분을 방치해서 절망에 빠진 상태에서 이자를 따르다가 스스로 파멸하게 만들려고 하는데, 그걸 모르시겠소? 그놈들은 여러분이 살인을 저지르고 스스로 희생시키길 바란단 말이오!"

"저자를 잡아라!" 라스가 소리쳤다.

세 명의 사내가 앞으로 나섰으며 나는 생각할 겨를도 없이 팔을 들어 올렸다. 그것은 사실 거부와 저항을 표현하는 웅변가의 필사적인 몸짓이었다. "안 돼!" 내가 소리쳤다. 그렇지만 손이 창에 닿자 그것을 잡아 빼 들고, 중간쯤을 잡은 채 앞쪽을 앞으로 겨누었다. "그놈들은 바로 이런 걸 원한단 말입니다." 내가 말했다. "그놈들이 이런 걸 계획했어요. 그놈들은 군중이 기관총과 엽총을 들고 주택가로 뛰어들길 바라고 있습니다. 그놈들은 거리가 피로 물들길 바란단 말이에요. 바로 여러분의 피, 검은 피와 흰 피 말이지. 그렇게 해서 그놈들은 여러분의 죽음과 슬픔과 패배를 선전에 이용할 것입니다. 그건 단순합니다. 여러분은 오래전부터 알고 있었죠. 이런 식이죠. '흑인을 잡으려면 흑인을 이용해라.' 아무튼 그놈들은 여러분을 잡기 위해 나를 이용했어요. 그리고 이제 나를 제거하고 여러분을 희생시키기 위해 라스를 이용하고 있는 것입니다. 그걸 모르겠어요? 자명한 일 아닙니까?"

"저 거짓말하는 배신자를 목매답시다." 라스가 소리쳤다. "무얼 기다리시오?"

한 무리의 사내들이 앞으로 나서는 모습이 보였다.

"잠깐만." 내가 말했다. "나 자신에 대해, 내가 저지른 실수에 대해 나를 죽이시오. 그리고 그걸로 끝내시오. 그렇지만 시내에서 자신들이 만든 계략을 보며 웃고 있을 놈들 때문에 나를 죽여서는 안 되오."

그렇게 말하는 순간에도 나는 그런 말이 소용없다는 걸 알고 있었다. 나는 할 말도, 설득할 방법도 없었다. 라스가 "저자를 목매달아라!" 하고 외치는 동안 나는 그들을 마주하고 서 있었으며 그런 상황이 현실같이 느껴지지 않았다. 나는 마주 선 채 저 이상한 복장을 한 미친놈이 바로 현실인 동시에 비현실이란 걸 알았다. 나는 그가 내 목숨을 원하고 있다는 걸 알고 있었다. 그 모든 밤과 낮의 사건들과 모든 고통들, 그리고 내가 어쩔 수 없었던 모든 일들을 내 탓으로 돌리는 걸 나는 알고 있었다. 나는 영웅이 아니었다. 단지 약간의 말주변과, 자신을 남다른 바보로 만드는 데 무한한 능력을 가진, 키 작고 새까만 흑인일 뿐이었다. 마침내 나는, 그들이 바로 내가 이끌려다가 실패했던 사람들이란 걸 깨달았다. 그리고 이제야 비로소, 바로 지금, 나는 그들의 지도자임을 깨달았다. 비록 내 자신의 환상을 벗겨 내기 위해 그들을 이끌고, 그들 앞에 나섰지만 말이다.

나는 말 위에 앉은 라스와 한 무더기의 총들을 바라보았다. 그리고 이날 밤의 일에 대한 불합리성을 깨달았다. 또 나를 이곳까지 달려오게 만든, 단순하면서도 혼란스러운 희망과 욕망, 두려움과 증오의 복합적인 배열에 대한 불합리성도 깨달았다. 이젠 내가 누구인지, 어디에 있는지 알고 있다. 또한 더 이상 잭 패거리나, 에머슨이나, 노턴과 같은 사람들을 위해서 달리거나 혹은 그들로부터 달아날 필요가 없다는 것도 알고 있다. 단지 그들의 혼돈과 조급함, 그리고 미국인으로서의 그들과 나의 정체성의 아름다운 불합리성을 받아들이길 거부하는 태도로부터는 달아날 필요가 있었다. 나는 자리에 선 채, 이 파괴적인 밤거리에서 라스에 의해 목매달려 죽음으로써 어쩌면 그들로 하여금 그들 자신이 누구이고, 내가 누구이며, 과거에 누구였다는 진실을 향하여 피로 물든 한 걸음의 작은 부분이라도 다가설 수 있도록 만들지도 모른다는 생각을 했다. 그렇지만 그런 진실은 너무나 폭이 좁을 수도 있다. 나는 보이지 않기 때문이다. 목을 맨다고 해서 내가 보이지 않게 되는 것도 아닐 것이다. 심지어 그들의 눈에조차 말이다. 왜냐하면 그들은 나라는 인간 때문이 아니라 내가 평생 잡으러 따라다녔던 것 때문에 나를 죽이고 싶어 하기 때문이다. 내가 달렸던 방식, 나를 달리게 만든 방식, 추적당하고, 조종당하고, 숙청되어진 방식들 때문이다. 비록 그들의 맹목성과(그들은 라인하트와 블레드소를 받아들이지 않았던가?) 나의 불가시성을 전제로 할 때 할 수 있는 일이 아무것도 없었지만 말이다. 그리고 나처럼 가짜 이름이나 사용하는 작은 흑인이, 백인들에 의해 전적으로 움직여지는 듯한 현실의 본질에 대해 분노하고 혼돈스러워하는 거대한 흑인 때문에 죽는다는 것은 너무 지나치고 지극히 불합리한 일이다. 그 백인들 역시 거대한 흑인만큼이나 맹목적이라는 사실을 나는 알고 있다. 그리고 라스든 잭이든, 다른 사람의 불합리성 때문에 죽는 것보다는 자신의 불합리성을 가지고 사는 편이 낫다는 사실도 나는 알았다.

그래서 라스가 "그를 목매달아라!" 하고 소리치는 순간 창을 던졌다. 그 순간 마치 내 목숨을 포기했다가 다시 살아난 기분이었다. 그가 외치려고 고개를 돌리는 순간 창이 그의 양 볼을 뚫고 들어가는 것이 보였다. 그리고 라스가 자신의 턱을 잠근 창을 빼내려고 발버둥 치는 사이 놀란 군중들은 주춤한 상태로 서 있었다. 일부 사내들은 총을 치켜들었으나 나를 쏘기에는 너무 가까운 거리에 있었다. 나는 첫 번째 사내를 타프의 족쇄로 내리쳤고 다른 사내의 급소를 서류 가방으로 올려친 후 약탈당한 상점 안으로 달아나기 시작했다. 도난 경보기가 요란하게 울리는 소리를 들으며 나는 흩어진 신발들, 뒤집어진 진열장, 그리고 의자들을 헤치며 내달렸다. 정면으로 뒷문을 통해 새어 들어온 달빛이 보였다. 사람들이 마치 화염처럼 내 뒤를 따라붙었고 나는 그들을 끌고 다니다가 거리로 나왔다. 만약 그들이 총을 쐈더라면 나를 잡았을 수도 있었다. 그러나 그들에게는 목을 매달거나 폭력을 가하는 방식이 더 중요했다. 그것이 그들의 방식이었으며 그렇게 하도록 배웠던 것이다. 나는 오로지 목매달려 죽어야 하는 것이다. 마치 그것만이 문제를 해결하고 심지어 진상까지 밝힐 수 있다는 듯이 말이다. 그래서 나는 어깨뼈가 부서지거나 혹은 뒤통수를 맞고 죽을 수도 있다는 생각을 하며 내달렸다. 나는 쫓기면서 메리 아주머니 집으로 가 보려고 했다. 그것은 이성적인 생각에서 나온 결정이 아니라 검은 길바닥에 고인 우유를 건너뛰다가 멈추고는 무거운 서류 가방과 족쇄를 휘두르며 추적자들의 손아귀에서 벗어나려던 중에 갑자기 떠오른 생각이었다.

돌아서서 팔을 내리고 이렇게 말할 수만 있다면 좋으련만. "이봐, 형씨들. 잠깐 쉬어 갑시다. 우리 모두 같은 흑인들 아니오……. 누가 관심이나 갖겠소." 비록 지금은 '우리'만 관심을 가지고 있지만 결국 그들은 행동으로 옮길 만큼 관심을 갖게 될 것이다. 나는 그렇게 생각했다. 만약 이렇게 말할 수만 있다면. "이봐, 그놈들이 우리를 속였단 말이야. 옛날과 똑같은 속임수를 모양만 바꿔서 말이지……. 이제 그만 달리고 서로 존중하고 사랑합시다…….” 만약 그럴 수만 있다면……. 나는 다른 무리의 군중 속으로 뛰어들며 생각했다. 내가 거의 빠져나왔다고 생각하는 순간 누군가 소리를 지르며 다가와 내 턱에 주먹을 날렸다. 나는 그의 머리를 붙들고 족쇄를 휘두르며 앞으로 뛰쳐나갔다. 대로를 빠져나오자 위에서 쏟아 붓는 것 같은 물세례를 받았다. 수도관이 터져서 어둠속으로 커튼을 드리우듯 맹렬하게 물줄기를 쏟아 내고 있었다. 나는 메리 아주머니 집으로 가려 했으나 물이 흐르는 거리를 거슬러 도심 쪽으로 올라가고 있었다. 길을 헤쳐가기 시작했을 때 한 기마경찰이 물줄기 속을 헤치고 돌진해 왔다. 검은 말은 물을 뚝뚝 떨어뜨리며 물줄기 속을 거대하고 비현실적인 모습으로 어슬렁거렸고 울음소리를 내더니 따각따각 도로를 넘어서 나를 향해 달려왔다. 나는 미끄러지듯 무릎을 꿇고 엎드린 채 그 거대하게 맥박 치는 덩치가 내 위로 넘어가는 모습을 쳐다보았다. 말발굽 소리와 비명 소리, 그리고 물이 흘러가는 소리가 마치 솜을 붙인 방 속에 동떨어져 앉아 듣는 듯 아득히 들려왔다. 그때 꼬리털이 강렬한 채찍처럼 내 눈을 스쳐갔다. 나는 둥그런 원을 그리며 비틀거렸으며 맹목적으로 서류 가방을 휘둘렀다. 맹렬한 혜성의 꼬리와 같은 섬광이 나의 쿡쿡 쑤시는 눈꺼풀을 뜨겁게 달구었다. 그리고 서류 가방과 족쇄를 무작정 휘두르며 몸부림치는 사이 말발굽 소리가 다시 들려왔다. 나는 충격적이고 강력한 물의 힘 가운데로 똑바로 뛰어 들어가면서 마치 주먹으로 갈기는 듯한 충격을 느꼈다. 그것은 축축하고 차갑게 두들겨 대는 느낌이었다. 물줄기를 뚫고 나가는 순간 나는 또 하나의 말이 그 속으로 뛰어드는 광경을 어렴풋이 볼 수 있었다. 사냥꾼이 장애물을 만난 것처럼 기수가 뒤로 몸을 눕혔다. 그러자 말이 앞발을 들고 뛰어 올랐고 솟구치는 물보라에 부딪히며 삼켜지듯이 들어갔다. 나는 거리를 비틀거리며 내려갔으며 내 눈 속에는 여전히 혜성 꼬리가 남아 있었다. 눈이 조금 더 잘 보이자 뒤를 돌아보았다. 물줄기는 달빛 아래서 정신 나간 온천처럼 뿜어 나오고 있었다. 메리 아주머니에게 가자, 메리 아주머니에게.

주택들 앞에는 철로 된 울타리가 나란히 늘어섰고 그 뒤로 나지막한 나무 울타리가 있었다. 나는 한 울타리 뒤로 비틀거리며 들어가서 으스러뜨리는 듯한 물줄기를 피해 지친 몸을 쉬려고 드러누워서 숨을 골랐다. 그러나 내가 한여름의 건조한 나무 울타리 냄새를 맡으며 안정을 찾기도 전에 그들이 그 집 앞에 와서 철 울타리에 몸을 기대고 섰다. 그들은 병을 돌려 가며 술을 마셨으며 목소리는 이제 격한 감정을 소진해 버린 듯 들렸다.

"정말 엄청난 밤이야." 그들 중 하나가 말했다. "엄청난 밤이 맞지?"

"다른 날과 거의 비슷했지."

"어째서 그런데?"

"왜냐하면 욕지거리와 싸움, 술과 거짓말뿐이니까 그렇지. 술병 좀 주게."

"맞아. 하지만 오늘 밤엔 전에 보지 못했던 것들을 몇 가지 봤단 말씀이야."

"뭘 봤다고 생각해? 젠장, 자넨 한두 시간 전쯤 레녹스에 가

봤어야 했어. 그 파괴자 라스라는 놈 알지? 세상에, 그놈이 피를 쏟고 있더라고."

"그 미친놈이?"

"젠장, 그렇다니까. 그놈이 커다란 흑마를 타고 나타났지. 머리에는 밍크 모자를 쓰고 어깨에는 늙은 사자 가죽 같은 걸 걸쳤더라고. 그리고 엄청난 소동을 일으키고 있더군. 대단한 구경거리였어. 채소 수레나 끌 법한 그런 늙은 말을 오르락내리락하면서 말이야. 아무튼 카우보이 안장에 커다란 박차까지 달았더라."

"저런, 세상에!"

"젠장, 그렇다니까. 그리고 악을 쓰며 이리저리 다니더군. '그놈들을 죽여! 그놈들을 쫓아내! 그놈들을 태워 버려! 나, 라스의 명령이야.' 무슨 말인지 알겠지." 그가 말했다. "이런 소리도 했어. '나, 라스가 명령하노니, 그놈들을 산산조각 내 버려!' 그때 조지아 말씨의 큰 목소리를 가진 녀석 하나가 창밖으로 머리를 내밀고는 소리쳤어. '그놈들에게 따끔한 맛을 보여 줘, 카우보이. 아주 혼을 내 주라고.' 그러자 말 타고 있던 그 미친 개 같은 놈이 똥 씹은 얼굴을 하더니 손을 내려 45구경을 빼 들고 그 창문을 향해 불을 뿜기 시작했어. 그리고 세상에, 달아난 꼴이란! 순식간에 아무도 남지 않고 사라졌어. 그 사자 가죽을 등 뒤로 늘어뜨리고, 말 위에 올라탄 라스만 빼놓고 말이지. 미친 꼴이지. 모두들 약탈할 물건에만 관심이 있는데 그자와 부하들은 피를 보려고만 하니!"

나는 물에 빠졌다가 구출된 사람 모양으로 드러누운 채 듣고 있었고 아직 내가 살아 있는 것인지도 확실히 모를 지경이었다.

"내가 거기 있었어." 다른 목소리가 들려왔다. "기마경찰이 쫓아올 때 그놈의 꼴을 봤어?"

"아니……. 자, 조금 마셔."

"그걸 봤어야 하는 건데. 경찰들이 말을 타고 나타나니까 안장 뒤에 손을 넣더니 옛날 방패 같은 걸 꺼내 들더라고."

"방패?"

"젠장, 그렇다니까! 가운데에 대못 하나가 달려 있는 거였어. 그리고 그게 전부가 아니야. 경찰들을 보자 그놈이 자기 부하들에게 창을 달라고 소리치더군. 그러자 작은 사내 녀석 하나가 길거리로 뛰어나와 창을 건넸어. 영화 속에서 아프리카 원주민들이 들고 다니는 그런 창을 말이야……."

"도대체 너는 어디 있었어?"

"나? 길 옆쪽에 있었지. 어떤 녀석이 거기에서 상점을 부수고 들어가 창문을 열고 차가운 맥주를 팔더라고. 거참, 장사까지 하더라니까." 웃음을 터뜨리는 소리가 들렸다. "난 버드와이저 맥주를 마시면서 돌아가는 꼴이나 구경했지. 그때 경찰들이 카우보이처럼 말을 타고 거리로 들이닥쳤어. 라스라고 하는 그 놈은 경찰들을 보자 사자같이 소리를 지르며 뒤로 물러서더니 말 엉덩이를 박차기 시작하더군. 마치 퇴근 시간 지하철에서 동전들이 떨어지는 속도만큼이나 재빠르게 말이지. 빌어먹을! 그때 자네가 그놈을 봤어야 하는데! 이봐, 나도 한 모금만 줘.

고맙네. 그래서 그놈은 방패를 들고 창을 앞으로 내민 채 딸그락딸그락 돌진하더라고. 아프리카 말인지 서인도 말인지, 알아들을 수 없는 말을 외치면서, 자기가 그 난장판을 마치 다

안다는 듯 머리를 낮추었어. 그 모습이 마치 자메이카 경마장의 5번 자리에서 달리는 기수 얼샌드 꼴이더군. 거기다 그 검은 말이 히힝 울고 머리를 수그리는 꼴이란. 어디서 그런 말을 구했는지 모르겠어. 하지만 정말이네, 친구들! 그놈은 쇠붙이가 엉덩이에 닿자 마치 전쟁터의 군인이 여자를 찾아가듯 내달렸다니까! 경찰들이 어리둥절해하는 사이 라스는 그들 한가운데로 뛰어들었어. 그리고 경관 하나가 창을 빼앗으려 하자 라스가 몸을 돌리더니 그의 머리를 가격하더란 말이지. 그러자 그 경관이 바닥에 쓰러졌고 말은 앞다리를 들어 올리며 일어섰지. 그러자 라스도 자기 말을 치켜세우며 다른 경관을 또 찌르려고 했어. 다른 말들이 이리저리 날뛰었고 라스는 경관 하나를 더 노렸어. 그런데 너무 가까운 거리였고 말이 푸푸거리며 콧바람을 뿜고 똥오줌을 갈겨 대면서 빙빙 돌았지 뭐야. 그때 경관이 권총을 휘둘렀어. 라스는 경관이 권총을 휘두를 때마다 한 손으로 방패를 들어 올리고 다른 손으로 그에게 창을 쑤셔 댔어. 권총이 방패에 부딪히는 소리를 들었어야 해. 마치 누가 20층 꼭대기에서 창문으로, 타이어 수리용 무쇠 지렛대를 떨어뜨린 소리 같았어. 그리고 어땠는지 알아? 창으로 공격하기에는 너무 거리가 가깝다는 걸 안 라스가 말을 되돌려서 뒤로 물러갔다가 획 돌더니 다시 돌격하더라 이거야. 피를 보겠다고! 이번에는 경찰들도 그의 난동에 진저리가 났는지 총을 쏘기 시작하더군. 그게 결정적이었어! 라스는 총을 뺄 틈이 없자 창을 내던지고는 투덜거리며 경찰과 그 가족에 대해 뭐라고 욕하더니 말을 타고 펄쩍 뛰어오르며 '달려라, 애마야!' 하고 소리치더니 쏜살같이 거리를 빠져나갔어."

"이봐, 그게 무슨 소리야?"

"사실이라니까. 봐, 내가 오른손을 들고 맹세할 테니."

그들은 울타리 바깥에서 웃음을 터뜨리더니 자리를 떠났다. 나는 몸에 쥐가 난 채 누워 있었다. 웃음이 나오려고 했다. 그렇지만 라스가 우스운 사람이 아니라는 걸 나는 알고 있었다. 어쩌면 우습기만 한 게 아니라 위험하기도 한 존재이다. 옳지 않으나 옳기도 하고, 미친 것 같기도 하지만 냉철하게 이성적이기도 한……. 왜 저들은 그걸 우스운 일처럼 떠들었을까? 우습기만 한 일인가? 나는 생각했다. 그렇지만 사실 그렇기도 했다. 우습고 위험하고 슬픈 일이었다. 잭은 그것을 미리 알고 있었다. 아니면 그것을 잘못 알고 희생양을 만들기 위해 이용했을 수도 있다. 그리고 나는 그들의 도구로 사용되었던 것이다. 그들에게 '네' 하면서 죽음이나 파멸로 이끌어야 한다는 할아버지의 생각이 틀렸거나, 아니면 그 시절 이후 상황이 너무 많이 변했던 것이다.

그놈들을 파멸시킬 방법은 오직 한 가지밖에 없다. 나는 울타리 뒤에서 일어섰다. 달은 기울어 있었으며 뜨거운 저녁 공기 속에 몸은 축축하고 떨렸으나 잭을 찾아 나섰다. 그러나 여전히 가던 길과는 반대로 돌아서 있었다. 나는 거리로 나갔다. 멀리서 들려오는 폭동 소리에 귀를 기울였으며 마음속에는 깨진 유리잔 바닥에 있던 두 개의 눈알이 떠올랐다.

나는 거리의 어둡고 조용한 쪽으로 걸어가며 생각했다. 만약 그자가 자신의 전략을 정말로 감추고 싶다면 할렘 구역에 모습을 드러내겠지. 어쩌면 트럭에 확성기를 매달고 레스트럼과 토빗을 동반하여 친절한 충고자 역할을 할지도 몰라.

그들은 일반 시민 복장을 하고 있었다. 경찰들이군. 야구 방망이를 보고 돌아서는 순간 그들이 나를 부르는 소리가 들려왔다. "이봐, 거기."

나는 잠시 머뭇거렸다.

"가방 안에 든 게 뭐지?" 그들이 물었다. 만약 그들이 다른 걸 물었더라면 그 자리에 멈추어 섰을 것이다. 그러나 그렇게 묻자 수치심과 분노가 끓어올라 나는 내달리기 시작했다. 물론 여전히 잭을 향해 뛰었다. 그런데 나는 낯선 지역에 들어와 있었다. 누군가 어떤 이유에서인지 맨홀 뚜껑을 열어 놓았고 나는 아래로 추락하는 느낌이 들었다. 아래로, 아래로. 한참을 추락하다가 석탄 더미 위에 떨어지자 먼지가 구름처럼 피어올랐다. 나는 깜깜한 어둠 속에서 검은 석탄 위에 드러누웠다. 더 이상 달리거나, 숨거나, 걱정할 필요 없이 그저 석탄이 움직이는 소리만 들렸다. 그때 위의 어디선가에서 그들의 목소리가 들려왔다.

"그놈 떨어지는 꼴 봤지? 붕붕 소리를 내면서 말이야! 그 자식을 한 대 후려치려던 참이었는데 말이야."

"그놈을 때렸어?"

"모르겠어."

"이봐, 죠. 그놈이 죽었을까?"

"아마도. 저기 깜깜한 곳에 떨어진 게 확실한데. 그놈 눈조차 볼 수 없을 거야."

"석탄 더미 속의 검둥이라……. 그렇지, 죠?"

누군가 구멍에 대고 소리쳤다. "이봐, 검둥이. 밖으로 나오시지. 그 서류 가방 안에 뭐가 들었는지 봐야겠거든."

"내려와서 가져가시지." 내가 대답했다

"그 가방 안에 뭐가 들었지?"

"네놈." 나는 갑자기 웃음을 터뜨리며 대답했다. "그건 어떻게 생각해?"

"나?"

"네놈들 모두." 내가 말했다.

"미친놈이군." 그가 말했다.

"그래도 아직 네놈들은 내 가방 속에 들어 있어!"

"뭘 훔친 거야?"

"모르겠냐?" 내가 반문했다. "성냥을 켜 봐."

"저 자식이 대체 무슨 소릴 하는 거야, 죠?"

"성냥을 켜 봐, 저 검둥이 녀석은 돌았어."

저 위로 작은 불꽃이 타오르며 빛났다. 그들은 서서 기도하듯 머리를 조아리고 있었지만 여기 아래, 석탄 위에 있는 나를 볼 수는 없었다.

"내려오라니까." 내가 외쳤다. "하! 하! 나는 네놈들을 항상 가방 속에 넣고 다녔어. 그런데 나를 알아보지 못하더니 이젠 볼 수도 없구나."

"이 개새끼야!" 그들 중 하나가 화를 내며 소리를 질렀다. 그때 성냥이 꺼졌고 근처의 석탄 더미 위로 무언가 슬며시 떨어지는 소리가 들렸다. 그들은 위에서 서로 이야기를 하고 있었다.

"이 빌어먹을 검둥이 새끼야!" 누군가 소리쳤다. "이게 어떤지 맛 좀 봐라." 그러고는 맨홀 뚜껑이 둔탁하게 쾅 하는 소리를 내며 닫혔다. 그리고 그들이 위에서 밟아 대자 미세한 먼지 조각들이 우수수 쏟아졌다. 순간 깜짝 놀란 나는 석탄을 밀어

내리며 위를 보았다. 잠시 맨홀 뚜껑의 동그란 구멍들 속으로 성냥불빛이 새어 들어왔던 검은 공간을 쳐다보았다. 그런 후 나는 생각했다. 항상 이런 식이었어. 단지 이제야 내가 알았을 뿐이지. 나는 이제 차분한 마음으로 가방을 머리 아래에 놓고 누웠다. 내일 아침이면 저걸 열 수 있으리라. 뚜껑을 밀어내면 되겠지. 이제 너무 피곤했다. 너무나 피곤했다. 마음은 움츠러들었고 두 개의 유리 눈알이 마치 녹아내리는 납덩이처럼 하나로 합쳐지는 영상이 떠올랐다. 여기서는 마치 폭동도 사라지고 잠에 이끌려 검은 물속으로 빨려 들어가는 느낌이었다.

그것은 일종의 목매달지 않고도 죽이는 것이라는 생각이 들었다. 살아 있는 죽음. 아침이면 뚜껑을 열어야지……. 메리 아주머니. 메리 아주머니 집으로 갔어야 했다. 이제 내게 남은 유일한 방법으로 그곳에 가리라……. 나는 검은 물결 위를 떠다니며 움직이다 한숨을 쉬고……. 보이지 않는 모습으로 잠들었다.

그러나 나는 절대로 메리 아주머니 집으로 갈 수 없는 상황이었다. 아침이면 쇠뚜껑을 열고 나갈 것이라는 생각은 지나친 낙관이었다. 보이지 않는 거대한 시간의 물결이 내 위를 흘러갔지만 그런 아침은 오지 않았다. 나를 깨워 줄 아침이나 어떠한 빛도 존재하지 않았다. 나는 하염없이 자고 또 자다가 결국 배가 고파서 잠에서 깨어났다. 나는 어둠 속에서 일어나 거친 벽을 더듬거리며 돌아다녔다. 발밑에선 석탄이 마치 모래가 부서지듯 무너져 내렸다. 나는 위로 손을 뻗어 보았지만 닿을 수 없고, 뚫을 수도 없는 공간뿐이란 걸 알았다. 그러자 나는 보통 그런 구멍에 있는, 바깥으로 연결된 사다리를 찾아보왔지만 아무것도 없었다. 불이 있어야만 했다. 그래서 나는 서류 가방을 단단히 껴안은 채 무릎을 꿇고 양손으로 바닥을 짚어가며 석탄 더미를 뒤졌다. 그리고 마침내 그놈들이 떨어뜨린 성냥갑을 발견했다. 그게 얼마 전 일이었을까? 아무튼 성냥개비 세 개가 남아 있었고 그걸 절약하기 위해 나는 석탄을 천천히 더듬거리며 횃불을 만들 만한 종이를 찾기 시작했다. 바깥으로 나갈 길을 밝히기 위해 종이 한 장만 있으면 되는데 그것마저도 없었다. 그다음에는 내 주머니를 뒤졌으나 지폐나 선전지, 혹은 동지회 전단조차도 없었다. 내가 왜 라인하트의 전단을 버렸던가? 아무튼 횃불을 만들려면 한 가지 방법밖에 없었다. 내 서류 가방을 열어야 한다. 내가 가진 종이는 그 안에 든 것뿐이었다.

나는 먼저 고등학교 졸업장에 불을 붙였다. 귀한 성냥개비 하나를 갖다 대며 막연한 아이러니를 느꼈다. 심지어 빠르고 희미하게 타들어 가는 불빛이 암흑을 밀어내는 사이에도 얼굴에 미소를 지었다. 나는 아주 깊은 지하에 있었고, 형체를 알아볼 수 없는 물건들이 내 눈길이 닿지 못하는 곳까지 널려 있었다. 나는 바깥으로 나갈 때까지 비추려면 서류 가방 속의 종이들을 모두 태워야 한다는 걸 깨달았다. 나는 천천히 움직이며 희미한 횃불을 들고 더 어두운 암흑 속으로 걸어 들어갔다. 다음으로 태울 것은 클리프톤의 인형이었다. 그런데 그놈은 불에 잘 타지 않아서 가방 속에 손을 넣어 다른 걸 찾았다. 바지직거리며 연기가 피어오르는 불빛을 비추며 나는 접힌 종이 한 장을 펼쳤다. 그것은 무기명 편지였다. 그런데 그것은 너무 빨리 타들어 가서 불이 붙자마자 서둘러 다른 종이를 펴야 했다. 그것은 잭이 나의 동지회 이름을 적어 준 종이쪽지였다. 그 지하의 축축함 속에서도 여전히 나는 엠마의 향수 냄새를 맡을 수 있었다. 그런데 타들어 가는 두 개의 필적을 보다가 그만 손을 데었고 나는 무릎으로 미끄러져 앉으며 그걸 노려보았다. 필적이 똑같았다. 나는 아연실색하여 그 자리에 무릎을 꿇고 앉아 타들어 가는 종이를 바라보았다. 그가, 아니면 그 누구라도 똑같은 펜을 이용해서 그렇게 늦은 나이의 내게 이름을 지어 주고 달려 다니게 만든 것은 너무한 처사였다. 갑자기 나는 암흑 속에서 일어나 마구 뛰어 대며 소리를 지르기 시작했다. 벽에 부딪히고 석탄을 흩어 내며 뛰어 대다가 화가 치밀어서 그만 희미한 불빛마저 꺼트렸다.

나는 여전히 암흑 속에서 좁은 통로의 거친 벽에 부딪히며 맴돌았다. 그러다 머리를 들이박고 욕설을 퍼붓기도 했다. 나는 비틀거리며 내려가다가 칸막이 같은 것에 세게 부딪히고는 기침과 재채기를 하며 또 다른 형체 없는 공간으로 곤두박질쳤다. 나는 미칠 듯 화가 나서 바닥을 마구 뒹굴었다. 이런 일이 얼마나 계속됐는지 나도 모른다. 며칠, 아니 몇 주가 지났을 수도 있다. 나는 완전히 시간 감각을 잃었다. 잠시 쉬려고 멈출 때마다 분노가 되살아났고 그러면 다시 발버둥 치기 시작했다. 그러다 마침내 거의 움직이지 못할 정도가 되자 무언가 내게 이렇게 말하는 듯했다. "그만하면 충분해. 스스로 자신을 죽이지 마라. 넌 뛸 만큼 뛰었어. 그리고 이제 그놈들과는 끝냈어." 그리고 나는 얼굴을 앞으로 한 채 쓰러졌다. 기진맥진한 정도를 넘어서 눈을 감을 힘도 없이 그대로 쓰러져 있었다. 그것은 꿈꾸는 것도 아니고 깨어 있는 것도 아닌, 그 중간 어디쯤이었다. 마치 트루블러드가 말했던, 말벌들에게 쏘여 두 눈만 빼놓고 온몸이 마비돼 버린 어치와 같은 꼴이었다.

그런데 어쩐 일인지 이제 바닥이 모래로, 어둠은 빛으로 변했다. 그리고 나는 잭, 늙은 에머슨, 블레드소, 노턴, 라스, 학교 감독관, 그리고 나를 달리게 만들었던, 미처 알아볼 수 없는 많은 사람들에게 붙들려 와 누워 있었다. 그들은 검게 흐르는 강물 옆에 누워 있는 나에게 바짝 다가왔다. 강 위의 철교는 강렬한 아치 모양을 이루며 보이지 않는 곳까지 이어져 있었다. 나는 붙잡혀 온 것에 대해 그들에게 항변하고 있었으며, 그들은 내게 돌아오기를 요구하다가 거절당하자 화를 내고 있었다.

"안 돼." 나는 소리쳤다. "나는 이제 당신네 환상과 거짓말들을 믿지 않아. 더 이상 달리지도 않을 거야."

"전혀 그렇지 않아." 잭이 다른 사람들의 성난 목소리보다 더 큰 소리로 말했다. "그렇지만 곧 그렇게 될 거야. 돌아오지 않는다면 말이야. 거절한다면 우리가 너의 환상에서 너를 벗어나게 해 주겠다."

"고맙지만 사양하겠어. 내가 나 자신을 자유롭게 할 테야." 나는 살을 파고드는 모래 위에서 일어서려고 애쓰면서 말했다.

그때 그들은 칼을 들고 다가와서 나를 붙들었다. 그리고 나는 선홍빛의 통증을 느꼈다. 그들이 두 개의 피 묻은 덩어리를 잘라 내어 철교 너머로 던져 버렸다. 나는 고통 속에서도 그것들이 곡선을 그리며 날아가 철교의 둥그런 아치 꼭대기에 걸린 채 햇빛 속에서 진홍빛 물결 속으로 피를 뚝뚝 떨어트리는 광경을 지켜보았다. 사람들이 웃는 사이 극심한 통증을 느끼던 내 눈앞에서 세상은 천천히 붉게 변해 갔다.

"이제 너는 환상에서 벗어났다." 잭이 허공에서 말라 가는 나의 고환을 가리키며 말했다. "자신의 환상에서 벗어난 기분이 어떤가?"

나는 올려다보았으나 통증이 너무나 심해서 마치 쇠붙이가 요란하게 공기를 울려 대는 느낌이었다. "환상에서 벗어난 기분이 어떤가……."

마침내 내가 대답했다. "고통스럽고 공허하다." 그때 반짝이는 나비 한 마리가 철교의 높은 아치 아래 걸린, 붉은 피로 물든 내 몸 조각 주위에서 세 바퀴를 맴도는 것이 보였다. "그렇지만 봐라." 나는 손가락으로 가리키며 말했다. 그들은 그쪽을 보며 웃음을 터뜨렸다. 그리고 나는 갑자기 그들의 만족스러운 표정을 보며 이해한다는 듯 블레드소처럼 웃어 댔다. 그들은 어리둥절한 표정으로 변했으며 잭이 알 수 없다는 듯 앞으로 나섰다.

"왜 웃는 거야?" 그가 물었다.

"대가를 치르니 볼 수 없던 것이 이젠 보이게 됐거든."

"저놈이 뭐가 보인다는 거야?" 그들이 물었다.

그러자 잭이 위협적으로 가까이 다가왔다. 나는 웃음을 터뜨렸다. "이젠 두려운 게 하나도 없어." 내가 말했다. "너희도 볼 테면 한번 보라고……. 안 보이는 게 아니니까……."

"무얼 보란 말이야?" 그들이 물었다.

"저기 매달린 채 물 위로 떨어져 버리는 내 후손들만이 아니라……." 이제 통증이 너무나 커져서 더 이상 그들을 볼 수 없었다.

"그뿐 아니라 뭐? 계속해 봐." 그들이 재촉했다.

"그뿐 아니라 너희의 태양……."

"뭐라고?"

"그리고 너희의 달……."

"이놈 미쳤군!"

"너희의 세상……."

"이놈이 신비주의적 이상주의자인 줄 내가 알고 있었지!" 토빗이 외쳤다.

"그리고." 내가 말했다. "너희들의 우주가 있고, 너희들이 듣고 있는, 저기 물 위로 뚝뚝 떨어지는 소리는 너희가 여태껏 만든 모든 역사이자 앞으로 만들어 갈 모든 역사이기도 하다. 자, 웃어 봐라. 네놈, 과학자들아. 어디 웃는 소리 좀 들어 보자!"

내 위쪽 높이 있던 철교가 보이지 않는 곳으로 사라지는 것 같았다. 걸을 때마다 불길하게 무쇠 다리에서 철그렁거리는 소리를 내는 무쇠 인간 로봇처럼 성큼성큼 멀어졌다. 그때 나는 슬픔과 고통으로 가득한 채 일어서려고 애를 쓰며 소리쳤다. "안 돼, 안 돼. 저걸 막아야 해!"

그리고 나는 암흑 속에서 깨어났다.

이제 완전히 잠에서 깨었지만 마치 마비된 사람처럼 그 자리에 그냥 누워 있었다. 달리 할 일이 생각나지 않았다. 나중에 나갈 길을 찾아보겠지만 당장은 그냥 바닥에 누워 꿈을 되살려 볼 수밖에 없었다. 그들의 얼굴들이 모두 너무나 선명해서 마치 바로 내 앞에서 스포트라이트를 받으며 서 있는 것만 같았다. 그들은 모두 저 위의 어딘가에서 세상을 엉망으로 만들고 있을 것이다. 그래, 내버려 두자. 나는 이제 그들과의 관계를 끝냈고 꿈에 관계없이 온전한 몸이 되었다.

그리고 나는 이제 메리 아주머니의 집이나 혹은 과거의 어떤 곳으로도 돌아갈 수 없다는 걸 깨달았다. 나는 단지 바깥에서 거기에 접근할 수 있을 뿐이었다. 나는 동지회에서와 마찬가지로 메리 아주머니의 집에서도 보이지 않는 존재일 뿐이었다. 나는 메리 아주머니 집으로도, 캠퍼스로도, 동지회로도, 고향으로도 돌아갈 수 없었다. 나는 오로지 앞으로 나가거나 아니면 여기 지하에 머물러 있어야 했다. 그러니 쫓겨날 때까지는 이곳에 머물 작정이었다. 여기서는 적어도 평온하게 세상일을 생각할 수 있을 테니. 그렇지 않더라도 적어도 조용히 생각해 볼 수는 있을 테니. 나는 지하를 주거지로 삼기로 마음먹었다. 끝은 이미 시작 속에 있었다.

에필로그

자, 이제 여러분은 중요한 부분은 다 들었다. 아니면 적어도 '거의' 대부분은 들은 셈이다. 나는 보이지 않는 인간이고, 그것 때문에 나는 동굴 속으로 들어와야 했다. 아니면 그것 때문에 내가 들어온 동굴을 알게 되었다고도 할 수 있다. 그리고 나는 그 사실을 마지못해 받아들였다. 달리 내가 무엇을 할 수 있었겠는가? 일단 익숙해지면 현실이란 몽둥이만큼이나 저항하기 힘든 것이 된다. 나는 그런 낌새를 알기도 전에 여기 지하실 속으로 쫓겨 들어왔다. 어쩌면 그래야만 했을지도 모른다. 아무튼 나도 모르겠다. 또한 그런 교훈을 받아들인 연유로 인하여 내가 남들보다 뒤처지게 되었는지, 아니면 앞서게 되었는지는 알 수 없었다. 그것이 어쩌면 역사에 대한 교훈일지도 모르겠다. 나는 그런 결정은 잭과 그의 일당에게 넘기고 늦게나마 내 자신의 삶에 대한 교훈을 배워 보고자 한다.

여러분에게 솔직히 말해 보겠다. 사실, 솔직하게 말하는 것이야말로 내가 아는 가장 어려운 재주이다. 사람이 보이지 않게 되면, 선과 악이라든가 정직과 부정 같은 문제들이 변화무쌍하여 서로 혼동된다는 걸 안다. 그것은 단지 그 순간 누가 그를 정확히 보는가에 따라 다른 문제이다. 아무튼 나는 나 자신을 정확히 보려고 노력해 왔지만 거기에는 위험이 도사리고 있었다. 정직하려고 할 때 오히려 가장 미움을 받았던 것이다. 혹은 심지어 지금처럼 진실이라고 느껴지는 것을 정확히 표현하려고 들 때도 마찬가지였다. 하긴 아무도 만족하지 못했으니 말이다. 심지어 나 자신조차도 그랬고. 그런가 하면 내가 누군가의 잘못된 믿음을 '정당화시키고' 긍정해 주려고 하면 그 어느 때보다도 사랑과 감사를 받았다. 또한 친구들에게 그들이 듣고 싶어 하는, 불합리하고 그릇된 대답을 해 주려고 할 때도 마찬가지였다. 내 앞에서 그들은 서로 대화하고 공감할 수 있었다. 그리고 세상을 고정시켜 놓은 채 그것을 즐겼다. 그들은 그렇게 해서 안정감을 얻었다. 그렇지만 여기에 문제점이 있었다. 그들을 정당화시켜 주려다 보니 너무나 자주 나 자신의 멱살을 잡고 숨 막히게 조여서, 두 눈이 튀어나오고 혀가 늘어져 세찬 바람에 덜컹거리며 흔들리는 빈 집 문짝 꼴이 돼 버렸다. 그래 맞다. 그건 그들을 행복하게 했고 나 자신은 병들게 만들었다. 그래서 나는 긍정의 병을 앓았으며, 머릿속은 말할 것도 없고 뱃속에서 싫다고 하는 걸 무시하고 "네."라고 말하는 병을 앓았던 것이다.

어쨌든 영역에 따라서 사람의 감정이 사고보다 합리적인 경우도 있다. 사람의 의지가 한꺼번에 여러 방향으로 갈라지는 경우가 바로 그 영역에 속한다. 여러분은 이런 말에 대해 비웃을 지도 모른다. 그러나 나는 이제 안다. 나는 기억도 할 수 없는 오래전부터 이리저리 끌려 다녔다. 그리고 나의 문제는, 항상 내가 아닌 다른 사람들의 방식을 따르려고만 했다는 점이다. 그리고 사람들은 나를 언제나 이런저런 이름으로 불렀지만 정작 내가 나 자신을 부르는 이름에는 관심이 없었다. 그래서 나는 몇 해 동안 다른 사람들의 의견을 받아들이려고 애쓰다가 결국 저항하게 된 것이다. 나는 보이지 않는 인간이다. 나는 먼 길을 왔다가 되돌아갔다. 내가 처음 야심을 가졌던 사회적 지위로부터 먼 길을 돌아간 것이다.

그래서 이제 지하로 들어왔다. 나는 동면을 했다. 나는 그런 모든 것들로부터 벗어났다. 그러나 그걸로 충분하지 않았다. 나는 심지어 동면 상태에서도 가만히 있을 수가 없었다. 왜냐하면, 빌어먹을, 그놈의 생각이 문제였다. 바로 그 '생각' 말이다. 그건 나를 쉬도록 내버려 두질 않았다. 술, 재즈, 그리고 꿈만 가지고는 부족했다. 책으로도 충분하지 못했다. 나를 계속 달리게 만들었던 저속한 농담을 뒤늦게나마 이해했지만 그것 역시 충분하지 못했다. 그러나 내 생각은 돌고 돌아 할아버지에게 이르렀다. 동지회에게 "네."라고 말하려던 시도에 종지부를 찍도록 만든 그 광대극에도 불구하고 나는 여전히 할아버지가 임종 때 남긴 충고 때문에 고통을 당하고 있다……. 어쩌면 그분은 내가 생각했던 것보다 더 깊은 의미를 숨겨 두었는지 모른다. 어쩌면 그분의 분노 때문에 내가 다가가지 못했는지도 모른다. 나는 뭐라고 단정을 내릴 수 없다. 그분의 의미는 — 젠장, 그분은 어떤 원칙을 말하려고 했던 것이 틀림없다 — 나라가 세워진 원칙을 우리가 긍정적으로 받아들여야 한다는 뜻이지 사람, 최소한 폭력을 일으킨 사람들을 따르라는 뜻은 아닐 것이다. 그분은 원칙이 개인보다 중요하고, 숫자나 사악한 힘보다 강하고, 그 이름을 무너뜨리는 데 사용된 모든 방법들보다 중요하다는 사실을 알기에 "네."라고 말하라고 시켰던 걸까? 백인들이 스스로 무질서와 과거 봉건시대의 어둠 속에서 빠져나오기를 꿈꾸었던 그 원칙을, 그리고 그들이 자신들의 부도덕한 양심 속에서조차도 어리석다고 생각할 만큼 절충하고 위반했던 그런 원칙을 그분은 긍정하라고 했던 것인가? 아니면 우리가 그 모든 일, 원칙은 물론 사람들에 대해서조차 책임을 져야 한다는 뜻이었을까? 달리 우리의 요구에 맞는 원칙은 존재하지 않으므로 우리가 그 원칙을 사용해야만 하는 계승자이기 때문에? 권력이나 옹호를 위해서가 아니라, 우리 같은 출신에게 주어진 상황에서 우리는 그런 식으로밖에 초월할 수 없었기 때문인가? 하필 우리가, 그 누구도 아닌 우리가 그 원칙을 긍정해야 했던 것인가? 그 계획이란 이름 아래 우리는 짐승 취급 당하고 희생당했건만? 우리가 언제나 약자일 것이기 때문도 아니고 두려워했거나 기회주의적이었기 때문도 아니고 단지 우리가 그들보다 더 오랜 민족이었기 때문이다. 다른 민족과 함께 어울려 살아온 세월의 관점에서 볼 때 말이다. 그리고 그들은 탐욕과 소심함, 그리고 자신들을 달리게 만들었던 미신을 모두는 아니지만 일정 부분 우리와 함께 살며 소진해 버렸기 때문이기도 하다.(맞다. 그들 역시 달리고 있었다. 서로를 짓밟으면서.)

아니면 할아버지의 뜻이 이런 건 아니었을까? 즉 우리가 우리 자신의 과오 때문이 아니라 이 시끄럽고, 요란하며, 반쯤은 가려진 세계의 다른 모든 사람들과 연결되어 있기 때문에 그 원칙을 긍정해야만 한다는 뜻이 아니었을까? 잭이나 그 부류의 사람들은 그 세계를 이용해 먹을 수 있는 비옥한 땅으로만 보았으며, '역사 만들기'라는 하찮은 놀이에서 겨우 인질들밖에 못 되는 상황에 질려 버린 노턴과 그의 무리들은 그 세계를 겸손한 자세로 보았다. 그들이 우리를 공격하여 원칙과 우리 모두를 파멸시키면 안 되기 때문에 그들을 위해서라도 우리가 그 원칙에 대해 "네."라고 긍정해야 한다는 걸 할아버지도 알고 있었을까?

"그들에게 복종하며 그들을 죽음과 파멸로 이끌어라." 할아버지는 그렇게 충고했다. 젠장, 그 원칙이 그들과 우리 마음속에 존재하지 않는다면 그들 스스로가 자신의 죽음이자 파멸이 아닌가? 그 농담의 핵심은 바로 이것이다. 우리는 그들과 별개인 동시에 그들의 일부가 아닌가? 따라서 그들이 죽으면 함께 죽게 될 운명이 아닌가? 나도 그 점은 확실히 풀 수 없다. 내가 해결할 수 없는 영역이다. 그러나 나는 내가 정말 원하는 것이 무엇인지 스스로에게 물어 왔다. 라인하트식의 자유나 잭식의 권력은 확실히 아니다. 단순히 안 달려도 되는 자유를 원했던 것도 아니다. 아니다. 그렇지만 나는 다음 단계로 넘어갈 수 없다. 그래서 이 구멍 속에 지금까지 머물러 있다.

일이 이 지경에 이른 것에 대해 누구를 탓하고 있는 것이 아니라는 점을 기억해 주기 바란다. 그렇다고 단순히 '내 탓이오'라고 외치는 것도 아니다. 사실 사람은 누구나 병의 일부분을 몸속에 지니고 있다. 적어도 보이지 않는 인간으로서의 나는 그렇다. 나는 나의 병을 지니고 있다. 비록 오랜 세월 동안 그것을 바깥세상으로 꺼내 놓으려고 시도했지만 그것에 관해 적다 보니 적어도 반은 내 안에 있음을 알게 됐다. 병은 천천히 내게 들어왔다. 마치 흑인에게만 나타나는, 검은 피부에서 백피증으로 변해 가며, 강력하고 보이지 않는 광선의 빛을 받는 듯 색소가 사라지게 되는 그런 이상한 질병처럼 말이다. 무언가 잘못됐다는 걸 알면서 몇 년을 살다가 자기 자신이 공기처럼 투명해진 걸 발견하게 되는 것이다. 처음에는 그건 모두 더러운 농담이라고 하거나 '정치적인 상황' 때문에 생긴 것이라고 자신에게 말한다. 그러나 마음속 깊은 곳에서는 자기 자신을 탓해야 한다는 생각이 들기 시작한다. 그러고 나면 보이지 않게 자신을 꿰뚫어 보는 수백만의 눈 앞에 벌거벗은 채 부들부들 떨며 서 있게 된다. '그것'이야말로 진정한 영혼의 병이다. 그것은 옆구리에 찔린 창과 같고 성난 폭도들 사이에서 목을 잡힌 채 끌려 다니는 것과 같다. 또한 이단을 심판하는 종교 재판, 단두대의 처형, 배를 갈라 창자를 드러내는 일, 그리고 독가스가 채워진 방에 들어갔다가 위생적으로 깨끗하게 닦인 오븐에서 종말을 맞이하는 것과도 같다. 아니 그보다도 더 나쁘다. 왜냐하면 바보처럼 계속 살아야 하니까. 그래도 살아야만 한다. 그래야만 수동적으로라도 자신의 병을 사랑하거나 아니면 그걸 태워 버리고 모순의 다음 단계로 넘어갈 수 있을 테니 말이다.

그렇다. 그러면 다음 단계는 무엇인가? 내가 얼마나 많이 그것을 찾으려고 했던가! 그걸 찾아내기 위해 수도 없이 땅 위로 올라가 보았다. 왜냐하면 이 나라 대부분의 사람들과 마찬가지로 나 역시 나만의 낙관주의에서 출발했기 때문이다. 나는 성실과, 진보와, 행동을 신봉했다. 그렇지만 처음에는 사회를 위해, 다음엔 그에 '거스르는' 입장이 되어 나는 자신에게 어떠한 지위나 제한을 부여하지 않았다. 그리고 그러한 태도는 당시의 조류에 상당히 역행하는 것이었다. 그러나 나의 세계는 무한한 가능성의 세계가 되었다. 그게 무슨 말인가. 그것은 적어도 훌륭한 단계이며 훌륭한 인생관이다. 그리고 사람은 다른 것을 받아들여서는 안 된다. 그 정도는 내가 지하에서 배웠다. 어떤 무리들이 세상을 꼼짝달싹하지 못하게 만들기 전에는 그것의 정의는 바로 가능성이다. 사람들이 현실이라고 부르는 것의 좁은 경계선 밖으로 발을 내딛으면 바로 혼돈이나 상상 속으로 빠지게 된다. 라인하트에게 물어보라, 그는 혼돈의 대가이니까. 나는 그 점 역시 지하에서 터득했다. 그렇지만 나의 지각 능력이 죽진 않았다. 나는 보이지 않는 것이지 눈이 먼 것은 아니기 때문이다.

아니, 세계는 사실 이전과 마찬가지로 구체적이고, 평범하며, 비열하고, 숭고할 만큼 경이롭다. 그렇지만 이제야 나는 그런 세계와 나의 관계를 명확하게 이해하게 되었다. 나는 환상으로 가득한 채 공적인 삶을 살면서, 세계와 그 속의 모든 관계들이 건실하다는 가정 아래 나의 역할을 수행하려고 했던 시절로부터 아주 먼 길을 왔다. 이제는 사람들이 제각기 다르다는 걸 알게 됐으며, 모든 삶은 서로 갈라져 있고 그렇게 갈라진 곳에 진정한 건강이 존재한다는 사실을 알게 됐다. 그래서 나는 내 구멍 속에 머물러 왔다. 왜냐하면 저 위의 세상에는 인간들을 하나의 양식으로 일치시키려는 열망이 커지고 있기 때문이다. 바로 내 악몽 속에서처럼 잭과 그 일당은 칼을 들고 기다리면서 일을 저지르기 위한 조그만 핑계라도 찾고 있으니……. 말하자면 한 번에 모든 걸 걸고 춤추듯 요란하게 덤벼들겠지. 나는 그들의 행동을 촌스러운 춤동작에 비유하는 것은 아니다. 비록 그들이 늙은 독수리를 위험하게 흔들고 있지만 말이다.

그런데 하나로 일치하고자 하는 그 모든 열정은 다 어디서 나온 것인가? 다양성이 필요하다. 사람들에게 자신의 많은 부분들을 유지하게 만들라. 그러면 독재자는 없을 것이다. 그들이 만약 이런 일치시키려는 음모를 따른다면 결국에는 보이지 않는 인간인 나에게도 하얗게 변하길 강요할 것이다. 그것은 색이라고 할 수 없고 색 자체가 결여된 상태이다. 내가 무색을 향해 가야만 하는가? 그렇지만 진지하게, 그리고 속물적인 근성을 버리고 생각해 보라. 만약 그런 일이 일어난다면 세상이 잃어버릴 게 무엇인가? 미국은 수많은 가닥으로 짜인 나라이다. 나는 그것들을 알아볼 작정이니 그대로 내버려 두어야 한다. 한마디로 '승자에게는 아무것도 없다'는 말이다. 그것은 이 나라만이 아닌 그 어느 나라에도 통하는 위대한 진리이다. 삶이란 살기 위한 것이지 통제받기 위한 것이 아니다. 인간다움이란 패배에 직면해서도 계속해서 투쟁함으로써 얻어지는 것이다. 우리의 운명은 하나가 되는 것이지만 동시에 여럿이 되는 것이다. 이것은 예언이 아니라 설명일 뿐이다. 그러니 세상에서 가장 웃기는 농담 중에 하나가 바로 백인들이 검은색을 피하느라 분주하지만 점점 검어 가는 한편 흑인들은 흰색을 향해 가려고 애쓰지만 아주 흐지부지한 회색빛이 되어 가는 광경일 것이다. 우리 중 누구도 그가 누구인지 어디로 가는지 모르는 듯하다.

그러고 보니 일전에 지하철에서 겪었던 일이 생각난다. 처음에 내가 본 건 길을 잃은 노신사 한 명뿐이었다. 그가 길을 잃었다는 사실을 나는 알고 있었다. 내가 플랫폼을 내려다보는데 그 노인이 몇몇 사람에게 접근했다가 말없이 돌아섰기 때문이었다. 길을 잃었나 보군. 나는 속으로 생각했다. 걸어오다가 나를 보면 길을 묻겠지. 아마도 낯선 백인에게 길을 잃었다고 말하기에는 당혹스런 마음이 들겠지. 어쩌면 자신의 위치에 대한 감각을 잃어버린다는 것은 자신이 누구인지에 대한 감각을 잃어버릴 위험을 암시하는 것일 수도 있다. 바로 그게 틀림없어. 나는 생각했다. 길을 잃는다는 것은 곧 체면을 잃는 것이다. 그래서 그가 길 잃은 사람, 보이지 않는 사람에게 자신의 길을 물으러 온다. 좋아, 나는 방향 없이 사는 법을 배웠다. 물어보라고 하자.

그러나 그 노인이 바로 몇 발자국 앞까지 다가오자 나는 그를 알아볼 수 있었다. 그는 노턴 씨였다. 그 노신사는 몸이 야위었고 주름이 많이 졌지만 그 어느 때보다 말쑥했다. 그를 보자 순식간에 옛 생활이 마음속으로 밀려왔다. 나는 눈물을 글썽이며 그에게 미소를 지었다. 그러나 그런 감정은 이내 사라졌으며, 그가 센터 스트리트로 가는 길을 묻자 나는 복잡한 심정으로 그를 바라보았다.

"저를 모르시겠습니까?" 내가 물었다.

"무슨 말씀이신지?" 그가 반문했다.

"제가 보이시죠?" 나는 긴장한 채 그를 바라보며 말했다.

"물론이오. 센터 스트리트로 가는 길을 아시오, 선생?"

“지난번엔 골든데이였고 이번엔 센터 스트리트군요. 몸이 야위셨네요. 정말 제가 누구인지 모르시겠습니까?”

“젊은이, 난 지금 바쁘오.” 그는 잘 안 들리는지 자기 귀에다 손을 가져다 대며 말했다. “내가 젊은이를 어떻게 알겠소?”

“제가 어르신의 운명이잖습니까.”

“내 운명이라고 말했소?” 그는 어리둥절한 표정으로 나를 바라보며 뒤로 물러섰다. “젊은이, 어디 아프오? 어떤 기차를 타라고 했소?”

“아직 말씀드리지 않았습니다.” 나는 머리를 가로저으며 말했다. “부끄럽지도 않으십니까?”

“부끄럽다고? 부끄럽다고!” 그는 화를 내며 소리쳤다.

나는 문득 생각에 사로잡혀 웃음을 터뜨렸다. “왜냐하면 말이죠, 노턴 씨. 지금 자신의 위치를 모르신다면 아마 자신이 누구인지도 모르실 것이기 때문입니다. 그러니 부끄러워서 제게 물으러 오신 거죠. 이제는 부끄러우시죠, 그렇죠?”

“젊은이, 나는 세상을 너무 오래 살아서 이젠 부끄러울 것도 없다오. 젊은 친구가 배고프다 보니 정신이 어떻게 된 건 아니오? 어떻게 내 이름을 알고 있소?”

“그렇지만 저는 어르신의 운명입니다. 제가 어르신을 만들었죠. 왜 제가 어르신을 몰라보겠습니까?” 나는 가까이 다가가 기둥에 기댄 그를 바라보며 말했다. 그는 궁지에 몰린 짐승처럼 사방을 두리번거렸다. 그는 내가 미쳤다고 생각했다.

“무서워하지 마세요, 노턴 씨.” 내가 말했다. “저기 아래 플랫폼에 경비가 있습니다. 그러니 안전합니다. 아무 기차나 타세요. 모두 골든데이로 가는…….”

그 순간 열차 한 대가 굴러왔고 그는 열차 안으로 재빠르게 사라져 버렸다. 나는 그 자리에 선 채 미친 듯이 웃음을 터뜨렸다. 내 동굴로 돌아오는 내내 웃음을 그치지 못했다.

그러나 한동안 웃고 난 후 나는 다시 생각에 잠겼다. 어쩌다 이 모든 일이 일어난 걸까? 그것이 단지 장난이었나 하고 자신에게 물어보았지만 대답을 할 수 없었다. 그 이후로 나는 메이슨 딕슨 라인*을 건너 그 '어둠의 오지'로 되돌아가려는 열망에 사로잡히곤 했다. 그러면 그때마다 나는 진정한 어둠은 내 마음속에 있음을 자신에게 상기시킨다. 그러면 그 열망은 어둠 속으로 자취를 감춘다. 그렇지만 여전히 열망은 끈질기게 되살아난다. 때로는 그 모든 것을 재확인해야 할 필요도 느낀다. 그 모든 불행한 영역과 그 안에서 사랑했거나 사랑할 수 없었던 모든 것들에 대해서 말이다. 왜냐하면 그 모든 것이 나의 일부분이기 때문이다. 하지만 현재까지 나는 여기까지밖에 이르지 못했다. 보이지 않는 구멍으로부터 보는 모든 삶은 불합리해 보이기 때문이다.

그러면 나는 왜 쓰고 있나? 기록으로 남기기 위해 자신을 혹사시키면서 말이다. 나 자신도 모르게 무언가를 배웠기 때문이다. 실행의 가능성이 없는 모든 지식은 '철해 두고 잊을 것'이라는 딱지가 붙은 지식으로 전락한다. 나는 철해 둘 수도, 잊어버릴 수도 없다. 또 어떤 생각들은 나를 놓아주지 않는다. 그것들은 내가 자기만족에 빠져 무감각한 상태일 때 계속해서 철해 나간다. 왜 하필 내가 이런 악몽을 꾸는 사람이 되

* 미국 남부와 북부의 경계선.

어야 하는 건가? 왜 내가 헌신하다가 버림받는 자가 된 건가? ……그렇다, 최소한 몇몇 사람에게라도 그에 관해 전하지 못한다면 말이다. 탈출구가 없어 보인다. 이 안에서 나는 나의 분노를 세계의 얼굴을 향해 던지기 시작했다. 그러나 이제 그 모든 것들을 쓰려고 하니 어떤 역할을 해야 한다는 예전의 그 매혹이 되살아나고 다시 저 위의 세계로 이끌린다. 그래서 끝내기도 전에 나는 실패했던 것이다.(나의 분노가 너무나 컸나 보다. 어쩌면 연사로서 너무 많은 단어를 사용했는지도 모른다).

아무튼 나는 실패했다. 모든 것을 다 기록하려 했던 시도가 나 자신을 혼란에 빠트렸으며 분노와 비통함의 일부분을 부정했던 것이다. 그래서 나는 비난하는 동시에 변호하고 있으며, 아니면 적어도 변호할 태세를 갖춘 느낌이다. 나는 단죄하는 동시에 긍정한다. '아니요'라고 했다가 '네'라고 하고, '네'라고 했다가 '아니요'라고 한다. 나는 비난한다. 왜냐하면 비록 복잡한 문제이고 내게도 부분적인 책임이 있지만, 나는 끝이 없는 고통을, 보이지 않는 인간이 될 지경에 이를 정도의 심한 고통을 당해 왔기 때문이다. 그리고 또 나는 변호한다. 그 모든 것들에도 불구하고 내가 사랑하는 것을 발견했기 때문이다. 그런 일의 일부라도 쓰려면 나는 사랑해야만 한다. 나는 거짓 용서를 바라는 게 아니다. 나는 자포자기 상태인 사람이다. 증오하는 만큼 사랑을 통해서도 삶에 접근해야 한다. 그러지 않는다면 삶의 너무도 많은 부분과 의미를 잃어버리게 된다. 그래서 나는 여러 갈래로 삶에 접근한다. 그래서 나는 비난하고, 나는 변호하고, 나는 미워하고, 나는 사랑한다.

어쩌면 그것 때문에 내가 할아버지처럼 약간은 인간다운

면을 가지게 됐는지 모른다. 한때 나는 할아버지를 인간다움이란 것에 대한 생각을 할 줄 모르는 사람으로 알았는데, 알고 보니 그렇지 않았다. 왜 늙은 노예가, 내가 체육관에서 했던 것과 같이 "이것과 이것과 이것이 나를 더욱 인간답게 합니다."라고 말해야 했겠는가? 제길, 그분은 자신의 인간다움에 대해서 전혀 의심해 보지 않았다. 그분의 인간다움은 '자유로운' 후손들에게 그대로 넘겨졌다. 그분은 원칙을 받아들이듯, 자신의 인간다움을 받아들였다. 그것은 그분만의 것이었으며, 인간적이고 불합리한 모든 다양성 속에 살아남아 있다. 이제 그것을 글로 남기면서 나는 그 과정을 통해 자신의 무장을 해제했다. 여러분은 나의 불가시성을 믿지 않을 것이며, 여러분에게 적용되는 원칙이 어떻게 내게도 똑같이 적용되는가를 알 수 없을 것이다. 만약 여러분이 그걸 믿지 않는다면 죽음이 우리 모두를 기다리고 있다 하더라도 그것을 알지 못할 것이다. 그럼에도 불구하고 나는 무장 해제를 통해 하나의 결론에 도달했다. 나의 동면은 끝났다. 낡은 피부를 벗겨 내고 숨을 쉬기 위해 올라가야만 한다. 대기에서는 심한 악취가 났고, 그 냄새는 여기 지하 깊은 곳에서 맡으니 죽음의 냄새 같기도 하고 봄의 냄새 같기도 하다. 봄의 냄새였으면 좋겠다. 그러나 여러분을 속이지 않겠다. 봄의 냄새 속에 죽음이 있다. 그리고 그것은 나의 냄새 속에 있듯 여러분의 냄새 속에도 있다. 그리고 다른 것은 몰라도 불가시성을 통해 나는 죽음의 냄새를 구별하는 법을 배웠다.

지하로 들어가면서 나는 모든 것을 떨쳐 버렸다. 정신만 제외하고. 그렇다, 그 '정신'은 어쩔 수 없었다. 삶의 계획을 구상하는 그 정신은 혼돈으로부터 눈을 떼어서는 안 된다. 바로 혼돈에 저항하기 위해 그런 패턴이 구상된 것이기 때문이다. 그것은 개인은 물론 사회에도 적용된다. 그러므로 여러분이 확신하는 패턴 속에는 혼돈이 존재하며 그 혼돈에 대한 패턴을 보여 주기 위해 노력해 온 나는 이제 밖으로 나가야 한다. 지상으로 떠올라야 한다. 하지만 여전히 마음속에 갈등이 있다. 루이 암스트롱과 나의 반쪽은 "창문을 열고 더러운 공기를 내보내라."라고 말하는 반면, 또 다른 나는 "그것은 추수 전의 질 좋은 파란 콩이었다."라고 말한다. 물론 루이의 말은 농담이다. 그는 오래된 더러운 공기*를 버리진 않았을 것이다. 왜냐하면 그러면 음악과 춤을 망칠 것이기 때문이다. 문제가 되는 낡고 못쓰게 된 선율의 나팔에서 나온 것이 좋은 음악이라면 말이다. 낡고 못쓰게 된 선율이 여전히 그의 음악과 춤, 그리고 다양성과 함께하고 있으며 나 역시 일어나 나의 선율과 함께 돌아다닐 것이다. 그리고 전에 말했듯이 결정은 내려졌다. 나는 낡은 피부를 털어 내고 있으며 그것을 여기 구멍 속에 남겨 둘 것이다. 그리고 이제 바깥으로 나간다. 그걸 버려도 여전히 보이지 않겠지만 그럼에도 불구하고 바깥으로 나간다. 내 생각에 아주 좋은 시점 같다. 동면조차도 지나칠 수 있다는 생각이 들었다. 어쩌면 그것이야말로 사회에 대한 가장 큰 범죄일 수 있다. 나는 동면 상태에서 너무 오래 머물렀다. 보이지 않는 인간에게도 사회적으로 책임져야 할 역할이 있을지도 모르니까 말이다.

---

* air는 공기는 물론 선율이라는 뜻도 있다.

"아." 나에게 여러분의 목소리가 들린다. "이건 모두 우릴 괴롭히려고 황당한 소리로 꾸며 낸 이야기였군. 이자는 오로지 우리가 자기 헛소리나 듣길 원했던 거야!" 그렇지만 오직 일부만 사실이다. 보이지 않고 실체도 없이, 육체도 없이 목소리만으로 내가 달리 무엇을 할 수 있었겠는가? 여러분의 눈이 나를 보고도 못 본 척하는 사이 실제 일어난 일을 말해 주려고 노력할 뿐, 무엇을 더 할 수 있었겠는가? 그렇지만 나를 두렵게 하는 것은 바로 이 말이다.

내가 낮은 주파수로 여러분을 대변하는지 누가 알겠는가?

작품 해설

『보이지 않는 인간』의 주인공 화자는 보이지 않는 인간이다. 그렇지만 이 말은 공상과학소설의 투명인간처럼 물리적으로 보이지 않는다는 뜻이 아니다. 주인공이 남들에게 보이지 않는 이유는, 인종차별의 사회에서 백인들이 자기들의 모습이나 자기들이 머릿속으로 지어낸 이미지로 흑인들을 보기 때문이다. 그러므로 그는 주체나 대상으로 존재하지 않고 단지 추상적인 개념으로만 존재할 뿐이다. 보이지 않으니 이름도 없다. 백인의 마음속에는 단지 흑백이라는 인종의 개념만 있을 뿐 다른 구분은 존재하지 않는다. 이 소설은 주인공이 미국 남부에서 북부로 이어지는 긴 여정을 통해 자신이 보이지 않는다는 현실을 깨닫고 정체성을 찾아가는 과정을 담고 있다. 이제 이 과정을 중심으로 작품의 줄거리를 살펴보자.

졸업식 연설을 잘했다는 이유로 교장을 포함한 백인 중심

지역사회의 지배층 모임에 초대된 주인공은, 흑인 소년들끼리 눈을 가린 채 무차별 사투를 벌여야 하는 배틀로열에 참가해야 하고 전기가 흐르는 동전을 주워야 하는 등 끔찍한 조롱을 당하면서도 그들이 자신을 인정해 줄 것이라는 희망을 버리지 않는다. 백인들이 은혜를 베풀 듯 보내 준 흑인 대학에서 그는 학교를 방문한 백인 이사 노턴을 잘못 안내했다는 이유로 퇴학을 당한다. 자신이 어떤 상황에 처했는지도 모른 채 그는 자신을 쫓아낸 흑인 총장 블레드소의 추천서를 믿고 학비를 벌기 위해 뉴욕으로 간다. 그러나 가는 곳마다 외면을 당하고 결국 마지막으로 찾아간 이사의 아들을 통해 추천서의 내용이 다름이 아니라 자신을 영원히 학교로 돌아오지 못하도록 해야 한다는 것임을 알고는 그제야 자신이 처한 현실을 깨닫기 시작한다. 또한 거리에 쓰러진 자신을 보살펴 준 메리 아주머니와 뉴욕의 거리에서 사 먹은 고구마를 통해 자신의 뿌리를 돌아보게 된다. 하지만 그는 여전히 자신이 보이지 않는다는 사실은 인식하지 못한다.

그는 할렘의 한 강제퇴거 현장에서 우연히 항변의 연설을 했다가 능력을 인정받아 동지회에 참여하게 된다. 피부색을 초월하여 사회 정의를 실현하고자 하는 동지회에서 주인공은 백인과 사회가 자신의 가치를 인정하는 것으로 착각한다. 결국은 동지회로부터 버림받고 지하의 토굴 속으로 떨어진 그는 백인들이 선물로 주었던 서류 가방 속의 쪽지를 꺼내어 보고서야 동지회 우두머리 잭의 위선을 깨닫는다. 그리고 비로소 자신이 보이지 않는 인간임을 깨닫게 된다. 그는 백인에게만 보이지 않는 것이 아니라 흑인에게도 보이지 않는 존재였다. 언제나 남들에게 환영받는 행동만 하려다 보니 정작 고유한 존재로서의 자기 자신은 없었던 것이다. 따라서 앞에서 복종하는 척하며 상대방의 등 뒤를 노려야 한다는 할아버지의 유언은 망령처럼 따라다니며 그를 괴롭힌다. 하지만 동지회를 배신한 클리프톤의 죽음, 할렘의 폭력적 선동가 라스, 그리고 끊임없이 자신의 모습을 바꿔치기 하는 라인하트를 통하여 어렴풋이 현실을 이해한다. 그리고 자신이 샘보 인형 같은 꼭두각시였음을 깨닫는다. 불을 밝혀 자신의 모습을 드러내기 전까지 동굴 속 어둠에 묻혀 보이지 않듯이, 그의 실체는 누구에게도 보이지 않았던 것이다. 주인공이 단순히 흑인이기 때문에 보이지 않는 것이 아니다. 위선으로 가득하고 이념과 가치를 강요하는 사회의 시스템 속에서 자신의 목소리를 잃어버린 인간 모두가 보이지 않는 인간인 것이다. 그러기에 지하에서 바깥으로 나갈 준비를 하는 주인공이 에필로그 끝에 독자를 향해 "내가 낮은 주파수로 여러분을 대변하는지 누가 알겠는가?"라고 묻는 것인지도 모른다.

『보이지 않는 인간』은 이처럼 흑인과 백인의 갈등만이 아니라, 개인과 사회적 시스템 사이의 갈등을 드러낸다. 인종차별은 결과적으로 흑인뿐만이 아닌 백인과 흑인 모두에게 피해를 가져다준다. 엘리슨에게 있어서 미국의 문화는 흑인과 백인의 문화가 서로 얽히고 융합되어 만들어진 것이다. 남부에서 주인공은 인종차별적인 사회에서 성장하지만 백인의 도움으로 흑인 대학에 진학하면서 인종차별적인 시스템 속에서 자신의 위치를 찾으려고 한다. 그리고 북부의 할렘으로 와서는 백인 사회

속에서 더 큰 자유를 찾으려고 하지만 결국은 개인의 의지를 조종하고 희생을 강요하는 위선적인 사회 시스템 속에서 좌절하고 만다. 주인공은 자신을 실체를 가지고 있는 하나의 개인으로 정의하고자 하며 사회적으로 인정받고 싶어 한다. 그러나 흑인 사회의 지배 시스템을 상징하는 블레드소나 백인 사회를 상징하는 노턴으로부터 철저하게 배신당한다. 자수성가한 흑인 대학 총장 블레드소는 주인공의 우상과도 같았지만 주인공으로 하여금 보이지 않는 인간으로 긴 방황을 하게 만든 장본인이기도 하다. 인종차별 사회 속에서 생존하는 법에 길들여진 블레드소는 현재의 환경에 안주하며 자신의 세계를 지키고자 한다. 즉 겉으로는 주인공의 할아버지가 그러했듯 철저하게 백인에게 복종하며 속으로는 그것이 자신의 성공 비결임을 확신하며 우쭐거린다. 그는 인종차별의 사회에서 "네."라고 하는 긍정을 통하여 흑인 사회에 대한 지배권을 지키면서 "아니오."라는 마음속 부정을 통해 백인 사회에 조롱을 보낸다. 그러나 그를 통해 흑인을 지배하는 백인들에게는 그의 이중적인 태도가 문제 되지 않는다. 결국 블레드소 역시 백인이 원하는 말과 행동으로 그들의 비위를 맞추며 자신의 목소리는 감추는 보이지 않는 인간에 불과하다. 개인과 사회적 시스템의 관계를 좀 더 살펴보자.

주인공이 할렘에서 참여하게 되는 동지회는 새로운 시스템의 조직이다. 흑인이건 백인이건 모두 동등한 동지로서 각자의 역할을 가지고 철저하게 조직화된 시스템 속에서 인권 활동에 참여한다. 조직 내에서는 위원회의 결정에 따른 명령과 행동만 있을 뿐 개인적인 판단과 목소리는 용납되지 않는다. 조직원들 위에는 조직을 통제하는 조직원이 있고, 그 위에는 또 그를 통제하는 위원회가 있다. 이와 같이 조직원을 획일화시키고 통제하는 시스템은 주인공이 할렘에 와서 처음 활동하게 되는 리버티 페인트 회사에서도 다를 바 없었다. 노동자들을 감시하고 통제하며 백색과 흑색을 섞어 순백색의 페인트를 만들어 내게 하는 시스템은 흑백 구별 없이 목표 달성을 위해 조직원을 기계의 부속품처럼 여기는 동지회와 유사하다. 특히 공장에서 사고를 당한 주인공이 구내 병원에서 몽롱한 상태로 기계에 묶인 채 의식 개조 실험을 받는 상황은 인간을 시스템에 적합하도록 만들어 가려는 사회적 의도를 잘 반영하고 있다. 엘리슨은 이와 같이 현대사회의 이념이나 생산 시스템 속에서 획일화되고 부품처럼 사람들이 서로 비슷해지는 상황을 경고하며 개인의 선택과 다양성을 중시하고자 한다.

동지회의 대표적인 행동 요원이었던 클리프톤은 흑인 민족주의자 라스와의 싸움 후 조직에서 벗어난다. 그리고 거리에서 샘보라는 종이인형을 만들어 팔다가 경찰에 의해 석연찮은 죽음을 맞이한다. 자신의 의지와 관계없이 줄에 의해 움직이는 샘보는 조직이나 사회적 시스템에 의해 인형처럼 움직이는 인간들을 상징한다. 장사를 하던 클리프톤이 주인공과 마주쳤을 때 보낸 눈빛은 인간 샘보를 향해 보내는 경멸이었다. 그는 단속 경찰에 저항하며 조직 내에서 샘보에 지나지 않았던 자신의 최후를 재촉한다. 이를 목격한 주인공은 흑인들의 분노를 조직화시키지만 샘보 역할에 충실하지 못했다는 이유로 조직에서 버림받는다. 그리고 과격한 행동주의자인 라스에 의해 촉

발된 할렘 폭동 도중 거리의 사람들에게 쫓겨 맨홀을 통해 지하의 석탄 저장고로 떨어진다. 소설의 마지막 부분인 에필로그는 그러한 과정을 거쳐 세상을 피해 어두운 동굴 속에서 지내며 자신의 이야기를 시작하던 프롤로그의 시점으로 되돌아온다. 주인공은 흑인 하류 인생의 중심에서 세상으로 나오기 위해, 즉 보이지 않는 존재에서 보이는 존재가 되기 위해 세상과 전쟁을 벌이는 중이다. 『보이지 않는 인간』은 엘리슨이 말하듯 젊고 힘없는 리더이지만 지도자 역할에 대한 욕망을 지닌, 그러나 결국 실패할 운명인 한 젊은이의 이야기라고 할 수 있다. 보이지 않는 인간의 자아 탐색을 위한 힘겨운 여정에 해결책은 없어 보인다. 실패와 좌절만 있을 뿐이다. 그러나 그는 그러한 경험을 통해 진실을 알아 가고 꿈을 충족시킨다. 그토록 "검고 우울한" 주인공이 어두운 동굴을 벗어날 수 있는 길은 없는가? 결국 엘리슨은 외부의 억압적인 환경을 호소하려 하기보다는 그 환경을 극복하고자 하는 개인의 내적인 힘에 대한 신념을 강조한다.

엘리슨은 할렘에서 생활하며 『보이지 않는 인간』을 집필하여 그 지역의 여러 소재와 주제들을 주된 배경으로 삼았다. 그곳에는 흑인으로 태어난 죄로 인해 역사의 중심에서 떨어져 나와 차별과 학대를 받으며 극심한 열등의식을 가지고 사는 미국인들이 있었다. "내가 뭘 어쨌다고 이렇게 검고 우울해야 하는가."라는 심정이 그들의 무의식 깊은 곳에 자리를 잡고 있으며 그들의 어둡고 구슬픈 블루스가 소설의 분위기를 지배한다. 그러나 엘리슨은 "소설은 인간과 인간관계에 대한 극적인 탐구"이며, 단순한 인종적 항변을 서술해서는 그 보편적인 가치를 획득할 수 없다고 믿는다. 실제로 1940년대까지의 많은 흑인 소설들은 흑인들이 받는 불평등한 대우에 대한 항의와 불만을 주제로 삼다 보니 인간의 보편적인 고뇌와 고통을 담지 못했고 등장인물들 역시 외부 환경으로 인하여 교육의 기회를 제공받지 못한 채 분노로 가득한 경우가 대부분이었다. 그러나 엘리슨은 교육받고 자아에 대한 인식을 가지고 있는 주인공을 통해 사회적 곤경과 갈등을 극복하고 자유를 찾으려는 개인의 모습을 보여 줌으로써 피부색의 문제만을 다룬 편협한 소설이 아닌 예술적이고 사회적인 보편성을 갖는 우수한 작품을 창조했다. 그는 "인종주의를 배척하고 민주주의적 가치를 선택하여 인간의 고독과 존엄성에 대한 새로운 인식을 표현"하려 하며 작가로서 흑인 사회에 대한 대변자 역할을 거부했다. 소설 창작에 있어 그는 사회적 불의보다는 예술적 가치에 관심이 있음을 표명하고 있다. 그는 자신의 소설을 통해 "분노보다는 모순을 담은 목소리와 블루스 톤의 상처받은 웃음"을 가지고 인간의 열악한 환경을 고발하고자 했다. 그리고 그의 목적은 흑인이기 전에 미국 국민의 한 사람으로서 개인이 그가 처한 곤경 속에 감추어진 인간의 보편적인 문제를 드러내는 것이었다.

한편 이 소설은 개인과 사회적 시스템 사이의 갈등을 다루는 면에서 리얼리즘의 전통을 따라가는 듯 보이지만 때론 초현실적이고 민속적이면서도 신화적인, 매우 독특한 스타일을 보이며, 또한 상징적이며 심리적인 요소도 담고 있다. 현실과 꿈의 세계, 지상과 지하의 세계, 착각과 진실 사이를 오가는 기법이 주제와 어우러져 절묘한 효과를 발휘한다. 특히 꿈과 그 속에 등장하는 상징성 높은 표현들은 소설의 주제와 밀접하게 연관된다. 예를 들면 주인공의 꿈속에서 죽은 할아버지가 나타나 주인공으로 하여금 가방 속에서 "이 흑인 소년을 계속 뛰게 하시오."라고 적힌 편지를 발견하게 한다. 그 꿈은 주인공의 자아를 찾아가는 긴 여정과 동시에 블레드소의 위선에 대한 진실을 암시한다. 엘리슨은 인종과 사회, 이성과 폭력, 근친상간 등의 문제로 무의식과 문명의 관계를 비유한다. 마음의 또 다른 이면은 무의식이며 비이성적인 면으로 흑인 사회는 백인 사회의 무의식 속에 잠재한다. 흑인들은 백인들 문화에서 금지된 일을 행동으로 옮긴다. 트루블러드가 꿈 반, 현실 반에서 저지르는 근친상간이 그 예이다. 자신이 벌인 일을 이야기할 때 트루블러드는 극도로 단순하고 유치하며 기괴하기까지 하다. 트루블러드는 그런 일이 있은 후 백인들이 더욱 잘해 준다고 말한다. 그것은 그가 금기 사항을 실행으로 옮겼기 때문이며 백인들은 이로 인하여 자신들의 우월감을 확인했기 때문이다. 한편 그의 말에 분노하면서도 귀를 기울이던 대학의 이사 노턴은 그를 통해 자신의 딸에 대한 성적 반응을 승화시킨다. 하지만 엘리슨은 명망 있고 부유한 백인 노턴도 정신적인 면에서 금기 사항을 넘어선 점에서 흑인 농부와 다를 바 없음을 나타내며 흑과 백의 무의식적인 질서를 전복한다. 한편 배틀로열이 벌어진 링 위에서 현란한 백인 여성의 누드를 접할 때 주인공은 욕망의 억제에 대한 한계를 느낀다. 바로 욕망하는 것이 눈앞에 있어도 반응해서는 안 되는 것이 사회의 통제된 시스템이다. 욕망은 사회의 이면에 감추어진 가치를 드러내기에 뉴욕의 동지회에서 활동하는 동안 그가 여성과 접근하는 곳은 '지하 세계'라는 상징적인 장소이다.

소설의 제목 『보이지 않는 인간』 역시 상징적 의미를 갖는다. 그리고 눈을 가리고 서로 싸움을 하는 배틀로열, 순백색 페인트, 할렘 거리에서 사 먹는 고구마, 샘보 인형, 선술집 골든데이, 그리고 무엇보다 이 소설을 지배하는 어둠(또는 검은색) 등 수많은 상징과 아이러니가 소설을 깊고 풍성하게 만들고 있다. 그런가 하면 동음이의어를 자주 활용하는 등 읽는 재미를 주기 위한 여러 가지 기법이 동원된다. 또한 주인공이 경험하는 시간에 따라 문체가 변하는 점도 주목할 만하다. 남부의 학교에서 겪는 경험은 자연주의적 문체로, 바비 목사의 연설은 화려한 수사체로, 북부로 오면 표현주의 문체로 변화하는 등 상황에 따라 섬세하게 표현한다. 이러한 탁월한 기법은 "보이지 않는 인간"이라는 신선한 주제와 어우러져 소설의 가치를 높인다. 그 외에도 흑인들의 구전 이야기, 블루스, 재즈와 같은 흑인 전통문화가 백인 문화에 억압받지 않고 나름대로의 가치를 지니고 등장한다. 특히 엘리슨의 음악적 재능과 지식은 『보이지 않는 인간』에서 그 빛을 발산한다. 소설 전편에 흐르는 흑인의 블루스와 복음의 노래는 흑인들의 정신과 감정, 특히 주인공의 내면과 그 안에서 일어나는 갈등과 깨달음의 과정을 매우 효과적으로 표현해 주고 있다. 구체적이면서도 상징적인 비트의 표현과 블루스 가사를 읽다 보면 마치 한 편의 스토리가 담긴 루이 암스트롱의 낡은 LP 음반을 듣고 있는 것 같은 느낌이 든다. 이처럼 음악적으로 반복되는 이미지와 상징들의 연결을 통한 엘리슨의 실험적 기법은 엘리엇의 『황무지』나 조이스의 『율리시즈』를 연상시키며 소설의 진가를 높인다. 이와 같은 혁신적 스타일은 미국의 흑인 문학 전통에서 사회적 환경의 제약에서 벗어날 수 있는 힘을 전해 주었을 뿐만 아니라 동시대의 많은 작가들에게 깊은 영감을 주었다.

2008년 10월

조영환

작가 연보

1914년 3월 1일 미국 오클라호마 주 오클라호마시티에서 태어남.

1917년 부친 루이스 엘리슨 사망. 모친 아이더 엘리슨이 가정부로 일하면서 어렵게 생계를 꾸려 감.

1920년 오클라호마 프레데릭 더글라스 초등학교에 입학.

1931년 트럼펫 주자이자 학생 지휘자로 활동했던 흑인 학교를 최우수 성적으로 졸업.

1933년 오클라호마를 떠나 앨라배마의 터스키기 대학에 장학생으로 입학하여 음악을 전공.

1935년 엘리엇의 『황무지(The Waste Land)』에 매혹되어, 그 속에 내재된 재즈 리듬을 발견하고 문학과 재즈의 관계에 관심을 가짐. 현대 소설과 시를 본격적으로 공부하기 시작.

1936년 대학 졸업을 일 년 앞두고 경제 대공황의 절정기에

학비를 벌며 조각도 배우기 위해 뉴욕으로 감. 그러나 학비를 충분히 마련하지 못하여 뉴욕에 체류하며 물건 판매, 서류 정리, 공장 노동 등과 같은 여러 가지 잡일을 하며 생활.

1937년 모친 사망. 뉴욕에서 랭스턴 휴즈를 통해 리처드 라이트를 소개받음. 라이트는 그를 "예술과 흑인으로서의 경험의 의미에 대해 매우 깊은 관심을 가진 작가"로 평가하며 뉴딜의 연방 작가 프로젝트에 참여할 수 있도록 지원.

1938~1942년 뉴딜의 연방 작가 프로젝트에 참여. 사 년간의 연방 작가 프로젝트를 통하여 재정적 지원은 물론 자신의 사회적, 역사적, 문학적 역할에 대한 깊은 통찰력을 키움. 흑인 민속 연구에 대한 자료를 집중적으로 조사. 《새로운 대중들(New Masses)》을 비롯한 여러 진보적인 잡지에 에세이와 리뷰를 게재하고 단편소설들을 발표.

1940년 랭스턴 휴즈의 『거대한 바다(The Big Sea)』에 대한 비평 「폭풍 부는 날(Stormy Weather)」을 《새로운 대중들》에 게재.

1941년 리처드 라이트의 『원주민(Native Son)』에 대해 "흑인 작가가 쓴 최초의 철학적인 소설"이라고 호평.

1942년 《니그로 쿼털리(Negro Quarterly)》의 편집자로 고용됨.

1943~1945년 2차 세계대전 중 해군 선단에서 복무.

1944년 소설 창작을 위한 로젠월드 기금을 받음. 단편 「빙고 게임의 왕(King of the Bingo Game)」 발표. 이 단편에 대해 그는 "현실을 넘어 초현실로 가는 사실주의를 담고 있다."라고 하며 비로소 자신의 목소리를 찾았다고 주장.

1945년 해군 선단에서 병가를 얻은 후 『보이지 않는 인간(Invisible Man)』 집필에 착수. "새로운 내러티브와의 씨름 중 프롤로그의 첫 문장인 '나는 보이지 않는 인간이다.'가 떠올랐다."라고 밝힘.

1946년 패니 맥코넬과 결혼. 엘리슨이 『보이지 않는 인간』을 집필하는 칠 년 동안 그녀가 생활을 이끌어 감.

1952년 『보이지 않는 인간』 출판.

1953년 내셔널 북 어워드와 전미 신문 제작자 협회의 러스웜 어워드 수상. 또한 "미국 민주주의에 대한 최고의 상징"으로서 《시카고 디펜더(Chicago Defender)》 어워드 수상.

1955~1957년 미국 인문 학술원의 초빙 교수로서 로마에 거주.

1957년 수필 『신(新) 남부의 수확(A New Southern Harvest)』 출간.

1958~1961년 바드 대학에서 러시아 문학과 미국 문학을 강의.

1958년 두 번째 소설의 집필을 시작.

1960년 미완성인 두 번째 소설 중 일부인 「그리고 힉맨이 도착한다(And Hickman Arrives)」를 런던의 문학잡지 《노블 세비지(Noble Savage)》가 출판. 1960년부터

1977년까지 집필 중인 두 번째 소설의 발췌문 여덟 편이 문학잡지에 실림.

1961년 시카고 대학의 방문 교수로 활동.

1962~1964년 러트거스 대학에서 창작 강의를 함.

1964년 이십이 년간의 서평, 인터뷰, 에세이 등을 담은 『그림자와 행동(Shadow and Act)』 출간. 주요 주제로는 문학, 민속, 흑인 음악(특히 재즈와 블루스) 그리고 흑인 문화와 북미 문화의 관계 등. 예일 대학, 의회 도서관, 캘리포니아 대학 등에서 강의.

1967년 화재로 인해 두 번째 소설의 상당 부분이 소실됨.

1969년 미국 시민에게 주어지는 최고의 영예인 자유의 메달을 받음.

1970~1980년 뉴욕 대학 교수로 활동.

1975년 오클라호마시티에 랠프 엘리슨 공공 도서관이 설립됨.

1978년 미국 문학에 대한 《윌슨 쿼털리(Wilson Quarterly)》의 여론 조사에서 『보이지 않는 인간』이 2차 대전 후 미국에서 출판된 가장 중요한 소설로 선정됨.

1981년 「랠프 엘리슨의 영원한 목소리(Ralph Ellison's Long Tongue)」가 뉴욕에서 상영됨.

1984년 뉴욕 시립 대학으로부터 랭스턴 휴즈 메달을 받음.

1986년 두 번째 수필집 『변방을 향하여(Going to the Territory)』 출간.

1994년 4월 16일 80세를 일기로 할렘에서 췌장암으로 사망.

1996년 『고향으로의 비행과 다른 이야기들(Flying Home:

And Other Stories)』 출간.(사망 후 그의 집에서 발견됨.)

1999년 존 캘러헌이 두 번째 소설 『준틴스(Juneteenth)』를 편집하여 출간.

세계문학전집 191

보이지 않는 인간 2

1판 1쇄 펴냄 2008년 11월 7일
1판 22쇄 펴냄 2023년 2월 14일

지은이 랠프 엘리슨
옮긴이 조영환
발행인 박근섭, 박상준
펴낸곳 (주)민음사

출판등록 1966. 5. 19. (제 16-490호)
서울특별시 강남구 도산대로1길 62(신사동) 강남출판문화센터 5층 (우편번호 06027)
대표전화 02-515-2000 팩시밀리 02-515-2007
www.minumsa.com

ISBN 978-89-374-6191-0 04800
ISBN 978-89-374-6000-5 (세트)

세계문학전집 목록

1·2 **변신 이야기** 오비디우스·이윤기 옮김 서울대 권장도서 100선
3 **햄릿** 셰익스피어·최종철 옮김 서울대 권장도서 100선 | 미국대학위원회 선정 SAT 추천도서
4 **변신·시골의사** 카프카·전영애 옮김 서울대 권장도서 100선
5 **동물농장** 오웰·도정일 옮김 미국대학위원회 선정 SAT 추천도서 | 《타임》 선정 현대 100대 영문소설
6 **허클베리 핀의 모험** 트웨인·김욱동 옮김 《뉴스위크》 선정 100대 명저
7 **암흑의 핵심** 콘래드·이상옥 옮김 미국대학위원회 선정 SAT 추천도서 | 《뉴스위크》 선정 10대 명저
8 **토니오 크뢰거·트리스탄·베니스에서의 죽음** 토마스 만·안삼환 외 옮김 노벨 문학상 수상 작가
9 **문학이란 무엇인가** 사르트르·정명환 옮김
10 **한국단편문학선 1** 김동인 외·이남호 엮음 국립중앙도서관 선정 청소년 권장도서
11·12 **인간의 굴레에서** 서머싯 몸·송무 옮김
13 **이반 데니소비치, 수용소의 하루** 솔제니친·이영의 옮김 노벨 문학상 수상 작가
14 **너새니얼 호손 단편선** 호손·천승걸 옮김
15 **나의 미카엘** 오즈·최창모 옮김
16·17 **중국신화전설** 위앤커·전인초, 김선자 옮김
18 **고리오 영감** 발자크·박영근 옮김
19 **파리대왕** 골딩·유종호 옮김 노벨 문학상 수상 작가 | 《타임》 선정 현대 100대 영문소설
20 **한국단편문학선 2** 김동리 외·이남호 엮음
21·22 **파우스트** 괴테·정서웅 옮김 서울대 권장도서 100선 | 미국대학위원회 선정 SAT 추천도서
23·24 **빌헬름 마이스터의 수업시대** 괴테·안삼환 옮김
25 **젊은 베르테르의 슬픔** 괴테·박찬기 옮김 논술 및 수능에 출제된 책(1998~2005)
26 **이피게니에·스텔라** 괴테·박찬기 외 옮김
27 **다섯째 아이** 레싱·정덕애 옮김 노벨 문학상 수상 작가
28 **삶의 한가운데** 린저·박찬일 옮김
29 **농담** 쿤데라·방미경 옮김
30 **야성의 부름** 런던·권택영 옮김
31 **아메리칸** 제임스·최경도 옮김
32·33 **양철북** 그라스·장희창 옮김 노벨 문학상 수상 작가 | 서울대 권장도서 100선
34·35 **백년의 고독** 마르케스·조구호 옮김 노벨 문학상 수상 작가 | 서울대 권장도서 100선
36 **마담 보바리** 플로베르·김화영 옮김 서울대 권장도서 100선
37 **거미여인의 키스** 푸익·송병선 옮김
38 **달과 6펜스** 서머싯 몸·송무 옮김
39 **폴란드의 풍차** 지오노·박인철 옮김
40·41 **독일어 시간** 렌츠·정서웅 옮김
42 **말테의 수기** 릴케·문현미 옮김
43 **고도를 기다리며** 베케트·오증자 옮김 노벨 문학상 수상 작가 | 서울대 권장도서 100선
44 **데미안** 헤세·전영애 옮김 노벨 문학상 수상 작가

45 젊은 예술가의 초상 조이스·이상옥 옮김 서울대 권장도서 100선
46 카탈로니아 찬가 오웰·정영목 옮김
47 호밀밭의 파수꾼 샐린저·공경희 옮김 《타임》 선정 현대 100대 영문소설 | 미국대학위원회 선정 SAT 추천도서 | 《뉴스위크》 선정 100대 명저 | BBC 선정 꼭 읽어야 할 책
48·49 파르마의 수도원 스탕달·원윤수, 임미경 옮김
50 수레바퀴 아래서 헤세·김이섭 옮김 노벨 문학상 수상 작가 | 국립중앙도서관 선정 청소년 권장도서
51·52 내 이름은 빨강 파묵·이난아 옮김 노벨 문학상 수상 작가
53 오셀로 셰익스피어·최종철 옮김 서울대 권장도서 100선
54 조서 르 클레지오·김윤진 옮김 노벨 문학상 수상 작가
55 모래의 여자 아베 코보·김난주 옮김
56·57 부덴브로크 가의 사람들 토마스 만·홍성광 옮김 노벨 문학상 수상 작가
58 싯다르타 헤세·박병덕 옮김 노벨 문학상 수상 작가
59·60 아들과 연인 로렌스·정상준 옮김 《뉴스위크》 선정 100대 명저
61 설국 가와바타 야스나리·유숙자 옮김 노벨 문학상 수상 작가 | 서울대 권장도서 100선
62 벨킨 이야기·스페이드 여왕 푸슈킨·최선 옮김
63·64 넙치 그라스·김재혁 옮김 노벨 문학상 수상 작가
65 소망 없는 불행 한트케·윤용호 옮김 노벨 문학상 수상 작가
66 나르치스와 골드문트 헤세·임홍배 옮김 노벨 문학상 수상 작가
67 황야의 이리 헤세·김누리 옮김 노벨 문학상 수상 작가
68 페테르부르크 이야기 고골·조주관 옮김
69 밤으로의 긴 여로 오닐·민승남 옮김 노벨 문학상 수상 작가 | 미국대학위원회 선정 SAT 추천도서
70 체호프 단편선 체호프·박현섭 옮김
71 버스 정류장 가오싱젠·오수경 옮김 노벨 문학상 수상 작가
72 구운몽 김만중·송성욱 옮김 서울대 권장도서 100선 | 국립중앙도서관 선정 청소년 권장도서
73 대머리 여가수 이오네스코·오세곤 옮김
74 이솝 우화집 이솝·유종호 옮김 논술 및 수능에 출제된 책(1998~2005)
75 위대한 개츠비 피츠제럴드·김욱동 옮김 《타임》 선정 현대 100대 영문소설
76 푸른 꽃 노발리스·김재혁 옮김
77 1984 오웰·정회성 옮김 《타임》 선정 현대 100대 영문소설 | 《뉴스위크》 선정 100대 명저
78·79 영혼의 집 아옌데·권미선 옮김
80 첫사랑 투르게네프·이항재 옮김
81 내가 죽어 누워 있을 때 포크너·김명주 옮김 노벨 문학상 수상 작가
82 런던 스케치 레싱·서숙 옮김 노벨 문학상 수상 작가
83 팡세 파스칼·이환 옮김
84 질투 로브그리예·박이문, 박희원 옮김
85·86 채털리 부인의 연인 로렌스·이인규 옮김
87 그 후 나쓰메 소세키·윤상인 옮김
88 오만과 편견 오스틴·윤지관, 전승희 옮김 미국대학위원회 선정 SAT 추천도서
89·90 부활 톨스토이·연진희 옮김 논술 및 수능에 출제된 책(1998~2005)
91 방드르디, 태평양의 끝 투르니에·김화영 옮김
92 미겔 스트리트 나이폴·이상옥 옮김 노벨 문학상 수상 작가
93 뻬드로 빠라모 룰포·정창 옮김

94 차라투스트라는 이렇게 말했다 니체 · 장희창 옮김 국립중앙도서관 선정 청소년 권장도서
95·96 적과 흑 스탕달 · 이동렬 옮김 국립중앙도서관 선정 청소년 권장도서
97·98 콜레라 시대의 사랑 마르케스 · 송병선 옮김 노벨 문학상 수상 작가 | BBC 선정 꼭 읽어야 할 책
99 맥베스 셰익스피어 · 최종철 옮김 서울대 권장도서 100선 | 미국대학위원회 선정 SAT 추천도서
100 춘향전 작자 미상 · 송성욱 풀어 옮김 서울대 권장도서 100선
101 페르디두르케 곰브로비치 · 윤진 옮김
102 포르노그라피아 곰브로비치 · 임미경 옮김
103 인간 실격 다자이 오사무 · 김춘미 옮김
104 네루다의 우편배달부 스카르메타 · 우석균 옮김
105·106 이탈리아 기행 괴테 · 박찬기 외 옮김
107 나무 위의 남작 칼비노 · 이현경 옮김
108 달콤 쌉싸름한 초콜릿 에스키벨 · 권미선 옮김
109·110 제인 에어 C. 브론테 · 유종호 옮김 BBC 선정 꼭 읽어야 할 책
111 크눌프 헤세 · 이노은 옮김 노벨 문학상 수상 작가
112 시계태엽 오렌지 버지스 · 박시영 옮김 《타임》 선정 현대 100대 영문소설 | 《뉴스위크》 선정 100대 명저
113·114 파리의 노트르담 위고 · 정기수 옮김 미국대학위원회 선정 SAT 추천도서
115 새로운 인생 단테 · 박우수 옮김
116·117 로드 짐 콘래드 · 이상옥 옮김 《뉴스위크》 선정 100대 명저
118 폭풍의 언덕 E. 브론테 · 김종길 옮김 미국대학위원회 선정 SAT 추천도서
119 텔크테에서의 만남 그라스 · 안삼환 옮김 노벨 문학상 수상 작가
120 검찰관 고골 · 조주관 옮김
121 안개 우나무노 · 조민현 옮김
122 나사의 회전 제임스 · 최경도 옮김 미국대학위원회 선정 SAT 추천도서
123 피츠제럴드 단편선 1 피츠제럴드 · 김욱동 옮김
124 목화밭의 고독 속에서 콜테스 · 임수현 옮김
125 돼지꿈 황석영
126 라셀라스 존슨 · 이인규 옮김
127 리어 왕 셰익스피어 · 최종철 옮김 서울대 권장도서 100선 | 《뉴스위크》 선정 100대 명저
128·129 쿠오 바디스 시엔키에비츠 · 최성은 옮김 노벨 문학상 수상 작가
130 자기만의 방 · 3기니 울프 · 이미애 옮김
131 시르트의 바닷가 그라크 · 송진석 옮김
132 이성과 감성 오스틴 · 윤지관 옮김
133 바덴바덴에서의 여름 치프킨 · 이장욱 옮김
134 새로운 인생 파묵 · 이난아 옮김 노벨 문학상 수상 작가
135·136 무지개 로렌스 · 김정매 옮김
137 인생의 베일 서머싯 몸 · 황소연 옮김
138 보이지 않는 도시들 칼비노 · 이현경 옮김
139·140·141 연초 도매상 바스 · 이운경 옮김 《타임》 선정 현대 100대 영문소설
142·143 플로스 강의 물방앗간 엘리엇 · 한애경, 이봉지 옮김 미국대학위원회 선정 SAT 추천도서
144 연인 뒤라스 · 김인환 옮김
145·146 이름 없는 주드 하디 · 정종화 옮김
147 제49호 품목의 경매 핀천 · 김성곤 옮김 《타임》 선정 현대 100대 영문소설

148 **성역** 포크너 · 이진준 옮김 노벨 문학상 수상 작가 | 퓰리처상 수상 작가
149 **무진기행** 김승옥
150·151·152 **신곡(지옥편 · 연옥편 · 천국편)** 단테 · 박상진 옮김 《뉴스위크》 선정 100대 명저
153 **구덩이** 플라토노프 · 정보라 옮김
154·155·156 **카라마조프가의 형제들** 도스토옙스키 · 김연경 옮김
157 **지상의 양식** 지드 · 김화영 옮김 노벨 문학상 수상 작가
158 **밤의 군대들** 메일러 · 권택영 옮김 퓰리처상 수상 작가
159 **주홍 글자** 호손 · 김욱동 옮김 서울대 권장도서 100선 | 미국대학위원회 선정 SAT 추천도서
160 **깊은 강** 엔도 슈사쿠 · 유숙자 옮김
161 **욕망이라는 이름의 전차** 윌리엄스 · 김소임 옮김
162 **마사 퀘스트** 레싱 · 나영균 옮김 노벨 문학상 수상 작가
163·164 **운명의 딸** 아옌데 · 권미선 옮김
165 **모렐의 발명** 비오이 카사레스 · 송병선 옮김
166 **삼국유사** 일연 · 김원중 옮김 서울대 권장도서 100선
167 **풀잎은 노래한다** 레싱 · 이태동 옮김 노벨 문학상 수상 작가
168 **파리의 우울** 보들레르 · 윤영애 옮김
169 **포스트맨은 벨을 두 번 울린다** 케인 · 이만식 옮김
170 **썩은 잎** 마르케스 · 송병선 옮김 노벨 문학상 수상 작가
171 **모든 것이 산산이 부서지다** 아체베 · 조규형 옮김 《타임》 선정 현대 100대 영문소설
172 **한여름 밤의 꿈** 셰익스피어 · 최종철 옮김 미국대학위원회 선정 SAT 추천도서
173 **로미오와 줄리엣** 셰익스피어 · 최종철 옮김 미국대학위원회 선정 SAT 추천도서
174·175 **분노의 포도** 스타인벡 · 김승욱 옮김 노벨 문학상 수상 작가 | 《타임》 선정 현대 100대 영문소설
176·177 **괴테와의 대화** 에커만 · 장희창 옮김
178 **그물을 헤치고** 머독 · 유종호 옮김 《타임》 선정 현대 100대 영문소설
179 **브람스를 좋아하세요...** 사강 · 김남주 옮김
180 **카타리나 블룸의 잃어버린 명예** 하인리히 뵐 · 김연수 옮김 노벨 문학상 수상 작가
181·182 **에덴의 동쪽** 스타인벡 · 정회성 옮김 노벨 문학상 수상 작가
183 **순수의 시대** 워튼 · 송은주 옮김 《뉴스위크》 선정 100대 명저 | 퓰리처상 수상작
184 **도둑 일기** 주네 · 박형섭 옮김
185 **나자** 브르통 · 오생근 옮김
186·187 **캐치-22** 헬러 · 안정효 옮김 《타임》 선정 현대 100대 영문소설 | 《뉴스위크》 선정 100대 명저 | BBC 선정 꼭 읽어야 할 책
188 **숄로호프 단편선** 숄로호프 · 이항재 옮김 노벨 문학상 수상 작가
189 **말** 사르트르 · 정명환 옮김
190·191 **보이지 않는 인간** 엘리슨 · 조영환 옮김 《타임》 선정 현대 100대 영문소설
192 **왑샷 가문 연대기** 치버 · 김승욱 옮김 퓰리처상 수상 작가
193 **왑샷 가문 몰락기** 치버 · 김승욱 옮김 퓰리처상 수상 작가
194 **필립과 다른 사람들** 노터봄 · 지명숙 옮김
195·196 **하드리아누스 황제의 회상록** 유르스나르 · 곽광수 옮김
197·198 **소피의 선택** 스타이런 · 한정아 옮김 퓰리처상 수상 작가
199 **피츠제럴드 단편선 2** 피츠제럴드 · 한은경 옮김
200 **홍길동전** 허균 · 김탁환 옮김

201 요술 부지깽이 쿠버 · 양윤희 옮김
202 북호텔 다비 · 원윤수 옮김
203 톰 소여의 모험 트웨인 · 김욱동 옮김
204 금오신화 김시습 · 이지하 옮김
205·206 테스 하디 · 정종화 옮김 미국대학위원회 선정 SAT 추천도서 | BBC 선정 꼭 읽어야 할 책
207 브루스터플레이스의 여자들 네일러 · 이소영 옮김
208 더 이상 평안은 없다 아체베 · 이소영 옮김
209 그레인지 코플랜드의 세 번째 인생 워커 · 김시현 옮김 퓰리처상 수상 작가
210 어느 시골 신부의 일기 베르나노스 · 정영란 옮김
211 타라스 불바 고골 · 조주관 옮김
212·213 위대한 유산 디킨스 · 이인규 옮김 서울대 권장도서 100선 | BBC 선정 꼭 읽어야 할 책
214 면도날 서머싯 몸 · 안진환 옮김
215·216 성채 크로닌 · 이은정 옮김
217 오이디푸스 왕 소포클레스 · 강대진 옮김 서울대 권장도서 100선
218 세일즈맨의 죽음 밀러 · 강유나 옮김
219·220·221 안나 카레니나 톨스토이 · 연진희 옮김 서울대 권장도서 100선
222 오스카 와일드 작품선 와일드 · 정영목 옮김
223 벨아미 모파상 · 송덕호 옮김
224 파스쿠알 두아르테 가족 호세 셀라 · 정동섭 옮김 노벨 문학상 수상 작가
225 시칠리아에서의 대화 비토리니 · 김운찬 옮김
226·227 길 위에서 케루악 · 이만식 옮김 《타임》 선정 현대 100대 영문소설 | 《뉴스위크》 선정 100대 명저
228 우리 시대의 영웅 레르몬토프 · 오정미 옮김
229 아우라 푸엔테스 · 송상기 옮김
230 클링조어의 마지막 여름 헤세 · 황승환 옮김 노벨 문학상 수상 작가
231 리스본의 겨울 무뇨스 몰리나 · 나송주 옮김
232 뻐꾸기 둥지 위로 날아간 새 키지 · 정회성 옮김 《타임》 선정 현대 100대 영문소설
233 페널티킥 앞에 선 골키퍼의 불안 한트케 · 윤용호 옮김 노벨 문학상 수상 작가
234 참을 수 없는 존재의 가벼움 쿤데라 · 이재룡 옮김
235·236 바다여, 바다여 머독 · 최옥영 옮김
237 한 줌의 먼지 에벌린 워 · 안진환 옮김 《타임》 선정 현대 100대 영문소설
238 뜨거운 양철 지붕 위의 고양이 · 유리 동물원 윌리엄스 · 김소임 옮김 퓰리처상 수상작
239 지하로부터의 수기 도스토옙스키 · 김연경 옮김
240 키메라 바스 · 이운경 옮김
241 반쪼가리 자작 칼비노 · 이현경 옮김
242 벌집 호세 셀라 · 남진희 옮김 노벨 문학상 수상 작가
243 불멸 쿤데라 · 김병욱 옮김
244·245 파우스트 박사 토마스 만 · 임홍배, 박병덕 옮김 노벨 문학상 수상 작가
246 사랑할 때와 죽을 때 레마르크 · 장희창 옮김
247 누가 버지니아 울프를 두려워하랴? 올비 · 강유나 옮김
248 인형의 집 입센 · 안미란 옮김
249 위폐범들 지드 · 원윤수 옮김 노벨 문학상 수상 작가
250 무정 이광수 · 정영훈 책임 편집 서울대 권장도서 100선

251·252 의지와 운명 푸엔테스 · 김현철 옮김
253 폭력적인 삶 파솔리니 · 이승수 옮김
254 거장과 마르가리타 불가코프 · 정보라 옮김
255·256 경이로운 도시 멘도사 · 김현철 옮김
257 야콥을 둘러싼 추측들 욘존 · 손대영 옮김
258 왕자와 거지 트웨인 · 김욱동 옮김
259 존재하지 않는 기사 칼비노 · 이현경 옮김
260·261 눈먼 암살자 애트우드 · 차은정 옮김 《타임》 선정 현대 100대 영문소설
262 베니스의 상인 셰익스피어 · 최종철 옮김
263 말리나 바흐만 · 남정애 옮김
264 사볼타 사건의 진실 멘도사 · 권미선 옮김
265 뒤렌마트 희곡선 뒤렌마트 · 김혜숙 옮김
266 이방인 카뮈 · 김화영 옮김 노벨 문학상 수상 작가 | 미국대학위원회 선정 SAT 추천도서
267 페스트 카뮈 · 김화영 옮김 노벨 문학상 수상 작가 | 국립중앙도서관 선정 청소년 권장도서
268 검은 튤립 뒤마 · 송진석 옮김
269·270 베를린 알렉산더 광장 되블린 · 김재혁 옮김
271 하얀 성 파묵 · 이난아 옮김 노벨 문학상 수상 작가
272 푸슈킨 선집 푸슈킨 · 최선 옮김
273·274 유리알 유희 헤세 · 이영임 옮김 노벨 문학상 수상 작가
275 픽션들 보르헤스 · 송병선 옮김 서울대 권장도서 100선
276 신의 화살 아체베 · 이소영 옮김
277 빌헬름 텔 · 간계와 사랑 실러 · 홍성광 옮김
278 노인과 바다 헤밍웨이 · 김욱동 옮김 노벨 문학상 수상 작가 | 퓰리처상 수상작
279 무기여 잘 있어라 헤밍웨이 · 김욱동 옮김 미국대학위원회 선정 SAT 추천도서
280 태양은 다시 떠오른다 헤밍웨이 · 김욱동 옮김 《타임》 선정 현대 100대 영문 소설
281 알레프 보르헤스 · 송병선 옮김
282 일곱 박공의 집 호손 · 정소영 옮김
283 에마 오스틴 · 윤지관, 김영희 옮김
284·285 죄와 벌 도스토옙스키 · 김연경 옮김 미국대학위원회 선정 SAT 추천도서
286 시련 밀러 · 최영 옮김
287 모두가 나의 아들 밀러 · 최영 옮김
288·289 누구를 위하여 종은 울리나 헤밍웨이 · 김욱동 옮김 노벨 문학상 수상 작가
290 구르브 연락 없다 멘도사 · 정창 옮김
291·292·293 데카메론 보카치오 · 박상진 옮김
294 나누어진 하늘 볼프 · 전영애 옮김
295·296 제브데트 씨와 아들들 파묵 · 이난아 옮김 노벨 문학상 수상 작가
297·298 여인의 초상 제임스 · 최경도 옮김 미국대학위원회 선정 SAT 추천도서
299 압살롬, 압살롬! 포크너 · 이태동 옮김 노벨 문학상 수상 작가
300 이상 소설 전집 이상 · 권영민 책임 편집
301·302·303·304·305 레 미제라블 위고 · 정기수 옮김
306 관객모독 한트케 · 윤용호 옮김 노벨 문학상 수상 작가
307 더블린 사람들 조이스 · 이종일 옮김

308 에드거 앨런 포 단편선 앨런 포 · 전승희 옮김 미국대학위원회 선정 SAT 추천도서
309 보이체크 · 당통의 죽음 뷔히너 · 홍성광 옮김
310 노르웨이의 숲 무라카미 하루키 · 양억관 옮김
311 운명론자 자크와 그의 주인 디드로 · 김희영 옮김
312·313 헤밍웨이 단편선 헤밍웨이 · 김욱동 옮김 노벨 문학상 수상 작가
314 피라미드 골딩 · 안지현 옮김 노벨 문학상 수상 작가
315 닫힌 방 · 악마와 선한 신 사르트르 · 지영래 옮김
316 등대로 울프 · 이미애 옮김 《타임》 선정 현대 100대 영문소설 | 《뉴스위크》 선정 100대 명저
317·318 한국 희곡선 송영 외 · 양승국 엮음
319 여자의 일생 모파상 · 이동렬 옮김
320 의식 노터봄 · 김영중 옮김
321 육체의 악마 라디게 · 원윤수 옮김
322·323 감정 교육 플로베르 · 지영화 옮김
324 불타는 평원 룰포 · 정창 옮김
325 위대한 몬느 알랭푸르니에 · 박영근 옮김
326 라쇼몬 아쿠타가와 류노스케 · 서은혜 옮김
327 반바지 당나귀 보스코 · 정영란 옮김
328 정복자들 말로 · 최윤주 옮김
329·330 우리 동네 아이들 마흐푸즈 · 배혜경 옮김 노벨 문학상 수상 작가
331·332 개선문 레마르크 · 장희창 옮김
333 사바나의 개미 언덕 아체베 · 이소영 옮김
334 게걸음으로 그라스 · 장희창 옮김 노벨 문학상 수상 작가
335 코스모스 곰브로비치 · 최성은 옮김
336 좁은 문 · 전원교향곡 · 배덕자 지드 · 동성식 옮김 노벨 문학상 수상 작가
337·338 암 병동 솔제니친 · 이영의 옮김 노벨 문학상 수상 작가
339 피의 꽃잎들 응구기 와 시옹오 · 왕은철 옮김
340 운명 케르테스 · 유진일 옮김 노벨 문학상 수상 작가
341·342 벌거벗은 자와 죽은 자 메일러 · 이운경 옮김 퓰리처상 수상 작가
343 시지프 신화 카뮈 · 김화영 옮김 노벨 문학상 수상 작가
344 뇌우 차오위 · 오수경 옮김
345 모옌 중단편선 모옌 · 심규호, 유소영 옮김 노벨 문학상 수상 작가
346 일야서 한사오궁 · 심규호, 유소영 옮김
347 상속자들 골딩 · 안지현 옮김 노벨 문학상 수상 작가
348 설득 오스틴 · 전승희 옮김
349 히로시마 내 사랑 뒤라스 · 방미경 옮김
350 오 헨리 단편선 오 헨리 · 김희용 옮김
351·352 올리버 트위스트 디킨스 · 이인규 옮김
353·354·355·356 전쟁과 평화 톨스토이 · 연진희 옮김
357 다시 찾은 브라이즈헤드 에벌린 워 · 백지민 옮김
358 아무도 대령에게 편지하지 않다 마르케스 · 송병선 옮김
359 사양 다자이 오사무 · 유숙자 옮김
360 좌절 케르테스 · 한경민 옮김 노벨 문학상 수상 작가

361·362 **닥터 지바고** 파스테르나크 · 김연경 옮김 노벨 문학상 수상 작가
363 **노생거 사원** 오스틴 · 윤지관 옮김
364 **개구리** 모옌 · 심규호, 유소영 옮김 노벨 문학상 수상 작가
365 **마왕** 투르니에 · 이원복 옮김 공쿠르상 수상 작가
366 **맨스필드 파크** 오스틴 · 김영희 옮김
367 **이선 프롬** 이디스 워튼 · 김욱동 옮김 퓰리처상 수상 작가
368 **여름** 이디스 워튼 · 김욱동 옮김 퓰리처상 수상 작가
369·370·371 **나는 고백한다** 자우메 카브레 · 권가람 옮김
372·373·374 **태엽 감는 새 연대기** 무라카미 하루키 · 김연경 옮김
375·376 **대사들** 제임스 · 정소영 옮김
377 **족장의 가을** 마르케스 · 송병선 옮김 노벨 문학상 수상 작가
378 **핏빛 자오선** 매카시 · 김시현 옮김
379 **모두 다 예쁜 말들** 매카시 · 김시현 옮김
380 **국경을 넘어** 매카시 · 김시현 옮김
381 **평원의 도시들** 매카시 · 김시현 옮김
382 **만년** 다자이 오사무 · 유숙자 옮김
383 **반항하는 인간** 카뮈 · 김화영 옮김 노벨 문학상 수상 작가
384·385·386 **악령** 도스토옙스키 · 김연경 옮김
387 **태평양을 막는 제방** 뒤라스 · 윤진 옮김
388 **남아 있는 나날** 가즈오 이시구로 · 송은경 옮김
389 **앙리 브륄라르의 생애** 스탕달 · 원윤수 옮김
390 **찻집** 라오서 · 오수경 옮김
391 **태어나지 않은 아이를 위한 기도** 케르테스 · 이상동 옮김 노벨 문학상 수상 작가
392·393 **서머싯 몸 단편선** 서머싯 몸 · 황소연 옮김
394 **케이크와 맥주** 서머싯 몸 · 황소연 옮김
395 **월든** 소로 · 정회성 옮김
396 **모래 사나이** E. T. A. 호프만 · 신동화 옮김
397·398 **검은 책** 오르한 파묵 · 이난아 옮김 노벨 문학상 수상 작가
399 **방랑자들** 올가 토카르추크 · 최성은 옮김 노벨 문학상 수상 작가
400 **시여, 침을 뱉어라** 김수영 · 이영준 엮음
401·402 **환락의 집** 이디스 워튼 · 전승희 옮김
403 **달려라 메로스** 다자이 오사무 · 유숙자 옮김
404 **아버지와 자식** 투르게네프 · 연진희 옮김
405 **청부 살인자의 성모** 바예호 · 송병선 옮김
406 **세피아빛 초상** 아옌데 · 조영실 옮김
407·408·409·410 **사기 열전** 사마천 · 김원중 옮김 서울대 권장도서 100선
411 **이상 시 전집** 이상 · 권영민 책임 편집
412 **어둠 속의 사건** 발자크 · 이동렬 옮김
413 **태평천하** 채만식 · 권영민 책임 편집
414·415 **노스트로모** 콘래드 · 이미애 옮김
416·417 **제르미날** 졸라 · 강충권 옮김
418 **명인** 가와바타 야스나리 · 유숙자 옮김 노벨 문학상 수상 작가
419 **핀처 마틴** 골딩 · 백지민 옮김 노벨 문학상 수상 작가

세계문학전집은 계속 간행됩니다.